조정래 장편소설

천년의 질문

2

천년의
질문

2

조정래 장편소설

2

조정래 장편소설

천년의
질문

| 차례 |

삶의 켯속

1

"어떻게 됐어요?"

안서림은 첫마디부터 매섭게 내쏘았다.

"예에, 아직……."

어깨를 잔뜩 웅크리고 선 정광호 상무의 목소리가 떨렸다.

"도대체 당신 뭐 하는 거야! 일을 하는 거야, 그냥 세월아 가라 하면서 노는 거야!"

그녀는 말투를 바꾸며 더욱 세차게 소리쳤다. 호화롭고 넓은 사장실에 그 외침이 가득 찼다.

"예에, 한다고 하는데 김 전무가……."

손을 모아 잡은 정광호 상무가 더 떨리는 소리로 대답했다.

"야, 너 바보야 뭐야! 내가 더는 김 전무라고 하지 말랬잖아. 정신을 어다다 놓고 사는 거야."

말투를 완전히 하대로 바꾼 그녀는 한층 더 찢어지는 소리를 질러댔다.

"죄송합니다, 죄송합니다. 오래 입버릇이 돼서 그만……."

정광호 상무는 하얗게 질린 얼굴로 허둥대듯 굽실거렸다.

"내 앞에서도 전무, 전무 하는 니가 김태범 앞에서는 얼마나 전무님, 전무님 하면서 기를 못 폈겠냐. 그따위로 빌빌거리니 그 인간 콧대만 자꾸 높여주는 거지. 이거 안 되겠네. 그만 짐 싸고 싶어? 그래, 아주 짐 싸서 김태범 밑으로 가라구."

안서림 사장은 마침내 정 상무의 목을 바짝 조이고 들었다.

"아닙니다, 사장님. 아닙니다, 곧 해결하겠습니다. 조금만, 조금만 더 기다려주십시오."

정 상무는 안절부절못하며 허둥거렸다. 공포에 질린 그 얼굴이 곧 울 것만 같았다.

"뭐? 또 조금만 기다려? 내가 지난번에 말했잖아. 다시는 그딴 소리 더 지껄이지 말라고. 정말 사람 신경질 나게 할 거야!"

안서림은 꼬고 있던 다리를 풀며 탁자를 걷어찼다. 그 바람에 귀걸이가 심하게 흔들리며 반짝반짝 빛을 발했다. 그 여러 색감의 현란한 빛은 '나 다이아몬드야' 하고 말하고 있었다.

"예, 예. 죄송합니다. 최, 최선을 다하고 있지만 워낙 중대한 문제라서 좀 더 시간이……."

"그러니까 돈 더 올려주라고 했잖아, 돈! 그 인간은 돈밖에 모르는 배신자잖아, 배신자!"

안서림은 정 상무가 마치 김태범이라도 되는 것처럼 거칠게 삿대질을 해댔다. 팔을 힘차게 내뻗을 때마다 팔찌와 반지가 귀걸이와 똑같은 빛을 발산하고 있었다.

"예, 사장님 지시대로 돈을 많이 올렸지만 애들 문제는 절대로 포기하지 않는다고……."

"시끄러워! 그게 말이라고 지금 내 앞에서 지껄이고 있는 거야? 아휴, 어찌 저리 무능해 그래. 나가, 더 꼴 보기 싫으니까 당장 나가!"

안서림 사장은 벌떡 몸을 일으키더니 정 상무를 향해 책상 위의 물건들을 닥치는 대로 던지기 시작했다. 그런데 정 상무는 날아오는 것들을 피하지 않고 그대로 서 있었다. 그것들은 그의 몸에 맞기도 했고, 빗나가기도 했고, 얼굴에 맞기도 했다. 그런 부동자세는 안용철 회장님 앞에서부터 지켜지는 회사의 오래된 전통이었다.

"나가! 그 일 말끔하게 해결하기 전까지는 다시 내 앞에 나타나지 말어. 꼴도 보기 싫으니까."

안서림 사장이 부르르 떨며 소리쳤다. 보톡스로 어색스럽게 부풀어 오른 그녀의 얼굴은 화가 나서 더욱 험상스럽게 보였다.

"예, 예……."

정 상무는 부리나케 뒷걸음질 쳐 사장실을 벗어났다.

'아휴, 피는 못 속이고, 씨 도둑질은 못 한다더니 어찌 그리지 애비를 쏙 빼박았냐. 아아, 끔찍하다…….'

정 상무는 몸서리를 치며 화장실로 내달았다. 무엇에 맞은 것인지 얼굴 왼쪽이 화끈화끈하며 욱씬거리고 있었다.

그는 거울 앞에서 왼쪽 볼을 두 번, 세 번 살펴보았다. 약간 멍이 든 것 같을 뿐 다행히 상처는 나지 않았다.

'미친년, 왜 지년 문제로 나를 못살게 굴어. 아아, 저따위 걸 마누라라고 데리고 살았으니 그동안 김 전무가 얼마나 애먹고 속상했을까. 그래, 잘 관뒀어. 이제 얼마나 속이 후련할까. 그나저나 이 일을 어쩌지……? 야 김 전무, 억지 쓰지 말고 나 좀 살려라. 남자가 지 자식 데려가려는 거야 당연한 일이지만, 이건 안 될 일이잖아. 상대를 보고 싸움을 걸어야지. 오늘도 자식 얘기 나오니까 미친년이 발악을 해대잖아. 김 전무 넌 무슨 수를 써도 애 못 차지해. 돈이나 왕창 불러서 팔자 고치고, 새장가 들라고. 저 미친년하고 정반대되는 여자

골라서 하늘같이 남편 대접 받으면서 행복하게 살면 될 거 아냐.'

정 상무는 거울 속의 자신이 김태범이라도 되는 양 다음에 만나서 하고 싶은 얘기를 연습하듯 하고 있었다.

'빌어먹을……. 아까 내가 당한 꼴을 집사람이나 애들이 봤으면 어땠을까. 그보다 더 비참한 일이 또 있을까. 안 그런 척하고, 모르니까 살아가는 거지 만약 안다면……. 나만 겪는 게 아니니까 하는 자위로 하루하루 넘기는 게 모든 월급쟁이들의 비애 아닌가. 그래 참자, 또 참자. 여지껏 참아왔고, 사장 자리가 머지않았는데 여기서 망칠 수는 없는 일 아니냐.'

정 상무는 얼굴을 훔치고 또 훔쳤다.

안용철 회장님은 사장단 회의를 할 때 조금이라도 비위에 거슬리는 상대에게는 아무거나 손에 잡히는 대로 내던지고는 했다. 그때 몸을 내맡기고 순순히 당하고 있어야지 만약 몸을 피하거나 방어 자세를 취했다가는 그것으로 끝장나는 것이었다. 회장님은 그런 행동을 반사작용으로 이해해 주는 것이 아니라 불충이나 반항으로 간주했던 것이다. 그래서 크리스털 재떨이에 이마가 깨지거나 얼굴이 찢어진 사장이 한둘이 아니었다. 그런데 그런 일을 당하고도 회사를 떠나버린 사장은 하나도 없었다. 아무리 월급 받아먹는 고용 사장이지만, 어쨌거나 사장은 하나의 영주(領主)인 데다, 그 보수가 엄청났던 것이다. 그래서 사장들은 "우리 월급값은 욕값이고 맷 값"이라며 서로 위로하듯 자조적으로 웃고는 했다. 어떤 사장 은 얼굴 찢어진 상처가 너무 심해 병원에 보름 동안 입원해 표 안 나게 치료했고, 집에는 중대한 건으로 갑자기 해외 출 장을 가게 되었다고 회사에서 알린 적도 있었다.

그런데 회장이 그런 폭력 행사를 하는 건 회사 실적이 나 쁘기 때문만이 아니었다. 그보다 더 앞서는 문제가 있었다. 비 자금 확보가 자기 기대보다 저조한 사장을 향해서는 어김없 이 재떨이고 물컵이고 찻잔이고 가리지 않고 날려 보냈다. 그 러니 사장들은 비자금 많이 모으랴, 실적 많이 올리랴, 기를 쓰지 않을 수 없었다. 그런데 회장은 무작정 욕해 대고 물건 만 내던지는 것이 아니었다. 자기가 바라는 그 두 가지 일을 만족스럽게 해낸 사장에게는 사장단 회의 즉석에서 엄청난 포상금을 내리기도 했다. 백지에 칙칙 갈겨썼는데, 그 액수가 1~2억이 아니라 10억이나 20억이었던 것이다. 회장은 교활한 만큼 그 나름의 용인술이며 통솔력을 갖추고 있었던 것이다. 그런데 그 능력을 회사 사람들은 회장의 것이라고 생각하지 않았다. 창업자인 그의 아버지가 물려준 것이라고 여겼다. 사 람들은 창업자가 아들에게 물려준 것을 대충 다섯 가지로 꼽 고 있었다. 첫째 끝 모를 돈 욕심, 둘째 진시황도 찜 쪄 먹을 호색, 셋째 개도 안 물어갈 거친 성격, 넷째 돈으로 부하들 홀리는 기술, 다섯째 금력으로 국가적인 모든 권력까지 손아귀에 쥐려는 야욕. 돈의 마력은 무한한 것이라서 회장은 그 다섯 가지를 욕심껏 누리며 사업은 날로 달로 번창해 나아가고 있었다. '돈 벌기만큼 어려운 게 없고, 돈 쓰기만큼 쉬운 것도 없다.' 이 말은 백번 옳은 공자님 말씀이지만 그보다 더 옳은 불변의 철칙은 '돈이 돈 번다'는 것이었다. 성화 그룹이야말로 그 자본주의 철칙을 모범적으로 잘 보여주고 있었다. 거대한 돈은 자잘한 돈들을 싹쓸이하면서 무슨 업종의 사업이나 성공시켜 주는 것이었다. 그러니 회장의 힘은 점점 더 커져갔고, 그 힘은 딸에게까지도 그대로 전해지고 있었다.

'그런데 말야……, 김태범이가 돈 많이 빼내기 위한 작전이 아니고 정말 자식들을 차지하겠다고 끝까지 버티면 어떻게 되지……? 이거 정말 이러다가 목 잘리는 건 아닐까……? 안 되지, 그건 안 되지. 그동안 얼마나 더러운 꼴 많이 참아가면서 버텨온 건데. 정신 단단히 차려. 만일의 사태에 대비해서 한바탕 크게 챙길 걸 노려야 해.'

정광호 상무는 두 주먹을 불끈 쥐며 부르르 떨고는 거울 앞에서 돌아섰다.

그는 자기 사무실로 돌아와 친구한테 바로 전화를 걸었다.

"하이고, 하늘 같으신 상무님, 웬일이셔?"

"야, 영식아, 오늘 술 한잔 하자."

정광호는 퉁명스럽게 말했다.

"허, 또 구름이 잔뜩 끼셨는데? 오늘 또 떡 된 모양이구나?"

"쌔끼, 세빠뜨냐 진돗개냐? 냄새는 드럽게도 잘도 맡네."

"병신 같은 놈, 니놈이 떡 되고 피 본 날이나 나한테 전화하지 살판난 날에 전화한 일 있냐!"

"니기미, 말 듣고 보니 그렇네. 어쨌든 시간 있지?"

"없는데."

"뭐야?"

"요런 미친놈아, 소리 지르지 마. 근데 회장 꼰대가 또 난리 쳤냐?"

"아이구, 그랬으면 영광이겠다."

"아니, 그럼 누구야? 그 아래, 느네 사장한테 당한 거야?"

"빌어먹을, 그 두 꼰대한테 깨졌으면 이렇게 기분 드럽지는 않지."

"아니, 그럼 너 새로 탄생한 여왕님한테 당한 거야?"

"얌마. 시간 있어, 없어?"

"으아……, 너 정말 기분 완전 꽝이겠다. 친구의 의리가 있지. 동창 중에서 가장 의리가 강한 고등학교 동창이 나이도 어린 여사장한테 당했는데 내가 배신 때릴 수 있나. 시간 없지만 친구 존심을 살려주기 위해서 특별히 시간을 내야지. 어디야, 장소 말해."

"드럽게 고맙게 구네. 거기, 천 마담 집."

"그 비싼 집? 하이고 불쌍한 놈, 기분 드럽게 작살난 모양이네. 이따가 봐."

김영식이 먼저 전화를 끊었다.

정광호는 핸드폰 화면을 물끄러미 바라보고 있었다. 거기에 사람 좋게 웃고 있는 김영식의 얼굴이 떠오르고 있었다. 사람으로 들끓어대는 이 삭막한 도시 서울에서 아무 흉허물 없이 속마음을 털어놓을 수 있는 친구는 몇이나 될 것인가. 더 살고 싶지 않을 지경으로 자존심 상하고, 당장 사표를 내던지고 싶도록 속이 상하는 이런 때 김영식 같은 친구가 있다는 게 얼마나 다행인지 몰랐다. 어떤 심리학자가 쓴 글이었다. '도시는 자꾸 비대해지고, 비대해지는 만큼 경쟁은 치열해지고, 경쟁은 서로를 적대시하게 되고, 그 적대감은 서로를 경계하며 소통이 차단되는 개체화가 되고, 그 분열은 서로를 소외시키다가 끝내는 자기 자신까지 소외시키기에 이른다. 그 자기 소외는 곧 정신 질환 상태에 이르는 것을 말하며, 그것은 현대 도시인들이 갖는 가장 큰 비극이다. 그 치유책은 단 한 사람만이라도 하소연할 수 있고, 넋두리를 할 수 있는 친구를 갖는 것이다.' 그 학자의 말마따나 거대한 회사의 그 많은 사람들은 날마다 대하면서도 마음이 전혀 통하지 않는 사무적 관계일 뿐이었다. 모두가 회사라는 거대한 기계를 작동시켜나가는 하나씩의 부속품일 따름이었다. 그래서 사회에서 사귄 사람들은 친구가 될 수 없다고 했는지도 모른다.

정광호의 뇌리에서는 김영식과의 고등학교 시절이 흘러가고 있었다. 김영식은 공부는 보통이었는데 마음씨가 무척이나 착했다. 언제나 웃음 띤 얼굴이었고 그 누구하고도 다투는 일이 없었다.

"야, 나는 왜 수학 과학이 그리 싫으냐. 이게 우리 아버지 탓인지, 어머니 탓인지 그걸 모르겠단 말씀이야. 어쨌든 대학 문턱은 넘어야 되겠는데, 되게 고민된다 그런 말씀이야."

그런 그는 운동을 이것저것 곧잘 해서 아이들에게 인기가 많았다.

자신은 공부가 상위권이라서 수학 시험 때는 뒷자리의 김영식이 쉽게 볼 수 있도록 시험지를 슬쩍슬쩍 옆으로 빼주고는 했었다. 김영식이 부탁한 일도 아니었고, 고맙다고 한 적도 없었다. 그냥 그렇게 이루어지는 일이었다.

자신은 고3 1년을 기를 써서 일류 대학에 들어갔고, 김영식은 적당히 해서 '인(in)서울대'에 들어갔다.

"야, 우리 엄마 웃기는 것 좀 봐. 내가 인서울대에 들어갔다고 되게 좋아하신다. 내가 지방대로 굴러떨어질 줄 알았던 모양인데, 그건 엄연한 인격 모독에 명예훼손 아니니? 그렇다고 모자지간에 고소할 수도 없고."

그가 느물느물 웃으며 한 말이었다.

그는 대학 공부도 적당히 마치고 바로 군대를 갔다. 그가 대학생 때 열중한 것은 두 가지였다. 야구 시합을 거의 빠지지 않고 구경 다녔고, 휴대전화의 기능이 바뀔 때마다 새로 살 만큼 거기에 푹 빠져 있었다. 그런데 자신은 그와는 반대로 일류 기업을 목표로 취직 시험 공부에 몰두해 있었다.

그는 제대하고 바로 아버지의 제조업 회사에 자리를 잡았다.

"큰돈은 못 벌어도 굶지는 않는대. 그럼 됐지 뭘 더 바래. 적당하게 일하면서, 속 편하고, 재미있게 한평생 살다 가면 됐지. 안 그래?"

그는 사람 좋게 웃으며 태평스럽게 말했었다.

그런데 자신은 그런 삶에 만족할 수가 없었다. 높은 곳으로 올라 무언가를 크게 이루고 싶었다.

그렇게 30여 년을 살았는데 그 결과는 무엇인가. 자신은 나이 한참 아래인 여사장에게 사람 대접 못 받고 사는 비참한 월급쟁이 신세였다. 그런데 김영식은 틀 잡힌 제조업체 사장으로 마음 편하고 여유롭게 살아가고 있었다. 어떤 게 더 바람직하고 성공적인 삶일까.

성화 그룹의 창조개발실 상무. 그 자리는 누구나 부러워하는 실세 중의 실세였다. 그러나 거기서 하는 일은 무엇인가. 그 일들은 하나같이 회장과 그 일가를 위한 불법적인 것들뿐이었다. 그 일에 회의를 느끼기 시작한 것은 이미 오래전부터였다. 그러면서도 거기서 벗어나지 못한 채 긴 세월을 살아온 것이었다. 돈과 지위가 보장하는 기득권의 그 달콤함과 안락함은 그 어떤 것도 이겨낼 수 없는 강력한 유혹이었고 막강한 힘이었다. 어디 그뿐인가. 돈 앞에서 흔들리지 않고, 흐물거리지 않고, 허물어지지 않는 권력이 있었던가. 모든 국가권력은 돈 앞에서 하나같이 물컵 속의 각설탕이고, 용광로 속의 쇠붙이고, 끓는 물 속의 얼음덩이였다. 국회의원이고, 판검사고, 공무원이고, 모두 마음먹은 대로 주무르는 쾌락은 마치 내가 나라를 다스리고 있는 것 같은 착각이 들게 했다. 돈의 위력이란 그다지도 막강하고 무한대였다. 그 힘에 실려 느끼는 황홀한 쾌감이란 그 어떤 것하고도 비교가 안 되는 최고의 세상살이 맛이었다. 일개 하수인일 뿐인 자신의 기분이 그럴 때 정작 회장님의 기분은 어떨 것인가. 분명 자기가 천하를 지배한다는 황홀경에 취해 있을 거였다. 그 권력을 줄기차게 누리기 위해서 회장님은 비자금 확보를 그렇게 중시하는 게 아닌가.

그러나 세상이란 참 묘한 것이어서 그 좋은 돈이 전혀 통하지 않는 괴짜들도 드물게 있었다. 분야마다 한둘씩 끼어 있는 그 외계인들이 문제였다. 그들의 공통점은 대기업을 불신하고, 재벌들에게 적대감을 가지고 있는 것이었다. 그들은 재벌 왕국을 노리고 있는 위험하기 짝이 없는 시한폭탄이었다. 그런 거추장스러운 존재들만 없다면 재벌 왕국은 영원할 수 있었다. 그런데 그 극소수의 말썽꾼들 때문에 늘 골치가 아프고 안심할 수가 없었다. 그들은 한사코 재벌과 기업들의 뒤를 캐려고 들었고, 어떻게 해서든 들춰낸 비리를 세상을 향해 터뜨려버리는 것이었다. 그런 위험을 막아내기 위해서 창조개발실은 회장님에게 꼭 있어야 하는 필수 무기가 아닐 수 없었다.

그런데 창조개발실의 고민도 자꾸 커져가고 있었다. 세상이 차츰 변해 가면서 그 골치 아픈 존재들의 폭로가 점점 잘 먹혀들어간다는 것이었다. '기업이 잘돼야 우리도 잘살 수 있다.' '수출이 잘돼야 나라가 부자가 되고, 수출 잘하는 기업이 우리를 먹여 살린다.' 이건 국민들이 지난 몇십 년 동안 굳게 믿어온 사실이었다. 그런데 그 말썽꾼들은 그 믿음을 깨려 하고 있었다. 그것처럼 위험천만한 일은 없었다.

'빌어먹을, 그런 극소수 괴짜들이 설쳐댄다고 당장 세상이 뒤집어질 것도 아니고, 한 가지 명백하고 절대 불변의 사실이 있지. 여든 야든, 아니 진보 정당이라 하더라도 정권을 잡으려면 기업들의 도움을 받지 않고는 절대로 안 된다는 사실 말이야. 수천억씩 들어가는 선거 비용을 기업들한테 손 안 벌리고 어디서 구하느냐구. 그러니까 어차피 기업들은 건재할 수밖에 없거든. 이 얼치기 정의파들아, 그 간단한 진리나 좀 터득하고 떠들어대라고. 빌어먹을, 기분 드러운데 스트레스나 확 풀러 가자. 요런 때 술이 없으면 어찌 살겠냐.'

정 상무는 떫디떫은 얼굴로 입맛을 다시며 은행 지점장에게 전화를 걸었다.

"예, 상무님. 지점장입니다."

지점장은 몸을 벌떡 일으키는 것 같은 어감으로 인사했다. 그런 절대 복종식의 반응이 그나마 정광호를 살맛 나게 해주는 스트레스 해소책 중의 하나였다.

"50짜리로 10장 좀 준비해 주시오. 이따가 퇴근 때 들르겠소."

"사무실로 전해 올릴까요?"

지점장은 '사무실로 갖다드릴까요?'를 '전해 올릴까요?' 하고 있었다. '참, 아부도 능력이라니까.' 정광호는 쓴웃음을 지으며, '요런 놈들이, 돈 없어지면 제일 먼저 사람 똥 취급하며 안면 싹 바꿀 종자들이지' 생각하며 세상 인심을 다시 환기하고 있었다.

"아니오. 내가 들르겠소."

"옛, 뵙기를 기다리고 있겠습니다."

'거 참, 돈의 노예답게 아부 한번 휘황찬란하네. 뵙기를 기다려? 속으로는, 에이 귀찮아. 늦게 오면 어쩌지? 하며 싫어하고 있을 놈.' 그는 이런 생각을 하며 더 쓰디쓴 웃음을 입꼬리에 물었다.

　은행원에 대한 그의 이런 불신감은 의식 속에 깊이 뿌리박힌 트라우마였다. 아버지가 땅 사기를 당해 부도를 냈을 때 은행들은 얼마나 냉정하고 잔혹했던가. 사업이 잘될 때 보였던 그 넘치는 친절과 융숭한 대접은 간 곳이 없고 정반대의 냉대와 괄시가 있을 뿐이었다. 경제가 날로 발전하고, 그 훈풍을 타고 주택 붐이 일어나며 서울이 사방으로 확장되어 나가고, 그 물결을 타고 아버지의 건설업도 날개를 달고 있었다. 집 짓는 현장이 보통 대여섯 군데였고, 집은 완성되기가 바쁘게 팔려나갔다. 아버지 회사는 집 잘 짓기로 탄탄한 신용을 얻고 있었다. 그것은 순전히 아버지가 쌓아 올린 사업 재산이었다. 집마다 새로운 모양새, 사용에 최대한 편리하게, 허술하고 부실한 데 없는 공사, 그러면서 남들보다 한 푼이라도 싸게, 이것이 아버지가 실천하는 사업 4대 원칙이었다. 아버지 사업은 번창했고, 은행에서는 직원이 두 명씩 사무실로 와서 돈을 가져갔다. 그런데 건설 사업은 차츰 변화해 가고 있었다. 개인 주택에서 아파트 건설로 방향이 바뀌고 있었다. 아버지도 자연스럽게 그 변화를 따라갔다. 그런데 그것이 잘못이었다. 큰 땅의 사기에 걸려든 것이었다. 아버지는 그 덫에서 빠져나오려고 몸부림쳤지만 허사였다. 결국 안면 몰수한 은행의 냉담함 앞에서 모든 것을 잃고 그 충격으로 쓰러지고 말았다. 자신이 대학교 2학년 때였다. 아버지 회사가 그렇게 허망하게 망하고, 아버지가 병원에 실려가는 이중 충격 속에서 자신은 정신을 차릴 수가 없었다. 아버지는 반신불수로 겨우 목숨을 건져 병원을 벗어났다. 폐인이 된 아버지가 힘겹게 겨우 한 말은 "절대로 사업은 하지 마라"였다. 살기 위해 어머니가 파출부로 나섰고, 자신은 학비를 벌기 위해 단속을 피해가며 개인 과외 아르바이트에 나섰다. 그리고 시위고, 대학 낭만이고 딱 외면한 채 공부만 파고들었다. 호황을 누리는 대기업들이 성적순으로 졸업생들을 모셔가듯 했기 때문이었다. 그것만이 오로지 어머니의 파출부 생활을 멈추게 할 수 있는 길이었다. 아버지는 아무 표정 없이 5년을 살다가 떠나갔다. 눈 감은 얼굴에는 더욱 아무런 표정이 없었고, 양쪽 관자놀이께로 흘러내린 두 줄기 눈물이 유언이었다. 그 눈물을 닦아드리며, '아버지를 죽인 건 은행이다!' 하는 생각이 더 깊이 사무쳤던 것이다. 회사 생활을 해나가면서 은행의 그런 객관적 사무 처리를 다 이해하고 있었다. 그러나 그건 어디까지나 이성적 판단일 뿐이었다. 그 감정적 불신감은 세월이 아무리 흘러도 의식 속에서 지워지지 않았다.

그런데 미국 대통령 트럼프가 아버지의 억울한 죽음을 피할 수 있는 방법이 있었음을 뒤늦게 설파하고 있었다. 트럼프가 기자를 상대로 한 이야기는 이랬다.

"당신이 은행에 가서 300만 달러를 빌렸는데 갚지 못하면 당신이 문제인 것이다. 하지만 은행에서 3억 달러를 빌렸는데 갚지 못한다면 그건 당신과 은행 둘 다 문제가 된다. 따라서 막대한 투자를 한 은행은 당신이 실패하게 내버려둘 수 없다. 당신의 성공은 곧 은행의 성공이 된다."

이 배짱 좋은 명언은 트럼프의 성공 비결만이 아니라 성화 그룹의 비결이기도 했다. 그 비결을 구사하지 못했던 아버지는 결국 무능자였던 셈이다.

정광호는 회사를 나서며 또 김태범을 생각했다.

'내가 만약 김태범이라면 어찌할 것인가……?'

수십 번 생각해 본 것이지만 답이 나오지 않았다. 같은 남자 입장에서 보면 김태범이 딱하기 그지없었다. 눈치로 보아 그는 따로 챙겨놓은 것도 없는 것 같았다. 돈은 없고, 애비로서 자식은 찾아야 하고……, 김태범이 얼마나 답답하고 막막할까 싶었다. 사장이 결정한 대로 덩달아 그에게 가짜 무기명 채권을 넘긴 것이 뒤늦게 미안쩍기도 했다. 그 채권 액수만큼을 지금 주면 그는 합의이혼하고, 자식들을 포기할까……? 워낙 큰돈이니까 그럴지도 모르지만, 문제는 또 있었다. 안서림 사장이었다. 그녀가 그렇게 큰돈을 내놓을 것 같지 않았다. 자신이 오래 겪어본 바로는 재벌들은 자기네를 위해서는 1억을 보통 사람들이 만 원 쓰듯 해버리지만, 남을 위해서는

10원도 쓰지 않았다. 안서림이 주렁주렁 달고 차고 끼고 다니는 액세서리들은 줄잡아 4~5억 계산서가 나온다고 수군거렸다. 그러면서도 머슴 부리듯 하는 운전기사에게는 용돈 한번 주는 일이 없다고 소문나 있었다. 그런 그녀가 이미 배신자로 낙인찍어 관계를 정리해 버린 김태범에게 그렇게 큰돈을 줄 리가 없었다.

'아휴, 골치 아파. 그놈의 일을 어찌해야 좋으냐.'

정광호는 머리를 절레절레 흔들며 은행으로 들어갔다.

"상무님, 어서 오십시오. 앉으시지요."

지점장은 꼭 조폭식으로 절을 올렸다.

"나 바빠요."

정광호는 싸늘하게 말하며 손바닥을 뒤집어 내밀었다.

"예, 말씀하신 것 여기……."

지점장이 재빠르게 봉투를 그 손바닥 위에 올려놓았다.

정광호는 그 봉투를 북 찢었다. 그리고 속에 든 것을 꺼내 세기 시작했다. 수표들은 빠닥빠닥한 소리를 내며 잘도 넘어갔다. 그는 열 장을 지갑에 몰아넣고 바로 돌아섰다.

"안녕히 가십시오, 상무님."

지점장은 또 예의를 깍듯이 지켰다.

정광호는 찬바람을 남기고 지점장실을 나가버렸다.

"지놈이 회장이었으면 사람 열 번 잡겠다. 띠껍고 드러워서!"

얼굴이 험하게 돌변한 지점장이 마른침을 내뱉으며 돌아섰다.

"어머, 반가워라. 어서 오세요, 상무님. 일행은 몇 분?"

마담이 간드러지게 눈웃음을 치며 정광호의 팔짱을 끼고 감겨들었다.

"나랑 둘."

정광호는 도도하게 거드름을 피웠다.

"술은 뭘로?"

"물으면 뭘 해. 매담 젖술!"

"히잉……, 몰라 잉. 상무님, 늘 최고 싸나이!"

끈끈한 콧소리에 더 진해진 간살을 떨며 마담이 엄지손가락을 바짝 세웠다. '마담 젖술'은 이 집에서 제일 비싼, 왕관 쓴 코냑을 가리키는 그들의 은어였다.

정광호가 룸에 딸린 화장실에서 손을 씻고 나오는데 김영식이 들어섰다.

"하이고, 상무님이 얼마나 당하셨으면 얼굴이 핼쑥해졌네?"

김영식이 과장된 몸짓을 하며 정광호 앞으로 얼굴을 디밀었다.

"빌어먹을, 꽉 때려칠 수도 없고……."

정광호가 벽에 붙은 벨을 신경질적으로 눌러댔다.

"지랄, 뭘 잘못했길래 신참 여사장한테까지 당하고 그러냐?"

김영식이 소파에 주저앉으며 혀를 찼다.

"말 마라. 잘못이 있어서 당하냐. 즈네들 기분 내키는 대로 조져대면 그저 죽으나 사나 당해야 하는 게 월급쟁이 신세지."

정광호도 소파에 주저앉으며 한숨을 푹 쉬었다.

"얌마, 그래도 조져댈 이유가 있으니까 조져댈 것 아냐. 뭘 잘못했는데?"

"잘못은, 임마. 그거 있잖냐, 그 골치 아픈 이혼 절차라는 거."

"아니, 그것 아직도 게임 끝 안 났어?"

"아직도가 뭐냐. 아직 시작도 안 됐는데."

"시작도? 그 여사장님 열 받게 생겼다. 그 쪼다 남편이 이판 사판이니까 깽판 치자고 쎄게 나오는 모양이지?"

"허, 귀신이네. 내가 아무리 공 들이고 구슬리고 해도 김태범은 깡으로 버티고, 여사장께오서는 속전속결 못 한다고 난리굿을 치고, 나 정말 미칠 지경이다."

"그거 난리굿을 어떻게 쳐대는데?"

"말 마라. 욕을 욕을 해대다가, 지 성질 지가 못 이겨 책상 위에 있는 것들을 닥치는 대로 집어 던지는데……."

"던져? 어디로?"

"어디긴, 병신아. 느네 형님한테지."

"우와, 그거 아주 미친년이네. 그래서 넌 어떡했어?"

"어떡하긴, 부동자세지."

"부동자세? 그러다가 맞으면 어떡할려고? 얼굴 같은 데 말야."

"그게 월급쟁이 신세라구. 그렇잖아도 얼굴 된통 한 방 맞았어."

"뭐라구? 얼굴을 맞어? 우와, 그런 식으로 부하를 부리는구나. 남자도 아닌 여자가. 에이구, 대기업 다닌다고 폼 잡고 뻐겨대고 하더니만 꼴 좋다. 근데 당장 때려칠 수도 없고, 어쩌냐?"

"그러니까 술 마시러 왔잖어. 무슨 딴 방법 있냐. 그쪽은 세상을 들었다 놨다 하는 떼부자신데."

"그래, 그렇지. 니가 왜 연락했는지 그 심정 잘 알겠다. 에이, 드러워!"

김영식이 침을 내뱉으며 벌떡 일어나 마구 벨을 눌러댔다.

그런 김영식을 바라보며 정광호는 다소 마음이 풀리는 것을 느끼고 있었다. 무조건 자신의 편이 되어주는 김영식이 그저 고마울 뿐이었다.

그때 커다란 술쟁반을 받쳐 든 종업원을 뒤따라 두 여자가 들어서고 있었다.

남자 종업원이 숙달된 솜씨로 술병을 따고 안주들을 배치하고 허리를 폈다.

"여기!"

정광호가 지갑에서 척척 꺼낸 돈을 종업원에게 내밀었다.
5만 원짜리 두 장이었다.

"감사합니다. 즐거운 시간 되십시오."

종업원의 이마가 탁자에 부딪혀 곧 쿵 소리를 낼 것만 같
았다.

'아, 새끼, 기마이 한번 끝내주게 쓰네. 사장인 나도 저렇게
못 해보고 사는데 상무 주제에 폼 되게 잡는다니까. 사람 대
접 제대로 못 받으면서도 저런 맛이 있으니까 참고 견디는 거
겠지? 재벌 기업 상무가 좋긴 좋다. 저놈이 그동안 꽤나 챙긴
눈치던데, 글쎄 얼마나 꿍쳐놓았을까? 영리하고 계산 빠른 놈
이니까 엄청나게 해 잡수셨을 거야. 근데 그 말은 죽을 때까
지 안 하겠지?'

김영식은 정광호를 곁눈질하며 흐릿하게 웃음 짓고 있었다.

"자아, 첫 잔 올리옵니다."

두 아가씨가 술잔 하나씩을 손바닥으로 받쳐 정광호와 김
영식 앞으로 올렸다.

"가만히 있어. 느네들도 우리와 똑같이 마셔."

정광호가 술병을 들었다.

"어머, 이 비싼 술을요?"

김영식 옆에 앉은 아가씨가 깜짝 놀라는 시늉을 했다.

"그래, 비싸니까 마시라는 거야. 그래야 서로 기분 맞춰서

잘 놀 수 있지."

정광호는 인심 좋게 두 여자에게 술을 따라 주었다.

"간빠이, 원샷이야!"

정광호의 외침에 따라 네 개의 잔이 부딪쳤다. 정광호의 모습은 기분이 완전히 회복된 것처럼 보였다.

그들은 40도에서 70도를 오르내리는 독주를 거침없이 들이켰다. 두 아가씨는 남자들의 기분을 맞추어주어야 하는데다가 마담의 매상도 올려야 하니까 몸을 사릴 계제가 아니었다.

정광호는 마치 배고픈 사람이 밥 빨리 먹듯 술잔을 숨 돌릴 겨를 없이 급히 비워댔다.

"술이 엄청 세신가 봐요. 돈도 많으시구요."

바닥난 술병을 들어 보이며 정광호 옆에 앉은 아가씨가 말했다.

"그래, 술 빨랑 시켜. 나 돈밖에 없는 몸이시다."

정광호가 아가씨를 끌어안으며 말했다. 그의 목소리에도 얼굴에도 술기운이 거나하게 돌고 있었다.

"어머나, 말씀 안 하셔도 돈 많은 것 다 알아요. 돈 없는 사람은 이런 데 못 오잖아요."

김영식 옆의 아가씨가 콧소리 진하게 아양을 떨었다.

"그래. 저 사람은 돈이 너무 많아서 탈이고, 난 돈이 너무 없어서 탈이다."

김영식이 참말인 듯 정색을 하고 말했다.

"아저씨, 거짓말도 참 매력적으로 하시네."

술기운 완연한 아가씨가 김영식 팔을 꼬집는 시늉을 했다.

"야, 야, 재수 없이 아저씨는 뭐냐, 아저씨는. 오빠라고 하면 돈 드냐?"

정광호가 눈을 부라리며 내쏘았다.

"어머나, 그래도 돼요? 오빠라고 하면 버릇 없다고 할까 봐."

"그럼 아예 예의 깍듯하게 차려서 할아버지라고 해라."

김영식의 말에 모두 웃었다.

두 번째 술병이 잔들을 채웠다. 정광호가 외쳐대는 '원샷'에 따라 그들은 연거푸 술잔을 비워댔다.

세 번째 술병이 기울어질 때 그들은 모두 다 취해 있었다.

"저 너무 취해요. 그만 마실래요."

정광호 옆의 아가씨가 애써 몸을 가누며 말했다.

"마셔. 똑같이 마시기로 했잖아!"

정광호가 버럭 소리쳤다.

"안 돼요. 힘들어 죽겠어요."

"야, 너 왜 재수 없이 말이 많아. 이게 내가 사람으로 안 보여?"

정광호가 외쳐대며 아가씨의 따귀를 후려쳤다.

"아얏!" 아가씨가 소파에 푹 고꾸라졌고, "왜 그래요. 왜 때려요!" 날카롭게 소리치며 김영식 옆의 아가씨가 정광호 쪽으로 급히 내달았고, "넌 또 뭐야!" 정광호는 그 아가씨도 후려갈겼다.

"너 뭐야. 신고할 거야!"

그 아가씨가 소파에서 비틀거리고 일어서며 소리쳤다.

"야, 이년아, 신고 좋아하지 말고 이거나 먹고 떨어져."

정광호가 지갑에서 수표를 꺼내 반나마 드러난 두 아가씨의 젖가슴에다 한 장씩 구겨 넣었다.

"이거 뭐야?"

"돈이다, 돈! 한 방에 50만 원씩!"

"키야, 증말 동그라미가 많네." 아가씨가 가슴에서 꺼낸 수표를 취한 눈으로 바라보며 고개를 까딱거리고는, "이 오빠 증말 돈밖에 없는 왕재수인 모양이네? 그래, 기왕 돈쑈하며 똥폼 잡고 싶으면 더 화끈하게 한바탕 해보라고. 쪼잔하게 50이 뭐냐, 50이. 한 방에 100은 질러야 폼 살지. 오빠, 안 그러셔?" 그녀는 비틀거리며 야유하고 있었고, "야, 너 말 한번 쌈빡하게 잘했다. 얌마 광호야, 100 질러. 사내 새끼가 존심이 있지." 김영식이 크윽 트림하며 부채질했고, "쭈아, 그래 싸나이, 멋진 싸나이! 한 방에 100만 원씩!" 정광호가 신바람 나게 외쳐대며 두 아가씨에게 수표를 두 장씩 뿌렸다. 그리고 한 아가씨의 머리채를 낚아 잡았다.

"야 이년아. 니가 사장이면 다야! 너 이 미친년. 어디 한번 죽어봐라. 니년이 사장이면 사장이었지 왜 날 개새끼 취급하고 지랄이냐. 야 이 드런 년아……."

정광호는 아가씨의 머리채를 마구 흔들어대며 미친 듯이 소리치고 있었다.

'아 하, 저놈이 완전히 미치고 있구나. 저 아가씨가 즈네 사장으로 보이니. 에이, 불쌍한 놈 같으니라구. 대기업에서 월급쟁이 해먹느라고 애 많이 쓴다. 근데 넌 꿍친 돈이 두둑해 그렇게라도 분풀이하지만 그렇지 못한 월급쟁이들은 어쩌냐. 좌우지간 넌 돈을 얼마나 많이 해먹었길래 요런 돈지랄을 계속 해대냐. 어쨌거나 재벌 기업 상무가 좋기는 좋다.'

김영식은 담배를 빡빡 빨아대며 술기운 흥건한 눈으로 정광호의 '원맨쇼'를 구경하고 있었다.

정광호는 이제 다른 아가씨의 머리채를 잡고 흔들며 사장에게 온갖 욕을 퍼부어대고 있었다. 그의 그런 스트레스 해소법은 오래전에 안서림의 남편 김태범에게서 본뜬 것이었다.

2

"얘, 가을도 깊고 바람도 스산하고, 이 계절을 어찌 이대로 보내니. 우리 유럽 한번 가자. 가서 쇼핑도 하고, 미술관도 가고, 맘 놓고 잠도 실컷 자고. 내 생각 어때?"

"글쎄에……, 나쁘진 않지만 시간을 좀 체크해 봐야 알겠어."

안서림은 심드렁하게 대꾸하며 핸드폰을 바꿔 들었다.

"왜, 맘에 안 드니? 왜 그렇게 반응이 뜨뜻미지근해? 무슨 신경 쓰이는 일 있어?"

"응, 골치 아픈 일이 있어서 그래. 김태범 문제가 아직 매듭 지어지지 않아서 내 속이 속이 아니라니까."

"그거 여태 끝나지 않았어? 돈으로 해결되지 않는 모양이지?"

"말 마라. 김태범이 돈 필요 없댄다. 막무가내로 자기주장만 내세우니……. 없는 정이 더 떨어진다."

"아이구 이 헛똑똑이야, 그쪽 속셈을 빨리 알아차려야지. 목적은 돈이잖아, 돈. 액수가 문젠데, 크게 주고 빨랑 끝내버려. 벌써 돈 얘기 오갔을 텐데……, 얼마나 준다고 했니? 궁금하다, 얘."

"얘, 니가 내 처지라면 얼마쯤 준다고 하겠니?"

"글쎄에……, 복잡하게 생각하지 말고 딱 두 가지만 생각해 봐. 그게 그쪽에서 원하는 것이기도 하니까. 첫째 그 사람이 회사를 위해서 한 일. 다른 건 다 몰라도 느네 동생들 대신해서 감옥살이 두 번 한 것은 꼭 보상받고 싶어 할 거라고. 그리고 두 번째가 양육권 포기잖아. 그 두 가지가 다 돈 좀 크게 써야 해결될 문제잖아?"

"글쎄, 두 가지를 콕콕 잘 찍었는데, 그게 얼마나 줘야 하겠느냐구. 니가 나라면."

"몰라, 기집애야. 괜히 말했다가 의리 끊네 어쩌네 하고 사이만 틀어져. 느네 그룹에 법무팀 변호사들 얼마나 많니. 그 사람들 보고 따져보라고 해."

"나도 진작 할 만큼 다 해봤어. 그런데 회사 업무 전문이라 가정 문제를 잘 모르겠다고 어물거리는 거야. 발뺌을 하는 건지, 정말 자기 분야가 아니라 모르는 건지, 답답해 죽겠어."

"그러니까 한 열흘 이태리나 파리 여행하면서 머리나 식히자고."

"그야 나쁠 건 없는데, 니랑 나랑 그 무슨 청승이니? 주름 잡혀가는 얼굴 서로 바라보며 비싼 와인을 마셔본들 그게 다 무슨 소용이니?"

"아이구, 분위기 깨는 데는 소질이 있다니까. 현지에서 젊은 애인 한번 만들어보자구."

"현지의 젊은 애인?"

"그래, 이태리에서는 테너의 미남 성악가를, 프랑스에서는 장발의 개성적인 예술가를 얼마든지 구할 수 있어."

"얼마든지?"

"그래, 얼마든지. 돈만 두둑이 가지고 가. 젊은 유학생들이 얼마든지 기다리고 있으니까. 그들과 부담 없이 즐기고 장학금 듬뿍 쥐여주고 오면 그보다 더 좋은 누이 좋고 매부 좋고가 어디 있겠니? 내 계획 어떠니?"

"이 기집애 이거 점점 야하게 변해 가네. 난 그런 짓 해도 넌 안 돼. 엄연히 남편이 있잖아."

"얘가 매력 없이 왜 갑자기 도덕 선생 티 내고 이래? 야, 갱년기 시작되려는 여자가 야한 생각 안 하면 누가 하니? 난 그런 스쳐가는 것 같은 연애를 화끈화끈하게 계속 해보고 싶고, 남편 좋아하지 마라. 난 이미 졸혼 상태다."

"뭐, 졸혼? 그 남자 바람 피니?"

"뭘 새삼스러운 소리? 재벌가 2세의 노는 모양새 몰라서 딴소리야? 그래서 나도 더 늙기 전에 실속 챙겨야 되겠다 그거야."

"그러다 남편이 알면?"

"그 남자 나한테 관심 없고, 그래서 유럽에서 살짝 하겠다 그거지."

"너 조심해. 남자는 지는 놀아나도 여자 놀아나는 건 못 봐주는 것들이니까. 그리고 너, 나하고 똑같으면서 전혀 다른 게 있어. 두 집안이 재벌인 것은 같지만, 난 회장님의 딸이시고, 넌 그저 회장님의 며느리일 뿐이야. 너 그 차이 알아?"

"야, 이 잘난 기집애야. 사람 겁 먹이지 마. 유럽 여행 갈 꿈이 사라져버렸다."

"아유, 금방 그렇게 겁나고 기죽을 것이. 알았어, 마음도 칙칙하고 그런데 가을바람 한번 휘이 쐬고 오는 것도 나쁠 건 없어. 와인 마시면서 젊은 미남 오 쏠레미오를 감상하는 낭만도 괜찮고, 해 지는 센강 변에서 달팽이 요리 먹으면서 젊은 화가의 명화 얘기 듣는 것도 멋지고."

"어머 기집애. 나이 먹어도 여전히 센스쟁이야. 그럼 내가 준비해?"

"알았어. 멋지게 짜봐."

안서림은 전화를 끊고는 '끄으으응……' 소리와 함께 팔다리를 내뻗으며 기지개를 켰다.

그때 인터폰이 울렸다.

"사장님, 미술관 임 큐레이터가 아까부터 기다리고 있습니다."

"임 큐레이터가아……?" 안서림의 말끝이 꼬여 돌아가고 있었고, 그 마땅찮아하는 기색을 알아챈 비서가, "네, 아주 급한 용건이라고 합니다" 하고 다급하게 응답했고, "급한 용건……? 들여보내." 안서림이 고개를 갸우뚱하며 얼굴을 찌푸렸다.

"사장님, 전화로 될 일이 아니라서 이렇게 찾아뵜습니다."

위아래 검정 옷을 입은 여성이 단정하게 서서 고개를 약간 숙였다.

"전화로 안 될 일……? 저리 앉아요."

안서림은 순간적으로 스치는 불길함을 느끼며 소파로 가 앉았다.

"다름이 아니라 이번 소장전에 선보인 신라 금불상이 문제가 됐습니다."

큐레이터가 침착하게 말했다.

"문제요?"

안서림이 다급하게 반응했다.

"네, 그게 자기네 절에서 도난당한 거라고 스님 세 분이 찾아왔습니다."

"뭐요? 도난당한 거? 그래서 어쩌라고요?"

안서림의 찌푸려지는 얼굴과 함께 목소리가 커지고 있었다.

"반환을……, 돌려달라고 하고 있습니다."

"돌려줘? 그 사람들 거라는 증거가 있어요?"

"네, 그분들이 사진 증거를 다 가지고 왔습니다. 탑 해체했을 때 나온 석함(石函), 석함에 모셔진 불상, 금불상만 따로 찍은 것, 그 증거가 여러 장입니다."

단정하게 앉은 큐레이터는 여전히 침착하게 말하고 있었다.

"아, 머리 아파. 그거 꽤 값이 나가는 건데."

안서림은 두 손바닥을 싹싹 맞비비며 짜증을 부렸다.

"예, 신라 시대 금불상은 무조건 국보급이니까요. 근데 사장님……, 혹시 돌려줄 생각을 하시는 건 아니시겠지요?"

"당연히 아니지요, 무슨 좋은 수가 없어요?"

"예, 제가 이모저모로 설득하려고 해봤지만 스님들이 막무가내였습니다. 그동안 부처님께 큰 죄 짓고 살았는데, 만약 고이 안 돌려주면 장물 취득했다고 온 신문에 알려서 모셔가겠다는 것이었습니다."

"온 신문에? 아이구, 이거 또 골치 아프게 생겼네. 이걸 어쩌죠?"

안서림은 계속 짜증만 부릴 뿐 아무 생각이 없는 사람처럼 해결책을 큐레이터에게 묻기만 했다. 미술관에서 큐레이터가 수행하는 여러 기능 중에 이런 문제 해결은 포함되지 않는데도.

"만약 그 사실이 신문에 알려지면 우리 다빈치 미술관의 위신과 공신력은 치명타를 입게 됩니다. 그러니까 급선무는 그 일을 성화 그룹의 힘으로 막아내도록 미리 대비해야 합니다. 그렇게 스님들을 고립시킨 다음 협상을 계속하면 우리가 유리한 위치를 점하게 됩니다. 왜냐하면 스님들이 자기네 말이 전혀 안 먹히는 것을 알게 되면서 기가 꺾일 수밖에 없을 테니까요."

"그렇다고 부처님한테 죄 지었다고 생각하고 있는 스님들인데, 우리가 쓸 수 있는 유리한 방법이 뭐가 있지요?"

"예, 단 한 가지, 법으로 가는 방법밖에 없습니다."

"법……?"

"예, 우리가 못 내놓겠다고 버티면 그분들은 법으로 갈 수밖에 없습니다."

"그래서……?"

"이겨야 합니다."

"이겨……?"

"예, 우리한테 그 불상을 넘긴 사람이 잡히면 형사재판이지만, 그 사람 행방을 알 수가 없는 상태에서는 우리와 스님들 사이에서 벌어지는 재판은 민사입니다. 그 재판에서 이기면 문제가 쉽게 풀리게 됩니다."

"그럼, 그 재판에서 이기기가 쉽다는 말 같은데, 무슨 수가 있어요?"

"예, 전관 출신 변호사를 동원하면 쉽게 될 수 있습니다."

"아, 전관예우! 그게 민사에서도 통해요?"

"예예, 민·형사 안 통하는 데가 없습니다."

"아 하, 아주 좋은 방법이 있었군요."

안서림은 비로소 어깨를 살짝 올렸다 내리는 한숨을 가녀리게 내쉬었다.

"예, 전관예우가 못 이기는 재판은 없습니다. 일단 이겨놓으면 그다음 단계는 쌍방이 화해하는 것입니다. 그때는 적당한 선에서 무언가 보상을 해주면 금불상을 그대로 지키게 됩니다."

"알았어요. 전관 출신 변호사는 나한테 맡겨둬요."

안서림은 홀가분하게 말하며, '저게 아주 보통 능력이 아니라니까' 하는 생각으로 큐레이터 임예지를 새삼스럽게 쳐다보았다. 선 굵은 얼굴이 미인인 데다가 지적이면서도 섹시한 분위기까지 풍기고 있었다. 언제 보아도 살짝 기분 나쁘고 시샘이 일게 하는 생김이었다. 큐레이터의 유니폼이기라도 한 듯 계절 없이 검정 상하의를 입고 있었는데, 어찌 된 영문인지 그 차림이 지루해 보이지 않았고 오히려 단정하면서 무척 세련돼 보이는 것이 문제였다. 그 똑같은 차림이 지루하지 않고 세련돼 보이는 것은 블라우스와 브로치의 다양한 연출 솜씨 덕이었다. 그녀의 새하얀 블라우스는 하루도 같은 것이 없을 지경으로 변모했고, 손톱만큼 작은 브로치들도 날마다 모습을 바꾸며 검정 옷 위에서 앙증맞게 돋보이고 있었다. 그 외에 그녀의 몸에는 아무런 장신구도 없었다. 심지어 시계도 차지 않았다. 그런데 어찌 그녀가 늘 새롭고, 멋지고, 세련돼 보이는지 안서림은 늘 짜증이 날 지경이었다. 그뿐 아니라 그녀는 실력 또한 뛰어났다. 프랑스에서 석사 학위를 받아온 그녀는 서양미술은 모르는 게 없었고, 동양 고대미술까지도 척척 박사였다.

"매스컴 통제는 미리 대비하도록 지시해 주시기 바랍니다."

임 큐레이터가 그 일을 환기시키며 몸을 일으켰다.

"알았어요. 내가 바로 지시하겠어요. 당신도 빈틈없이 잘 방어해요."

안서림도 따라 일어서며 말했다. 사장인 그녀가 일반 직원들을 대하며 자리에서 일어나는 것은 거의 없는 일이었다. 그녀가 큐레이터 임예지를 대단하게 여기는 것은 그럴 만한 특별한 이유가 있었다.

IMF 사태 속에서 큰 위기를 맞은 창천은 구제금융의 도움으로 가까스로 살아났다. 그러나 지난날의 대기업 위상을 회복하기는 어려웠다. 10년 넘게 위축되어 살아온 남 회장은 마침내 자존심 회복에 나섰다. 그건 과감한 기업 확장이었다. 그 공격적 경영은 물론 대규모 은행 융자가 동력이었다. 그러나 사회 전체 경기는 하강 국면에서 회복될 기미가 없었고, 남 회장의 목표는 빗나가 있었다. 과욕과 시대 변화가 엇박자를 내면서 닥쳐온 위기였다. 부도 위기설과 함께 남 회장은 몸부림을 쳤지만 은행들은 오히려 융자금 회수에 나서기 시작했다. 절망적인 상황이었다.

어느 날 큐레이터 임예지가 미술관 관장 안서림에게 말했다.

"관장님, 지금이 절호의 기회예요. 곧 창천이 부도납니다."

"무슨 소리예요?"

"그 사모님 그림, 1~2등 손꼽혔잖아요. 지금 그것 그대로 가지고 있어요. 그런데 부도나면 그것들 다 은행으로 넘어가게 될 거예요. 그 사모님은 그걸 지금 처분해 돈을 따로 챙기고 싶어도 양이 너무 많아 일시불할 구매자를 찾기 어렵구요. 그걸 관장님께서 빨리 잡으세요. 그럼 관장님 꿈이 이뤄질 수 있어요. 대양 그룹 며느리보다 그림이 더 많아질 수 있으니까요."

"어머, 정말 그렇네. 근데 그 돈이 엄청날 거 아닌가요?"

"관장님도 참. 회장님은 왜 계시는데요?"

"그렇긴 한데, 큰돈 그림에 너무 많이 들어가는 것 별로……."

"관장님, 회장님은 사업가세요. 사업가는 이윤이 남으면, 이윤이 크면 그쪽에 투자하게 돼 있어요. 관장님이 말씀드리기 거북하면 제가 할게요. 관장님은 동석만 해주세요. 그럼 한 점 값으로 열 점을 살 수 있는 이 절호의 기회를 어떻게 놓칠 수 있어요. 그리고 또 한 가지, 대양의 며느리가 우리 같은 생각으로 선수를 칠 수도 있어요."

"안 돼, 그건 안 돼요. 알았어요, 내일 당장 회장님 만나기로 해요."

그래서 창천 사모님의 그림 수천 점을 그야말로 '똥값'에 차지하는 공을 세운 것이었다.

얼마가 지나 대양의 며느리가 '사람 하나 잘못 써서 난 망했다'며 장탄식을 했다는 말을 전해 들으며 안서림은 그림을 헐값에 차지한 것보다 훨씬 더 통쾌했던 것이다. 라이벌을 꺾었으니 그 기분은 그 어떤 것하고도 비교할 수가 없었다. 임예지는 그렇게 큐레이터로서 최고였고, 보물단지였다.

안서림은 바로 창조개발실 한인규 사장에게 전화를 걸었다. 금불상 건을 간략하게 설명했다.

"……그러니까 그 기사 나가지 않도록 단속 좀 부탁드립니다."

"예, 예, 아무 걱정 마십시오. 지금 당장 단단히 조처하겠습니다."

"다른 일은 없으시죠?"

"예, 무탈하게 모든 게 잘돼가고 있습니다."

한인규 사장은 형식적인 느낌으로 대답하고 있었지만 안서림은 형식적으로 물은 것이 아니었다. 혹시 남편 쪽에서 무슨 소식이 없는지 알고 싶었던 것이다. 그러나 자신의 입으로 먼저 묻고 싶지는 않았다. 괜히 몸 달아하는 것 같은 인상을 주고 싶지 않았던 것이다.

안서림은 남편 김태범을 생각하면 심정이 복잡해졌다. 고운 정, 미운 정 다 들었더라고 그야말로 애증이 교차하고 있었다. 인연이 다 끝났으면서도 문득문득 딱하기도 했고 밉기도 했다. 사위에게 경영권을 넘기지 않는다는 것은 아버지의 확고부동한 생각이었다. 그러면 머리 맞대고 딴 길을 찾아보았어야 했다. 자존심 상하지 않고, 체면 상하지 않으면서 해나갈 일을 얼마든지 찾을 수 있을 거였다. 그런데 남편은 무슨 생각으로 그런 배신행위를 저질렀는지 모를 일이었다.

이제 남은 것은 법적 이별뿐이었다. 그것이나마 서로 마음 덜 다치고 마무리하고 싶었다. 그래서 한인규 사장이 200~300억 정도로 이별금을 마련하는 게 어떠냐고 했을 때 두말하지 않고 동의했던 것이다. 그런데 남편은 그 호의를 단번에 걷어차 버렸던 것이다. 그건 내놓고 덤비는 전쟁 선포였다. 두 자식의 문제가 걸려 있으니 그건 피할 수 없는 전쟁이었다. '인생은 전쟁이고, 사업은 더한 전쟁이다. 그리고 전쟁은 이기기 위해서 하는 거니까 수단과 방법을 가리지 말고 싸워 이겨야 한다.' 시시때때로 아버지한테서 들어온 말이었다. 두 자식의 장래가 걸려 있는 싸움이기 때문에 더욱 단단히 마음을 공글리고 있었다.

이튿날 오후에 안서림이 전신 마사지를 받고 있는데 큐레이터 임예지한테서 전화가 걸려 왔다.

"사장님, 오늘 하루 종일 설득을 했는데도 안 돼서 스님들이 내일 전 신문에 보도 의뢰를 한다고 합니다. 이미 지시하셨을 줄 알지만 다시 한 번 단속해 주시기 바랍니다."

"알았어요. 내가 지금 당장 또 지시하겠어요."

엎드려 있던 그녀는 마사지를 멈추라는 손짓을 하며 상체를 일으켰다. '요게 아주 똘똘하다니까. 일하는 게 빈틈이 없어' 하며 그녀는 한인규 사장에게 전화를 걸었다.

"사장님. 미술관 건, 내일 신문사에 돌린다고 합니다. 한 군데라도 나면 안 되니까 철저히 막아주세요."

안서림은 표독스러울 만큼 날카롭고 싸늘하게 힘을 넣어 말했다.

"예, 이미 단속했고, 지금 당장 또 하겠습니다. 신문이고 방송이고 단 한마디도 나오지 않게 하겠습니다. 더 신경 안 쓰셔도 됩니다."

'내 실력 못 믿으세요?' 하듯이 한인규 사장은 자신만만한 말투였다.

"네, 한 사장님만 믿겠어요."

안서림은 굳이 이 말을 덧붙이며 전화를 끊었다. '부하들에게는 가끔씩 믿는다는 표시를 해줘야 한다.' 이런 아버지의 가르침의 실천이었다. 계열사의 수십 명 사장들이 돈벌이꾼일 뿐이라면 한인규 사장은 그룹 전체의 온갖 문제 해결사였고, 아버지의 비서실장 겸 경호실장이었다.

과연 한인규 사장의 능력은 막강했고, 완벽했다. 그건 이틀 동안 모든 매스컴을 주시하고 나서 큐레이터 임예지가 내린 평가였다. 그 어디에서도 불상 이야기는 찾아볼 수가 없었던 것이다.

"사장님, 1라운드는 무사히 끝났고, 이제 2라운드 시작입니다. 전관 출신 변호사 빨리 선정해 주시기 바랍니다."

임예지가 생기 도는 목소리로 말했다.

"알았어요. 이미 돼 있을지도 몰라요."

안서림도 개운한 기분으로 대꾸했다.

'흥, 그게 한 사장 능력이 막강하고, 완벽한 게 아니다. 그건 겉보기일 뿐이고, 실은 성화 그룹, 곧 우리 아버지의 힘이 그렇게 세다는 증거야. 우리 아버지는 왕이야, 왕. 세상을 쥐락펴락, 마음대로 주무르는 왕이시라고. 대통령? 그거 뭐 해? 고작 5년 수명일 뿐인걸. 그치만 우리 아버지, 우리 성화가의 권세는 영원해. 그럼 영원하구말구.'

등받이 높은 의자에 몸을 편안히 부린 안서림은 눈을 지그시 감고 또 그 황홀경에 취하고 있었다.

그때 핸드폰이 울렸다. 한인규 사장이었다.

"아이구, 사장님, 이거 죄송해서 어쩌지요?"

한 사장의 읍소하는 목소리였다.

"왜요? 어디 신문에 났어요?"

안서림은 몸을 벌떡 일으키며 물었다.

"아닙니다. 그 일은 이미 깨끗이 처리됐구요, 저기 저어……, 김태범 전무가 가정법원에 친권과 양육에 관한 심판 청구를 했습니다. 이거 참 죄송해서……."

"아니에요. 그거 예상하고 있었어요. 그 방법밖에 없잖아요. 그동안 애쓰셨구요, 기왕 전화하셨으니 법무팀장 좀 저한테 보내주세요."

"예, 변호사 선임 때문에 그러십니까?"

"네, 전관 출신 빨리 구하게 하려구요."

"예, 잘 생각하셨습니다. 저도 진작 그 생각을 하고 있었으니 이제부터 법무팀장과 힘을 합치도록 하겠습니다."

"고마워요, 한 사장님. 빨리 끝냈으면 좋겠어요. 너무 찝찝하고 속상해요."

"왜 안 그러시겠어요. 최대한 서두르겠습니다."

"네, 한 사장님만 믿어요."

안서림은 다 식은 커피를 한 모금 넘겼다. 냉기와 함께 그 맛이 유난히 썼다.

'커피 쓴맛이 인생 맛이라더니…….'

문득 스치는 생각에 그녀는 쌉쓰름한 웃음을 피웠다. 김태범이란 남자와 법정 분쟁을 하게 될 줄은 몰랐다. 아버지의 뜻에 따른 결혼이었으니 뜨거운 사랑은 아니었지만 싫지 않아서 한 결혼은 틀림없었다. 김태범은 머리 좋고, 침착하고, 판단력 정확했지만 내성적이었고, 행동력이 약했고, 남자답지가 못했다. 여자로서 자신이 가장 답답해하고 실망스러웠던 것은 남자답지 못함이었다. 남자가 어떤 상황에서 얻어터질 때 터지더라도 용감무쌍하게 나서서 한바탕 주먹을 휘두를 때는 휘둘러야 하는데 김태범이란 남자한테서는 그런 것을 전혀 기대할 수가 없었던 것이다. 그러니 남자다운 카리스마가 있을 리 없었다. 어쩌면 아버지는 그런 것까지 다 살폈는지도 몰랐다. 어쨌거나 그와 법정 분쟁까지 해야 한다는 것은 식은 커피 맛처럼 쓰디썼다.

법무팀장은 30분이 못 되어 나타났다.

"창조개발실 한 사장님으로부터 설명 자세히 들었습니다. 전관 출신 변호사가 필요하시다구요?"

"예, 빨리 처리하고 싶어요. 애들 문제 오래 끌면 애들한테 해가 될 것 같아요."

"예, 알겠습니다. 유능한 분으로 바로 소개해 올리겠습니다. 상대가 워낙 양육 능력이 빈약해서 사장님이 원하시는 대로 빨리 끝날 것입니다."

"알았어요. 최대한 서둘러주세요."

그만 일어나라는 표시로 안서림은 소매 끝을 올려 시계를 보았다.

이튿날 안서림이 출근하자마자 임예지한테서 전화가 걸려왔다.

"사장님, 저쪽에서 결국 소송을 제기했습니다."

"흠, 동작이 아주 빠르네요. 좋아요, 우리도 오늘쯤 결정돼요."

"네, 알겠습니다. 결정되는 대로 제가 뵙게 해주세요."

"그래요. 내가 만난 다음 미술관으로 바로 보낼게요."

"네, 기다리고 있겠습니다."

큐레이터 임예지의 목소리는 방어해야 할 소송을 앞둔 사람답지 않게 경쾌했다.

'사람 배짱이 저 정도는 돼야지.'

이 생각과 함께 안서림은 문득 남편을 생각했다. '이런 때 남편은 어떻게 할까⋯⋯.' 그녀의 입가에 쓴웃음이 어렸다.

'두 가지 소송이 한꺼번에 터지고 왜 이 난리야⋯⋯.'

안서림은 머릿속이 복잡하고 시끌시끌해지는 것 같아 두 손으로 머리를 감싸 잡았다.

그때 핸드폰이 울렸다. 안서림은 한참을 그대로 있다가 느리게 눈길을 돌렸다. 핸드폰 화면에 뜬 이름은 이선아였다.

"왜, 손님 있어?"

"아니, 괜찮아. 얘기해."

"응. 얘, 얘, 구했다, 구했어."

"구해? 뭘?"

"너 지금 무슨 생각 하는 거야. 내가 전화하면 딱 유럽 낭만 여행을 생각해야지. 안 그래?"

"기집애, 수다는. 젊은 성악가, 화가 구했다구?"

"그래, 그래. 이제 제정신 들었네. 얘 있잖니, 아주 미남들로 쏙 뽑아 골랐다."

"미남들……? 그게 무슨 소리야? 수만 리 밖에서."

"어머, 요런 원시인 좀 봐. 핸드폰으로 사진 왔다 갔다 하는 것 몰라서 하는 소리야, 지금?"

"하이고 잘났어, IT 강국 국민답다. 그래서 핸드폰으로 선 봐 골랐다구?"

"그렇다니까. 이쪽 여행사에서 저쪽 여행사에 연락하고, 저쪽 여행사에서 가이드를 겸한 아르바이트생들 대여섯 명 사진을 이쪽으로 보내고, 그중에서 내가 선을 봐 두 명씩 딱 골라냈지."

"하이고, 시간도 많으셔."

"당연하지. 넌 사장 노릇 하느라고 친구 전화도 빨리 못 받을 정도로 바쁘지만 난 시아버지가 사장 감투 안 씌워주니까 그저 남고 처지는 게 시간뿐이잖아."

"그래, 수고 많이 했는데, 그거 다 헛수고하고 말았다."

"뭐야? 그게 무슨 소리야!"

"기집애야, 소리 지르지 마. 귀청 떨어진다. 소송이 두 건이나 한꺼번에 걸려 낭만 여행 포기다."

"맙소사. 소송이 두 건이나? 무슨 일인데 그래?"

"응, 하나는 김태범 씨와 애들 문제로 다퉈야 하고, 다른 하나는 회사 문제니까 비밀."

"아이구야, 좋다 말았네. 이게 뭐니?"

"실망 마. 우린 아직 젊고 가을은 또 와."

"미쳤니? 내년 가을까지 기다리게. 봄에 가, 봄. 봄 낭만이 더 근사해."

"너 소송 안 해봐서 모르지? 세월아 가라 하고 질질 끄는 게 소송이야. 내년 가을에도 못 갈지 몰라."

"아이구야, 난 죽겠다."

"얘, 얘, 손님 왔다. 다시 전화하자."

안서림은 다급하게 둘러대며 전화를 끊었다. 더 수다 떨 기분이 아니었던 것이다.

법무팀장은 사흘 만에 전관 출신 변호사를 물색해 왔다.

"아주 최적임잡니다. 얼마 전에 가정법원 부장판사로 퇴임하고 바로 개업한 분입니다."

법무팀장이 자랑하듯이 말했다.

"그거 참 잘됐네요. 최대한 빠르게 양육권을 우리가 갖게 해야 돼요."

"그 점 누차 확실하게 못 박았습니다."

"그럼, 수임료가 좋아야 추진도 빠르고 결과도 좋아지겠지요?"

안서림은 쏘는 듯한 눈길로 법무팀장을 응시하며 명료하게
말했다.

"예에⋯⋯, 그건 사실입니다."

법무팀장은 옹색스러운 표정으로 대답했다.

"좋아요. 얼마가 들든 빨리 끝낼 수 있게 해야 돼요. 얼마
쯤이 좋죠?"

"그건 아직⋯⋯, 전관예우 감안하셔서 사장님께서 언질을
주시면⋯⋯."

"좋아요, 10억이든 20억이든 상관없어요. 일만 빨리, 확실하
게 끝내면 돼요. 그리고 잘 끝내면 성공 보수도 따로 선물하
겠어요."

"예, 사장님께서 그렇게 큰맘 쓰시면 저쪽에서도 충성 다
바쳐 일 잘할 것입니다."

"됐어요. 빨리 가서 확정한 다음 만나도록 해요."

"예, 바로 조처하겠습니다."

법무팀장이 불그레 상기된 얼굴로 일어섰다.

안서림은 이제 김태범에게 한 푼도 안 줄 작정이었다. 한인
규 사장은 200~300억 정도라고 했지만 자신은 김태범이 억
지 부리지 않고 순순하게 나오면 400~500억까지도 줄 생각
이었다. 두 아이를 낳고 살아온 남편이었던 것이다. 그런데 그
는 정반대로 덤벼들었던 것이다. 이 싸움을 이기는 데 변호사

비 50억이 아니라 100억인들 아까울 리 없었다. 변호사비가 얼마가 들든 간에 이 싸움은 이익이 큰 싸움이었다. 김태범은 고맙게도 마지막 충성까지 바치고 있었다.

엇갈리는 길

1

국회 의원회관 강당 앞은 사람들로 북적거리고 있었다. 큰 문 양쪽으로 싱싱한 생화를 꽂은 대형 화환들이 즐비했고, 사람들도 긴 줄을 이루며 서 있었다. 밝은 잔치 분위기가 잘 어우러지고 있었다.

"아이구, 사람이 많네요."

복도를 막 돌아선 국회의원 윤현기가 멀찌막이 바라보이는 접수대를 향해 걸으며 옆 사람에게 낮게 말했다.

"많아봤자죠. 삼팔 광땡이라면 모를까 다섯 끗짜리 죽어라고 모아봤자 하품 나오는 거죠."

같은 당의 김상원이 픽 코웃음을 흘렸다.

"하긴 그렇죠. 머릿수는 투표장에서 할아버지지 출판기념회장에서야 끗발 없는 흑싸리 껍질이지요. 몇십만 원씩도 아니고 몇만 원씩 그거 모아봤자 참 빛 좋은 개살구니까요."

"특히 저 사람, 박일준은 속 빈 강정이기 십상이지요. 괜히 머릿수 가지고 세 과시나 하는 거지."

"그렇지요. 노동운동 출신이니 그 바닥 들여다보나 마나 뻔하지요, 뭐."

"근데 저 사람 책 읽어봤어요?"

"어디 그럴 시간 있나요. 그저 손가락 끝으로 대충 훑어봤지요."

"나도 그랬는데……, 느낌이 어때요?"

"글쎄요오……, 1~2위 하는 대기업 두 개를 일부러 정면에서 박치기하며 박살 내고 들었던데……. 그 용기는 가상하긴 하지만 글쎄요오……."

"그건 용기가 아니라 초선다운 객기지요. 노동운동하던 식으로 정면 돌파하겠다는 뜻이야 정말 가상하고 신통한데, 그거 초선 때 으레 저지르기 쉬운 의욕 과잉에, 철 덜 든 짓 아닌가요?"

"예, 윗사람 지도를 제대로 못 받은 게 아닌가 싶어요."

"노동운동하다 들어왔으니 그럴 수도 있는데, 저 사람 우리 당 대표가 끌어준 것 아닌가요?"

"맞지요."

"그럼 대표가 지도를 안 했을까요?"

"글쎄요, 안 하기야 했겠어요? 우리처럼 잘 따르지를 않고 운동권식으로 외치고, 나서고, 튀고 싶어 생긴 탈이겠지요. 저 사람 위원회 활동에서도 너무 나댄다고 이미 소문나 있었 잖아요."

"예, 그 말 맞아요. 작년에도 법안 발의를 제일 많이 했고, 이 출판기념회도 이렇게 제일 먼저 설쳐대고, 딱 철없는 초선 스타일이에요."

"그나저나 이 책 보고 우리 당 대표가 어떤 생각을 했는지 궁금해요."

"나도 그 생각을 했어요. 그 두 기업 쪽에서 그냥 넘어갈 리가 없는데. 대표가 좀 괴로움을 당할 거예요."

"그렇겠지요? 저 사람 차기가 어떻게 될지 위태위태해요."

"그럼요. 대표가 공천 안 줄 수도 있어요. 그런 식으로 당한 게 어디 한둘인가요."

"그래서 적당히, 눈치껏 하라는 건데……. 다 지 팔자죠, 뭐. 여기 오래 있을 건가요?"

"아뇨. 같은 당이라 책 받고 가만있을 수가 없어서 인사치레로 온 겁니다. 선약이 있어서 식 시작하면 바로 나가야지요."

"예, 나도 그래요."

두 사람은 마침내 젊은 박일준 의원 앞에 이르렀다.

"아, 박 의원님, 축하합니다. 진심으로 축하합니다. 책 열심히 탐독했습니다. 아주 잘 썼어요. 그 명쾌한 지적에 속이 다 시원했어요."

윤현기가 웃음 넘치는 얼굴로 박일준의 손을 마구 흔들어 대며 거침없이 말했다.

"아, 박 의원님, 축하, 축하, 또 축하합니다. 책 밤 꼬박 새우며 다 읽었습니다. 어찌나 리얼하게 잘 썼는지 중간에 놓을 수가 없었어요. 이 시대에 꼭 필요한 책이고, 다른 초선들 기 팍 죽이는 명저더군요. 앞으로 계속 더 분발하세요."

김상원은 윤현기한테 지지 않겠다는 듯 더욱 매끈하게 말하며 박일준의 팔이 떨어져 나가라 손을 흔들어댔다.

"예, 감사합니다, 감사합니다."

박일준은 두 사람의 속을 아는지 모르는지 상기된 얼굴로 그저 싱글벙글이었다.

식이 시작되어 내빈 소개가 끝나자마자 윤현기와 김상원은 서로 내기라도 하듯 식장을 빠져나갔다. 다른 의원들도 그 뒤를 따르기 바빴다.

윤현기는 신남수와 약속한 강남으로 가기 위해 서둘러 여의도를 벗어났다. 여의도 일대는 근무처일 뿐 약속 장소로는 마땅치 않았다. 보는 눈이 여기저기 흩어져 있었던 것이다. 다른 의원들은 편리하다고 해서 이 식당 저 식당에서 마주 앉고, 밀담하고 그랬지만 그는 한 번도 그 미련한 짓을 하지 않았다. 보통 시민이 아침에 출근해서 저녁에 퇴근할 때까지 CCTV를 평균 100번 찍히는 세상이었다.

"무슨 일인데 그렇게 숨이 넘어가?"

윤현기는 방으로 들어서며 마땅찮은 기색으로 물었다.

"말 마. 큰 탈 났네."

초조한 기색이 역력한 신남수가 손을 맞비볐다.

"뭐야, 나하고 관계있는 건가?"

윤현기의 눈매가 날카로워지며 목소리에서 냉기가 끼쳤다.

"아니, 아니. 그건 전혀 아니고, 완전히 딴 문제야, 완전히."

신남수가 고개까지 짤짤 흔들어대며 윤현기와 아무 관계가 없음을 강조했다.

"됐어. 서둘러대지 말고 알기 쉽게 차분하게 말해. 괜히 흥분하거나 떨면 말이 제대로 전해지겠어?"

안심한 윤현기는 금세 부드럽게 변해 말했다.

"응, 자네 말야, 환경운동연합 잘 알지?" 신남수가 마른침을 삼키며 말을 꺼냈고, "자네, 거기하고 무슨 일 얽힌 거야?" 갑자기 윤현기의 언성이 높아졌다.

"으응……, 일이 어떻게 이상하게 돼서 그만……. 왜, 거기 고약한 데야?"

신남수의 얼굴이 하얗게 변하며 목소리가 떨렸다.

"고약하기만? 사람 아주 죽이는 데야. 참여연대와 함께."

"아이고, 어쩌지. 사람 환장하겠네, 이거."

신남수는 또 손을 맞비비며 엉덩이를 들었다 놓았다.

"이 사람아. 말 토막토막 치지 말고 쭈욱 얘기해 보라니까. 무슨 일을 저질렀길래 그렇게 벌벌 떨고 야단이야."

윤현기가 퉁을 놓았다.

"응, 알았어. 다른 게 아니고 얼마 전에 7백 세대 아파트 택지 개발을 했거든. 그런데 뒤쪽, 북쪽으로 한 3백여 평 야산이 물려 있어 거기 나무들을 잘라냈거든. 근데 그걸 환경운동연합에서 문제 삼고 나선 거야. 불법 산림 훼손이라고."

"불법은 불법인 거야? 시하고는 어떻게 했는데?"

"시하고는 잘됐지."

"잘됐지? 쓱싹 기름칠한 거야?"

"그야 관행이잖아."

"그게 무슨 정신 나간 소리야! 불법 산림 훼손이래잖아, 불법!"

윤현기가 버럭 소리를 질렀다.

그때 조심스러운 노크 소리가 들리고 음식이 들어왔다.

그들은 말을 중단하고 음식이 다 옮겨지기를 기다리고 있었다. 윤현기는 뿌루퉁한 얼굴인 채 물수건으로 손을 닦고 있었다.

"자네, 산림청은 무시하고 시하고만 쓱싹했지?"

윤현기가 표적을 겨냥하듯이 신남수를 빤히 노려보았다.

"그게 평수 얼마 안 되고, 시에서도 별문제 삼지 않아서……."

"이 사람아, 정신 차려!"

신남수의 말을 자른 윤현기가 버럭 소리치며 상을 내리쳤다.

"내가 항상 뭐랬어. 어겨서 말썽 날 법은 절대 어기지 말고, 해먹어도 쥐도 새도 모르게 틀림없이 안전빵인 것만 해먹으라고 입이 닳도록 말했잖아. 그런데 산림 3백 평이 얼마 안 된다고? 거기에 나무가 몇 그루가 서 있었나? 작으면 평당 두 그루씩 6백 그루, 크면 한 그루씩 3백 그루. 그 나무를 산림청 허가 없이 다 쳐내고 무사할 줄 알았어? 자넨 볼 것 없이 콩밥 신세야. 환경운동연합에 찍혔으니까."

윤현기는 잔인하도록 냉정하게 말하고는 생선 초밥 하나를 집어 우물우물 씹기 시작했다.

"여보게 나 좀 살려줘. 그쪽에서 날 쇠고랑 채우려고 하는 판인데 자네가 먼저 콩밥 얘길 하면 난 어떡하나. 자네가, 자네가 나서서 그 사람들 좀 말려줘."

"하, 이렇게도 세상이 어떻게 돌아가는지 모르고 사는 인간도 다 있나. 국회의원 빽이 대통령 다음가는 빽이라고 하지만 안 통하는 데가 딱 한 군데 있어. 그게 바로 시민단체야. 근데 시민단체들 중에서도 제일 독하고 꼴통으로 소문난 데가 참여연대고, 환경운동연합이야. 자넨 아주 제대로 걸린 거야. 내가 나서봐야 아무 효과도 없고, 나까지 비리에 연루된 자로 찍히게 되니까 나한테 아무것도 기대하지 마."

윤현기는 매정하기 그지없이 말하며 손까지 홰홰 저어댔다.

"여보게, 여보게, 그러지 말어. 내가 믿을 사람이 자네 말고 누가 또 있는가. 국회의원 빽이야 안 통하는 데가 없잖아. 귀찮게 생각하지 말고 나 좀 살려달라구."

신남수는 곧 울음이 터질 것 같은 얼굴로 손바닥을 맞비볐다.

"허허, 이렇게 답답한 사람이 다 있나. 안 통해, 절대 안 통해. 그 사람들이 어떤 사람들인지 아나? 지난 20대 총선에서 비리가 있거나 능력이 부족하다고 평가한 후보들을 찍어 낙선 운동을 전개했다구. 참여연대와 함께 국회의원 킬러들이라고, 킬러! 그런 사람들한테 국회의원 빽이 먹히겠냐구. 자네가 나보고 나서달라는 건 호랑이 아가리에 대가리 디밀라는 거나 마찬가지야. 자네 비리에 나까지 엮여서 다음 선거 때 똑 떨어지게 된다구. 무슨 말인지 알아들어?"

"아, 사람 미치겠네. 그까짓 3백 평 가지고."

"이 사람 참 왜 이렇게 무식하지? 환경운동연합이란 나무 한 그루만 불법으로 잘라도 눈에 불 켜고 나서고, 갯벌이고 강물에 공장 폐수나 가축장 분뇨가 조금만 흘러들어도 소리소리 지르며 나서는 사람들이라고. 그 사람들은 한마디로 나무 아버지고, 낙지 조개 아버지고, 붕어 쏘가리 아버지라고. 그 사람들이 얼마나 드세고 악착같은지 알아? 대통령 상대로 4대강 사업 소송을 제기했고, 전국 명산에 설치하려던 케이블카들을 다 막아냈고, 핵발전소 설치 반대에 성공하고, 자연 훼손 심한 골프장 사업도 백지화해 버리고, 그들이 해낸 일이 한두 가지가 아니야. 그러니 자네가 불법으로 나무를 잘라낸 죄가 얼마나 큰지 짐작이 가, 안 가?"

"하이고, 나 죽었다. 난 그런 것도 모르고 시만 믿거라 했으니. 여보게, 난 어쩌면 좋지? 살아날 무슨 방도가 없겠나?"

신남수의 눈에는 마침내 눈물까지 그렁그렁했다.

"시에선 뭐라고 해?"

"자기들은 모르는 일이라고 싹 안면 바꾸고 오리발이지 뭐."

"그야 뻔한 공무원들 행투지. 받아먹을 때는 낼름낼름 잘도 받아 처먹고 일 터지면 잽싸게 발뺌하며 안면 몰수해 버리는 거. 기왕 일 터진 거 일단 밥이나 먹어. 수사받고 끌려다니고 하는 것도 다 체력 싸움이니까."

윤현기는 배짱 두둑하게 신남수를 향해 턱짓했다.

"빌어먹을, 밥이 넘어가야 먹지. 정말 솟아날 구멍이 없는 거야?"

신남수는 손등으로 눈물을 훔치며 목이 메었다.

"글쎄에……, 그게 말야……. 그 찰거머리, 진돗개들 손아귀에서 벗어나야 하는 건데……, 그러자면 무슨 수가 있을까……." 윤현기는 고개를 갸웃갸웃하다가 된장국을 후루룩 들이켜고는, "별수 없어, 자네가 쇠고랑 차는 수밖에." 그는 고심하는 얼굴로 말했고, "뭐, 뭐라구? 쇠고랑을 차?" 신남수가 화들짝 놀라며 엉덩방아를 찧었다.

"뭘 그리 놀래고 그래? 그 사람들은 자넬 쇠고랑 채워 경찰에 넘기면 자기들 일 끝났다고 생각해. 그다음부터는 경찰, 검찰에서 수사해 자네한테 벌주는 단계니까. 자네가 일단 경찰로 넘어오면 그때부턴 이 의원 나리의 힘이 먹혀들기 시작하니까. 무슨 말인지 알아듣겠어?"

윤현기는 신남수를 똑바로 쳐다보며 끝말에 바짝 힘을 넣었다.

"응, 알어. 그렇게 하면 감옥살이 안 하고 쉽게 풀려날 수 있을까?"

"그야 해봐야 알지 내가 지금 어떻게 장담해. 아, 밥부터 먹으라니까."

"안 돼, 안 돼. 자네가 책임지고 날 살려줘야 해. 비용은 얼마든지 댈 테니까 감옥살이 안 하고 풀려나게 해줘야 해. 알았지? 해줄 거지? 자네 믿어도 되지?"

신남수는 혀끝으로 입술을 축이며 애가 타고 있었다.

"알았어. 살아날 구멍이 뭐가 있는지 좀 생각해 봐야 하니까 겁 그만 먹고 우선 밥 먹어, 밥. 자네가 밥 안 먹고 이렇게 수선을 떨어대니까 나도 밥을 먹을 수 없고, 살아날 방법을 생각할 수도 없잖아."

윤현기가 짜증스럽게 말했다.

"응, 알았어. 난 자네만 믿어. 은혜 톡톡히 갚을 테니까."

신남수는 윤현기를 똑바로 쳐다보며 맹세하듯이 이 말을 했다.

"알았어. 밥 먹어. 나 생각 좀 할 거니까."

"응, 생각해. 나 밥 먹을 테니까."

신남수는 자세를 고치며 젓가락으로 초밥을 집었다. 그 손이 떨리는 듯했다.

윤현기는 눈길을 떨군 채 생선 초밥을 느릿느릿 씹으며 골똘한 생각에 잠겨 있었다. 신남수는 그런 윤현기의 눈치를 힐끗거리며 생선 초밥을 그저 욱여넣고 있었다.

"됐어. 한 가지 방법이 생각났어." 윤현기가 이윽고 입을 뗐고, "응, 그래." 신남수는 식탁 앞으로 바짝 다가앉았다.

"그거 내일부터 원상복구해."

"원상복구……?"

"그래, 나무를 다시 심으라구."

"어떻게……, 그 크고, 많은 나무를……."

신남수는 울상이 되며 얼굴이 일그러졌다.

"빌어먹을, 이제야 그 나무들이 크고, 많다는 걸 알겠어? 그게 바로 자네가 진 죄야!" 윤현기는 매섭게 쏘아대고는, "그 나무들하고 똑같은 걸 심으라는 게 아니야. 한두 뼘짜리 묘목은 너무 작아서 안 되고, 4~5년 정도 되는 애목을 베어낸 자리마다 다시 심으라구. 할 수 있어, 없어?" 그는 엄하게 신남수를 응시했다.

"하라면 하는데……, 그건 왜?"

신남수는 그 뜻을 모르고 윤현기를 멀뚱이 처다보았다.

"사람이 어찌 그리 눈치가 잽싸질 못해? 사람이 잘못을 저지르거나 죄를 지었을 때 살아나는 방법이 뭔지 알아? 진심으로 잘못했다는 태도로 용서해 달라고 비는 거야. 비는 데는 무쇠도 녹는다는 속담이 있잖아. 빨리 나무를 심고, 그 사진을 여러 장 찍어 첫 번째로 환경운동연합에 보내는 거야. 그때 사진만 보내지 말고, 저의 잘못을 진심으로 뉘우치고 반성하며, 많이 부족하지만 나무를 다시 심었고, 그 터는 주민들을 위한 체육 시설을 완비하여 기증할 것이며, 제가 지은 죄에 대해서는 법의 처벌을 달게 받겠습니다 하는 내용의 반성문을 써서 함께 보내라고. 그럼, 이 세상 사람들이 좋은 자연환경 속에서 건강하고 행복하게 살아가게 하기 위해서 좋은 일 하는 마음씨 좋은 사람들이 환경운동연합 사람들이니까 자네를 달리 볼 거야. 자네가 열 대 맞을 것을 한두 대만 맞게 경찰에 말해서 잘해 줄 수 있는 사람들이라구. 알아듣겠어?"

"응, 말뜻은 잘 알겠는데……, 근데 그게……."

"그게, 뭘?"

"편지……, 그런 편지를……, 그렇게 멋지게 내가 어떻게 써."

"하, 이거야 원."

"자네가……, 아까 말한 대로 그렇게 멋지게 자네가 좀 써주면……."

"허허 참 기막혀. 아니 대한민국 국회의원이 지지리 할 일이 없어서 산림훼손범 반성문 쓰게 생겼어!"

윤현기가 고개를 뒤로 젖히며 헛웃음을 쳤다.

"아니, 아니, 꼭 자네가 아니라 자네 밑에 유식한 보좌관들 많잖아. 그 사람들보고 좀 써달라고 하면……."

그때 윤현기의 머리에 퍼뜩 떠오르는 얼굴이 있었다.

"알았어. 내가 아는 글 잘 쓰는 교수 한 분이 있어. 특히 그런 글은 아주 잘 쓸 거야."

"아, 살았네. 그분한테 좀 부탁해 줘."

신남수가 화들짝 반색을 했다.

"근데 그거 공짜 아니야. 원고료, 글값을 드려야 해."

"아, 당연하지. 다른 사람도 아니고 교수님이신데. 얼마나 드려야 해? 한……, 백만 원……?"

"아니, 그 절반, 50만 원."

"아니야, 고마운데 그냥 백만 원 드려."

"그러면 나야 좋지. 부탁하기 수월하고. 근데 편지가 한 가지가 아니야. 수사가 시작되면 사진과 함께 경찰에도 내야 돼. 검찰에 낼 것은 경찰에 낼 것을 그대로 쓰면 될 거고."

"알았어. 2백만 원 드려야지."

"그렇게 하면 내가 움직이기도 좋고, 경찰이고 검찰에서 다 효과가 날 거야. 수사와 재판에서 제일 중요하게 생각하는 게 뭔지 알아? '개전의 정'이야. 잘못을 뉘우치는 진정한 마음이란 뜻이잖아. '개전의 정이 뚜렷하여 관대하게 처벌한다', '개전의 정이 전혀 없어 엄벌에 처하지 않을 수 없다', 형사재판에서 판사가 이 두 가지 말을 빈번하게 하잖아. 진심으로 잘못을 반성하느냐, 아니냐가 재판의 가장 중요한 판단 기준이 된다 그거야. 자네가 다시 나무 심고, 사진 찍고, 반성문 써서 제출하는 게 바로 개전의 정을 나타내는 거야. 그것을 하고, 내가 힘쓰고 하면 크게 당하지 않고 잘 풀릴 거야."

"그렇게 해서 어떻게 경찰에서 끝날 수는 없을까?"

신남수가 여전히 겁나는 기색으로 물었다.

"겁나는 자네 맘 잘 알겠는데, 안 될 꿈은 꾸지 마. 자넨 지금 형사사건을 저질렀고, 엄연한 고발자가 있어. 그것도 개인이 아닌 단체, 단체 중에서도 모두의 건강과 행복을 위해 일하는 것으로 이름난 시민단체 환경운동연합이야. 그들이 두 눈 똑바로 뜨고 지켜보고 있는데 경찰이 어떻게 우물쭈물할 수 있겠나. 그리고 경찰은 수사해서 검찰에 넘길 책임만 있지 다른 결정권은 없어. 그리고 검찰에 넘어가서도 내가 아무리 손을 써도 기소를 막을 도리는 없어. 환경운동연합이라는 존재가 있어서 그 어떤 검사도 불기소처분을 내리지 않아. 일단 재판에 넘겨지고, 집행유예를 받도록 최선을 다하는 방법뿐이야."

"그럼 집행유예는 확실한 거야?"

"사람 참, 내가 그걸 어떻게 장담해. 지금 내가 할 수 있는 말은 최선을 다해 보겠다는 것뿐이지. 하여튼 내가 애쓸 테니까 너무 걱정하지 마."

"알아, 자네만 믿어. 그리고 비용은 넉넉하게 댈 테니까 일이 되게만 해줘. 나 깜빵 살면 안 돼. 회사도 망하지만, 애들이 죄인 자식들 되잖아."

"알았어, 알아. 자넨 나한테도 중요한 짝짜꿍이야. 자네가 불행해지면 나도 불행해지는 거니까 너무 걱정하지 마. 내가 틀림없이 발 벗고 나설게.”

윤현기는 신남수와 눈길을 딱 맞추며 힘주어 말했다.

“고마워, 고마워. 난 자네밖에 없어.”

신남수는 윤현기의 손을 덥석 잡으며 목이 꽉 메었다.

“그러니까 내가 맨날 말했잖아. 급히 먹는 밥이 체하듯 닥치는 대로 돈 욕심 내면 반드시 탈 난다고. 국회의원 되면 어찌 되는지 알아? 돈이 파도처럼 밀려와. 내 돈 잡수세요, 내 돈 잡수세요, 하면서. 그 돈 정신없이 다 먹어치우면 어찌 되는지 알아? 1년이면 수백억 부자도 될 수 있어. 그 대신 국회의원 수명도 1년으로 끝장이야. 그리고 쇠고랑도 보너스처럼 따라와. 왜냐면 그 돈들에는 가시가 돋혀 있고, 칼날이 들어 있고, 독이 묻어 있기 때문이야. 그래서 내가 모셨던 박 의원님께서는 ‘돈은 꼭 가려서 먹어야 하고, 먹어서 안 되는 돈은 그 즉시 돌려주라’고 당부하신 거야. 사업가도 마찬가지야. 돈 벌 욕심에 물불 가리지 않고 나대다가는 결국 사업 망치고 신세 망치고 다 망치게 돼. 사업가도 눈치 빠르게 앞뒤 잘 가려야 하고, 늘 주변을 두루두루 살피며 눈을 크게 뜨고 빠릿빠릿 살아야 해. 자네의 이번 실수가 무엇을 잘못해서 생긴 것인지 알겠지?”

“응, 알고 있어. 근데 그 환경운동연합이라는 게 우리 같은 지방까지 그렇게 쫙 퍼져 있는지는 몰랐지. 아휴 무서워."

신남수가 어깨를 떨며 진저리를 쳤다.

"이렇게도 둔하고 순진하기는. 그 조직은 저 천 리 밖 전라도 고흥이고, 경상도 거제 같은 곳까지 쫙 퍼져 있어. 그러니 충청도지만 경기도에 가까운 우리 고향이야 더 말할 게 없는 일이잖아."

"근데 그 사람들은 수가 얼마나 많길래 전국적으로 움직이는 거야?"

"말 마. 회원이 대충 8만여 명이야. 그 사람들이 눈을 부릅뜨고 자연 훼손하는 걸 감시하고 있어. 인간 CCTV인 셈이지."

"아이구야, 8만 명씩이나. 맞어, 인간 CCTV! 내가 그렇게 작살날지 몰랐지. 근데 아까 그 사람들이 국회의원 낙선 운동도 했다고 했잖아."

"그랬지. 그거 아주 끔찍스러. 바로 총질당하는 거니까."

윤현기가 고개를 내둘렀다.

"그리되면 사업만 해먹기 힘든 게 아니라 자네 같은 사람들 정치 해먹기도 힘들겠네."

"허, 그 눈치는 빠르네. 정말이지 정치 해먹기 점점 힘들어져. 시민단체가 줄어드는 게 아니라 자꾸 불어나고 있는 데다, 갈수록 드세지고 억세지고 있으니까. 선배 의원들 얘기 들어보면 정치 해먹기 제일 편했던 때가 박통 때였나 봐. 그

70

땐 유신 독재 속에서 국민들이 꼼짝달싹 못 하고 숨 죽이고 있었고, 시민단체라는 것도 하나도 없었으니까."

"그거 그렇겠네. 그럼 국회의원들 중에 시민단체 좋아하는 사람들은 하나도 없겠네."

"그게 정답이지. 아무도 내놓고 말은 못 하지만 속으로는 다 싫어하는 건 뻔하지."

"그거 법으로 금지할 수는 없는가?"

"저, 저, 또 눈치 없는 소리 하고 앉았다. 그딴 소리 어디서 지껄였다간 개망신당할 수 있으니 제발 정신 똑바로 차리라구. 시민단체란 말야 자유민주주의 국가에서 시민이 행사할 수 있는 가장 당연한 국민의 기본권이야. 그런 행동은 법으로 막을 수 있는 게 아니라 법으로 보장하고 있다 그 말이야. 그래서 유럽 선진국에서는 시민단체가 몇만 개씩 활동하고 있어. 그런 나라들에 비하면 우리나라는 없는 거나 마찬가지야."

"그럼 우리나라도 앞으로 자꾸 더 생겨난다 그거야?"

"당연하지. 선진국이 되는 건 우리 국민 전체가 바라는 꿈이고, 그 꿈이 추진되어 나가는 과정에서 시민단체들이 자꾸 생기는 건 필연이야."

"아이고, 나 사업 때려치워야겠네."

신남수는 맥 풀리는 소리를 흘리며 고개를 내저었다.

"사람 참 못나빠지긴. 그 등쌀에 정치 해나가는 사람도 있는데 그 무슨 웃기는 소리야. 그런 사람들한테 찍히지 않게 요령껏 눈치껏 해나가는 길을 찾으면 됐지."

윤현기는 신남수에게 눈을 흘기며 혀를 차댔다.

"하긴 낙선 운동 해대는 자네들한테 비하면 사업하는 쪽에서 당하는 건 조족지혈일 수도 있겠지. 근데 그거……, 그 글은 언제 받을 수 있을까? 질질 끌면 안 되는데."

"그거 먼저 돈……."

윤현기는 여기서 문득 말을 중단했다. 하마터면 '돈부터 이 계좌로 먼저 넣어. 그럼 바로 글을 써줄 테니까' 하며 핸드폰에 저장되어 있는 고석민의 통장 번호를 불러줄 뻔했던 것이다. 그러면 자신이 고석민에게 글을 쓰이고 있다는 사실이 고스란히 드러날 판이었던 것이다. 그건 결코 드러나서는 안 될 특급 비밀이 아닌가.

"그거 말야, 내가 내일 아침 일찍 그 교수한테 연락해서 자네하고 통화할 수 있게 해줄 테니까 그때 그쪽 계좌 번호 물어서 바로 원고료를 입금시켜. 그럼 그 교수는 내일 중으로 두 통 다 써서 자네가 받을 수 있도록 해줄 거야. 이메일로 말야. 아주 실력이 좋아서 잘 쓰고, 빨리 써."

이 말도 '나도 필요할 땐 글을 쓰이고 있거든' 하는 뜻을 다 드러내고 있는 것인데도 윤현기는 그 사실을 전혀 깨닫지 못

하고 술술 말을 해나가고 있었다.

"무슨 글을 써야 하는지는 자네가 미리 다 말 좀 해줘."

신남수도 자기 일에만 정신 팔려 그 교수가 윤현기의 글을 대필해 주고 있다는 사실 같은 것은 전혀 눈치채지 못하고 있었다.

"알았어."

"그리고……, 자네 애쓰는 데는……, 얼마나……."

신남수는 윤현기의 눈치를 살피며 그저 조심조심 입을 달싹거렸다.

"에이, 그건 급할 것 없어. 차차 얘기해."

윤현기는 남자다운 호기가 느껴지도록 손을 내저어버렸다.

신남수는 윤현기의 그 태도에서, 크게 필요하다는 것인지 아니면 별로 신경 쓸 것 없다는 것인지, 전혀 땅띔도 할 수가 없었다.

2

김은경은 여행 가방을 거실 바닥에 던지듯 하며 소파에 주저앉았다.

"시집에선 뭐라던?"

김은경의 어머니는 곧 울 것 같은 얼굴로 딸에게 물었다.

김은경은 멍한 눈길로 고개를 저었다. 그녀의 얼굴은 몰라볼 지경으로 초췌하게 변해 있었다.

"어디 있는지 안 가르쳐줘?"

김은경은 또 고개를 저었다.

"그럼 배 서방처럼 시부모들도 너를 내치던?"

김은경은 또 고개를 저었다.

"이 답답아, 말 좀 해라. 거기서도 모른다고 하던?"

김은경은 고개를 끄덕였다.

"하이고, 그 인종이 하늘로 솟았을 거나, 땅으로 꺼졌을 거나. 시골 집에도 아무 소식이 없으면 도대체 어디로 갔단 말이냐."

김은경 어머니의 넋두리에는 울음이 뒤섞여 있었다.

"엄마, 나 물 좀……."

김은경이 꽉 잠긴 소리로 겨우 말했다.

"그래, 그래……."

어머니는 손등으로 눈물을 훔치며 허둥지둥 돌아섰다.

"에그, 그 좋던 얼굴이 그간에 반쪽이 돼버렸구나. 천천히 마셔라, 천천히. 그리 급히 마시면 물에도 체한다."

어머니는 물을 급히 마시는 딸을 보며 안타까운 손짓을 하고 있었다.

"엄마, 내 얘기 듣고 시어머니는 아들 걱정에 울기만 하고, 시아버지는 아들 소식 알게 되면 빨리 연락 달라고 오히려 나한테 부탁을 했어. 그러니까 그 인간은 자기 부모까지도 버리고 어디로 종적을 감춘 거야. 이젠 더 안 찾을 거야. 포기했어."

김은경은 슬픔 어린 얼굴로 천천히 말했다. 그 어조가 예사롭지 않았다.

"살다가 참 별 해괴한 꼴도 다 보겠다. 하루아침에 처자식 다 버리고 어디로 갔단 말이냐. 골백번 생각해도 귀신이 곡을 할 노릇이다."

어머니는 하고 또 한 푸념을 다시 하며 긴 한숨을 내쉬었다.

"엄마, 엄마도 그런 소리 이젠 그만하고 내 살 궁리나 좀 해줘."

김은경이 두 손으로 머리를 쓰다듬어 넘기며 정색을 하고 말했다.

"살 궁리?"

어머니는 딸을 새삼스러운 눈길로 바라보았다.

"응, 살 궁리. 그동안 그 인간 찾아내려고 사방 천지 싸돌아다니느라고 약간 모아놨던 것 싹 다 써버리고, 애들 둘 데리고 먹고살아야 하잖아. 그러니까 엄마가 오빠보고 나 어디 취직 좀 시켜주라고 해. 이제 굶어 죽게 생겼다구. 그렇다고 집 팔아서 먹고살 수는 없잖아. 오빠는 아는 회사가 많으니까."

"그렇지. 세 입이 당장 먹고살아야 될 일이 다급하지." 어머니는 또 휴우 한숨을 길게 끌고는, "헌데 말이다. 니 오빠가 요새 이혼 소송이니 무슨 소송이니 해서 정신이 하나도 없고, 또 그렇게 굳게 회사를 관뒀으니 그쪽에 회사들이 많다지만 취직을 시킬 수 있을지 모르겠다." 그녀는 또 깊은 한숨을 쉬었다.

"엄마, 오빠한테 꼭 말해야 해. 그쪽 회사들 말고 다른 회사들도 많이 알고 있을 거라고. 나 취직 못 하면 집 팔아서 식당을 하든지, 편의점을 하든지, 돈벌이를 해야 되는데, 그러다가 망쳐먹으면 쪽박 신세 되잖아."

"아서, 아서, 그런 소리 하덜 말어. 그딴 일 벌이고 나섰다가 쫄딱 망해 거지꼴 된 사람이 어디 한둘이냐. 그나저나 니 오빠가 어찌 좀 자리를 잡아야 집안이 되겠는데 그저 그놈의 소송에 매달려 있으니……, 참 기막혀서……."

어머니 입에서는 연방 한숨만 이어졌다.

"엄마, 오빠는 이혼 소송 말고 무슨 소송이 또 있는 거야?"

"그거 있잖아. 자식 찾아오는 거."

"자식 찾아오는 거? 하 참, 오빠 미쳤나 봐."

김은경은 거세게 코웃음을 쳤다.

"그게 무슨 소리냐, 오빠한테." 어머니는 깜짝 놀라며 주먹으로 허공을 치고는, "왜 오빠보고 그런 험한 소리를 하나?"

그녀는 무언가 미심쩍은 듯한 얼굴로 물었다.

"엄마, 그쪽에서 애들 내줄 것 같애?"

김은경은 쏘아대듯 말했다.

"글쎄 말이다……. 그게 그러니까, 순순히 말로 해서는 안 되니까 소송을 한 게 아니겠냐."

"그건 다 아는 거고. 소송을 한다고 내놓겠냐 그거야."

"그럼, 당연히 내놔야지. 법적으로 분명히 우리 손자 손녀인걸."

어머니가 힘 실린 어조로 말했다.

"법적으로? 엄마 유식하네. 그 법적인 게 뭐야?"

"뭐긴 뭐야. 핏줄이 우리 핏줄인 거지. 성이 우리 집안 성, 김씨잖아 김씨!"

어머니는 한 마디, 한 마디에 더욱 힘을 넣었다.

"엄마, 미안하지만 그건 옛날 얘기야. 요새는 여자도 남자와 똑같은 비율로 상속받는 세상이야. 시집간 딸까지도 말야. 그러니까 자식에 대한 양육권도 남자와 여자가 똑같이 반반씩 주장할 수 있는 거라구."

"뭐야? 너 그런 거 어떻게 알아?"

"엄마, 나 이래뵈도 대학 나온 거 몰라? 그건 상식이야, 상식."

"그럼, 애들 못 찾아올 수도 있다 그거냐?"

어머니가 당황스럽게 말했다.

"당연하지. 그리고 또 한 가지 문제가 있어."

김은경은 컵에 남은 물을 마저 마시고는 앉음새를 고쳤다.

"뭐, 또 한 가지 문제⋯⋯?"

어머니는 더 긴장한 얼굴로 딸 가까이 다가앉았다.

"애들 엄마가 죽어도 애들 안 내놓으려고 하는 건 관두고, 두 애들이 어떻게 할 거냐가 문제야."

"두 애들이⋯⋯?"

"엄마, 개네들이 한두 살 먹은 어린애들이 아니라 열네 살, 열두 살 먹은 다 큰 애들이야. 알 것 죄 아는 개네들이 가난한 할아버지하고 살려고 하겠어, 아니면 부자 중에서도 왕부자인 외할아버지하고 살려고 하겠어, 응?"

"그야⋯⋯, 그게 뭐⋯⋯, 그러니까 저어⋯⋯."

어머니는 주저주저하며 얼른 대꾸를 하지 못했다.

"거봐. 엄마도 개네들 맘이 어디로 기울지 다 알지? 개네들은 어렸을 때부터 지금까지 할아버지는 1년에 겨우 서너 번 보고, 그 대신 외할아버지는 아무 때나 보면서 살아온 애들이잖아. 보나 마나 개네들은 외할아버지야. 개들이 그렇게 마음 정해 버리면 법이 뭐라고 해도 아무 소용이 없어."

"그럼 그걸 어쩌니. 니 아버지 큰 탈 난다. 그거 안 돼."

어머니는 다급하게 말하며 고개까지 저어댔다.

"아빠가 큰 탈⋯⋯?"

김은경은 어리둥절해서 어머니를 쳐다보았다.

"그래, 아빠가 이젠 손주를 꼭 찾겠다고, 꼭 찾아오라고 결심 단단히 하고 오빠를 다그치고 계시거든."

"난 또 무슨 큰 탈이라고. 이래저래 열 받고 화난 아빠의 심정 잘 알겠는데, 그런 오기 부려봤자 아무 소용 없어요. 그 부자들하고 싸워서 무슨 수로 이겨요. 어차피 빼앗길 손주들 선선히 인심이나 쓰고 그 대신 실속이나 톡톡히 차리는 게 거덜난 집안 다시 일으키는 길이지. 엄마 생각은 어때요?"

김은경은 아까의 맥 풀렸던 기색은 간 데 없이 또릿또릿하게 말했다.

"글쎄다, 나도 오만 가지 생각으로 맘이 어수선하고, 우리 뜻대로 일이 안 될지도 모른다 싶어 불안불안하고 그런데, 니아빠나 오빠는 뜻이 딱 맞아 손주, 자식 찾아와야 한다고 저러고 있으니 원……."

"엄마, 지금 이 일을 해결할 수 있는 사람은 엄마밖에 없어요. 엄마가 맘 단단히 먹고 나서서 아빠도 말리고, 오빠도 주저앉혀요. 그리고 실속 차려야 해요, 실속."

"자꾸 실속, 실속 하는데 어떻게 실속을 차린다는 거냐?"

"엄마, 엄마부터 정신 똑바로 차려요. 엄마, 애저녁에 안 될 싸움 뭐 하러 싸우냐구요. 그쪽에서 원하는 대로 해주고 우리 쪽에선 당당하게 위자료를 받는 거예요, 위자료."

"위자료……?"

"네, 위자료요. 오빠가 그 회사에서 세운 공도 있고, 아버지로서 양육권도 포기하는 거니까 당당히 받을 자격이 있어요."

"글쎄다……, 오빠가 그렇게 하려고 할까……?"

"안 하면 어쩔 건데요? 오기로 끝까지 싸우다가 결국 소송에 져서 애들도 다 뺏기고, 위자료도 한 푼 못 받고, 그래서 집안 폭싹 더 망해 버리면 그땐 어떡할 건데요? 예, 좋아요. 다 엄마 알아서 하세요. 아무리 못 해도 위자료는 100억은 받을 테니까."

김은경은 무겁게 몸을 일으켰다.

"뭐야? 100어억……?"

어머니는 눈이 휘둥그레졌다.

"뭘 그리 놀라고 그래요? 잘하면 더 받을 수도 있어요. 그 사람들한테 100억은 우리들 100만 원하고 같을 뿐이라구요."

"그런데 말이다, 사람 체면이 있지 사돈네하고 어떻게 돈 흥정을 한단 말이냐."

어머니는 고개를 저으며 어느 때보다도 긴 한숨을 지었다.

"엄마, 엄마는 왜 그렇게 모르는 게 많아? 변호사 있잖아, 변호사. 변호사는 뒀다가 어디다 쓰냐구. 그런 일은 다 변호사가 나서서 해결하는 거야. 난 이도저도 안 되면 집 팔아서 아무 장사나 시작할 거니까 다 엄마가 알아서 해."

김은경은 가방을 획 낚아채 현관 쪽으로 걸어갔다.

"애, 애, 그건 안 돼, 그건 안 돼. 내가 나서볼 테니까 기다려."

어머니는 딸을 뒤따라가며 다급하게 말했다.

한편, 김은경의 남편 배상일은 새빨간 스포츠카를 몰며 영동고속도로를 질주하고 있었다.

"야, 야, 좀 살살 몰아라. 벌써 180킬로 넘고 있잖아."

옆자리에 앉은 박승구가 계기판을 보며 겁나는 듯 말했다.

"야, 이 촌놈아, 겁먹지 말어. 아직 200도 넘지 않는데 뭘 벌벌 떨고 그래? 스포츠카 타는 맛이 뭔지 아직 모르지? 스피드! 바로 속도감 즐기기라 그거야."

배상일은 신바람 나게 말하며 액셀을 더 깊이 밟았다. 차는 요란한 폭발음을 내며 더욱 거세게 달리기 시작했다.

"야, 야, 야, 200 넘었어, 200! 그러지 마, 제발 그러지 마. 너무 위험하잖아."

박승구가 질겁을 하며 소리쳤다.

"얌마, 겁내지 말고 내 운전 실력만 믿어. 이 스릴을 맛보여주려고 널 태운 건데 이 형님 속도 모르고 무슨 소리야. 이 쾌감이 짜릿짜릿하지 않니?"

"야, 야, 야, 쩌기, 쩌 앞차!"

박승구가 앞을 손가락질하며 마구 소리 질렀다.

과연 이 속도 그대로 달리면 곧 들이받을 것처럼 앞차는 가까워지고 있었다.

"아, 이 새끼 이거 생각보다 훨씬 더 촌놈이네. 이 형님 운전 솜씨만 믿으라니까."

배상일은 앞차를 아슬아슬하게 피하며 차선을 바꿨다.

"야, 야, 또 쩌기 앞차!"

박승구는 진저리를 치며 또 소리쳤다.

"아, 이 쌔끼, 짜증 나서 더 못 태우겠네. 다음 휴게소에서 내려놓을 수도 없고."

배상일이 혀를 차며 또 아슬아슬하게 차선을 바꾸었다. 사고 위험이 다분한 전형적인 곡예 운전이었다.

"아이고, 그건 내가 할 소리다. 휴게소에서 고속버스만 갈아탈 수 있다면 내가 먼저 내리고 말겠다. 차 없이 텅 빈 고속도로라면 몰라도 이렇게 차들이 많이 다니는 길에서 200킬로가 뭐냐, 200킬로가."

"요런 촌놈아. 이제 단풍이 한물가서 이건 차들이 없는 거야. 이 형님은 한창 단풍철에 차들이 이보다 훨씬 많을 때도 200킬로 이상 스릴을 즐기시며 무사고였다 그거야. 아셨어?"

"얌마, 제발 나 좀 봐줘라. 150 정도만 해, 150. 난 그 정도 스릴로도 충분하니까. 난 이렇게 위험한 건 딱 질색이야."

"사람 참 여러 질이라니까. 난 니가 이렇게 병신 같은 데가 있는 줄은 또 몰랐다. 그럼 넌 평생 스포츠카는 못 타겠네?"

"그래, 나 병신이니까 빨리 150으로 낮추고 말해. 그리고 다음 휴게소에 들렀다 가."

"왜, 긴장해서 오줌 급하다고?"

"당연하지."

"화아, 이건 진짜 왕촌놈이다. 비행기 무서워 못 탄다는 말은 들었어도, 공중에 뜨는 것도 아니고 땅 위를 네 발로 달리는 스포츠카를 무서워하는 놈은 나 생전 첨 보네. 요런 쪼다하고 꼭 친구를 해야 하나?"

배상일이 큭큭거리며 속도를 150으로 낮추었다.

"이젠 됐냐?"

배상일이 헤벌쭉 웃으며 박승구를 쳐다보았다.

"나 쳐다보지 말고 앞만 보고 말해. 지금도 60킬로가 아니라 150킬로로 달리고 있잖아. 딴 차들은 100킬로 정도 달리고 있으니까 150킬로면 순식간에 앞차 꽝이라고. 알아?" 박승구가 여전히 불안한 얼굴로 말했고, "하이고, 겁만 많은 게 아니라 아는 것도 많으셔요. 잘나지도 못한 얼굴 안 쳐다볼 테니까 푹 안심하셔." 배상일은 비죽비죽 웃고 있었다.

"근데 말야, 너 왜 하필이면 렉서스냐? 다른 외제 차 좋은 게 쌔고 쌨는데."

박승구의 말투에는 못마땅한 기색이 역력했다.

"왜, 렉서스가 어때서?"

박승구의 말뜻을 알아챈 듯 배상일의 말투도 곱지 않았다.

"넌 일본 놈들이 계속 어깃장 놓는 행투가 아무렇지도 않냐?"

"그야 한국 사람인데 왜 아무렇지도 않냐. 허지만 그거하고 자동차하고 무슨 상관이 있냐. 차야 성능만 좋으면 그만이지."

"뭐라고? 우리 깔보고 성질나게 하는 일본 놈들을 더 잘살게 해주는 건데도 아무 상관이 없다 그거냐?"

"그래, 그런 건 아무 상관이 없다고 그러더라."

"누가?"

"어떤 교수가 그런 글을 썼어. 민족 감정과 상품 구입과는 별개라구. 소비자는 질 좋은 상품을 선택할 자유와 권리가 있는데, 민족 감정 때문에 같은 값의 질 좋은 일본 상품을 일부러 외면하고 질이 더 낮은 국산을 구입하는 것은 잘하는 일이 아니다. 그건 국산의 육성이 아니라 그 반대로 국산의 질을 향상시켜야 하는 자생력을 저해하는 것이다. 따라서 그건 결국 국제경쟁력을 키우지 못하는 불행한 결과를 초래한다. 이제 국산을 무조건 애용해 주던 시대는 지났다. 이런 내용의 글을 읽고 난 전적으로 동감했거든."

"제기랄. 그 교수님 되게 잘난 척하셨군. 그게 볼펜이나 장난감 같은 것처럼 값싼 물건들이라면 맞는 말일 수도 있어. 일본으로 가는 돈이 얼마 안 되니까. 그런데 이 자동차는 값이 무지무지하게 비싸잖아. 이거 못해도 1억 5천은 될걸?"

"흥, 1억 5천? 느네 외삼촌이 대리점 하니?"

"그럼 더 비싸다고?"

"말이라고. 세금 포함하면 2억!"

"그래, 2억이면 일본 놈들에게로 빠져나가는 돈이 얼마냐 그거야. 그래도 그 교수 나리 썰이 맞아?"

"어쨌거나 간에 스포츠카는 사야겠고, 성능은 좋아야겠고, 그러다 보니 이게 젤 나은 걸 어쩌냐? 너라면 어떻게 할 건데?"

"형편이 꼭 그렇다면 난 벤츠나 아우디를 산다."

"그게 뭐야. 그래봤자 독일로 돈 빠져나가는 건 똑같잖아."

"뭐가 똑같애. 넌 크든 작든 일개 회사에 경리 담당을 했다는 놈이 어찌 그리 골이 텅 빈 소리만 하고 앉았냐."

"뭐라구? 내가 골빈당이라구?"

"당연한 걸 가지고 왜 화를 내? 일본 놈들은 우리한테 그 많은 잘못을 저질러놓고는 진심으로 사과 한 번도 안 하고 뺀질뺀질 얄밉게 굴면서 우리 자존심을 자꾸 긁어대고 분하게 얌체 짓 해대고 그러잖아. 그러나 독일은 유태인 6백만 학살한 죄를 두고두고 사죄하고 또 하고 그러잖아. 일본하고는 정반대로 말야. 그리고 일본이 기계 만드는 기술이 제아무리 좋다고 해봐야 독일을 절대 못 당해. 일본 기술 그거 다 독일에서 배워간 거거든."

"아새끼, 아는 것도 드럽게 많네. 니가 지금 왜 이렇게 시비를 붙고 드는지 그 심뽀 이 형님이 빤히 아신다."

"시비? 옳게 가르쳐주면 바르게 배울 생각은 안 하고 그게 무슨 엉뚱한 소리야?"

"미친놈, 음흉하기는. 너 지금 이 형님이 그렇게 비싼 차 모시는 것이 영 배알 뒤틀리고 꼬이고 꼴려서 못 살겠어서 그런 엉뚱한 시비 걸고 나오는 것 아니냔 말야."

"허, 귀신이 따로 없네. 사촌이 땅을 사면 배 아프고, 친구가 땅을 사면 가슴에서 불난다는 말 있잖아. 나, 가슴 다 타버려 지금 재밖에 안 남았어."

"아이고 미친놈, 솔직하기는."

"이 형님도 니놈 드러운 심뽀 빤히 알고 계신다."

"내 심뽀가 뭐?"

"이 차 자랑하고 으스대고 뻐기고 싶어서 일부러 날 태운 것 아니냔 말야. 남의 속 타든지 말든지."

"히, 귀신이 하나뿐이 아닐세. ㅋㅋㅋ……."

배상일이 어깨를 들썩이며 웃었다.

박승구는 그 웃음소리를 흘려들으며, 아까부터 무슨 횡재를 했느냐고 묻고 싶은 마음이 다시금 밀고 올라오는 것을 애써 억누르고 있었다.

"쩌기, 쩌기! 다음 휴게소 2킬로 남았데."

박승구가 재빨리 오른쪽을 손가락질했다. 긴 키의 이정표는 스포츠카의 속도에 실려 삽시간에 뒤로 밀려났다.

"난 오줌이 안 마려운데 어쩌지?" 배상일이 생뚱맞게 말했고, "좋아, 그냥 통과해. 이 고급 차 의자가 흠뻑 젖도록 해줄 테니까." 박승구가 능청스럽게 받아넘겼다.

'저놈이 무슨 일이 있어도 큰일이 있었던 건데……. 무슨 횡재할 일이 생겨 이렇게 좋은 차를 샀을까? 그런데……, 횡재한 돈 전부로 차를 샀을까? 그럴 것 같지는 않은데. 차는 제아무리 좋아도 세월 따라 소모품이 될 수밖에 없고, 저놈은 경리 출신이라 돈 관리에는 누구보다 약삭빠른 놈인데……. 생긴 돈 전부를 차에 쓸어박았을 리가 없어. 그럼 도대체 횡재한 돈이 얼마나 되는 것일까? 그리고 이 매정하고 약아빠진 세상에서 무슨 일로, 어디서 횡재를 하게 되었을까…….'

박승구는 소변을 다 보고 나서도 그런 생각에 빠져 변기 앞에서 벗어날 생각을 잊고 있었다. 그는 오로지 한 가지 생각에만 사로잡혀 있었다.

'무슨 일로, 돈이 얼마나 생긴 것인지 언제 물어야 할까. 어쩌면 저놈은 그걸 물어주기를 바라고 있을지도 몰라. 사람은 누구나 그런 일은 가까운 사람에게 자랑삼아 은밀하게 털어

놓고 싶어 마음이 근질근질해지는 것 아닌가. 자연스럽게 기회가 올 때까지 꾹 참고 기다리자.'

그는 몸살이 날 지경의 궁금증을 또 억누르며 화장실을 나섰다.

"어이, 승구야. 여기, 여기."

배상일이 커피 매장 앞에서 손을 흔들고 있었다.

박승구는 그쪽으로 뜀박질을 하듯 빨리 걸었다.

"지금 시간이 어떻게 됐나……."

배상일이 중얼거리며 왼쪽 소매를 밀어 올렸다.

바로 드러난 시계를 보고 박승구는 멈칫 놀랐다. 한눈에 시계가 보통 시계가 아니었던 것이다. 수십 개의 작은 빛들을 반짝반짝 발산하고 있었다. 그러나 곧 설마 하는 생각이 들었다. '저게 진짜 다이아몬드 시계라면 값이 얼마라고' 하는 생각과 함께.

"야, 자동차에 안 어울리게 메이드 인 차이나 짝퉁을 차고 다니면 어쩌냐. 차까지 쪽팔리게 되잖아." 박승구가 비웃듯이 말했고, "얌마, 김새게 무식한 소리 작작해. 하긴 짝퉁만 봐온 촌놈 눈에는 세계적 명품 까르띠에도 짜가로 보일 수밖에 없지. 괜찮아." 배상일은 코웃음을 치며 막 나온 커피를 받아 들었다.

박승구는 한 방 야무지게 얻어맞은 기분으로 머릿속이 띵해지는 것을 느꼈다. 그는 그게 얼마짜리냐고 묻지 않았다. 그전에 어떤 남자가 그렇게 다이아몬드 반짝거리는 시계를 찬 것을 본 일이 있었다. 그때 얼핏 들은 가격이 1억이 넘는다고 했던 것이다.

'아하, 저놈이 횡재를 해도 아주 크게 했구나. 시계까지 저리 비싼 걸 차다니. 도대체 얼마나 큰 횡재를 했길래……'

박승구는 더 큰 궁금증과 부러움이 뒤엉키면서 배가 본격적으로 비비 꼬이고 뒤틀리기 시작했다.

"목적지는 어디야?"

안전벨트를 매며 박승구가 물었다.

"목적지? 글쎄, 기왕 나섰으니 강릉까지 가볼까?"

차를 출발시키며 배상일이 대답했다.

"강릉? 무슨 특별한 일 있어?"

"특별한 일은 무슨. 가을 바다 바라보면서 술 한잔에 생선회 먹으면 그거 끝내주게 근사하고 멋들어지잖아?"

"돌아가려면 술 제대로 못 마시잖아."

"그야 그렇지. 취하도록 마실 수는 없고, 곧 깨도록 쐬주 한두 잔이지."

"그거 시시해서 안 되겠는데. 사람 없이 썰렁하게 텅 비어버린 바다 보면 뭘 해. 빨리 서울로 돌아가서 니가 이렇게 잘된 걸 술 왕창 마시면서 축하하는 게 훨씬 더 낫지."

박승구는 속셈을 싹 감추고 진심인 것처럼 말했다.

"축하? 그거 정말이냐?"

배상일이 화들짝 반색을 했다.

"당연하지. 근데 한 가지 문제가 있다."

"문제?"

"내가 술값이 없는 거."

"야, 야, 그런 염려는 놔라. 술값은 얼마든지 내가 낸다. 최고급 술집에서 최고급 술을 왕창 마시자. 날 축하해 줄 생각을 다 하다니, 역시 넌 내 친구다. 그래, 다음 톨게이트에서 차 돌려 서울로 돌아가자."

배상일은 마치 상 타는 어린애처럼 신명이 돋아 오르고 있었다.

얼마쯤 지나 평창 톨게이트가 나타났다.

"그동안에 단풍도 다 변색해 버리고, 많이 떨어지고 해서 경치도 영 그전만 못하다. 그래, 빨리 서울로 가자."

배상일이 차선을 오른쪽으로 바꾸며 말했다.

"산이 참 많기도 많다. 어찌 저리 빈틈이라고는 없이 산이 줄기줄기 끝도 없이 이어지냐." 박승구가 창밖을 내다보며 감상적으로 말했고, "강원도니까." 배상일이 운치 없이 대꾸했고, "그런데 어떻게 이런 산속을 뚫어가며 이런 고속도로를 냈냐." 박승구가 고개를 갸웃거렸고, "세계에서 우리나라가 제일 잘하는 것 두 가지가 고속도로 공사고, 아파트 공사래 잖아." 배상일이 척척 답을 들이댔다.

거의 다 낙엽 져 헤싱헤싱해진 만추의 산은 회갈색이었다. 여름의 초록빛 생명감도, 가을이 한창인 때의 현란함도 잃어 버린 회갈색의 산에는 소슬함과 적막만이 가득했다. 그 계절 의 힘 앞에서 소나무들의 푸르름도 싱싱함을 잃으며 변색되 고 있는 것만 같았다. 잎 다 떨군 나무들의 가지가지마다 어 느덧 겨울은 스며들고 있었다.

"저 낙엽 다 떨어진 산들 보니 괜히 외롭고 쓸쓸한 생각이 드네."

박승구가 여전히 창밖을 내다보며 중얼거렸다.

"제법! 그런 말 하는 걸 보니까 아주 그럴듯해 보인다. 그런 기분에 술 쫘악 마시면 술맛 제대로 나지 않겠냐?" 배상일이 여전히 들뜬 듯 말했고, "그야 그렇지. 날씨 선들선들하고, 기 분 알쏭달쏭하고, 술 마시기 딱 좋은 계절이야. 아, 아, 벌써 한 해가 다 가고 있네." 박승구는 감상적인 어조로 끝말을 읊 조렸다.

배상일이 앞장선 술집은 한눈에 고급이었다.

"어머, 배 사장님, 어서 오세요."

화장 짙게 한 마담이 활짝 핀 꽃 같은 웃음을 지으며 반색 했다.

'뭐, 사장님……?'

박승구는 놀라기보다는 가관이라는 생각이 들었다. 배상일은 그동안 이 집을 자주 드나들었고, 사장 행세를 했다는 것을 금세 알 수 있었기 때문이다.

"요새도 경마하세요?"

마담이 앞장서 안내하며 물었다.

"그거 자꾸 돈만 날아가고 심심해서 못쓰겠어. 딴 걸로 바꿔야겠어."

배상일이 정말 사장다운 어조로 말했다.

"심심하긴 하죠. 자기가 직접 하는 게 아니니까. 뭘로 바꾸시게요?"

"슬슬 강원랜드로 가볼까 어쩔까 하고 있어."

"어머, 강원랜드요? 거기 잘 생각해서 하세요. 아주 위험한데니까요."

마담이 얼굴을 약간 찌푸리며 고개를 저었다.

"마담이 돈 많이 뜯겼어?"

"아아뇨. 우리 같은 신세야 언감생심 그런 데 갈 꿈이나 꾸나요, 어디. 몇 년 전에 잘나가던 어떤 사장님이 우리 집 단골이셨는데, 친구하고 어울려 거길 드나들기 시작했어요. 근데 돈을 자꾸 잃고, 그럴수록 본전 생각나 더 자주 가게 되고, 잃는 돈은 점점 더 많아지고 그러다가 결국 회사가 부도났어

요. 그리고 그 사장님은 자살했구요. 쉰도 안 된 젊은 나이였
는데."

마담은 혀를 길게 찼다.

"그래, 거기 드나들다 신세 망친 사람들 얘기가 텔레비전
뉴스에 가끔 나오긴 하지. 차까지 뺏겨 주인 없는 차들이 수
십 대씩 서 있는 것도 보이고. 거긴 차차 생각할 거니까 매담
은 걱정 놓으셔."

배상일은 마담의 엉덩이를 철썩 쳤다.

"아이, 점잖잖게."

마담이 야릇한 목소리를 내며 눈을 희게 흘겼다.

박승구는 묵묵히 걸으며 배상일의 변한 모양을 확인하고
있었다. 다시 느끼는 돈의 힘은 그저 놀랍고 감탄스러울 뿐이
었다. 평범한 회사의 경리 담당인 배상일은 가까스로 소형차
나 월부로 사서 몰고, 술이래야 삼겹살에 소주나 겨우 마시던
지질한 월급쟁이일 뿐이었다. 그런데 그는 이제 생판 딴사람
으로 변신해 있었다.

"술은 지난번에 남겨두신 거, 그걸로 계속할까요?" 마담이
눈웃음치며 말했고, "아, 시바스 리갈, 그거 좋지. 뒤끝이 깨끗
해." 배상일이 두 팔을 쫙 벌려 소파에 걸치고, 다리를 꼬고
앉으며 거드름을 피웠다.

'저 여자 저거 눈웃음 살살 치는 게 남자깨나 후리게 생겼

다. 상일이 저 새끼 저렇게 돈 냄새 풍겨대며 똥폼 잡다가 저 것한테 당하는 게 아닐까……'

박승구는 서로 어울리지 않는 두 남녀를 바라보며 문득 이런 생각을 하고 있었다.

"매담, 지난번 애들 말고 새것으로!" 배상일이 '바꿔' 하는 말을 검지를 세워 까딱거리는 것으로 대신했고, "왜, 애들이 잘못했어요, 지난번에?" 마담이 멈칫 놀란 듯한 기색을 보였고, "에이, 술집은 왜 오는데? 새것으로 바꾸는 맛 아냐? 단골은 매담 하나로 충분하다고. 알아들어?" 배상일이 이런 술집에 이골 난 것처럼 말했고, "네에, 알았어요. 뜻 받들겠나이다." 마담이 야한 표정을 뿌리며 뒷걸음질 쳤다.

"야, 이 촌놈아, 왜 한마디도 안 해? 이런 데, 바짝 얼어붙었냐?" 배상일이 박승구를 놀리듯 했고, "이런 데 술값 엄청 겁나지 않냐?" 박승구는 호화롭게 꾸며진 방 안을 두리번거렸고, "술값, 지가 비싸봤자지. 걱정 말고 기분 좋게 맘껏 마시기나 해." 배상일은 기세 좋게 말했고, "너, 나 술 센 것 잘 알잖아. 그래도 걱정 안 된다고?" 박승구가 다짐받듯 말했고, "아새끼 쪼잔하긴. 이 집 술 다 퍼마셔도 이 형님 끄떡도 안 하신다." 배상일은 가슴을 두들기며 더 기세를 올렸다.

아가씨 둘이 자리 잡고 술을 따랐다.

"짜아, 기분 좋게 마시자!" 배상일이 목청을 돋우며 술잔을 들었고, "야, 너하고 나하고 이런 고급 술……" 박승구도 기분 맞추어 목소리를 높이다가 배상일의 빠른 눈짓에 말을 뚝 끊었고, "그래, 이 정도 고급 술이야 늘 마시던 거니까 별거 아니고 우리의 만남이 의미 있는 거지." 그가 능청스럽게 말을 꾸며댔고, "그럼, 그렇지. 우리 자주 만나야 하는데 서로 사업이 바쁘다 보니까 그게 어디 뜻대로 되냐. 모처럼 만났으니 오늘 한번 실컷 마셔보자." 박승구도 배상일의 말에 맞추어 졸지에 자신을 사장을 만들고 있었다.

박승구는 작심하고 술을 빨리 마시기 시작했다.

'그래, 취중진언이라 했다. 술 취해 정신 해롱해롱해지면 참고 있던 속말 안 토해 낼 도리가 있다더냐. 자랑하고 싶어 좀이 쑤시는데 입 나불거리지 않을 수 있느냐구. 내가 오늘 니 놈 속 확 뒤집어 까고 말 거야. 마셔, 마구 마셔.'

박승구는 이렇게 마음을 다지며 술을 따르기 무섭게 연달아 '원샷'을 해댔다. 배상일도 질 수 없다는 듯 잔을 부딪치고 또 부딪쳤다.

반쯤 남았던 술을 다 마시고, 두 번째 병이 바닥을 드러냈을 때 배상일의 눈이 풀리고 혀가 말리기 시작했다.

"야 상일아, 내가 이 세상에서 젤 부러운 사람이 누군지 아니?"

박승구는 슬슬 작전을 시작했다.

"바로 이 형님이시지. 그야 뻔할 뻔 자 아닌가."

"히야, 역시 넌 천재고, 딱 그냥 진정한 내 친구다. 어찌 그리 정답을 한 방에 맞춰버리냐."

"ㅎㅎㅎ……, 또 맞혀볼까? 니놈 마음속을 꽉 채우고 있는 세 가지 궁금증. 무슨 일로, 누구한테, 얼마를 땡겼냐! 그걸 알고 싶어 미치고 환장할 지경이지?"

배상일은 술기운 홍건한 눈 앞에 손가락 세 개를 펴 보이며 히죽히죽 웃고 있었다.

"햐 새끼, 정말 점쟁이네. 그래, 그 얘기 좀 속 시원하게 확 털어놔봐라. 니 말대로 궁금해 미치겠다."

'이 새끼가 정말 술 취한 효과 나타내네' 생각하며 박승구는 안고 있던 여자를 밀쳤다.

"그거 말야, 너저분하게 무슨 일로, 누구하고 딜을 했는지는 알 거 없고, 도대체 얼마를 땡겼냐, 그게 젤 중요한 것 아니겠어?"

"응, 그게……, 그래……, 그렇지 뭐……."

박승구는 마땅찮았지만 어쩔 수 없이 고개를 끄덕여야 했다. 그것이나마 빨리 알아내는 게 상수였던 것이다.

"너 약속해. 오늘 한 얘기는 절대 비밀 지킨다구."

배상일은 술 취한 눈으로 박승구를 노려보듯 하며 말했다.

"알았어. 비밀 지켜."

"틀림없이 지켜야 해. 만약 입 나불대면 그땐 절교야!"

"알았어. 틀림없이 지켜."

"그래, 널 믿고, 처음으로, 최초로 말하는 거야. 그게 얼마 나면 말야……, 30억이야."

"뭐, 뭐라구……? 30어억……?"

박승구는 소스라치게 놀라며 들이켠 숨이 그대로 멎어버린 것 같은 표정을 짓고 있었다.

두 아가씨도 저희들끼리 재빨리 눈짓하며 반쯤 벌어진 입술 사이로 혀끝이 보일 만큼 놀라고 있었다.

"근데 말야, 그것 때문에 한 가지 큰 고민이 있어."

"고민……?"

박승구는 '돈 많은데 무슨 고민이야?' 하는 표정이었다.

"응, 폼 나게 하는데 그럭저럭 4~5억 썼는데, 나머지를 밑 천으로 그 열 배 250억, 그 백 배 2,500억으로 불려나가 나도 뻑적지근한 부자가 되고 싶은데 도무지 그 묘수가 떠오르지 않는단 말야. 야, 무슨 화끈한 방법이 없을까? 아, 답답해 미 치겠다."

배상일은 독한 양주잔을 단숨에 비워버렸다.

"글쎄, 그게……. 너무 갑작스러워서 머릿속이 그냥 하얗기 만 하다."

박승구는 도무지 믿을 수 없는 사실이라는 듯 고개를 설레 설레 저었다.

"야, 술 또 살 테니까 좋은 방법 좀 생각해 봐."

"알겠어. 무슨 방법이 있겠지."

박승구의 대꾸에는 아무 기운이 없었다.

전관예우 = 사법 범죄

1

황원준 검사님께.

안녕하십니까. 《시사포인트》 장우진 기자입니다. 가엾은 김미주 양의 구형 공판이 일단 마무리되었기에 편한 마음으로 이렇게 문자 드립니다. 그동안 참 수고 많으셨습니다. 그리고 삶의 음지에 따뜻한 마음 쪼여주신 것에 감사드립니다.

그런데 검사님에 대한 마음 쏠림을 그냥 끝내기 아까워 한번 뵙기를 청합니다. 이건 제 뜻만이 아니라 최민혜 변호사와도 마음이 합해진 것입니다. 셋이서 스스럼없이 오붓한 술자리를 가졌으면 합니다. 술값은 제가 내겠습니다. 미리 말씀드리지만, 저는 기자 중에서도 가장 가난한 기자라 삼겹살에 소주밖에 못 삽니다. 술이나 안주보다는 대화가 맛있어야 하고, 대화가 맛있으면 술도 맛있어지고, 술이 맛있으면 그 술자리 인연은 소중하고 알뜰해지는 것 아니겠습니까.

두 날짜 정도를 정해 주시면 저희가 맞추겠습니다. 문자가 너무 길었습니다. 문자 보내는 기쁨이 큰 탓입니다. 안녕히 계십시오.

황원준 검사는 그 문자를 읽고 또 읽었다. 마냥 무미건조하고 때로는 살벌하기까지 한 피의자들의 신문 조서만 읽고 써 온 입장에서는 그 문자는 참으로 선하고 정겨운 글이었던 것이다. 그전에 자신의 업무와도 연관성이 있어서 꽤나 자주 읽었던 장 기자의 심층 추적 기사와 전혀 다른 글이었다.

'삶의 음지에 따뜻한 마음 쪼여주신', '검사님에 대한 마음 쏠림을', '술이나 안주보다는 대화가 맛있어야 하고, 대화가 맛있으면 술도 맛있어지고, 술이 맛있어지면 그 술자리 인연은 소중하고 알뜰해지는 것', '문자 보내는 기쁨이 큰 탓입니다.'

특히 이런 문장들이 마음을 사로잡아 끌어당기는 힘에 이끌려 그는 읽고 또 읽지 않을 수가 없었다. 그 색다른 문장은 읽을수록 새 맛이 나고, 정다움이 느껴지고, 부러움이 생겨

나는 것이었다.

그 부러움은 열등감이기도 했다. 모든 법관들은 두 가지 공통점을 가지고 있었다. 대학생 때부터 그저 법조문만 죽어라고 달달 외우다 보니 문학 책을 별로 읽지 못한 것이었다. 그리고 논리적이고 분석적인 글쓰기에만 전념하다 보니 정서적이고 감상적인 글쓰기는 서툴다기보다는 거의 쓸 수 없는 불구 상태라는 점이었다.

장 기자의 글은 그 두 가지 열등감을 여지없이 공격해 들어오고 있었다. 그 한 문장, 한 문장의 색다름과 신선함은 글이 무엇인지를 새삼스럽게 생각하게 했다. 그리고 '나는 왜 이런 글을 못 쓰지?' '어떻게 해야 나도 이런 글을 쓸 수 있게 되지?' 하는 자책감과 자괴감이 일게 했다.

그리고 다시 생각하게 되는 것이 잘 쓴 글이 발휘하는 글의 힘이었다. 특이한 느낌으로 씌어진 그 글은 읽고 나면 다시 읽고 싶게 만들었고, 다시 읽으면 문장이 바뀔 때마다 정다움이 깊어지고, 끝내는 만나고 싶다는 마음이 동하게 만드는 것이었다.

'문장력이라는 것이 이런 것인가. 이 글을 말로 하면 어떻게 되지? 말을 이 문장처럼 할 수 있을까? 말로는 불가능하지 않을까? 이것이 말과 글의 차이인가? 똑같은 내용을 말로 들었을 때 글을 읽었을 때와 똑같은 느낌과 마음 이끌림을 받을 수 있었을까? 글의 힘은 말의 힘보다 훨씬 강한 게 아닐까? 이런 글을 쓰려면 어떻게 해야 되는 거지? 문학 책을 많이 읽으면 되나? 생각을 특이하게 해야 되나? 색다른 단어들을 많이 알아야 되나?'

황원준 검사는 당장 장 기자에게 물어보고 싶은 생각이 들기도 했다. 그는 자신의 내면에 그런 글을 쓰고 싶다는 욕구가 잠복해 있었다는 것을 비로소 깨닫고 있었다.

그런 깨달음과 함께 떠오르는 얼굴이 있었다. 고등학교 때 국어 선생님이었다. 그분의 특징은 책에 나오는 시를 가르치지 않는 것이었다. 무조건 외우게 했다. 시를 가르친다고 한 행, 한 행을 갈기갈기 찢듯이 설명하고 분석하고 하는 것을 그분은 딱 질색했다. 그런 짓은 시에 대한 모독이고, 시를 죽이는 것이라고 했다. 시는 줄줄 외울 수 있도록 거듭거듭 읽다 보면 자연스럽게 운율이 생기고, 그 운율을 따라 시를 읊다 보면 자연스럽게 시혼이 느껴지고, 그 시혼을 깊이 음미하면서 경탄하고 황홀함을 느끼게 되면 그건 시를 다 알게 된 것이라고 했다. 그런 경지를 느끼게 되면 그 어떤 문제가 시험에 나와도 다 맞힐 수 있다는 지론을 폈다. 그래서 시가 집중된 학기의 시험지는 백지였다. 최소한 시 다섯 편을 외워 쓰는 것이었다. 아이들 대부분은 질색을 했다. 그러나 졸업하고 나서 가장 기억에 남는 선생으로 아이들은 단연 그 국어 선생님을 꼽았다. 그리고 시 한 편이라도 암송할 수 있는 건 그 선생님 덕이라고 입을 모았다. 자신도 지금까지 김소월의 「초혼」, 한용운의 「님의 침묵」, 조지훈의 「승무」 같은 것을 불현듯 몇 구절씩 읊조리곤 하는 건 순전히 그 선생님 덕이었다. 다시 생각해도 국어 공부 한번 야무지게 잘 시킨 것이었다.

그런 색다르고 마음 끌리는 글을 쓸 수 있는 것은 타고나는 것인지, 노력인지, 우문일지 모르지만 장 기자에게 물어보고 싶은 마음이 생기기도 하는 것이었다. 황원준은 책상 구석에 세워둔 달력을 끌어당겼다.

약속 가능한 날을 짚어나가는데 달력 위에 선명히 떠오르는 얼굴이 있었다. 변호사 최민혜의 얼굴이었다. 그리고 그녀가 보냈던 문자 내용도 떠올랐다. 그런데 그 문자 내용은 얼굴만큼 생각나지 않았다. 그저 핵심 용건만 생각날 뿐이었다.

그때 문득 장우진 기자와 최민혜 변호사의 문자가 전혀 다르다는 느낌이 들었다. 그녀의 문자는 지극히 사무적이었고, 법조문처럼 건조하다 못해 삭막하기까지 했다. 그러면서도 직분상 요구를 거절하지 못하게 하는 묘한 힘을 발휘하고 있었다.

황원준은 핸드폰을 켜서 최민혜의 문자를 찾기 시작했다.

황원준 검사님께.

먼저, 일면식도 없으면서 이렇게 문자 드리는 것을 이해하여 주시기 바랍니다. 저는 민변에 속해 있으면서, 법무법인 '햇살'을 열고 있는 최민혜라고 합니다. 제가 이렇게 문자 드리는 것은 다름이 아니라 검사님께서 담당하신 백동호의 성폭력 사건 때문입니다.

저는 피의자 백동호의 변호인이 아니라 그 반대인 피해자 김미주의 변호사(신뢰 관계인)로서 법정에 나가게 됩니다. 이미 확인하셨겠지만 피해자는 2급 정신지체 장애인입니다. 그런 사회적 약자는 헌법 제34조 5항에 따라 마땅히 국가의 보호를 받아야 할 권리가 있습니다. 그러나 국가가 그 의무를 다하지 못하여 피해자는 직업 전선에 나섰으나 사회적 보호마저 받지 못하고 사장에게 성폭력을 당했을 뿐만 아니라 임신을 했고, 낙태 수술까지 받게 되었습니다.

그런데 조서에 이미 밝혀져 있지만, 피의자는 취중 행위임을 빙자하여 중벌을 피하려는 교활한 술책을 구사하고 있습니다. 그 술책은 '술 취하지 않았다'는 피해자의 법정 증언 한마디로 격파될 수 있습니다. 검사님! 중대 문제가 이 지점에서 돌발할 수 있습니다. 피의자 측 변호인이 피해자가 지적장애인임을 역이용해서 취중 상태를 구분하지 못하는 무능자로 역공할 위험이 다분합니다.

만약 그런 상황이 전개되면 저는 단순 신뢰 관계인일 뿐이므로 그 악랄한 역공을 분쇄하고 나설 자격이 없습니다. 그 자격은 오로지 검사님의 독점물입니다. 저는 그 위험한 상황을 일거에 분쇄할 수 있는 간단한 증거물을 검사님께 전달하여 검사님이 쾌거를 이룩하도록 돕고자 합니다.

그 증거물을 전할 수 있는 시간을 좀 내주십시오. 5분이면 됩니다. 사회적 약자를 도와야 하는 건 모든 사회적 강자들의 의무이고 책임이 아닐까 합니다. 문자가 너무 길어져 죄송합니다. 연락 기다리고 있겠습니다.

황원준은 그 문자를 다시 읽으면서 처음과 똑같이 세 군데에서 최민혜란 여자 변호사가 발휘하는 힘을 느끼고 있었다. '민변의 일원', '햇살이라는 법무법인의 명칭' 그리고 '사회적 약자를 도와야 하는 건 모든 사회적 강자들의 의무이고 책임이 아닐까 합니다'라고 한 마지막 문장이었다.

민변은 모든 법조인들에게 열등감과 죄의식을 느끼게 하는 조직체였다. 그리고 자신의 법무법인 명칭을 '햇살'이라고 붙이다니. 왜 태양이나 해가 아니고 햇살일까. 또한 왜 햇빛이 아니고 햇살이라 했을까. 자기한테 오면 송사 문제로 근심 걱정 가득 찬 마음에 활짝 햇살이 들게 해주겠다는 뜻일까. 그 명칭은 눈에 띄게 특이한 만큼 자신감과 자만심이 함께 느껴졌다. 그리고 '사회적 약자를 도와야 하는 건 모든 사회적 강자들의 의무이고 책임이 아닐까 합니다'라고 한 마지막 문장은 그녀의 요구를 꼼짝없이 듣도록 하는 그 어떤 완력보다 강한 힘이었다. 인권이 사상의 중심이 되어 있는 현대사회에서 그 명분과 당위성만큼 강한 힘을 발휘하는 게 또 있을 것인가. 그녀는 그 정신을 실천하고자 민변의 일원이 된 것이고, 그 실천이 바로 피해자의 신뢰 관계인으로서 법정 증언에 나선 것이었다.

그런 그녀를 만나보고 싶기도 했고, 슬그머니 주저되기도 했다. 여자로서 그런 뚜렷한 의식을 가지고 법조인 생활을 해나간다는 것이 신선하고도 신기했다. 그러나 그렇게 의식 무장을 하고 있는 존재가 수사권과 기소독점권을 휘둘러대며 온갖 횡포와 비리를 일삼고 있는 검찰을 어떻게 보고 있을지 곤혹스럽기도 했던 것이다.

최민혜 변호사와의 첫 만남은 미처 5분도 걸리지 않았다.

"안녕하십니까. 최민혜 변호삽니다. 번거로운 저의 부탁 들어주셔서 감사드립니다. 이것이 문자로 말씀드렸던 그 증거물입니다. 이미 말씀드린 대로 피의자의 변호인이 그런 악랄한 역공을 취할 때 검사님께서 이 물과 술을 각각 컵에 따라 피해자 김미주 양이 구분할 수 있도록 해주시면 됩니다. 좀 번거로우시겠지만 가장 확실한 증거 입증으론 이 방법밖에 없음을 이해하여 주시기 바랍니다."

최민혜 변호사는 단정하게 서서 차분차분하게 말했다. 그런데 말을 하는 동안 그녀는 자신을 정면으로 응시하고 있었다. 그녀의 서늘하면서도 매운 눈길은 자신의 말 한마디, 한마디를 상대방의 마음속에다가 새겨 넣고 싶어 하는 듯한 의지를 느끼게 했다. 황원준은 그런 눈길이 어색스럽고도 당혹스러웠다. 남자가 아닌 여자의 눈길을 그렇게 강렬하게 그리고 오래 받은 것은 처음이었던 것이다. 그렇다고 눈길을 피하거나 돌릴 수 없는 일이었다. 그는 자신이 '검사'라는 사실을 일깨우며 눈이 시도록 그녀의 눈길을 받아내야 했다.

"예, 잘 알았습니다."

자신은 이렇게 대꾸했다.

최민혜 변호사는 더 말 없이 단정하게 인사하고 돌아섰다.

황원준은 자신도 모르게 시계를 보았다. 3분 정도 지나 있었다. 그는 한동안 멍하니 앉아 있었다. 그녀가 떠나간 공간에 이상한 여운이 남아 있었던 것이다. 대학생 때부터 자신이 대해 온 똑똑한 여자들은 숱하게 많았다. 그런데 최민혜 변호사는 무언가 다른 느낌의 여자였다.

'예, 잘 알았습니다.' 이 대꾸 말고 다른 말은 없었을까. 이 대꾸는 너무 평범했고, 상대방이 무성의하다고 느꼈을 것만 같았던 것이다. 그녀는 자신의 진정한 마음을 상대에게 전하기 위해 정성을 다 바치는 것 같았던 것이다. 그런 그녀의 마음을 잘 이해했다는 뜻을 확실하게 담은 다른 말은 없었을까……? 순전히 남을 위해 그렇게 애쓰는 것에 대한 대접으로 합당한 말은 무엇이었을까……? 그는 그런 생각을 하며 멍하니 앉아 있었다.

그러나 지금 다시 생각해 보아도 마땅한 다른 말은 떠오르지 않았다. 어쩌면 자신은 그 말을 찾지 못해서 행동으로 그녀를 대접하고자 최선을 다했는지도 몰랐다. 아니, 그건 그녀에 대한 대접이 아니라 그녀가 행하고 있는 사회적 헌신을 통해 검사로서 소임을 충실히 해야 한다는 새로운 자각이었다고 해야 옳을 것 같았다.

황원준은 두 주에 걸쳐 금요일만을 골랐다. 아니, 고른 것이 아니었다. 수사하는 날을 피하고, 재판 피하려다 보면 그나마 숨 돌릴 수 있는 것은 금요일 저녁이었다.

그는 장우진 기자에게 보낼 문자를 찍기 시작했다. '술은 제가 사도록 하겠습니다.' 이 말을 할까 말까 망설였다. 이번 사건에서 정작 도움을 받은 건 자신이었던 것이다. 장 기자의 추적 기사로 수사가 아주 수월했고, 최 변호사의 지혜로운 대응으로 중형을 구형할 수 있었던 것이다.

그러나 그 말은 찍지 않기로 했다. 괜한 말 미리 할 것 없이 그날 술값을 먼저 내면 될 일이었다.

황원준은 장우진 기자가 지정한 술집을 찾아가기 위해 핸드폰을 서너 번 확인했다. 장 기자가 보내준 약도는 샛골목을 돌고 돌아야 했다. 도심의 대로와 맞닿아 있는 건물들은 하나같이 우람하고 드높고 번들번들하고 으리으리했다. 그런데 그 뒤쪽으로는 정반대의 가난하고 꾀죄죄한 옛 모습이 그대로 남아 있었다. 이건 숨길 수 없는 대도시 서울의 두 얼굴이었다.

　　그런데 황원준은 때 절고 헐어빠진 옷을 걸치고 있는 것 같은 누추한 샛골목을 돌고 돌면서 이런 곳에 거부감을 느끼는 자신을 발견하고 있었다. 그러면서 적이 놀라움이 일기도 했다. 그건 검사 생활 몇 년 동안에 자신도 모르게 일어난 변화였다. 이런 뒷골목의 싼 술집들을 대학생 때 얼마나 친근하게 맘 놓고 드나들었던가. 그런데 그 친근감은 몇 년 사이에 거리감과 거부감으로 바뀌어 있었다. 검사가 되고 나서는 예쁜 여자와 고급 양주가 있는 호화판 술집만 출입했던 것이다. 그건 검사로서 돈벌이가 좋아서가 아니었다. 검사는 그저 법조 공무원일 뿐이었다. 그런데도 번번이 그런 고급 술집에서 술을 마셨다. 그건 자신의 능력이 아니었다. 그건 전적으로 부장검사님이 발휘하시는 능력이었다.

　　검찰은 참 특이하고 묘한 곳이기도 했다. 온갖 죄진 자들을 신속하게 색출하고, 엄중하게 처벌하는 일만 하는 곳이 아니었다. 그 주임무 외에도 또 중대한 일들이 있었다. 그중에 하나가 '검사동일체 원칙'과 '상명하복'이었다. 그것은 검찰이라는 조직의 특수성을 규정하고, 고유성을 강조하는 것이었다. 한문 투의 그 두 가지 뜻은, '그 어떤 경우에도 모든 검사는 한 몸'이며 '위에서 명령하면 아래는 무조건 복종한다'는 것이었다. 거기서 확 풍겨오는 제1감은 군대적이고 폭력적이라는 점이었다. 그 특성은 지극히 이성적이고 논리적으로 업무를 처리해야 하는 검사들의 생리와는 너무나 조화되지 않는 것이었다. 군대적 단결과 명령 무조건 복종을 강요하는 것에 황원준은 처음부터 거부감이 생겼다. 아니 좀 더 솔직히 말하자면 반감이 일어났다. 그것은 장장 30년 동안 이어져온 군부 독재에 대한 반감에서 비롯되고 있었다. '지지리 배울 데가 없어서 군바리 흉내를 낸단 말인가!' 그러다가 어느 날 문득 머리를 스치는 것이 있었다. '아, 저건 일본 군대, 식민지의 잔재다!' 일본 식민지의 잔재는 법조문에 지금도 수두룩하게 남아 있었던 것이다.

그런데 '검사동일체 원칙'은 검사가 된 첫날부터 주입되기 시작한 주문이었다.

"여러분은 대한민국 검사다. 우리는 사회의 최고 엘리트들이다. 누구든지 잡아넣을 수 있고, 어느 사건이든지 수사 못할 게 없다."

법무연수원에서 한 달간 교육받을 때 유명한 선배 검사들이 반복해 댄 말이었다. 그 자극적인 말은 몇 년 동안 법조문들을 지긋지긋하게 외워대 좁디좁은 사법 고시의 문을 갓 통과한 햇병아리 검사들에게 흡족한 보상과 당당한 자긍심을 불러일으키는 빼어난 격려사일 수 있었다. 그러나 그건 큰 오만과 자만에 취한 엘리트주의에 빠뜨릴 위험이 있었고, 절대 권력을 가진 우리는 한 덩어리로 뭉쳐야 한다는 배타적인 패거리 의식으로 무장시키는 위험까지 내포하고 있었다.

그러나 황원준은 그런 마땅찮음을 그동안 그 누구에게도 입 밖에 낸 일이 없었다. 그런 이야기를 나눌 수 있는 상대를 단 한 명도 찾지 못했기 때문이었다. 대개의 직장이라는 데가 다 그렇겠지만 특히 검찰 조직은 냉정한 경쟁과 살벌한 출세주의밖에 없었다. 자칫 '모래알 조직'이 될 수 있는 위험을 강압적이고 폭력적으로 이끌어가는 힘이 바로 '검사동일체 원칙'과 '상명하복'이었다. 그리고 그 힘을 강화하는 것이 수시로 벌어지는 호화판 술자리였다. 그 술자리를 얼마나 자주, 얼마나 떡 벌어지게 차리느냐가 부장검사의 능력을 판가름하는 기준이었다. 다른 부장들 기죽일 만큼 최고급 술에, 젊고 예쁘고 날씬한 여자들을 휘하의 대여섯 명이 품게 해주어야 하니 부장검사의 능력 발휘라는 것이 결코 만만한 일이 아니었다. 그러니까 부장검사는 그런 비용을 아낌없이 댈 수 있는 스폰서를 늘 몇 명씩 확보하고 있어야 하는 것이었다. 그 스폰서란 도대체 누구일까? 그건 사건 관련 변호사이거나, 미리미리 보험을 들어두는 기업들이었다. '그럼 그런 사람들의 사건은 어떻게 되어가는 것일까……?' 이 당연한 물음을 입 밖에 내는 사람은 아무도 없었다. 그들은 묵언 속에 향락을 즐겼고, 암암리에 묵인하고 동조하는 공범이 되고 있었다. 그것이 '검사동일체'를 강화하는 올가미이기도 했다. 그리고 해방 이후 70여 년 세월 동안 줄기차게 사법부를 불신해 온 대표적인 여덟 글자 '유전무죄 무전유죄'는 거기에 거처 하나를 정해 깊이 뿌리발을 하고 있었다.

그런데 검사들이 그 긴 세월 동안 줄기차게 최고급 술집에서 흥청망청 향락을 즐길 수 있는 이유는 무엇일까? 그건 검사 고유의 막대하고 막강한 권한 때문이었다. 검사들이 행사하는 권한은 너무 지나치다고 할 정도로 어마어마하고도 무한할 지경이었다. 법무연수원의 교육 때 햇병아리 검사들에게 선배 검사들이 '누구든지 잡아넣을 수 있고, 어느 사건이든지 수사 못 할 게 없다'고 한 말이 검사들의 권한이 얼마나 큰지를 단적으로 입증하는 것이었다.

어떤 사건을 얼마나 수사할 것이냐를 결정하는 '수사권', 기소를 할 것인가 안 할 것인가를 결정짓는 '기소독점권', 기소한 다음에 재판에서 행하는 '구형권', 경찰을 상대로 하는 '수사 지휘권', 그리고 직접 수사권을 발동하는 '수사 인력 소유'까지, 검사가 행사하는 권한은 실로 '천하무적적'이었다. 그래서 몇십 년 전에 벌써 시골 2대 부자 중에 첫손에 꼽히는 술도가 집들은 모두 검사 사위를 본다는 말이 생겨났는지도 모른다. 슬쩍슬쩍 밀주를 만들고, 장부를 속이고, 물을 많이 타고 해도 검사 사위가 척척 막아내는 튼튼한 방어벽 역할을 해주기 때문이었다. 그 전통은 더욱 강화되어 새로 탄생한 검사 앞에는 부자들의 명단이 적힌 치부책을 든 '마담뚜'들이 줄을 서는 게 현실이었다.

황원준은 낡은 간판을 힐끗 확인하며 술집으로 들어섰다. 싸구려 술집 특유의 냄새가 확 풍겨왔다. 순간적으로 비위에 거슬리는 듯하면서도 이내 대학 시절을 떠올리게 하는 추억의 냄새였다. 사진이나 노래에만 추억이 담기는 게 아니었다. 냄새에도 추억이 담겨 있었다. 학생들 대부분은 술값이 풍족하지 않았다. 책만 맘 놓고 살 수 있는 경제력이라면 그건 1급의 행복의 조건이었다. 그러니 술은 당연히 소주였고, 안주는 삼겹살이면 감지덕지였다. 삼겹살 타는 기름 연기 속에서 소주에 취해 가며 나누었던 얘기들이 그 얼마나 깔깔하고, 빳빳하고, 꼿꼿했던가. 그 기개를 뼈대 삼으며 사법 고시 공부를 했었는데……. 정작 검사 생활은 어떠했던가. 그 기개가 시나브로 시나브로 마모되어가는 세월은 아니었을까. 그 추억 속에 떠오르는 얼굴……, 아버지가 떠나신 지도 어느덧 2년이었다. "장하고 장하다. 내 더 바랄 게 없다." 술 취한 아버지가 자신을 얼싸안으며 한 말이었다. 아버지가 최초로 해준 포옹이었고, 최초로 해준 칭찬이었다. 아들이 검사가 된 것을 그리도 좋아했던 아버지는 당신이 바라는 대로 아들이 크게 출세하는 것을 보지 못하고 암에 붙들려 허망하게 돌아가시고 말았다. "무식한 애비가 뭘 알겠냐만, 바르게 해라. 남원한 사게 해서는 안 되고, 약한 사람들 억울하게 해서도 안 된다." 이건 아버지가 내린 처음이고 마지막 지침이었다. 그리고 형사로서 당신이 걸어온 길을 아들에게 보여준 것이기도 했다. 자신은 그동안 아버지의 그 지침을 제대로 잘 지켜왔다고 전혀 자신할 수가 없었다. 검찰의 조직적 특성은 그것을 잘 지켜나가도록 해주지 않았다. 오히려 방해하는 데 더 효력을 발휘하고 있었다.

황원준은 술집 안을 두리번거렸다. 저쪽 구석 자리에 머리 긴 남자가 앉아 있었다. 긴 머리카락에 가려 얼굴은 보이지 않았지만 그 독특한 모습이 장우진 기자임을 한눈에 알아보게 했다. 고개를 숙인 그는 핸드폰으로 열심히 무슨 문자를 찍어대고 있었다. 쉴 새 없이 바쁜 민완 기자의 모습이었다. 황원준은 방해가 되지 않도록 가만가만 아주 느리게 발을 옮겨놓았다. 그런데 대여섯 걸음쯤 남겨놓았을 때였다. 장우진 기자가 문득 고개를 치켜들었다.

"아니, 황 검사님, 어서 오십시오."

장우진이 반색을 하며 몸을 벌떡 일으켰다.

"아니……, 방해 안 되려고……."

오히려 당황한 쪽은 황원준이었다.

"아닙니다. 방해 아닙니다. 기사 중에 두어 군데 고칠 데가 있어서." 장우진은 손을 내젓고는, "안녕하셨습니까. 반갑습니다" 하며 악수를 청했고, "예, 반갑습니다. 어서 문자 마무리 지으십시오." 황원준이 핸드폰을 향해 눈짓했다.

"아 예, 다 끝냈습니다. 앉으십시오. 최변은 곧 도착한다고 연락 왔습니다."

장우진은 핸드폰을 바지 뒷주머니에 넣으며 자리를 권했다.

"아 예, 근데 장 기자님은 핸드폰을 꼭 바지 뒷주머니에 넣으십니까?"

황원준은 의자에 앉으며 좀 엉뚱하다 싶은 말을 뚜벅 꺼냈다.

"예예, 이거……, 첨엔 누구나 다 하는 식으로 손쉽게 남방 주머니나 양복 왼쪽 속주머니에 넣고는 했는데, 어느 날 어떤 의사가 그러더군요. 전화가 걸려 오면 핸드폰이 울릴 때 발산되는 전자파가 얼마인 줄 아느냐. 유선 전화보다 몇십 배다. 그런데 그 주머니 위치는 꼭 심장의 위치와 일치한다. 그러니까 핸드폰이 울릴 때마다 그 전자파는 심장을 공격하는 셈이다. 그렇게 계속 공격당하며 심장은 점점 약해지고, 그러다가 어느 순간 핸드폰 울림과 함께 딱 멈춰버릴 수도 있다. 그러니 절대 그 주머니에 넣어서는 안 된다. 심장에서 최대한 떨어뜨리는 것이 좋으니까 손가방에 넣는 것이 최선이고, 그게 여의치 않으면 그다음 안전처는 바지 뒷주머니다. 그다음부터 꼭 바지 뒷주머니를 실천해 오고 있습니다. 이 한 많은 세상 한때를 못 보고 핸드폰 심장마비로 하직할 수는 없는 일 아닙니까? 가끔 방구를 먹여대 핸드폰한테 미안하긴 하지만. ㅋㅋㅋ……."

장우진은 콧잔등을 잔뜩 찡그려 붙이며 장난스럽게 웃어댔다.

황원준 검사도 허허대며 스스럼없이 웃음 동무가 되고 있었다.

"어머, 뭐가 그렇게 재미있으세요?"

최민혜 변호사가 그들 옆으로 다가서며 인기척을 냈다.

"아 최변. 오늘 술값 내려고 작정하고 일부러 지각한 거지요?" 장우진이 능청스럽게 인사했고, "네에, 두 분은 술값 안 내려고 저보다 빨리 오시느라 너무 애들 많이 쓰셨네요." 최민혜가 방시레 웃으며 말을 받아넘겼고, "안녕하세요……." 황원준은 두 사람의 농담에 격을 맞춘 말을 얼른 찾아내지 못

해 어물거리듯 최민혜에게 인사했다. 그러면서 사무실이나 법원에서는 전혀 볼 수 없었던 그 살그머니 웃음 짓는 그녀의 고운 모습이 가슴에서 현악기의 현이 찡 울리는 것 같은 소리를 듣고 있었다.

"그거……, 김미주네 공장은 어찌 됐어요?"

최민혜가 장우진 옆자리에 자리 잡으며 물었다.

"그거 잘 처리됐어요. 어떤 동업자가 공원들까지 전부 받아들이는 조건으로 인수했어요."

"어머, 그거 참 잘됐네요. 김미주가 돈벌이 못 하게 될까 봐 몹시 걱정했었잖아요."

최민혜가 왼쪽 머리카락을 귀 뒤로 넘기며 안도의 숨을 내쉬었다.

"예, 그 편백나무 자연향이 요새 새로 뜨는 사업이라 인수자 만나기가 쉬웠다고 하더라고요. 변 당했던 세 아가씨가 다 웃음을 되찾았어요."

장우진의 표정도 목소리도 밝았다.

"가엾은 아가씨들인데, 참 다행이네요."

최민혜가 안쓰러워하는 얼굴로 말했다.

"다 황 검사님 덕이죠. 자아, 황 검사님께 감사하는 뜻으로 다 같이 건배합시다."

장우진이 잔마다 술을 따르며 말했다.

"저를 벌 세우려고 작정을 하고 두 분이 이 자리를 마련했군요."

마침내 황원준이 두 사람식으로 말했고, "예, 벌주기만 하지 말고 벌 좀 서보세요." 장우진이 잔을 들며 말했고, "그럼 검사 벌 세우는 우리 감투는 뭐라고 해야 하나요? 검사 킬러?" 하며 최민혜도 잔을 들었고, 세 사람은 잔을 부딪치며 함께 웃음을 나누었다.

"우리 돌아가면서 술을 따르기로 합시다. 두 번째는 최변이 좀 따르는 게 어때요?" 장우진은 술병을 들어 최민혜에게 건네려다 말고, "아니, 이것도 미투에 걸리는 것 아닌가요?" 하며 두 사람을 번갈아 보았다.

"술 안 따르게 하면 미투에 걸려요. 남녀 차별하는 거니까요."

최민혜가 눈을 살짝 흘기며 장우진의 손에서 술병을 빼앗았다.

"이건 꼭 농담은 아닌데, 요샌 여자보고 '예쁘다', '미인이다' 같은 말을 맘 놓고 하기도 겁나요. 상대방이 '성희롱이다' 해버리면 금방 미투로 몰리는 세상이니까요. 여자들 앞에서 전보다 몇 배 신경 써야 돼요. 황 검사님은 안 그러세요?"

장우진이 농담기 없이 말했다.

"예, 신경 쓰이지요. 한국 남자들 그동안 여자들 앞에서 너무 예의 차리지 않고 함부로 굴지 않았나요. 여자들을 자기네 마음대로 해도 되는 성적 놀림감이나 노리개로 여기고요. 그런 병폐는 이제 그만 고쳐져야 하는 것 아닙니까. 남녀평등이 법조문에나 있고, 말로만 듣기 좋게 해대고 해서는 진정 인간다운 세상이 될 수가 없지요. 이 세상의 절반이 여자인데요."

황원준은 마치 법정에서 검사 논증을 하듯이 진지하게 말했다. 그는 '우리 검사들도 요새 입조심들 하느라고 신경 쓰고 있다'는 말이 곧 나오려 하는 것을 얼른 삼켜버렸다. 이제 판검사 자리 3분의 1을 여자들이 차지할 정도로 세상은 돌변하고 있었다. 그것은 남녀 차별 없이 균등 교육을 실시한 효과가 몰고 온 사회의 일대 변혁이었다. 그 변화된 분위기 속에서 검사들의 남성 중심적 세계의 여러 국면이 차츰차츰 달라지는 낌새가 역연해지고 있었다.

'아 저 남자, 저런 생각을 가지고 있다니! 그래서 김미주 사건에도 선뜻 나서주었던 것인가……'

최민혜는 장우진 기자한테서 느꼈던 것과 같은 신선한 바람 한 줄기가 황원준 검사한테서도 불어오는 것을 느끼고 있었다.

"옳소, 옳소! 황 검사님 의견에 전적으로 동감입니다. 여성들이 완력을 제외하곤 지적 능력에선 남성과 완전히 평등하다는 것을 판검사 자리 3분의 1을 차지하는 것으로 확실히 입증했습니다. 그뿐만 아니라 교육계로 가면 그 현상이 더욱 심해 남성들이 얼마나 열등한지를 참으로 극명하게 보여주고 있습니다. 초등학교는 여선생님들이 75퍼센트를 넘었고, 중·고등학교도 절반을 넘어가고 있고, 대학도 그 수가 자꾸 불어나고 있습니다. 그런데 바로 얼마 전에 이런 시대 현실에 역행하는 큰 사건이 벌어졌습니다. 그런데 저는 또 심층 추적 취재에 실패하고 말았어요. 이러다가는 우리 신문사 심층추적팀은 해체될지도 모릅니다."

장우진이 양쪽 어깨를 축 부리며 과장되게 한숨을 토해냈다.

"해체요? 또 재벌 사건인가요?"

최민혜가 자동기계처럼 즉각 반응했다.

"허 참. 귀신이네요. 맞히는 김에 어떤 사건인지도 맞혀버리세요. 최변이 민변을 선택하지 않았더라면 최변도 당할 수 있는 사건이니까요." 장우진이 술잔을 들어 황 검사에게 같이 마시자는 손짓을 하며 말했고, "아, 알았어요. 어느 재벌 3세가 여변호사의 머리채를 낚아채서 흔들어댄 사건 말이지요?" 최민혜의 또릿한 눈이 더욱 초롱초롱해지며 응답했다.

"그 사건 그거 무혐의 처리 돼버렸잖아요. 피해자가 처벌을 원치 않아서……."

황원준이 삼겹살을 집다 말고 두 사람을 번갈아 보았다.

"예. 저의 취재는 바로 그 지점부터가 취재 목표였어요. 다른 사람도 아닌 변호사가 그런 치욕스러운 폭행을 당하고도 처벌을 원치 않아 폭행범이 무죄가 되어버리다니, 그 사건이 야말로 대한민국의 모든 사회문제가 총체적으로 응축된 것이었기 때문입니다. 재벌 자식들은 돈 힘을 믿고 제멋대로 행포를 저질러대고, 대형 로펌에 속한 그 여변호사는 금력에 눌려 꼼짝을 못 하고, 경찰과 검찰은 법 타령만 해가며 구경하고 있고, 재벌 회사 광고에 목 매달고 있는 신문들은 먼 산만 바라보고 있고, 이런 실태를 이번 기회에 샅샅이 밝혀내 세상 사람들이 전부 알게 하고 싶었어요. 그래서 그 여변호사를 몇 페이지가 되든 대형 인터뷰를 하려고 시도했었는데, 열 번 넘게 찾아갔지만 결국 실패하고 말았어요."

장우진은 이번에는 진짜 한숨을 술상이 꺼지도록 토해 냈다.

"아니, 열 번이 넘게요……?"

최민혜의 눈이 휘둥그레졌다.

"치이……, 그까짓 걸 뭘 놀래고 그래요. 한 사건 추적하느라고 외국도 열 번 가까이 오가는데요."

"외국도 그렇게나? 그리 중대한 사건도 있어요?"

"있지요. '내가 해봐서 아는데' 대통령님의 비리 사건."

최민혜는 얼른 입을 막으며 푹 웃고는, "아, 이제 알았어요! 우리 정 회장님 말씀이, 월급날 저금통장에 빵 원이 찍히게 하는 기자라고 하더니 바로 그런 일에 월급까지 다 끌어다 쓰신 거지요?" 거짓말하지 말라는 듯 그녀는 장우진을 빤히 쳐다보고 있었다.

"하이고, 눈치 한번 빠르기는 앉아서 삼천 리고 서서 만 리라니까요. 하여간 장차 누가 남편 되시려나 엄청 피곤할 거예요. 좌우간 어쩌겠어요, 꼬리는 곧 잡힐 듯 잡힐 듯 하고, 가난한 신문사 취재비는 다 바닥나고, 목마른 놈이 샘 파는 법이니까 내 월급이라도 땡겨서 비행기표 살 수밖에요."

"하지만 결국 그 꼬리 못 잡았잖아요."

"아니요. 광부는 탄맥이 안 보이는데 곡괭이질하지 않아요. 기다리세요. 무슨 일이 벌어지는지."

"근데, 그 여변호사를 열 번 넘게 찾아가 알아내려고 했던 핵심은 뭐였어요?"

최민혜는 말머리를 돌려 그 문제에 집중하면서 눈을 더 반들반들 빛내고 있었다.

"예, 첫째 알고 싶었던 것이, 처벌을 원치 않는 것이 당신 뜻이냐 아니냐, 둘째 그 결정에 가해자 쪽으로부터 돈을 받았느냐 아니냐, 셋째 그쪽에서 안 받았다면 로펌에서 무슨 조처를 특별히 해줬느냐, 넷째 가해자가 당신만이 아니라 남자 변호사의 따귀까지 갈겨댈 정도로 막나가는 판이었는데 당신한테 머리 잡아채서 흔들어댄 것 말고 다른 성추행을 저지른 건 없느냐, 다섯째 당신은 사회 정의를 지키고 인간 진실을 옹호하기 위해 법조인의 길을 택했을 텐데, 당신 자신이 이런 인권 유린을 당하고서도 대항을 포기해 버린다면 앞으로 법조인 생활은 어떻게 하려고 하느냐. 뭐 대충 이런 거였어요."

"그 변호사가 피한 건 잘한 것이네요."

최민혜가 얼른 말하고는 술잔을 비웠다.

"허! 세상에 믿을 놈 하나도 없다더니 최변이 이렇게 배신을 때릴 줄은 몰랐는데요." 장우진이 화난 척 마구 혀를 차댔고, "그렇게 고약한 것만 골라서 물으면 뭐라고 대답하겠어요. 장 기자님, 너무 잔인하고 무서워요." 그녀는 어깨를 부르르 떠는 시늉을 했고, "예, 그런 질문은 취재라기보다 살인적 고문입니다. 그 변호사 정말 잘 피했어요." 황원준 검사가 침묵을 깨고는 술잔을 천천히 기울였다.

"아니, 누가 법조삼륜(法曹三輪) 아니랠까 봐 그렇게 딱 한편 먹고 나오깁니까. 나 소외감 느껴서 그만 짐 싸야 되겠습니다." 장우진이 긴 머리칼을 뒤로 넘기며 일어나는 시늉을 했고, "그 변호사 어찌 보면 딱하기도 해요. 그 트라우마가 평생 갈 수도 있거든요. 이런저런 형편상 대형 로펌을 그만둘 수도 없는 처지일 수도 있구요." 최민혜가 씁쓰레한 표정으로 혀를 찼다.

"예. 개인 사정이야 구구각색일 수가 있지요. 근데 그쪽 사람들 만나보면서 많이 실망했어요. 나를 가로막은 남자 변호사들이 한마디씩 하는데, 도대체 그 사람들 왜 변호사가 됐는지 다시 또 회의하게 만들더라구요. '클라이언트님(고객님)을 어떻게 고소하느냐', '술 취해 한 실수 아니냐', '변호사 업계를 몰라도 너무 모른다'. 이런 식으로 우물쭈물하며 오히려 나를 한심스럽게 생각하는 거였어요. 그 사람들이 나보다 나이가 많으면 또 몰라요, 다 나보다 한참 아래 사람들이 세상살이 다 아는 척, 철든 척하니까 더 답답하고 암담하고 그런 거죠."

이 이야기 그만 끝내겠다는 듯 장우진이 술잔 가득한 술을 단숨에 비워버렸다.

"장 기자님, 저도 장 기자님보다 한참 아래 사람으로서 장 기자님 한심스러운 거 지적 좀 해볼까요?"

최민혜는 술잔 언저리를 핥듯이 하며 샐샐 웃고 있었다.

"좋아요. 대한민국은 언론의 자유가 보장된 민주주의 국가요."

장우진은 푸짐하게 김치를 얹은 삼겹살을 입에 몰아넣었다.

"예, 그 로펌의 존재 이유는 오로지 돈벌이예요. 돈 되는 일이면 무슨 사건이든지 다 맡는다, 하는 식이라구요. 제가 기억하는 것으로, 론스타의 외환은행 매각 사건, SK 비자금 사건, 두산 그룹 형제간 분쟁 사건, 현대·기아차 비자금 사건, 영국 기업이 일으킨 가습기 살균제 사건, 일본 전범 기업 미쓰비시와 신일철주금의 강제징용 피해자 배상 책임 사건 등 큰 돈 되는 건 무엇이든 다 싹쓸이하는 거예요. 한마디로 법장사치들이라구요. 그런 사람들을 상대로 사회 정의나 인간 양심 같은 걸 찾으러 나서니 장 기자님이 얼마나 순수하고 순진하다 못해 한심해 보였겠어요. 무슨 말인지 아시겠지요?"

"알았소, 알았소. 나한테 결점이 딱 한 가지 있다면 그 순진한 DNA가 남들보다 월등히 강하다는 것이오. 그래서 나도 괴롭고, 처자식도 괴롭히고 있소만."

장우진은 무슨 의미인지 모르게 얼굴을 찡그려 붙이며 두 손으로 빗질하듯 긴 머리칼을 뒤로 쓸어넘겼다.

"아, 벌써 금년이 다 가고 있네요. 어쩌면 이 자리가 송년회 겸 송별회가 될지도 모르겠습니다."

황원준이 느닷없는 소리를 했다.

"예에? 송별회요? 어디 멀리로 인사 이동 생긴 겁니까?"

장우진이 민감하게 반응했다.

"예, 결정되려면 아직 한 달 이상 남았습니다만……, 아무래도 예감이 좋지가 않습니다."

"예감이라……, 무슨 그럴 만한 일이 있었던 모양이지요?"

황원준을 향해 곤두선 장우진의 눈빛은 곧 그 답을 캐내려 하는 꼬챙이 같았다.

"제가 장 기자님께 따로 연락드릴 일이 있을지도 모르겠습니다." 황원준이 술잔을 들며 장우진에게 눈인사를 보냈고, "예, 필요하면 언제든 연락 주십시오." 장우진도 술잔을 들며 눈인사를 받았다.

2

가로수로 줄 선 느티나무들의 무수한 이파리들이 낙엽 지며 흩날리고 있었다. 그 헤아릴 수 없이 많은 낙엽들은 형형색색 다채로운 색깔로 냉기 서린 허공에 파묻져 내리고 있었다. 느티나무들은 한여름에는 어느 나무보다도 싱싱한 초록색으로 무성한 잎들을 거느리며 짙은 그늘을 드리웠다. 그 생명감 넘치는 초록색은 꼭 쥐어짜면 금세 초록 물감이 뚝뚝 떨어질 것처럼 농밀한 단일색이었다. 그러나 소슬한 가을바람 타며 단풍이 물들기 시작하면 마치 무슨 마술을 부리듯, 서로 예쁜 색깔 뽐내기 경쟁을 하듯 느티나무들은 제각기 다른 색깔로 치장하기 시작했다. 황갈색, 적갈색, 암적색, 적황색……, 이름을 다 댈 수 없을 정도로 다양한 색깔로 한해살이를 현란하게 마무리 지으려 하고 있었다. 그 다양한 색깔의 현란함은 꽃들이 시샘할 만큼 아름답고 신비스러웠다. 아름답지 않은 자연이 없지만 느티나무들이 꾸며대는 그 우아하고 세련된 색의 향연은 다시금 자연의 무궁한 신통력에 절로 감탄이 나오게 했다.

그 형형색색의 이파리들이 짧은 색의 향연을 마치고, 떠나가는 가을을 따라 무슨 슬픈 흐느낌인 듯 떨어져 내리고 있었다. 여름에 풍성하게 무성했던 것만큼 느티나무 잎들의 낙엽도 무수히 무리져 흩날리고 있었다. 그래서 더 깊고 진하게 느껴졌다.

김태범은 그 폭설 퍼붓듯 하는 낙엽 속을 하염없이 걷고 있었다.

"여보게, 제발 변호사를 바꾸게. 지금이라도 늦지 않아. 난 도무지 자신이 없어."

권익재의 당황스러운 말이 또 들려오고 있었다.

양육권 다툼에 처음 다녀와서 그가 한 말이었다. 변호사가 사건 의뢰인한테 그렇게 말해 버리면 사건 의뢰인은 어쩌란 말인가.

"이봐, 상대방은 전관예우더라구. 전관예우도 그냥 전관예우가 아니라 전관예우 중에서도 왕인 '근무연(勤務緣) 전관예우'더라니까. 알지? 자네 알지? 근무연이라는 거."

권익재는 몸이 달아 목소리까지 떨리고 있었다. '코끼리와의 싸움에서 생쥐가 이기는 법도 있다'던 처음의 기백은 어디로 증발해 버렸는지 흔적이 없었다.

"있잖아, 이 나라 망친 삼연(三緣)이라는 거. 학연·지연·혈연. 이 세 가지는 이 나라 어느 분야에서나 실력을 앞질러 먹히는 빽이잖아. 그런데 말야, 법조계에서는 한 가지가 더 있어. 그게 바로 근무연이야. 함께 근무한 인연, 그것까지 합쳐서 법조계 사연(四緣)이 되는 거지."

싸워보지도 않고 백기를 들어야 하는 장수 꼴이 된 권익재의 말은 이렇듯 구구했다. 그러나 그게 터무니없거나 비굴한 변명만이 아님을 인정해야 했다. 질 것이 빤한데도 의뢰인만 대하면 끝까지 '일희일비하지 말라'는 상투적인 말만 되풀이하다가 수임료만 따먹고 마는 흔해 빠진 변호사라면 권익재가 그런 말을 할 리가 없었다. 친한 사이니까 그는 솔직하게 털어놓는 것이었다.

"알겠지만, 전관예우는 민형사 재판에서 안 통하는 데가 없어. 이리 얽히고 저리 얽히고 해서 다 선후배 관계니까. 그런데 그것을 압도하는 게 있어. 그게 바로 근무연 전관예우야. 바로 얼마 전까지 함께 근무했던 직속 상관이 사건을 가지고 나타난 거야. 이런 때 자넨들 어쩌겠어? 꼼짝 못 하잖아. 그분을 이기게 해드려야지. 그게 우리나라식 의리고 인정이잖아. 상대방 변호사는 바로 몇 개월 전에 부장판사 옷 벗고 개업한 사람이었어. 시쳇말로 따끈따끈한 전관예우를 아주 작심하고 고른 거지. 보통 전관예우라도 못 당할 판인데, 나 같은 일반 변호사로는 싸워보나 마나 백전백패거든."

"알았어, 잘 알았어. 자네 입장 잘 아니까 너무 신경 쓰지 말고 끝까지 가보세. 난 딴 방법은 찾을 수가 없으니까."

자신은 절망감 속에서 겨우 이렇게 말할 수밖에 없었다.

"자네 말야, 감정 앞세우지 말고 내 말 신중하게, 냉정하게 들어봐. 자네, 변호사 임무가 뭔지 아나? 첫째, 의뢰인의 입장에서 최선을 다해 싸워, 의뢰인이 원하는 바대로 이기는 거야. 둘째, 싸움이 승산이 약하거나 불리할 때는 적당한 시점에서, 적당한 조건으로 화해를 유도, 성사시키는 거야. 특히 민사의 경우 법원에서도 그걸 최상수로 치고 있고. 자네 말야, 내가 몇 번이고 생각하고 나서 하는 말인데, 현실을 좀 더 냉정하게 판단하는 게 어떻겠나?"

"내 현실은 두 애들을 데려오는 것, 그것 한 가지뿐이네."

자신의 이 대꾸에 권익재는 더 이상 말하지 않았다. 권익재는 감정을 앞세우지 말라고 전제했는데, 자신의 말은 너무 감정적이었는지도 모른다. 그러나 자신의 입장에서 냉정하게 바라볼 수 있는 현실은 그것밖에 없었다. 이 시점에서 현실적 판단에 따른 화해란 무엇인가……. 자존심 짓밟히고, 바로 굴욕감으로 연결되는 그런 생각은 전혀 하고 싶지가 않았다.

'아, 아……, 이렇게 끝없이 걸어가다가 이 낙엽들에 파묻혀 죽어버리면 어떨까……'

불현듯 떠오른 이 생각에 김태범은 걸음을 멈추고 겹겹이 흩날리는 낙엽들을 망연히 바라보고 서 있었다.

그런 생각이 떠오른 것은 계절적 감상 때문만이 아니었다. 자신의 현실은 그만큼 절망적이었고, 소외감은 극에 달해 있었고, 고독감은 견딜 수 없도록 전신을 옥조여오고 있었다. 이 넓은 세상에 갈 곳도 없었고, 만나자는 사람도 없었고, 할 일도 없었다. 완전히 외톨이였고, 망망대해의 조그만 섬이었다.

낙엽이 무수히 나부끼는 속을 걸으며 생각하는 미래는 더욱 참담하고 암울할 뿐이었다. 앞으로 세월을 어떻게 살아가야 할 것인지 한없이 막막하기만 했다.

그때 문득 떠오르는 말이 있었다.

'인생은 연극이다. 그런데 그 연극은 극작가도, 연출가도, 주인공도 자기 자신이면서, 단 1회의 공연일 뿐이다.'

외국 출장에서 돌아오며 비행기 안에서 읽었던 어느 사람의 수필의 한 대목이었다. 그 말이 지금 자신에게 그렇게 사무쳐 들릴 수가 없었다.

'넌 그 단 1회의 공연을 완전히 망쳤잖아. 극작가 노릇도, 연출가 노릇도, 주인공 노릇도 너 스스로 망쳤잖아.'

그 글이 책망하는 소리였다.

그리고 또 떠오르는 말이 있었다.

'자기가 진정으로 하고 싶은 일을 즐거운 마음으로 해나가면서 늘 기쁨과 보람을 느끼면 그것이 가장 성공한 인생이다.'

어느 신문의 칼럼에서 읽은 것이었다. 그때는 그저 '옳은 말씀이긴 한데……' 하는 정도로 넘겼는데 이제 다시 생각해보니 그때 느끼지 못했던 절실함이 강하게 마음을 사로잡고 들었다. 그런 심정은 혼자의 힘으로 어엿한 무역 회사를 일구어낸 친구 서원섭에 대한 부러움으로 이어져 있었다. 한때는 대기업의 사위로 떵떵거리면서, 구멍가게 같은 무역 회사를 꾸려가느라고 끙끙대는 서원섭을 얼마나 하품 나오게 생각했었던가. 상대생으로서 서원섭이 모범적 성공 인생이라면, 자신은 견본적 실패 인생이었다.

'내가 이 상태에서 진정으로 하고 싶은 일이 뭐지……? 즐거운 마음으로 하면서 늘 기쁨과 보람을 느낄 수 있는 일이 뭐지……?'

김태범은 자신의 의식이 텅 비어 있는 것을 느꼈다. 무엇을 해야 할 것인지……, 하고 싶은 것이 무엇인지……, 아무것도 떠오르지 않았다. 열패감과 자괴감만이 무성한 잡풀처럼 뒤엉켜 있을 뿐이었다.

김태범은 시계를 보았다. 권익재의 사무실로 가야 할 시간이었다. 그는 무심코 뒤쪽을 살폈다. 그리고 문득 잘못된 것을 깨달았다. 자가용 타는 것에 습관된 몸이 또 택시를 잡으려 하는 것이었다. 수입 없는 몸에 택시는 끊어야 했다. 버스비에 비해 택시 요금은 엄청나게 비쌌다. 그는 버스 정류장을 향해 터벅터벅 걸음을 옮겼다. 교통편이 신분 변화를 가장 확실하게 확인시켜 주고는 했다. 그 편안함과 불편함이 거역할 수 없는 신분의 격차였다.

"어서 오게. 기다리고 있었네."

권익재가 억지웃음을 지어내며 김태범을 맞이했다.

김태범은 권익재의 침울한 얼굴에서 일이 꼬여가고 있음을 알아차렸다.

김태범은 소파에 앉으면서 아무 말도 하지 않았다. 권익재는 묻기를 기다리고 있을지 모르지만, 자신은 권익재의 말을 기다리기로 했다. 여직원이 물컵을 놓고 갔다. 김태범은 물컵을 집어 들었다. 그리고 천천히 물을 넘겼다.

권익재가 소파 맞은편 자리에 와 앉았다.

"자네 애들이 의견서를 냈네."

권익재가 침울하게 가라앉은 소리로 말했다.

"애들……?"

김태범은 고개를 치켜들었다.

"응, 두 애들이."

"무슨 의견서?"

"뭐겠나. 뻔하잖아."

"그게……, 즈이들이 누구하고 살고 싶다는 생각을 썼단 말인가?"

"그랬더군. 외할아버지라고. 자필로."

"그게 무슨 법적 효력이 있나? 아직 미성년자들인데."

김태범의 목소리는 마침내 격앙되어 터져 나왔다.

"나도 그 점을 안 생각한 게 아니야. 처음엔 미성년자라고 치부해 버렸는데, 저쪽에서 영 불필요한 일을 할 리가 없다 싶었어. 그래서 곰곰이 생각해 보니까 짚이는 게 있었어."

"짚여?"

"응, 헌법이 규정하고 있는 인간의 기본권과 연결되는 문제였어."

"헌법……, 인간의 기본권……, 뭐가 그렇게 거창해?"

"들어봐. 그게 그렇게 간단한 문제가 아니야. 헌법 제10조는 '모든 국민은 인간으로서의 존엄과 가치를 가지며, 행복을 추구할 권리를 가진다. 국가는 개인이 가지는 불가침의 기본적 인권을 확인하고 이를 보장할 의무를 진다.' 이렇게 돼 있어. 이게 바로 아무 때나 불쑥불쑥 튀어나오는 소위 그 '행복 추구권'이라는 거 아닌가. 그다음 헌법 제34조 1항과 4항이야. 1항은 '모든 국민은 인간다운 생활을 할 권리를 가진다.'

4항은 '국가는 노인과 청소년의 복지 향상을 위한 정책을 실시할 의무를 진다.' 이렇게 돼 있어. 이게 무슨 뜻인고 하면, 모든 법에 우선하는 헌법에 의하면 자네의 두 애들은 나이와 상관없이 인간으로서 행복 추구권을 행사할 수가 있어. 그 권한 행사로서 애들이 외할아버지와 살겠다고 한 의견서는 '행복 추구권'의 선택으로서 존중해야 하는 절대권이고, 합법이라 그 말이네. 그리고 헌법 제34조 1항과 4항도 10조를 뒷받침하는 구체안으로서 애들의 선택을 강력하게 옹호하는 것이네. 그러니까 저쪽에서는 이쪽에 결정타를 먹인 것이고, 이쪽은 치명타를 입은 것이네."

권익재는 푹 한숨을 쉬었다.

"그건 너무 지나친 확대 해석 아닌가?"

화가 돋은 김태범의 목소리가 갈라져 나왔다.

"원래 변호사의 능력이란 자기한테 유리한 법을 얼마나 동원해서 자유자재로 결합하고, 분해하고, 재결합시켜 가며 변론을 펼치느냐로 결정되는 법일세. 상대방은 부장판사 출신일세. 부장판사면 평생 재판을 해오며 산전수전 다 겪고, 어떻게 해야 이길지 수비 공격에 능수능란한 최고 베테랑이야. 그래서 애들의 의견서를 굳이 제출한 게 틀림없다 싶네."

"그럼 이제 아무 방법도 없다 그건가?"

"내 판단으로는 그 변호사가 담당 판사에게 아까 말한 헌법 조항들을 들이대도록 귀띔했을 것이고, 판사가 그 사실들을 적용해서 판결문을 써버리면 우리 쪽에서는 속수무책이 돼버리네."

"아니, 판사가 사건 변호사와 접촉하는 건 금지된 위법 아닌가."

"그렇지. 그렇지만 그건 원칙일 뿐이야. 법원에서 만나지 않고, 밖에서 슬쩍슬쩍 만나는 거야 어쩔 수 없는 일이지. 만약 남들 눈에 띄어 말썽이 된다 해도 옛날 인연 때문에 사적인 만남이었다고 해버리면 그만이야. 그런 게 바로 근무연 전관예우가 발휘하는 기막힌 효과인 거지."

"전관예우, 그거 완전히 불법이잖아?"

"불법……? 글쎄, 그거 불법이라고도 할 수 없고, 합법이라고도 할 수 없고 그래."

"도대체 그게 무슨 소리야?"

"그게 말이야, 불법이 되려면 그걸 금지한다는 법이 명확히 있어야 하는데, 전관예우를 허용하는 법도, 금지하는 법도 아예 없거든."

"근데 그따위 게 왜 생겨난 거야? 언제부터 그따위 짓들 해온 거야?"

김태범의 말에는 점점 더 열기가 오르고 있었다.

"글쎄, 법관으로 평생을 바쳐온 선배에 대한 예우랄까, 보너

스랄까, 하여튼 그 편리한 '관행'이라는 말로 해온 일이야. 그게 말썽이 되면서도 수십 년 동안 계속되어 왔으니까, 그게 언젤까? 박정희 때? 아니, 이승만 때부터였는지도 모르지. 어쨌든 끈질기게 이어져왔어."

"그게 말이 안 되는 불법인 건 말야, 분명히 이길 수 있는 재판을 지게 만들어버리는 거잖아!"

김태범의 목소리가 더 크고 뜨거워졌다.

"그야 그럴 수 있지."

"봐, 법을 악용하고 야합해서 억울한 사람들을 수없이 만들어내는 그따위 행위는 불법이라고만 해서는 안 돼. 엄연히 사법 사기야!"

"사법 사기……?"

"그래, 사법 범죄라구. 아주 악질적인 사법 범죄!"

김태범이 두 주먹을 불끈 쥐며 부르르 떨었다.

"글쎄, 그렇게도 볼 수 있지."

권익재는 곤혹스러운 얼굴로 중얼거리며 물잔을 들었다.

"그전에 전관예우 변호사들이 말썽이 되어 신문에 나곤 할 때 첫해 1년 동안의 수입이 100억이니 200억이니 했잖아. 그게 다 질 재판 이기게 해서 쓸어 모은 돈 아니냔 말야. 그게 얼마나 악질적인 사법 범죄냐구. 지금 우리 사건에도 저쪽 변호사는 돈 엄청나게 받았겠지?"

"그랬을 테지. 자네가 만만한 상대가 아니고, 애들을 절대 뺏겨선 안 되니까."

"아, 아……, 내가 엉뚱한 놈 부자만 만들어줬네."

김태범이 고개를 떨구며 두 손으로 머리칼을 움켜잡았다.

"여보게, 근데 말야……." 권익재는 말을 중단했고, 김태범이 권익재의 말을 무지르며 거센 기세로 말을 시작했다. "그 악랄한 사법 범죄도 법으로 막으면 되잖아. 전관예우를 금지하는 강력한 법을 만들면 될 거 아니냐구."

"물론 되지. 그런데 그런 법 절대 안 만들어져."

"그게 무슨 소리야?"

"법을 국민들이 만든다면 모르지만, 법을 누가 만들지?"

"그야 국회의원들이지."

"그래서 안 되는 거야."

"그건 또 무슨 소리야?"

"자넨 역시 상대 출신이라 그쪽엔 어둡구먼. 모든 분야의 입법을 종합적으로 검토하고 총괄하는 데가 국회 사법위원회야. 그런데 그 위원들 90퍼센트 이상이 법조계 출신이야. 동병상련이고 팔은 안으로 굽더라고 같은 패거리에게 피해를 주는 법은 절대 통과 안 시켜."

"아니, 그게 말이 돼? 수많은 국민들이 피해를 입는 건 어쩌고?"

"또 저 순진한 소리. 자네 기업 쪽 입장 잘 알잖아. 기업들이 겉으로는, 입으로는 소비자를 위하는 척하면서도 정작 속으로는 무시하고 안중에도 없는 것. 왜 그러지? 기업들이 온 세상 다 알도록 그 많은 잘못을 저질러대도 소비자들은 본격적인 불매운동 한번 벌이는 일 없이 그저 기업들을 떠받들고 대단하게 여겨주잖아. 기업들이 잘돼야 우리도 잘살 수 있다는 말을 몇십 년 동안 줄기차게 믿으면서, 그저 대기업에 취직하려고 모두 혈안이 되어 박이 터지잖아. 그러니 기업들이 소비자를 우습게 알고 무시하는 건 당연하지. 국회의원들도 마찬가지야. 전관예우 때문에 피해 입은 국민들이 그 금지법을 만들어내라고 항의도, 시위도 한 번도 안 하는데 뭐 하러 그런 법을 만들어. 국회의원들 입장에서는 전관예우가 있어야 자기들이 잘못을 저질렀을 때 쉽게 빠져나갈 수 있기도 한데. 국회의원들도 괜히 국민 무시하고 개돼지 취급하는 게 아냐. 무조건 순종하고, 굴종하고, 침묵하는 국민은 국민이 아니거든. 자기들에게 권력을 갖다 바치는 순진하고 멍청한 투표꾼들일 뿐이지."

"그럼 국민이 나서지 않으면 그 악랄한 사법 범죄는 계속된다 그건가?"

"그럼, 영원히!"

"하이고 죽겠다. 당하는 놈만 병신이고, 억울하고. 수십 년이 꼴을 해왔으니 유전무죄 무전유죄가 사법부 간판이 돼버렸지. 아 정말 사람 미치겠네. 수십 년 동안의 전관예우 피해자들을 다 모아 내가 앞장서 국회로 쳐들어갈 수도 없고."

김태범은 두 손바닥으로 얼굴을 마구 문질러댔다.

"여보게, 그래서 말인데……, 이제라도 현실을 직시하는 게 어떤가."

권익재는 표정과 어조를 바꾸며 신중하게 말을 꺼냈다.

"현실……? 어떤 현실?"

김태범은 선잠이라도 깬 것처럼 눈을 껌벅껌벅했다. 그 모습이 먼 황무지를 횡단해 온 사람처럼 꺼칠하고 지쳐 보였다.

"그게 말야, 지금이라도 안 늦었으니 포기할 건 포기하고, 타협할 건 타협해서 실리를 취하자는 거지."

"실리? 이렇게 몰린 상황에서, 자넨 실리를 찾을 게 있다고 보나?"

"있지. 자아, 냉정하게 보세. 양육권은 어쩔 수 없다고 치고, 자네한테 남은 건 자식에 대한 면접교섭권과 배우자와의 합의 건이야. 그 두 가지 중에 특히 합의 건은 타협의 여지가 큰 건이야. 아주 솔직하게 말하자면 자네 장래, 미래를 위한 마지막 카드인 셈이지."

"마, 지, 막, 카, 드……." 김태범은 한 음씩을 꾹꾹 씹듯이 발음하고는, "날 생각해 주는 자네 맘 잘 알겠는데, 그 부분의 타협이란 이미 끝난 얘기네. 무슨 말인고 하면, 이 사태가 시작됐을 때 성화의 창조개발실 사장 한인규가 그 건으로 나한테 타협을 제의한 일이 있었어. 위자료로 한 200~300억 챙겨줄 테니 합의이혼하고, 그 돈으로 강남에 건물 하나 마련해서 식구들하고 다 편히 살라고. 200~300억, 그거 보통 서민들 입장에서 보면 상상도 할 수 없도록 어마어마하게 큰 돈이지. 그렇지만 난 너무 자존심 상하고 기막혔어. 자기네 두 아들에게 행한 경영권 불법 승계의 잘못을 내가 뒤집어쓰고 두 번씩이나 감옥살이를 할 때 고작 그따위 돈 받으려고 한 것이 아니었거든. 난 내가 가족이라고 믿었기 때문에 그 감옥살이 고통을 참아냈던 거야. 그런데 그들은 그 믿음을 배신했고, 날 열외로 밀어냈던 거야. 그래서 나도 그들을 배척하는 것으로 배신을 갚으려 했고. 그런데 그들이 마지막 베푸는 은전이라는 듯 제시한 돈이 그 액수야. 그래서 난 마지막 자존심을 지키려고 그 돈을 거부했고, 자네를 찾아왔던 거야. 자네는 그 사람들 생리를 잘 몰라서 그러는데, 내가 자기네 뜻에 순순히 응하지 않고 덤볐다고 해서 나한테는 한 푼도 안 주고, 나에게 주려고 했던 돈을 그 전관예우 변호사에게 다 퍼주더라도 날 죽도록 골탕 먹일 작정들을 했을 거야. 그 사람들 기질이 그래. 내가 많이 겪어봤잖아. 거기에 나도 동조했었고. 그러니까 자넨 헛수고하지 마. 더 이상 타협의 여지는 아무것도 없어. 나한테 남은 건 한 가지, 이혼에 합의를 안 해주는 거야, 절대로. 죽을 때까지." 그는 어찌나 세게 어금니를 맞물었는지 얼굴 양쪽 귀밑 턱에는 이뿌리 자리가 선명하게 드러나고 있었다.

"그거 차아암……."

권익재는 소리 안 나게 긴 한숨을 쉬었다.

"애들 만나는 건 어떻게 되나?"

김태범이 돌처럼 굳어진 얼굴로 물었다.

"양육권이 결정된 다음에 바로 조정, 타협이 시작되겠지."

"그것도 전관예우 힘으로 완전 차단될 수 있는 건가?"

"아니지, 그건 안 되지. 전관예우의 힘이 제아무리 세다 해도 친부의 기본권까지 침해할 수는 없으니까."

"그런데 어쩌지……?"

김태범이 문득 말을 멈추며 아랫입술을 깨물었다. 그런데 어찌나 세게 깨물고 있는지 위의 대문니가 입술을 심하게 파고들고 있었고, 양쪽 눈자위가 파르르 떨리고 있었다.

"뭘?"

권익재는 당황스럽게 물었다.

"애들이……, 애들이……, 또 의견서를 내면……."

김태범의 눈에는 눈물이 번지고 있었고, 꽉 잠긴 목소리는 떨리고 있었다.

"아빠 안 만나고 살겠다고?"

권익재는 반사적으로 말했고, 곧 방울져 떨어질 것처럼 눈물이 그렁그렁한 눈으로 김태범은 보일 듯 말 듯 고개를 끄덕이고 있었다.

"아니, 아니, 그럴 리가 없어. 자네가 너무 충격 받아 신경이 과민해진 거야. 천륜이라고 하잖아, 천륜. 부모와 자식 간의 서로 땡기는 힘은 그 어떤 것으로도 못 막는 법이야. 그런 걱정 하지도 마. 그건 내가 보증해."

권익재는 여느 때 없이 말에 힘을 넣으며 김태범의 어깨를 두들겼다.

"차암, 불효자식 되기 쉽군."

김태범은 입술에 걸리는 낮은 소리로 중얼거리며 일어섰다.

일주일이 지나 권익재는 법원으로 나갔다. 결과는 예상했던 그대로였다. 헌법을 동원해 행복 추구권부터 언급하기 시작하는 그 판결문은 그지없이 엄숙하고 진지했으며, 그 어떤 이의도 제기할 수 없도록 완벽했다.

더없이 근엄한 표정과 힘 넣은 가성으로 한껏 권위를 부리고 있는 판사를 권익재는 물끄러미 바라보고 있었다. 판사의 그 가짜 얼굴에 며칠 전의 눈물 어린 김태범의 얼굴이 겹쳐지고 있었다.

'판사는 법과 양심으로 판결한다……'

전관 출신 변호사는 느긋한 표정으로 잔잔하게 미소 짓고 있었다.

법도 양심도 근무연의 전관 출신 변호사에게 팔아넘긴 판사를 외면하며 권익재는 천천히 몸을 일으키고 있었다.

무한 충성 줄서기

1

존경하는 사장님! 잊지 않으시고 또 보내주신 연말 선물, 사장님 뵙듯 반갑고 고맙게 받았습니다. 부족한 저의 부장 자리 열어주신 은혜 백골난망이옵고, 그 은혜에 보답할 일을 매일매일 눈 크게 뜨고 찾고 있습니다. 미력이나마 사장님과 성화에 보탬이 되는 기사를 최선을 다해 쓰겠습니다. 새해에도 옥체 건강하시고, 큰 복 가득하시길 빌겠습니다. 사장님, 무한 충~~성입니다. 현실경세 박대일 받듦.

'그래, 쪼오아. 그래야지, 은혜를 모르는 건 사람이 아니니까. 무한 충~~성이라고? 그거 좋지. 계속 그렇게만 해. 그럼 부장만 시켜주겠냐. 더 좋은 자리 부장, 편집부국장, 편집국장, 논설위원, 계속 쑥쑥 올려주지. 느네 사장도 너같이 눈치 빠른 셰퍼드가 필요하니까. 기특한 녀석.'

한인규 사장은 그지없이 흐뭇하게 미소 지으며 다음 문자를 밀어 올렸다.

사장님, 감사합니다. 그리도 고급 와인을, 저에게는 너무 과분한 그런 귀한 선물을 보내주시다니요. 너무 황송하여 몸 둘 바를 모르겠습니다. 변함없으신 사랑과 격려에 비해 제가 하는 일이 너무 미미해 늘 죄송스럽고 죄지은 마음입니다. 오늘의 성화는 사장님의 탁월한 혜안과 치열한 열정이 이루어낸 거대한 탑이라 믿습니다. 이번 해에 미흡했던 점을 새해에는 두 배로 보충해서 은혜 갚도록 분투하겠습니다. 그것이 국장으로서 큰 소임이라고 생각합니다. 새해에도 건강 누리시고, 가내에 복 넘치시길 기원하겠습니다. 거듭 감사드립니다. 대중경제 성배인 올림.

'응, 사장님의 탁월한 혜안과 치열한 열정이라고? 그래, 아주 제대로 잘 봤구나. 뭔가 좀 볼 줄 안단 말이야. 봐라, 내가 아니었으면 성화의 그 말썽 많은 문제들을 어떻게 다 해결했겠냐. 회장도 나 없으면 시체야. 난 성화의 대뇌고 심장이야. 회장이야 이름일 뿐이고 이 나라의 한가락 하는 권력자들을 다 내 손으로 주무르고 있잖아. 그래 성 국장, 금년에도 모자랄 것 없이 기사 잘 써댔고, 새해에는 더 잘하라고. 그래야 광고 팍팍 밀어주지.'

　존경하는 사장님께.

　사장님, 감사하고 또 감사합니다. 제가 자리 옮긴 걸 축하해주시면서 예쁘고 세련된 꽃바구니를 보내주신 것도 과분한데 그 비싼 양복표까지 보내주시다니요. 정말 이 은혜 어찌해야 다 갚을지 모르겠습니다. 신문사를 책임지는 자리를 맡고 보니 걱정이 많았는데 사장님의 격려를 받아 새 힘을 얻었습니다. 저는 성화가 대한민국만큼 크고 소중한 존재라고 생각합니다. 성화가 더욱 번창해야 우리나라도 부강해지고, 국민들도 잘살게 된다고 확신하고 있습니다. 그런 위대한 성화를 만들어오신 분, 실질적인 리더는 바로 사장님인 것을 또한 확신하는 바입니다. 저희 신문을 여지껏 잘 보살펴주신 것 잘 알고 있습니다. 앞으로도 더욱 잘 살펴주시기를 앙망하옵니다. 저희 신문도 성화와 사장님을 위하여 혼신의 힘을 다 바치겠습니다. 빨리 양복 맞춰 입고 새해 인사 드리러 가겠습니다. 그동안 건강하시기 빕니다. 한양일보 민구현 드림.

'흐음, 역시 사장급이라 생각하는 차원이 다르군. 성화가 더욱 번창해야 우리나라도 부강해지고, 국민들도 잘살게 된다고? 그야 백번 옳은 말이지. 신문에서는 그저 그런 식으로 백번, 천 번 계속 써대라고. 그럼 우린 광고로 착착 갚아줄 테니까. 그리고 또 뭐라고? 그런 위대한 성화를 만들어오신 분, 실질적인 리더는 바로 사장님이라? 말 한번 상 받게 잘한다. 찬물도 상이라면 좋다더라고 이런 말은 아무리 많이 들어도 질리질 않는단 말씀이야. 칭찬하면 고래도 춤춘다더니 그거 참 명언이라니까. 경제지보다야 어쨌거나 일간지가 더 세니까 충성 잘 바치라구. 바친 만큼 해줄 테니까.'

존경하는 사장님, 감사합니다. 여름휴가 때 크게 마련해 주신 것도 고마운데, 또 겨울휴가까지 이렇게 큰 마음으로 챙겨주시니 어찌할 바를 모르겠습니다. 아이들 데리고 겨울 여행하며 유익하게 쓰겠습니다. 철따라 이렇게 저희 가족의 행복을 꽃피워주시는 은혜 꼭 갚을 기회를 눈여겨 찾겠습니다.

그런데 사장님, 위가 바뀌어서 그런지 이쪽 분위기가 좀 이상합니다. 인사가 얼마 안 남았는데 만일을 모르는 일이니까 한번 체크해 보시는 게 어떨까 합니다. 아시겠지만 이쪽의 그 문제는 아주 민감하고, 순간적으로 돌변하고는 합니다. 새해에도 건강하시고, 복 많이 받으시기 바랍니다. 박상형 배.

'뭐야? 분위기가 이상해? 어림없는 소리 하지를 마라. 위가 아무리 바뀌었어도 내 라인은 끄떡없다. 이미 실세들 다 장악해 두었으니까 아무 염려 마라. 너를 부장검사로 심어놓느라고 얼마나 공을 들였는데 그 자리를 놓칠까 부냐. 니가 변심해 내가 너를 치면 몰라도 그 어떤 힘도 널 건드릴 수 없으니까 안심해. 그렇지만 돌다리도 두들겨보고 건너야 하는 법이니까 내 바로 확인해 보지. 넌 충성할 생각이나 더 굳게 먹으면서 가족 여행이나 잘 다녀와.'

사장님, 안녕하십니까. 보내주신 꽃과 와인 선물 감사히 받았습니다. 때때로 이렇게 은혜를 입고 있으니 고맙기 한량없습니다. 존경하는 사장님, 지난번에 베풀어주신 연수 지원 다시 한 번 머리 깊이 숙여 감사드립니다. 지원자는 많고 재단에서는 무한정 보낼 수 없는 형편에서 사장님께서 어려운 결정 내려주셨음을 너무 잘 알고 있습니다. 그 기자가 미국 가서 사장님께서 베풀어주신 은혜가 하늘 같음을 다시금 느꼈다고 감읍하는 편지를 보내왔습니다. 사장님께는 감히 어려워 편지 드릴 수가 없다고 하면서요. 그 기자 실력 있고, 신중하고,

의리가 강합니다. 평생에 걸쳐 사장님께 좋은 기사 써서 보은 하게 될 것입니다. 늘 청년 건강 누리시고, 새해 천복이 내리시 길 기원드립니다. 광명일보 한성진 절.

'그래, 고마운 것 아는 것도 중요하고, 은혜 갚는 것은 더욱 중요하지. 은혜 입고 은혜 갚을 줄 모르는 것, 그것처럼 못돼 먹은 인간 말종 짓은 없는 거야. 인생 만사는 기브 앤드 테이 크야. 거저도 없고, 오리발도 없는 거야. 주고 받고, 받고 주고, 그게 착착 잘 이뤄져야 서로 살맛이 나는 거지. 미국 연수 1년, 그거 쉬운 것 아니야. 생활비 일체에 학비까지, 사업은 어디 까지나 이윤 추구니까 두고두고 갚으라구. 그런 각오 하고 있 으면 됐어. 너희가 잘해야 더 큰 게 가지. 암, 좋아. 다음은 또 뭐냐?'

존경하옵는 사장님, 그간 무고하시옵니까. 보내주신 과일 과 분에 넘치는 그것을 받잡고 머리 숙여 감사하고 또 감사를 올립니다. 저의 앞길 열어주신 것만으로도 평생 갚아도 다 못 갚을 하늘 같은 은혜인데 이렇게 명절 때마다 은혜를 베풀어 주시니 황송하여 고개를 들 수가 없습니다. 사장님께 은혜 갚 는 일은 이 자리 군건하게 지키도록 일 열심히 하면서 성화의 울타리 노릇을 튼튼히 하는 것이라고 생각합니다. 국장으로서 할 수 있는 모든 일은 다 하겠습니다. 모자라는 일, 필요하신 일 언제든지 하명만 해주십시오. 그때그때 최선을 다하겠습니다. 새해에도 늘 건강하시고, 가내에도 만복이 깃들기를 기도하겠습니다. 최기중 올림.

'세무쟁이 놈이 글발도 제법이라니까. 그래, 그동안 아주 매끈하게 잘해 왔어. 앞으로도 계속 그렇게만 해. 그럼 니가 목 빠지게 바라는 국세청장까지 쭉쭉 밀어줄 테니까. 장관도 넣다 뺐다 하는데 까짓 국세청장쯤이야 식은 죽 먹기 아니겠냐. 니가 평생 의리 잘 지키면 청장만으로 끝나는 것도 아니야. 자회사는 갈수록 불어날 수밖에 없고, 어차피 그쪽 전담자는 한둘이 필요한 게 아니니까 퇴직 다음까지 보장할 수 있어. 억대 연봉 이사 자리 수두룩하니까 의리만 잘 지켜. 사회생활에서 뭐니 뭐니 해도 젤 중요한 게 의리야, 의리. 하 이거 문자가 끝이 없네. 좋아, 의리 지키겠다는 맹세니까 얼마든지 좋아. 이렇게 충성 맹세 받는 게 내 일하는 보람 아닌가.'

사장님, 그간 평안하셨습니까. 보내주신 선물 감사히 받았습니다. 격조 높은 와인 집사람과 함께 마시며 사장님께서 늘 베풀어주시는 후의를 되새기겠습니다. 사장님, 몇 번을 망설이다가 기왕 문자 드리는 참에 말씀드리기로 하였습니다. 심기 언짢게 해드릴까 봐 또 망설여집니다. 그러나 제가 처한 옹색한 입장을 사장님께서는 이해하여 주시리라 믿고 말씀드리겠습니다. 제가 편집국장이라는 중책을 맡은 지 5개월……, 저는 시간이 어떻게 가는지도 모를 정도로 정신없이 지내고 있습니다. 제가 편집국장 맡으면서 위에 당부한 게 하나 있었습니다. 편집국장으로서 신문을 잘 만드는 데만 집중할 수 있도록 제발 저한테는 영업 관련된 부담을 주지 말아달라는 것이었습니다. 지금까지는 잘 지켜지는 듯싶더니 이번에는 정말 심각한지 어제부터 제 목만 조르고 있습니다. ㅜㅜ 올 들어 저희 신문에 대한 성화의 협찬+광고 지원액이 작년 대비 1.6억이 빠지는데 11월 협찬액을 작년(7억) 대비 1억 플러스(8억) 할 수 있도록 사장님께 잘 좀 말씀드려달라는 게 요지입니다. 성화도 많은 어려움이 있겠지만 혹시 여지가 없을지 사장님께서 관심 갖고 챙겨봐 주십시오. 죄송합니다. 앞으로 좋은 기사, 좋은 지면으로 보답하겠습니다. 한강일보 이경오 드림.

'크음……. 또 그놈의 돈 타령이냐? 그래, 신문사도 그 많은 식구들 먹여 살려야 하니까 돈이 상전이 아닐 수야 없지. 허나 돈이 그냥 도는 법이 어디 있나. 다 하는 만큼 오고 가고, 주고받고 하는 거지. 1억을 더 플러스 하라고? 그걸 바라면 그만한 값을 타악 내보여야지. 그게 딱 마음에 들면 1억 아니라 2억도 얹어주지. 아니, 거 왜 있잖아. 회장님 폼 팍 살리고, 내 낯 서는 화끈한 특별 기획 뭐 없어? 그런 지면 떡 벌어지게 차려내면 2억이 뭐야, 10억도 쾌척이지. 세상살이 무덤덤하고 지질지질한 이때에 회장님 기분 쌈빡하게 해드리는 거 뭐 없어? 아유, 병신 같은 것들, 돈만 밝히지 돈 빼먹는 요령이 없어요, 요령이. 아, 아, 이런 때 아이디어가 번쩍번쩍하는 위인이 있었지. 김태범! 아, 아, 아깝다. 그게 남자답지는 못해도 머리가 팽글팽글 도는 꽤나 쓸 만한 인물이었는데 말씀이야. 언론 재단 만들어 기자들 해외 연수 보내고, 이런저런 이름 붙여 기자들 상 주고 해서 효과 톡톡히 보아온 것이 다 그 꾀돌이 공 아닌가 말야. 그 일들은 광고비에 비하면 푼돈에 불과하면서도 효과는 광고비 못지않았거든. 광고비야 사장 목 조이는 것이지만, 해외 연수나 상은 바로 기자들을 통제하는 수단으로 효과 만점 아니었던가. 좀 뻐딱하고, 까칠하고, 시건방진 게 기자들이기 마련인데, 그 해외 연수와 상은 그들을 풀 죽게 하고, 유순하게 만들고, 마침내 무한 충성을 바치게까지 하지 않았던가. 그가 사위로서 내 자리 노릴까 봐 은근히 경계를 해오긴 했지만, 그렇게 허망하게 인연 끊어지고 나니 더 커 보이는 남의 밥의 콩이야. 아깝고, 안됐어. 지금 어찌고 있는지. 바보, 나하고 한 빈만이라도 살 길을 의논해 보지 그랬어. 딱해. 그 인생, 그 팔자. 다 엎어지고 깨지고

해버렸으니 이제 어떻게 해줄 도리도 없고. 더 생각할 것 없어. 다 스쳐 지나간 인연이니까.'

탁자에 두 다리를 내뻗고 소파에 눕듯이 한 한인규는 줄줄이 이어지는 문자를 읽어나가며 행복감에 흥건히 젖어 들고 있었다.

'아니, 이건 뭐야? 왜 국회의원 놈들은 하나도 없어? 항상 이것들이 젤 예의 없고 빳빳하다니까. 큰돈은 젤 많이 밝히면서, 예의는 젤 없고, 흥, 권력이 젤 세시다 그거지? 내 힘으로 올리고 내리고 못할 권력이 없는데 국회의원만큼은 어찌 손을 대볼 수가 없단 말씀이야. 국민들이 직접 만들어준 권력이니까 어디 손을 디밀 틈이 있어야 말이지. 그래서 그것들 목에 잔뜩 힘이 들어가 있고, 콧대가 하늘 높은 줄 모르고 솟기는 거 아닌가. 청문회. 그때 그 친구들 득세하는 걸 보면 천하제일 권세가 국회의원이더라니까. 우리 회장님을 꼭 청문회에 끌어내겠다고 공언하며 상임위원들이 또르르 뭉쳤을 때, 그 권력의 위세는 얼마나 공포스럽고 숨 막혔던가. 회장님이 스물댓 명 앞에 끌려 나가 인정사정없이 난타를 당하게 된다면…… 아, 아……, 내 목숨 열 개라도 부지할 도리가 없는 위기가 아니었던가. 상속을 위한 분식 회계나 비자금 차명계좌 같은 문제는 분명히 회장님이 저지른 일인데, 그것이 쥐도 새도 모르게 싹 감추어지지 못하고 국회 청문회까지 가게 된

건 전적으로 부하들이 뒤집어써야 하는 잘못이 아니었던가. 그때를 생각하면 지금도 가슴이 벌떡거리고 입속에서 쓴내가 난다. 어허, 그놈의 일 두 번 겪을까 무섭다……'

어떻게 해서든 돈이나 뜯어가려는 국회의원들은 하찮고 가소롭기 그지없었다. 책 같지도 않은 책들 내놓고 출판기념회 한다고 돈 긁을 분위기 만들고, 달갑잖은 사업 시찰팀 꾸려 은근히 압력 가하고, 관광 외유가 뻔한데도 '현지 실태 연구' 같은 거창한 이름 붙여 슬그머니 옆구리 긁고……, 돈을 안 내놓을 수 없게 하는 가지가지 요령들을 대하면서 그들을 높게 보아줄 수가 없었다. 그런데 회장님을 청문회에 끌어내겠다고 상임위원들 전체가 뭉쳤을 때는 하늘 아래 가장 큰 권력으로 둔갑하는 것이었다.

"이건 위기입니다. 무조건 막아야 해요. 회장님이고, 기업이고 치명타를 입을 수 있습니다. 국회 TV가 생방송을 해대고, 그걸 모든 TV가 뉴스에서 재방송을 해대고, 뉴스 전문 텔레비전에서는 틀고 또 틀어대고, 그렇게 되면 전 국민에게 그런 망신, 불신 당하는 일이 어디 있겠습니까. 막으십시오. 무조건 막으십시오. 무슨 수를 써서든 막아야만 합니다."

대책 회의에 참석한 고문단의 교수와 변호사 같은 사람들의 공통된 의견이었다.

"나 국회 구경 가고 싶지 않으니까 알아서들 해."

회장님은 이 말 한마디를 던지듯 하고는 자리를 떠버렸다.

그 고문단 회의라는 건 순전히 회장님의 그 말 한마디를 끌어내기 위해 꾸며진 형식적인 것이었다. 그 말은 곧 로비 자금을 얼마든지 써도 좋다는 결재였던 것이다.

그다음 날부터 로비력을 총동원한 각개격파 전술이 전개되었다. 화염방사기 앞에서 남아나는 목숨이 뭐가 있겠는가. 따로따로 만난 국회의원 나으리들은 하나같이 다정했고, 유순했고, 온순하기까지 했다. 그들은 부드럽고, 노골노골하고, 흐물흐물해졌다. 며칠 사이에 그들은 적에서 우군으로 모습을 바꾸었다. 그런데 알다가도 모를 것이 사람인 것이다. 화염방사기의 공격에도 끄떡도 하지 않는 괴물들이 있었다. 그런 희한한 별종들은 아주 드물지만 어느 분야에나 한둘씩은 꼭 있었다. 기자 중에도 있었고, 법관 중에도 있었고, 공무원 중에도 있었고, 국회의원 중에도 있었던 것이다. 천지개벽을 열 번 한다 해도 그럴 리는 없지만, 그런 괴물들이 모든 권력의 자리를 차지한다면 어찌 될 것인가. 사업 해먹기 정말 힘들고 재미없어서 다 때려치워야 할 것이다.

그때 끝까지 골탕 먹이고 속 썩인 마지막 하나가 여성 의원이었다. 그 여성 의원에게는 아무것도 통하지 않았다. 화염방사기 열도를 몇 배 세게 해도 무용지물이었고, 인맥이란 인맥을 몇 겹씩 총동원해도 속수무책이었다. 하다 하다 못해 최

후의 일격으로 꺼낸 카드가 '회장님 독대'였다. 그건 국회의장 쯤이나 누릴 수 있는 특혜였고, 거기에 담긴 뜻은 보통 수준으로는 상상할 수 없는 그 무엇을 의미하고 있었다. 그 위력은 어느 만큼 소문나 있기도 했다. 그런데 그 여성 의원이 했다는 대꾸는 참 어이없도록 가관이었다.

"날 보고 그쪽으로 오라 그건가요? 허 참, 그건 기본이 어긋난 것 아닌가요? 용건 있는 쪽이 찾아와야 맞지, 용건 없는 쪽이 왜 찾아가야지요? 필요하면 이쪽으로 오라고 하세요. 언제든지 만나주기는 할 테니까."

이 말을 그대로 회장님한테 전할 수는 없었다. 말 잘못 꺼냈다가는 재떨이 날아오는 덤터기를 쓸 수 있었던 것이다.

그래서 결국 택한 것이 만장일치를 포기하고 다수결로 회장님 청문회 불참을 가결시켰던 것이다. 그 왕따 작전, 고립작전에 대해서 그 여성 의원이 했다는 말은 더욱 가관이었다.

"오늘은 내가 졌지만 10년 후, 20년 후에는 내가 이길 거예요. 우리 수가 자꾸 불어날 테니까. 그때는 지금 회장님은 가고 없고, 그 아들이 회장이 되어 청문회에서 날 만나게 되겠지요. 그날을 기다리고 있겠어요."

아, 아, 이런 끔찍한 말이 어디 있는가. 그런데 그 말은 화가 나서 한 독설도, 괜히 난 척하는 허풍도 아니었다. 정말 그 여성 의원은 회장님 큰아드님 또래였던 것이다.

'여자 악담에는 오뉴월에도 서릿발 친다고 하지 않는가! 저런 재수 없는 인간이 두고두고 국회의원 노릇 해먹을 작정이라고? 안 되지, 그건 안 되지.'

그래서 그다음 총선에서 보복전을 전개했던 것이다. 그건 그 여성 의원과 라이벌인 여당 후보를 전폭적으로 지원한 것이었다. 그러나 자신했던 그 시도는 참패하고 말았다. 그 여성 의원은 압도적인 표차로 당선되었던 것이다. 돈으로도 안 되는 일이 있다는 것을 그 여성 의원을 통해 두 번이나 확인한 셈이었다.

'그따위 골치 아픈 괴물들이 자꾸 불어나지 말아야 할 텐데. 근데 그런 것들한테 표 몰아주는 걸 보면 세상이 전과 다르게 변해 가고 있다는 거야, 뭐야? 그렇게 사람들이 인물을 골라서 뽑을 만큼 똑똑해지고 있다는 거야? 그건 좋은 징조가 아닌데. 사람들은 적당히 단순하고, 적당히 멍청해서 시끄러운 세상사는 하루 이틀 지나면 그냥 싹 잊어버리고, 위에서 하는 말을 무조건 믿고 따라오는 수준이면 딱 좋은데. 뭐 별로 걱정할 것 없어. 누구 말마따나 국민은 어차피 개돼지니까, 개돼지!'

그때 인터폰이 울렸다. 한인규는 굼뜨게 몸을 일으켜 팔을 뻗었다.

"사장님, 정 상무 보고차 방금 전부터 대기 중입니다."

여비서의 보고였다.

"됐어, 들여보내."

한인규는 핸드폰을 끄고 자세를 바로잡았다.

"사장님, 연말 행사 마감하고 보고서 완료되었습니다."

정 상무가 부동자세로 서서 보고했다.

"비금(비자금)까지 다?"

한인규는 눈동자만 한쪽으로 바짝 밀어 정 상무를 쳐다보며 싸늘하게 물었다.

"예, 전부 정리했습니다."

"앉으시오."

"예, 이거 제가 보고드릴까요?"

정 상무가 조심스럽게 소파 끝에 앉으며 들고 있던 결재판을 펼치려 했다.

"아니, 됐소."

한인규는 결재판을 달라고 손을 내밀었다.

"비금이 작년보다 조금 늘었습니다."

정 상무가 결재판을 공손하게 바치며 말했다.

"응, 됐고. 그건 어떻게 됐소?"

"예, 어떤 것 말씀입니까?"

"아, 그거 있잖소, 그거!"

한인규는 나이 먹은 티를 내느라고 핵심 단어를 얼른 떠올

158

리지 못하고 짜증기를 드러내고 있었다.

"무슨……, 말씀……."

정 상무는 들릴락 말락 하게 목소리를 낮춘 채 사장이 하고 싶어 하는 말을 찾아내려고 신경을 잔뜩 곤두세우고 있었다.

"아, 그거 있잖아, 그거. 응, 해마다 귀찮게 구는 연말 기부금 모금 말야."

"아 예, 그러잖아도 순서대로 그 말씀도 드리려고 하고 있었습니다."

"올해는 얼마나 달라는 거야?"

"예에, 작년보다 좀 더 올려주었으면 합니다. 위도 바뀌고 했으니까……."

"젠장, 경기도 시원찮은데……. 위에서 그런 눈치를 했다는 거야?"

"아닙니다. 그러니까 저어……, 그 기관에서 자기네 실적을 보이고 싶어 하는 눈치고……, 우리 입장에서도 첫해이고 하니까 좀 신경 쓰는 것이……."

"딴 기업들도 눈치 빠르게 나오겠지?"

"예, 거의 다 그럴 것 같습니다."

"별수 없지. 앞으로 짱짱하게 5년이 남았으니까. 좋아, 기왕 하려면 눈에 팍 띄게 해버리자구. 딴것들 기도 죽일 겸."

"예. 현명하신 결정이십니다."

정 상무는 몸에 밴 동작으로 머리를 조아렸다.

"그리고 이번에 챙긴 비금 처리할 계좌도 알아보고."

"예, 지금 준비하고 있습니다."

"철통 보안, 방심하지 말고."

"예, 철저히 하고 있습니다."

"됐소, 나가보시오."

한인규는 밀어내듯 하는 손짓을 하고는 결재판을 펼쳤다.

그는 빠른 눈길로 말끔하게 정리된 서류를 훑어 내렸다. 그건 연말 선물들을 구매하면서 발생시킨 비자금을 종류별로 분류해 정리한 것이었다.

1. 꽃바구니

〈실〉 500(명)×10만 원=5천만 원

〈비〉 500(명)×10만 원=5천만 원

2. 와인

〈실〉 500(명)×100만 원=5억 원

〈비〉 500(명)×100만 원=5억 원

3. 양복표

〈실〉 500(명)×200만 원=10억 원

〈비〉 500(명)×200만 원=10억 원

4. 추가 비

500(명)×620만 원=31억 원

〈실 총액〉   15억 5천만 원

〈비 총액〉   46억 5천만 원

    이 계산서는 연말 선물을 준 실제 수가 500명이고, 비자금을 마련한 허수가 500명인 것을 보여주고 있었다. 그러니까 꽃바구니를 하나에 20만 원씩으로 계산서를 받고 실제로는 그 절반인 10만 원씩만 지불했다는 것이었다. 와인과 양복표도 똑같은 방식으로 처리되었음을 보여주고 있었다. 그리고 4항 '추가 비'는 500명이 허수로 재차 추가되고, 선물 비용도 절반씩 나누어진 것이 아닌 총액으로 계산되어 있었다.

    그러니까 연말 선물 비용으로 쓰인 실제 액수는 15억 5천만 원이었고, 그 기회에 확보한 비자금은 46억 5천만 원이라는 뜻이었다.

    '녀석이 아주 척척 잘했네. 세월이 사람 만든다니까. 흐음…… . 쓸 만해.'

    한인규는 입을 꾹 다문 채 고개를 끄덕끄덕하고 있었다. 처져 내린 양쪽 입꼬리로는 흡족하기 그지없는 웃음이 흘러내리고 있었다.

    그러니까 성화 그룹의 연말 선물비 62억은 전체 홍보비에서 지출되는 것이었고, 장부 처리를 통해 46억 5천만 원이 회장 소유의 비자금으로 둔갑한 것이었다. 그리고 허수로 잡힌 그 많은 사람들의 명단은 상무 선에서 적당히 꾸며졌다. 그 명단을 세무서나 국세청에서 일일이 확인하거나 조회하지 않으니 서류나 갖춰놓는 요식행위에 지나지 않았다.

이런 식의 비자금 빼돌리기는 성화 그룹의 80여 개 계열사들에서 해마다 경쟁적으로 벌어지고 있었다. 수많은 사원들의 빈번한 해외 출장 때마다 항공료와 호텔비의 할인액 돌려받기, 모든 수입품 단가 부풀려 차액 돌려받기, 모든 하청업체 단가 후려쳐 차액 돌려받기, 간부들 고액 상여금 부풀려 돌려받기, 부서별 성과급 부풀려 돌려받기, 최고급 아파트 짓기로 인건비에서부터 모든 외국 자재 수입에서 비자금 빼돌리기는 철저하게 이루어졌다. 그리고 또 하나의 큰 구멍이 각 신문과 텔레비전에 나가는 광고였다. 광고료를 실제보다 2배로 책정해 나머지를 돌려받았다. 그 행위가 지속될 수 있는 것은 언론과 기업과 국세청, 그들 세 권력은 서로 물고 물리는 공생 관계였던 것이다. 그렇게 1년 동안 모아진 비자금은 얼추 1조를 헤아렸다. 1조는 억이 1만 개 모아진 수였다. 그러니까 그 어마어마한 돈을 남모르게 감추는 것도 그다지 쉬운 일이 아니었다. 다른 사람의 이름으로 차명계좌를 만들어야 하는데, 한 사람당 100억씩 분산시킨다 해도 100명이나 필요했던 것이다. 그런데 그 100명이 그 어떤 경우에도 변심하지 않고 '틀림없이 믿을 수 있는 의리맨'이어야 했다. 한 사람이 변심해서 '내 돈이야' 하고 배짱 부려버리면 꼼짝없이 100억이 날아가는 판이었다. 그러니까 비자금 4~5조면 차명계좌가 몇 개였을까. 김태범은 그 명단과 계좌 번호가 적힌 특급 비밀 서류를 훔쳐낸 것이었다. 그건 회장의 심장을 향해 총을 겨눈 것이나 다를 것이 없었던 것이다.

한인규는 새삼스럽게 회장님이 부러워지면서 사르르 배가 아파지려고 하는데 인터폰이 울렸다.

"사장님, 《통일일보》 권민욱 정치부장님 오셨습니다. 급히 보고드릴 말씀이 있다고 합니다."

남자 비서의 보고였다.

"알았어. 모셔."

한인규는 얼른 결재판을 치우고 '크음' 콧방귀를 흘리며 거만스러운 사장 폼을 잡고 앉았다.

"사장님, 안녕하셨습니까." 사장실로 들어선 40대 중반의 사나이가 허리를 잔뜩 굽히고 사장을 향해 달려가듯 하며 인사하고는, "급히 보고드릴 건이 있어서 사전에 허락받지 않고 이렇게 결례를 무릅쓰고 찾아뵈었습니다." 그는 두 손으로 사장의 손을 받쳐 잡고는 반으로 접힌 허리를 연신 굽신거렸다.

"잘 왔소. 급한 용건이라니……?"

한인규는 턱짓으로 자리를 권하며 '급한 용건'이 무엇인지 빨리 듣고자 하는 눈치를 내보였다.

"예, 다름이 아니라 두 가집니다. 첫째는 이번 국감 때 정무
위원회에서 10대 기업 총수들을 전부 불러 경제민주화와 재
벌 개혁에 대해서 각기 의견을 들을 계획이라는 정보입니다.
미리 대비하셔야 할 것 같습니다."

"뭐라고? 경제민주화와 재벌 개혁?" 한인규의 얼굴이 금세
일그러지며 목소리가 크게 터졌고, "그거 확실한 거요?" 그는
권민욱 부장을 향해 갈퀴눈을 떴다.

"예, 확실합니다. 그치만 확실하면 뭐 합니까. 10대 기업이
대동단결해서 막아버리면 될 거 아닙니까. 지금 경제도 나쁜
데 경제민주화고 재벌 개혁이 말이 됩니까? 괜히 배부른 의
원들이 건수 올리려고 한가한 소리들 하고 있는 거지요."

"그렇지요? 권 부장 말이 백번 맞소. 그럼 지금부터 작전 시
작이오. 저쪽에서 그런 냄새 풍기기 시작하면 《통일일보》에서
방금 권 부장이 말한 그런 논조로 공격을 시작하게 하시오.
내가 따로 국장한테 연락도 하겠소. 그리고 딴 기업들도 신문
사들 분담하게 하고. 그래서 원산 폭격을 가해 대면 지들이
제아무리 국회라도 별수 없을 것 아니오?"

"예, 바로 그것입니다. 사장님은 역시 백전노장이십니다. 전
신문이 공격해 대면 민심이 동요하고, 민심의 눈총을 받으면
표를 먹고사는 국회의원들은 기 팍 죽어 금방 꼬리를 내리게

됩니다."

"그렇지. 그다음, 두 번째는 뭐요?"

"예. 오늘 바로 입수한 건데요. 사장님께서 관심 두고 계신 걸로 아는 김호진 검사가 이번 인사에서 부장으로 승진이 확정되었습니다. 사장님께서 미리 격려해 주시면……."

"어허, 그거 듣던 중 반가운 소리요. 우리 권 부장은 늘 낭보만 가지고 와서 날 기쁘게 해준다니까. 좋아요, 아주 좋아."

한인규는 권 부장을 향해 손가락을 까딱거리며 흔쾌하게 웃어댔다.

"기뻐해 주시니 영광입니다."

권민욱은 분명 '영광'이라고 말하며 또 고개를 깊이 숙였다.

'흐음……, 저게 아주 열성이고 충성스럽단 말야. 계속 키워 나가면 충직한 셰퍼드가 되는 건 틀림없겠지?'

한인규는 가늘게 뜬 눈으로 권민욱을 다시금 살피며 신뢰도를 확인하고 있었다.

"권 부장, 우리 더욱더 상부상조해 나갈 생각 없소?" 한인규는 전격적인 발언을 했고, "아, 예에, 사장님, 그런 기회를 만들어주신다면 저로서는 무한 영광이고, 저의 모든 능력을 다 바쳐 충성을 하겠습니다." 권민욱은 마치 그런 말이 나오기를 기다리고 있었던 것처럼 무슨 선서를 하듯 어기찬 목소리로 대꾸했다.

'어, 그놈 참 남자답게 화끈하고 시원하다! 좋았어, 내 사람으로 써주지.'

한인규는 이렇게 마음을 정하며, "권 부장, 그럼 오늘부터 내 사람으로 인정하고, 받아들이기로 하겠소." 그는 마침내 폭탄선언을 했고, "사장님, 감사합니다, 감사합니다. 매사에 최선을 다하겠습니다." 권민욱은 몸을 벌떡 일으켜 두 번, 세 번 허리를 굽신거렸다.

"에에……, 그럼 첫 번째 신뢰 표시로 권 부장 이름으로 차명계좌를 하나 개설했으면 하는데, 어떻소?"

"예, 예, 그렇게 하시죠. 저는 영광, 무한 영광입니다."

권 부장은 여전히 선 채로 머리를 조아리고 또 조아렸다. 그런 그의 얼굴은 불콰하게 상기되어 있었다.

"자아, 앞으로 서로 믿고, 서로 돕도록 합시다. 이거 넣어두시오."

한인규는 소파 옆에 붙어 있는 소탁자의 서랍을 열어 꺼낸 봉투를 권민욱에게 내밀었다.

"이게 뭡니까. 이번에 보내주신 꽃바구니와 와인, 인사드리려다 딴 얘기 때문에 깜빡하고 있었습니다."

"얼마 안 되오. 오늘을 기념하는 선물이니 넣어두시오."

"감사합니다, 황송합니다."

"또 봅시다. 난 또 딴 약속이 있어서……."

"예에, 또 뵙겠습니다. 필요하면 언제든지 불러주십시오."

권민욱은 다시 한인규의 손을 두 손으로 받쳐 잡고 악수하며 깊은 절을 하고는 사장실을 물러갔다.

그는 바로 화장실로 향했다. 소변이 아니라 대변 보는 칸으로 들어갔다. 양복 속주머니에 넣었던 봉투를 서둘러 꺼냈다. 엄지와 검지 끝에 침을 묻혀 돈을 세기 시작했다. 5만 원짜리는 깔깔한 소리를 스무 번 내며 넘어갔다.

'ㅋㅋㅋ……, 마누라 모르는 돈이 50만 원도 아니고 100만 원이나 생기다니…….' 그는 어깨를 들썩이며 한참을 웃었다.

권민욱은 냉수를 세게 틀어 낯을 씻고 화장실을 나섰다. 엘리베이터를 타고 내려가는데도 열기는 가시지 않고 얼굴은 계속 화끈거리고 있었다. '아아, 드디어, 마침내 내 인생은 승승장구 출세의 길이 열렸다. 부국장, 편집국장, 논설실장, 주필, 그리고, 그리고 잘만 하면 국회의원도 될 수 있다. 언론계에서 그렇게 출세한 사람이 어디 한둘인가. 드디어 이제 확실하게 잡았다, 출세의 동아줄을! 아, 아, 나에게도 이런 날이 오다니!' 그는 이런 생각에 빠져 있어 가슴은 점점 더 뜨거워지고 있었던 것이다.

한인규는 다시 눕듯이 앉아 느긋하게 전화를 걸었다.

"아, 나요. 한인규……."

"아 예. 사장님! 안녕하십니까. 어쩐 일이십니까, 직접 전화를 다 주시고……."

벌떡 일어서는 상대방의 모습이 환히 보이는 어조였다.

"김 부장검사님, 축하드립니다."

한인규는 느릿하게 가락을 넣어 말했다.

"아니 사장님, 그게 무슨 말씀입니까?" 상대방의 목소리는 당혹스러웠고, "흐음, 김호진 검사가 마침내 김호진 부장검사가 되셨다 그거요. 이거 아직 비밀인 거 알지요? 인사 기밀 소문 퍼지면 도루묵인 거 알지요? 부인한테도 비밀이오. 알겠소?" 한인규는 이렇게 입단속을 시키는 동시에 자신의 공을 최대한 부각시키고 있었다.

"아이고 사장님, 예, 예, 알겠습니다. 절대로 비밀 지키겠습니다. 사장님, 감사합니다, 감사합니다. 이 은혜 평생, 죽을 때까지 갚겠습니다. 이렇게 이끌어주시다니……, 정말 감사합니다……."

감격한 김호진 검사의 목소리는 떨리다 못해 물기까지 여실히 느끼게 했다.

"아니 뭐, 내가 한 일이 뭐가 있소. 다 김 검사가 실력 있고, 능력 있고, 대인 관계가 좋아서 얻어진 결과요." 한인규는 말의 겸양과는 정반대로 거만한 목소리로 이렇게 말하고는, "이제 정식으로 우리 골프장에 초대하겠소. 이번 주말에 시간 낼수 있소?" 그는 마침내 상대방이 가장 고대하고 있는 카드를 내밀었다. 그건 다름 아니라 '너를 정식으로 우리의 관리·보호 대상으로 인정하겠어' 하는 선언이었던 것이다.

"아이고 사장님, 황송합니다. 예. 시간 얼마든지 있습니다. 사장님, 감사합니다."

김 검사는 전화 저쪽에서 쉴 새 없이 허리를 굽신거리고 머리를 조아리고 있음을 환히 보여주고 있었다. 그건 모든 검사들이 부러워하고 바라는 출세의 특급열차에 탑승하는 것이기 때문이었다.

2

"자아, 마셔요. 우리 단둘이 이렇게 밀실에 마주 앉으니까 술맛 좋고 기분 알딸딸한 게 분위기 끝내주죠?"

마담은 야한 눈웃음을 치고 진한 콧소리를 내며 술잔을 배상일의 잔에 부딪쳤다.

"응, 이렇게 단둘이 앉아서 보니 매담이 훨씬 더 이뻐 보이네. 아주 매력적이야."

배상일이 호기롭게 술잔을 부딪치고는 독한 양주를 단숨에 비웠다.

"으응, 매력이야 사장님이 캡이시지. 남자답게 화끈하고 돈 쓸 줄 알고, 술 잘 마시고, 노래 매끈하게 잘 뽑으시며 멋지게 놀 줄 아시고, 자기 매력쟁이!"

마담은 배상일 옆으로 바짝 다가앉으며 그의 어깨를 살짝 쳤다.

"ㅎㅎㅎ……, 괜히 비행기 태우지 마. 어질어질해지니까."

이미 얼굴이 불콰해지게 술기운이 오른 배상일은 기다렸다는 듯 마담을 끌어안았다. 그러면서 앞이 많이 파인 옷 속으로 드러나는 마담의 가슴골을 훔쳐보고 있었다.

"아니에요, 사장님은 우리 애들한테도 인기 짱이에요. 아무리 돈 많다고 누구나 그렇게 팁 후하게 주고 그러나요? 돈 많은 사람들 인색한 것 말도 못 해요. 불쌍한 애들 맘껏 데리고 놀았으면 팁이나 좀 넉넉하게 줄 일이지, 거의가 다 째째하고 쪼잔해요. 다 제 돈 아까운 줄만 알았지 없이 사는 사람들 무시하고 인정머리가 없는 거지요. 그런 사람들에 비하면 사장님은 인간성 만점인 신사 중에 신사예요."

마담은 배상일에게 더 바짝 다가앉으며 술잔을 부딪치자고 눈웃음쳤다.

"아, 나 정말 너무 붕붕 뜨니까 정말 어지러워서 못 살겠네, 이거. 근데 왜 기분은 달떠 오르고 좋지?"

배상일은 헤빌쭉 웃으며 마담의 스커드 밑으로 손을 슬그머니 넣었다.

"이잉, 우리가 동업자로서 뜻이 맞나 어쩌나 알아본 다음에 해도 얼마든지 할 수 있잖아……."

간드러지는 눈웃음과 함께 휘감기는 콧소리로 말하며 마담은 배상일의 손을 부드럽게 밀어냈다.

"응, 그건 그렇지. 그래, 열 배도 아니고 백 배가 남는 돈벌이가 뭔지 빨랑 말해 봐. 매담이 너무 이뻐 그 생각 잊어먹을 뻔했네."

배상일이 머리를 짤짤 흔들고는 두 손으로 얼굴을 훔쳤다.

"근데 말예요 사장님, 지금부터 우리가 하는 얘기 절대 비밀이에요, 알았어요?"

앉음새를 가다듬은 마담이 눈을 똑바로 뜨고 배상일을 응시했다.

"알았어, 절대 비밀!"

배상일도 자세를 바로잡으며 응답했다.

"증말 약속할 수 있어요?"

"물론이지. 약속 걸어." 배상일이 정색을 하며 새끼손가락을 내밀었고, "에이, 어린애들이에요? 이렇게!" 마담은 갑자기 두 손으로 배상일의 양쪽 볼을 잡더니 진득한 입맞춤을 했다.

"됐어요. 분명히 약속 도장이 찍혔어요."

"허 참, 사람 죽이네."

배상일은 비릿한 웃음을 흘리며 차진 입맛을 다셨다.

"증말이에요. 이건 잠꼬대로라도 입 밖에 내서는 안 되는 일이에요."

"아 참, 알았다니까. 이러다 밤 새겠다."

"알았어요. 그게 뭐냐면 말이에요. 필, 로, 폰이에요."

목소리가 바닥에 바짝 붙도록 낮추어 말하며 마담은 필로 폰을 한 음씩 똑똑 떼서 발음했다.

"필로폰……? 히로뽕 말이야?" 배상일이 어리둥절한 반응을 보였고, "쉿! 목소리가 너무 커요." 마담은 검지를 재빨리 입 앞에 세우며 문 쪽을 빠르게 살폈다.

"맞아요, 히로뽕. 그게 틀림없이 백 배 남는 장사예요."

배상일을 뚫어지게 쳐다보고 있는 마담의 눈에는 색정 도 는 웃음은 자취를 감추고 없었다. 돈 욕심이 번뜩이는 독기 서린 눈이 이글거리고 있었다.

"그거 법으로 금하는 거잖아."

"금하죠."

"그런데 왜……?"

"금하니까 백 배가 남는 거예요."

"그치만 걸리면 골로 가잖아."

"아니, 안 걸려요."

"어떻게……?"

"여기 관할 형사들 내가 다 잡고 있어요. 그들 내 뜻대로 못 주무르면 술집 매담 못 해먹어요."

"근데 그걸 어디서 구해?"

"이런 답답하긴. 그런 것 구하는 것도 술집 매담 실력 중에 하나예요."

"그럼 파는 실력도 있다 그건가?"

"아하, 이제 길을 제대로 찾으시네. 근데 단 한 가지는 제가 할 수 없어요. 물건 보관. 여긴 드나드는 사람이 너무 많아 전혀 안전하지가 않아요. 그리고 고액의 사장님 물건이니까 사장님께서 직접 간수하시는 게 사장님도 안심하실 수 있고, 그게 서로 부담 안 되고, 인간관계 오래가고 그런 것 아니겠어요?"

"그건 그렇겠지. 그게 좋겠지."

배상일은 이렇게 우물쭈물 대꾸하며 '이 여자가 아주 깨끔하고 깔끔한 여잘세' 하는 생각과 함께 마음이 확 기울고 있었다.

"그거 양이 그리 많지 않아 보관하기는 편할 거예요. 소량에도 값이 워낙 비싼 물건이라 중형 여행 가방 두 개 정도 되지 않을까 싶네요."

"그 정도면 보관이야 쉽겠고, 근데 그게 그렇게 구하기가 쉬울까?"

"그야 돈이 없어서 문제지, 돈만 있으면야 뭘 못 구해요. 그게 사람 사는 세상이잖아요."

"근데 그거 정말 안심해도 될까?"

"그러니까 딱 한 번 하고 손 끊는 거예요. 20억 투자해 2천억 벌면 족하잖아요. 옛말 있지요. 꼬리가 길면 잡힌다고. 그보다 돈 더 있어 뭐 할 거예요."

"동업이라면서, 그럼 얼마씩? 반반 나누기야?"

"하이고 사장님도 참. 누굴 순 도둑년인 줄 아시네. 물주가 최고지 심부름하는 년이 어찌 감히 맞먹겠어요. 10프로면 좀 서운하고, 20프로는 좀 과할 것 같고, 사장님이 적당히 알아서 정해 주세요. 저를 얼마나 이쁘게 보셨느냐에 달린 거니까요."

"허허, 정말 사람 죽인다니까!"

'이게 마음씨까지 이리 곱다니까. 경우 없이 욕심 크게 안 부리는 것하고…….' 배상일의 믿음은 완전히 마담에게 포개지고 말았다.

"좋아, 매담의 말대접으로 15프로가 어떨까?"

"어머나. 사장님은 진짜 멋진 신사셔. 감사합니다, 정말 감사합니다."

마담이 배상일의 볼에 쪽 소리가 나게 입을 맞추었다.

배상일이 또 스커트 밑으로 손을 디밀었다.

"이잉, 이따가, 이따가 실컷. 아직 사업 얘기 다 안 끝냈잖아."

매혹적인 눈 홀김과 함께 끈적끈적 감겨드는 콧소리의 반

말을 하며 마담은 또 배상일의 손을 밀어냈다.

"그렇지? 그럼 언제 시작이지?"

"돈과 물건을 맞바꿔요."

"그럼 언제라도 좋지."

"돈은 현찰인 거예요?"

"그 많은 걸 현찰로?"

"그럼 수표예요?"

"세탁 두 번 거친 최고 안전빵."

"틀림없어요? 믿을 수 있어요?"

"왜 의심나? 2억짜리 내 차, 이 시계 다 그것으로 샀어."

배상일은 양복 소매를 확 걷어 올려 시계를 보여주었다. 모래알처럼 자잘한 다이아몬드들이 일제히 그 특유의 빛을 발산했다.

"네에, 잘 알았어요. 그것 취급하는 사람들 아주 예민하거든요."

"됐어. 할려면 하루라도 빨리 해. 돈 그냥 묵히는 것도 몸 달고 짜증 나는 일이니까."

"왜 안 그러시겠어요. 바로 일 끝내도록 할게요."

"매담 몫은 그것 싹 처분한 다음에 계산하는 거겠지?"

"그야 당연하지요. 저한테 전혀 신경 쓰지 마세요."

"매담은 생김하고는 다르게 마음이 아주 넓고 착하구만.

달리 봐야겠어."

"잘 봐주셔서 고맙습니다."

"마음을 알고 보니 더 예쁘고 매력적으로 보여."

배상일은 또다시 마담의 스커트 밑을 더듬으려고 들었다.

"술 두어 잔 더 하고 차분하게 침실로 가요. 여긴 불안하고 상스럽잖아요."

마담은 매혹적인 눈웃음을 간살스럽게 피워내며 배상일의 손을 꼭 잡아주는 듯 밀어냈다.

"그래, 그게 좋지. 여기 술 따러."

배상일은 호쾌하게 술잔을 내밀었다.

나흘이 지나 마담과 배상일은 밀실에서 다시 만났다. 배상일이 들어갔을 때 낯모르는 두 남자가 마담 건너편에 앉아 있었다.

"됐어요, 빨리빨리 끝내도록 하세요."

마담이 밀실의 문을 잠그며 서둘러댔다.

"우린 매담만 믿고 하는 거래라는 것 알지요? 그럴 리 없겠지만 만약 수표에 문제가 생기면 매담이 이거요."

몸뚱이가 강철 같은 인상을 풍기는 남자가 매서운 눈길로 배상일을 노려보듯 하며 '이거요'에 맞추어 검지를 쭉 펴 자기 목을 자르는 손짓을 했다.

"아 예……, 트, 틀림없습니다."

배상일은 자기 목이 잘리는 섬뜩함을 느끼며 말을 더듬었다.

"야, 물건 보여드려."

그 남자의 명령에 따라 덩치 큰 젊은 남자가 벌떡 일어나더니 여행 가방 두 개를 탁자에 올렸다. 그가 열어젖힌 가방에는 흰 가루가 담긴 여러 개의 비닐 봉투가 가득 들어 있었다.

"……!"

배상일은 그것들을 응시하며 숨을 멈추었다. 가끔 텔레비전 뉴스 화면에서 보았던 그 마약. '저게 2천5백억 원짜리!' 자신이 그런 큰 부자가 된다는 생각에 배상일은 전신이 부르르 떨리는 것 같기도 하고, 가슴속에서 뜨거운 김이 확 솟기는 것도 같고, 이상야릇한 감정에 휩싸이고 있었다.

"됐어요. 사장님, 돈 지불하세요."

마담이 가방을 닫으라고 손짓하고는 배상일에게 말했다.

"예에……, 이거 스물다섯 장, 25억입니다."

배상일이 봉투를 꺼내 마담에게 건넸고, 마담이 그 남자에게 건네주었다.

그 남자는 무표정인 채 빠르게 수표를 세어 넘겼다.

"맞소. 부자 되시오."

남자가 바로 일어서며 무뚝뚝하게 말했다.

"오늘은 술 마시면 안 돼요. 차 직접 운전해서 이거 옮겨야 하니까. 여기 더 있다가 12시 넘으면 움직이세요. 아무도 봐

선 안 되니까. 그리고 한 일주일쯤 여기 발길도 하지 마세요. 만일을 모르니까 흔적을 완전히 지워야 하니까요. 아셨죠?"

마담이 속삭이듯 빠르게 말했다.

"알았어. 아아, 숨이 막히려 하네."

배상일이 가슴을 누르며 숨을 토해 냈다.

"겁먹지 말아요. 제가 다 안전하게 했으니까. 혹시 모르니까 철저히 하자는 거지요."

마담이 다정하게 말하며 배상일의 등을 쓰다듬었다.

"알았어. 안전한 게 젤이지."

배상일은 고개를 끄덕이며 또 숨을 몰아쉬었다.

배상일은 새벽 2시쯤에 오피스텔로 가방 두 개를 옮겼다. 바퀴가 네 개씩 달린 여행 가방은 별다른 무게감을 느낄 수 없도록 잘 굴렀다.

배상일은 그 가방 두 개를 옷장 속에 감추고 하루도 오피스텔을 떠나지 않았다. 밥때만 잠깐 나갔다가 이내 되돌아오고는 했다. 자신을 떼부자로 만들어줄 그 보물덩어리 옆을 잠시라도 떠나고 싶지가 않았다. 박승구한테서 한잔 하자는 연락이 왔지만 바쁜 일을 핑계 대고 피해 버렸다. 처음에는 20억쯤 생각했지만 마담과 의논해 보니 '하는 김에 더 해야지 무슨 소리냐'고 해서 돈을 몽땅 투자한 것이었다. 그런 어마어마한 부자가 되면……, 그 생각만 하면 배상일은 가슴이 벌렁거리고 얼굴이 화끈거렸다. 그럴 때마다 옷장을 열어 가방을 보고 또 보고는 했다.

설렘과 초조함으로 마담이 말한 일주일을 보냈다. 전화를 기다리며 8일째를 보냈다. 마담한테서는 아무 소식이 없었다. 전화를 해보고 싶었지만 꾹 눌러 참았다. 저 보물을 어서어서 돈으로 바꾸고 싶어 조바심이 일고 있었다. 그러나 남자가 너무 방정 떠는 것같이 보일까 봐 참는 도리밖에 없었다. 9일째도 하루 종일 전화를 손에 들고 있었지만 마담한테서는 아무 소식이 없이 날이 저물고 있었다. 열 번 넘게 전화번호를 중간쯤 누르다가 멈추고는 했다. 그러다가 어둠이 짙어지기 시작하자 도저히 견딜 수가 없어서 전화번호를 다 누르고 말았다.

신호가 가고 또 가고, 결국에는 '연결이 되지 않아……' 하는 기계음 같은 안내말이 나왔다.

'이상하네. 딴 때는 금방금방 받았는데……? 무슨 일 있나?'

그는 다시 번호를 눌러댔다. 역시 전화를 받지 않았다.

'혹시 이년이!'

그의 머리를 친 충격이었다.

'설마 날 속였을까? 아니야, 아니야, 그렇게 단단하게 약속했었는데…….'

그는 머리칼을 두 손으로 움켜잡다가, 입을 마구 문질러대다가, 우왕좌왕하다가, 손바닥을 맞비벼대다가, 허둥지둥하며 어쩔 줄을 모르고 있었다.

'아니야, 그거 술집 계집이잖아! 충분히 속일 수 있어. 이러고 있을 때가 아냐. 가봐야 해, 빨리.'

그는 밖으로 뛰쳐나갔다.

"오 매담이오? 며칠 전에 관뒀다던데요."

낯선 남자 종업원이 말했다.

"예? 관둬요? 언제요?"

배상일은 비틀거리며 소리쳤다.

"그건 잘 몰라요. 나 새로 왔거든요."

그 남자는 배상일을 위아래로 훑으며 불퉁스럽게 말했다.

"여기 미스터 박은 어딨어요?"

"그 사람도 관뒀어요. 그러니까 내가 새로 왔죠."

그 남자는 노골적으로 귀찮은 기색을 드러냈다.

"혹시, 혹시 오 매담 어디로 간지 알아요?"

배상일은 더 심하게 비틀거리며 말을 더듬었다.

"말했잖아요. 언제 관뒀는지도 모르는데 어디로 갔는지를 어떻게 알아요."

그 남자는 짜증을 부리며 돌아서버렸다.

'아아아……, 나, 나 망했구나…….'

배상일은 땅이 흔들리는 심한 현기증을 느끼며 벽을 짚었다.

'아아……, 그년이……, 그 여우 같은 년이……'

배상일은 가슴이 콱 막히며 심한 구토증을 느꼈다. 그는 가슴을 움켜잡으며 구역질을 시작했다. 넘어오는 것은 없이 헛구역질만 계속했다.

그는 한참을 애를 쓰다가 헛구역질을 가까스로 가라앉혔다. 너무 힘겨워 그의 눈에는 눈물이 그렁그렁 번져 있었다. 그 눈물로 흐릿해진 시야에 오 마담의 얼굴이 어릿거렸다.

'나쁜 년, 죽일 년, 나를 이렇게 등치다니……, 이년을, 이년을 어디서 찾지? 찾아야 하는데……, 어디서 찾지? 아, 아, 나를 이렇게 망치다니……'

배상일은 비틀거리고 휘청거리며 술집을 나섰다.

'그럼, 그럼 그게 뭐였지? 그 하얀 가루……, 그건 뭐였지? 밀가루였을까? 아아, 그게 뭔지 바로 확인해 봤어야 하는데. 그저 그년만 찰떡같이 믿고 있다가……. 아아, 내가 미친놈이다. 정신 넋 나간 놈이다. 그년을 그렇게 쉽게 믿어버리다니. 돈 더 벌려고, 떼부자가 될 욕심에 그렇게 쉽게 속아 넘어가다니. 아니, 그년이, 그 백여우 같은 년이 침대 속에서 얼마나 사람 정신 못 차리게 홀려댔던가. 꼭 믿게 만들었고, 속지 않을 수가 없었다. 아아, 사람 열 잡을 년. 그년을 찾아야 하는데. 꼭 찾아서……, 꼭 찾아서……'

배상일은 이가 다 금이 가고 깨져나가는 것처럼 뿌드득 뿌드득 갈아대고 있었다. 그는 그 여자를 질겅질겅 씹어대고 있는 것이었다.

배상일은 겨우겨우 걸어서 차를 탔다. 그러나 운전을 할 수가 없었다. 머리가 어질어질하고, 가슴이 벌떡거리고, 팔다리가 마구 떨리고 있었던 것이다.

그는 핸들에 두 손을 포개고 그 위에 이마를 부렸다. 전신이 와르르 허물어지는 것처럼 기운이 빠지면서 처져 내렸다.

'난 이제 어째야 하지……? 아, 아, 마지막에 5억은 남겨뒀어야 하는 건데, 어쩌자고 그 돈까지 다 갖다 바쳤단 말인가. 바보, 병신, 멍청이……, 그저 돈 더 많이 벌고 싶은 욕심에 환장해서……, 쪼다, 또라이……, 뒈져라. 뒈져라. 뒈져라!'

그는 '뒈져라'에 맞추어 이마를 마구 찧어댔다.

전에 수십억씩 사기당해 신세 망친 사람들의 얘기를 들으며 얼마나 병신 취급하고 비웃고 그랬던가. 그런데 그런 병신이 바로 자기 자신이었던 것이다.

한참이 지나서야 마음이 좀 가라앉았다. 그는 천천히 차를 운전했다. 아직도 팔다리가 떨리는 기미가 남아 있어서 액셀 밟는 것이 신경을 곤두세웠다. 자칫 잘못했다가는 차가 갑자기 튕겨 나가게 할 위험이 컸던 것이다. 순발력 강한 게 특징인 스포츠카는 순식간에 앞차를 들이받을 수 있었다.

오피스텔 앞까지 겨우 차를 몰고 온 배상일은 편의점으로 들어갔다. 그는 소주를 바구니에 마구 집어넣었다. 열 병의 소주는 팔이 처지게 만들었다. 라면 두 개를 더 넣어 계산대로 갔다.

배상일은 소주를 병나발을 불기 시작했다. 라면은 끓이지 않고 그냥 부스러뜨려 안주를 했다.

'그년을, 그 죽일 년을 어디 가서 찾나……. 그년을 잡으면 어떻게 죽일까…….'

그는 끓어오르는 분노와 복수심으로 술을 점점 더 급히 마셔댔다.

'내일부터는 그년을 찾아 나서야 돼. 서울 시내를……. 아니 전국을 샅샅이 뒤져 꼭 찾아내고 말 거야. 내 스포츠카가 성능 끝내주니까 아무 걱정 없어…….'

소주를 일곱 병째 마신 그는 심하게 비틀거리며 집을 나섰다. 벽시계가 막 새벽 2시를 지나고 있었다.

그는 지하 차고에서 거칠게 차를 몰고 나갔다. 큰길로 나선 그의 차는 폭발적 굉음을 울리며 달리기 시작했다. 차가 드문 새벽길을 그의 차는 무서운 속도로 달리며 다른 차들을 뒤로 밀쳐내고 있었다.

그의 차는 금세 강변도로로 진입했다. 그 속도는 점점 더 거세지고 있었다. 마치 차량 경주에 돌입한 차 같았다.

"쩌, 쩌, 쩌년 잡아라! 야 이년아, 거기 서, 거기! 때려죽이기 전에 거기 스라고, 서! 너 정말 까불 거야!"

술이 너무 취해 초점이 흐려진 눈을 부릅뜬 그는 목이 터져라고 고래고래 소리치고 있었다. 그 고함에 따라 차의 속도는 점점 높아져가고 있었다.

"야 이년아, 정말 거기 안 서!"

부들부들 떠는 그가 핸들을 잡아 흔들며 발악적으로 소리 질러댔다. 그런데 그의 차가 왼쪽으로 돌며 붕 떠올랐다. 200킬로가 넘는 속도에 실린 차는 마치 비행기인 듯 솟구치더니 포물선을 그리며 한강으로 떨어져 내렸다. 새벽 2시의 적막과, 넓은 강은 차 한 대의 자취를 가뭇없이 지워버렸다.

관행이라는 범죄

1

"이거 참 부끄러운 말이지만, 우린 평생 법전만 들추고 살아서 예술 쪽 특히 미술 쪽에는 아주 무식합니다. 그 골동품들의 가격은 다 엄청난데, 그 평가 기준이랄까, 그리되는 조건이나 이유는 뭐라고 할 수 있는지요?"

머리 희끗희끗한 송정규 변호사는 말끔한 양복 차림새와 격을 맞추듯 정중하면서도 진지하게 물었다.

"네, 그건 대개 세 가지 조건을 어느 만큼 충족시키느냐로 결정된다고 할 수 있습니다. 첫째 희소성입니다. 다른 말로 희

소가치이며, 곧 그 물건의 나이와 직결됩니다. 얼마나 오래되었느냐 하고 연조를 따지는 것인데, 오래될수록 물건이 적고 드물어 높고 귀하게 형성되는 가치입니다. 이건 모든 골동품에 적용되는 보편적 가치 기준이라고 할 수가 있습니다. 곧 세월의 값, 시간의 값이라고 할 수 있습니다. 둘째는 예술성입니다. 얼마나 독특하고 개성적이며, 얼마나 빼어난 미를 갖추고 있으며, 얼마나 균형이 조화롭게 이루어졌나로 예술성의 평가가 이루어지는 것입니다. 셋째는 보존 상태입니다. 오래된 것일수록 세월의 풍화를 따라 변할 수밖에 없는 자연의 위력 앞에서 얼마나 원형이 잘 보존되어 있느냐가 판정의 기준이 됩니다. 그 손상에는 자연적 손상에다가 인위적 손상이 겹쳐집니다. 인위적 손상이란 긴 세월에 걸쳐서 많은 사람들의 손을 거치고 또 거치면서 생길 수밖에 없는 상처입니다. 그 손상이 적을수록 높게 평가받는 것은 필연입니다. 그 세 가지 요건이 합쳐져 골동품의 가격은 형성됩니다."

임예지는 큐레이터다운 전문성을 펼치며 차분차분하게 설명해 나갔다. 위아래 검정 옷이 지니는 무게감과 전문 지식을 피력해 나가는 진지함이 어울려 그녀의 품격을 돋보이게 하고 있었다.

"아 예, 문외한인 저로서는 그저 짐작만 할 뿐이지 말씀하신 것들이 확실하게, 실감 나게 감이 잡히질 않습니다. 다시 말하면, 2~3백 년도 아니고 1천 년, 2천 년 전 것을 어떻게 식별할 수 있으며, 또 그 당시 어느 나라 것인지 어떻게 구분이 되는 것인지 이해가 되지 않습니다. 그런 안목을 갖추는 데 무슨 특별한 방법이나 요령이 있는 것입니까?"

"네, 많은 분들이 그런 의문과 궁금증을 피력하십니다. 그러나 그런 감식안을 갖추는 데는 무슨 유별난 방법이나 요령 같은 것은 없습니다. 이 세상 모든 분야의 일이 그렇듯 제일 중요한 것은 그 일에 남다른 관심과 의욕이 있어야 합니다. 그것을 알고 싶은 관심과 하고 싶은 의욕이 생동하게 되면 마음의 눈이 열리게 됩니다. 그 눈을 크게 뜬 상태에서 이론을 공부하는 동시에 박물관에 전시되어 있는 것들을 보고, 보고, 또 보는 것입니다. 그 반복 과정을 통해서 '많이 보고, 오래 보고, 깊이 보기'를 하게 되면 마음의 눈은 점점 크게 뜨이게 됩니다. 그러던 어느 날 늘 보아온 박물관이 아닌 어느 길목의 골동품 가게나, 어느 사찰의 허술한 박물관에서 새 물건을 보게 되었는데, 그 순간 눈이 번쩍 띄면서 그게 어느 시대, 어느 나라 것인지 번개 치듯 판별이 됩니다. 그걸 소위 개안이라고 할 수 있을 것입니다. 그런 걸 흔히 영감이라고도 하는데, 그건 단순히 '갑자기 떠오른 생각'이라고 말하는 영감이 아니고 '그동안 계속 축적되어온 사고(思考)가 일으킨 순간적 발화(發火)'로서의 영감이라고 해야 할 것입니다. 그런 과정을 거친 다음부터는 어떤 것을 보나 시대 측정, 나라 구분 같은 것이 가능해지게 됩니다. 이렇게 말하면 너무 추상적이고 신비성이 강해질 수 있는데, 이렇게 이해하시면 될 것 같습니다. 변호사님들을 비롯한 모든 법관들의 공통점은, 평생 수많은 사건과 온갖 범인들을 다루다 보면 그 경험의 힘이 작용되어 어떤 특정 사건의 진실이 무엇인지, 진범이 누구인지 판단할 수 있게 되는 거라고 하는데, 그런 논리성과 과학성과 상통하는 것쯤으로 이해하시면 어떨까 합니다."

"아하, 알겠습니다. 그렇게 비교해 주시니 금방 납득이 됩니다. 그럼 지금 우리가 다루고 있는 금불상은 그 가치로 볼 때 어느 정도라고 할 수 있습니까?"

"네에, 그것은 우리 것이라고 해서가 아니라 객관적 사실에 입각해서 판단할 때 최상급이라 할 수 있습니다. 왜냐하면 시대적으로도 최고 문화 융성기였던 통일신라 시대의 작품인데다가, 1,200여 년 동안 탑 안에 모셔져 있다가 탑 복원을 위한 해체 과정에서 햇빛을 보았기 때문에 보존 상태가 오늘날의 작품처럼 완벽하기 때문입니다."

"아 그렇습니까, 최상급! 그럼 그 최상급이라고 하면 나라에서 정하는 등급으로 하면 어디쯤에 속하게 되는지요?"

"아, 문화재청의 문화재 분류를 말씀하시는군요. 글쎄요오……. 우리 미술관 것이라 말하기 좀 곤란하지만, 그냥 냉정하게 객관적으로만 판단하자면 사족 붙일 것 없이 국보급입니다."

"예에? 국보급!"

송정규 변호사는 깜짝 놀라며 허리를 곧추세웠다.

"예, 시대와 보존 상태와 함께 예술성 또한 극치미를 자랑하고 있습니다."

임예지는 그런 금불상을 관리하고 있다는 것이 자랑스럽고 긍지감을 느낀다는 듯 그지없이 행복한 표정으로 말했다.

"극치미라니요……?"

송정규 변호사는 호기심 많은 초등학생처럼 질문을 이어가고 있었다.

"예, 불교는 아시아 동남북 전체에 걸쳐서 전파되었습니다. 그 여러 나라들에 조각되어 모셔진 불상은 이루 헤아릴 수 없이 많습니다. 1억 개일지, 2억 개일지 아는 사람이 아무도 없습니다. 서양의 어떤 고고학자가 태국과 미얀마, 두 나라의 불상들을 세려다가 실패했다는 말이 있을 정도니까요. 그런데 그 많은 불상들 중에서 조각으로서 그 예술성이 으뜸으로 꼽히는 불상이 바로 우리나라에 있습니다."

"아니, 그래요?"

"예, 그 불상이 바로 경주 불국사의 토함산 석굴암에 모셔진 불상입니다. 그 불상은 세 가지 불가사의함을 품고 있습니다. 첫째 그 옛날 1,200여 년 전에 어떻게 그 거대한 통돌로 불상을 조각할 수 있었을까 하는 점입니다. 둘째 돌 중에 가장 강도가 센 게 화강암이고, 강도가 센 돌은 정으로 조금만 잘못 쪼아도 튕기듯 깨져나가기 일쑤인데, 그런 거칠고 센 돌에 어떻게 그렇게도 엄숙하면서도 고아한 모습과, 한없이 자비스럽고도 헤아릴 수 없이 신비스러운 미소를 새겨 담을 수 있었는지 생각할수록 기묘하기 짝이 없습니다. 셋째 그 거대한 불상의 전체 조형미와 균형감은 깜짝 놀랄 만큼 완벽하고, 그 볼륨감 또한 돌이라고 믿어지지 않을 정도로 생체의 탄력을 느끼게 합니다. 그 세 가지가 융합되어 석굴암의 불상은 조각 예술의 극치미를 보여주면서 세계 불상의 으뜸 자리를 차지하게 된 것입니다."

"아, 그 불상이 그런 굉장한 의미를 가지고 있습니까? 저는 한 20여 년 전에 한 번 봤는데, 그런 점을 전혀 못 느끼고 그냥 돌아섰습니다. 제가 그렇게 무식합니다."

"아닙니다. 이 세상 모든 걸 다 알 수는 없습니다. 그래서 전공자가 필요한 것이겠구요. 저도 법에 대해서는 법맹입니다. 그래서 변호사님이 필요한 것이구요."

"아 예, 임 큐레이터는 젊은 나이에 비해 무척 아는 게 많은 어른 같고, 여자답지 않게 무게감이랄까 신뢰감 같은 게 느껴져요."

"아니 뭐……, 너무 과찬의 말씀이십니다. 그런데……, 우리의 금불상이 특이한 점은 그 석굴암의 불상을 빼닮았다는 사실입니다. 저는 그 금불상을 보았을 때 정말 깜짝 놀랐습니다. 그리고 제 눈을 의심했습니다. 제가 잘못 생각하는 게 아닐까 생각하기도 했습니다. 그러나 보면 볼수록 그 두 불상은 하나인 것처럼 일치하는 것이었습니다. 그래서 저는 일부러 석굴암을 찾아갔습니다. 제 느낌은 착각이 아니었습니다. 두 불상의 크기는 백 배를 넘어 천 배의 차이가 나지만 생김새는 꼭 닮아 있었습니다. 그건 한 가지 분명한 사실을 일깨워주는 것이었습니다. 그 두 불상을 동일인이 제작했다는 것이 아니라 그 시대에는 그런 모습의 불상이 대중들의 흠모와 추앙을 받았던 시대정신의 표상이라는 점입니다. 그러므로 석굴암의 불상을 따라 우리의 금불상도 그 시대정신을 상징하고 표출하는 명품 중에 명품이라고 할 수 있습니다."

"아이구, 꼭 세미나장에서 논문을 발표하는 것 같습니다. 그러면 말입니다……, 그 불상의 값은 얼마 정도로나 책정되는 것일까요?"

송 변호사는 임예지의 눈치를 보며 조심스럽게 물었다.

"글쎄에요……, 그게……." 임예지는 진지하면서도 활기찼던 지금까지와는 다른 옹색스러운 표정이 되면서, "글쎄요오……, 미술품의 가격은 일방적으로 매겨지는 것이 아니라 공개된 장소의 경매를 통해서 매겨지는 것이 가장 합리적이고 객관적이며 사회성을 갖추게 되는 것인데, 저희 미술관에서 그 작품을 경매에 내놓은 적이 없기 때문에 가격 측정을 하기는 좀 곤란합니다." 그녀는 곤란함을 강조하듯이 두 손바닥을 상대방에게 펴 보이는 제스처를 썼다.

"예, 물론 그렇기는 하겠지만 그런 빼어난 국보급이, 1,200여 년의 나이를 먹은 그 희귀품이 도대체 얼마나 나갈까 하는 것은 여간 궁금한 게 아니거든요. 그전에 어떤 신문 기사를 보니까 영국 대영박물관에 있는 중국 도자기 한 쌍은 그 값이 없다고 하더군요. 무한대라서. 우리 금불상도 그런 게 아닐까요?"

송 변호사는 마치 동의를 구하듯 임예지를 빤히 쳐다보았다.

임예지는 그 눈길을 받으며 문득 긴장했다. 상대방의 말에 동의를 해야 되나, 말아야 되나 순간적으로 헷갈리고 있었다.

"네에, 말씀하신 그 중국 도자기가 〈데이비드 꽃병〉이라는 특이한 명품입니다. 그런데 값의 무한대 평가는 대영박물관의 입장입니다. 다시 말하면 경매 책정가가 아니라는 사실입니다. 그러므로 우리 금불상을 그렇게 직접적으로 비교하는 것은 좀 무리가 있지 않을까 합니다."

임예지는 상대방의 의중을 정확히 짚을 수 없어 일부러 애매모호하고 두루뭉술하게 얼버무렸다.

"아 예, 무슨 뜻인지 짐작을 하겠습니다. 정확한 값은 모르되 국보급이라 할 수 있을 정도로 값어치 있는 것이고 소중한 것이다 그런 뜻이로군요."

"네에, 그렇습니다."

"그런데 말입니다……." 송 변호사는 여기서 말을 끊고 잠시 뜸을 들이더니, "그것이 만약……, 만약 그것이 말입니다……. 스님들 쪽으로 넘어가게 되면 어떻게 되지요?" 그가 굼뜬 듯 느릿하게 한 말이었다.

"네에? 그, 그게 무, 무슨 말씀이시죠?"

임예지는 소스라치게 놀라며 말솜씨 좋은 사람 같지 않게 말까지 더듬었다.

"아니, 왜 그리 놀라십니까?"

송 변호사가 이상하다는 표정으로 임예지를 쳐다보았다.

"변호사님, 변호사님은 백전백승의 전관(전관예우)이시잖아요. 그런데 왜 그런 불길한 말씀을 하세요? 결심 공판이 얼마 안 남았는데. 왜, 판사가 그런 눈치를 보였나요?"

임예지는 몸이 달아 질문을 연달아 쏟아내고 있었다. 그러면서 '당신 전관예우라고 큰소리 뻥뻥 쳐서 10억이나 줬잖아' 하는 소리가 곧 터져 나오려는 것을 간신히 참고 있었다.

"아니 뭐……, 그런 건 아니고 저쪽 변호사가 어찌나 드세게 장물, 장물 해대면서 무조건 반환을 외쳐대고 있는지……,

우리 쪽에서는 장물인 줄 몰랐다는 것으로 맞서고 있지만, 저쪽 변호사의 기세가 그렇게 억세면 판사로서도 입지가 좁아지고……, 난처해지고……."

"변호사님하고는 연수원 동기로 아주 절친하다고 하셨잖아요."

감정이 상한 임예지는 큰 눈을 뱀눈으로 바꿔 상대방을 노려보며 차고 매섭게 내쏘았다.

"친하긴 하지만……, 이런 땐 딱 결심하도록 쐐기를 한번 박는 게 좋은데……, 결정타를……."

송 변호사는 아무 감정 없는 어조로 혼잣말을 하듯 했다.

'아, 이제 알았다! 저 노회한 사람, 간교할 정도로 노회한 사람. 결국 이 말에 이르게 하려고 그 많은 걸 묻고, 그 많은 대답을 하게 하면서 우회를 했던 것이로구나! 난 바보처럼 문화재의 가치에 관심이 있는 줄 알았으니. 무서워라, 돈밖에 모르는 교활한 속물. 10억은 괜히 줬어? 쐐기를 박으려면 그 돈에서 줘야 할 것 아냐. 근데, 저쪽에 뺏길지도 모른다는 분위기 만들어 슬슬 겁 먹이면서 또 뜯어내려고? 아 이건 대책 없는 인간이다. 이걸 어째야 좋지? 우린 더 못 주니까 10억에서 떼주라고 해? 그러면 속은 시원하겠지만 판은 깨지는 거지? 이쪽 몸 달고, 돈 많은 것 다 알고 저렇게 야비하게 나오는 건데. 어쨌든 이겨야 하잖아. 금불상을 지켜야 하잖아. 그 가치는 정말 돈 몇백억으로 환치가 안 되는 건데. 그래, 좋아. 내 돈 나가는 것도 아니고, 치사한 법장사꾼한테 몇 푼 더 쥐버려. 또 10억 내놓으라는 건 아닐 테니까!'

"네, 좋습니다. 쐐기를 박으시지요. 그럼 얼마나⋯⋯?"

임예지는 마침내 긴 침묵을 깼다.

"큰 것⋯⋯."

송 변호사는 검지 하나를 세웠다.

"알겠습니다, 1억."

차질이 없도록 임예지는 분명하게 '1억'이라고 발음했다.

"급합니다."

"네, 내일 오후까지 여기로 가지고 오겠습니다."

"현찰이 좋습니다."

"알겠습니다."

"사장님한테 죄송하다고 전해 주십시오. 그러나 틀림없으니 아무 걱정 말고 마음 편히 잡수시라고 전해 주십시오."

"네, 알겠습니다."

임예지는 감정을 드러내지 않으려고 애쓰며 몸을 일으켰다.

"이런 궂은 심부름 시켜 미안합니다."

"아닙니다. 제 일인걸요."

"오늘 좋은 공부 많이 했습니다."

"아, 네. 안녕히 계세요."

임예지는 건성으로 인사하고 빠르게 돌아섰다.

'굶어 죽다시피 한 반 고흐나 모딜리아니의 그림을 헐값으로 사들여 떼돈을 번 화상들보다 더 야비한 인간! 자나 깨나 그저 돈밖에 모르는 우리 회장님은 그래도 양반이시네. 물건이나 만들어 팔잖아. 저 사람 참……'

그녀는 호화롭게 꾸며놓은 변호사 사무실을 등지며 실소를 흘리고 있었다.

이튿날 오후에 임예지는 구두 상자 크기만 한 것을 송 변호사 앞에 내밀었다.

"확인해 보시지요."

임예지는 아무 표정 없이 담담하게 말했다. 그러나 그 어조에는 냉기가 서려 있었다.

"아닙니다. 어련히 잘 하셨을라구요. 오늘 바로 만나겠습니다. 사장님께 감사하고, 잘 조처하겠다고 전해 주십시오."

"네, 공판 날 연락 주십시오."

임예지는 바로 일어섰다.

"아니, 차나 한잔 하시고……."

"아닙니다. 제가 또 다른 약속이 있어서요."

임예지는 정중하게 인사하고 돌아섰다. 그녀는 어제 그를 상대로 긴 이야기를 했던 것을 크게 후회하고 있었다. 그와 더는 마음이 담긴 말을 한마디도 하고 싶지 않았던 것이다.

송 변호사는 바로 저녁에 박진호 판사를 일식당에서 만났다.

"요새 너무 시끌시끌하게 요란 떠는 것 아닌가?"

송 변호사가 오버를 옷걸이에 걸며 혀를 찼다.

"뭐 말인가?"

한발 먼저 와서 자리 잡은 박진호 판사가 물수건으로 손을 닦으며 심드렁하게 반응했다.

"그 사법 개혁이니 뭐니, 검경 수사권 조정이니 뭐니, 요새 계속 시끌벅적 야단이잖아."

송 변호사가 짜증스럽게 말하며 자리에 앉았다.

"그거 정권 바뀌면 으레껏 한바탕씩 벌이는 굿판 아닌가?"

박진호 판사가 쌉쓰름한 비웃음을 피워냈다.

"그런 정치쇼일 수도 있는데……, 이번엔 좀 다르지 않을까 하는 생각도 든다니까."

송 변호사도 물수건을 펴 들며 박 판사와는 다르게 좀 심각한 기색으로 말했다.

"왜, 자네도 촛불에 겁먹은 건가?"

박 판사의 입가에 어리는 비웃음이 좀 더 진해졌다.

"촛불 기세도 그렇지만, 그 기세 업은 이 정권 기세가 보통 드센 게 아니잖아? 적폐 청산 깃발에 국민 지지가 80퍼센트란 말일세. 이건 드문 일 아닌가?"

"국민? 자넨 그 실체가 있다고 생각하나?"

"실체? 글쎄에……, 그거 있다고 생각하면 있고, 없다고 생각하면 없고……, 그거 한마디로 딱 잘라서 하기 어려운 애매모호하고 알쏭달쏭한 것이 그 문제 아닌가?"

"그래, 아마 그게 정답일 거네. 국민이란 실체가 아니라 형체일 뿐이야."

"실체가 아니라 형체? 그럼 지난번 촛불 시위 때의 그 실체는 뭐지?"

"그건 워낙 잘못한 대통령의 비위 폭발로 대중의 분노가 충동적으로 폭발한 일회성의 집단행동일 뿐이야."

"비위 폭발이란 무슨 소린가?"

"대통령이 잘못한 것도 많았지만 매스컴들이 그걸 날마다 너무 자극적이고 선동적으로 보도해 대면서 비리 폭탄이 터지는 격이 되지 않았나? 자네 그거 기억하나? 그 사건이 매일 새롭게 보도되기 시작하면서 뉴스 시간 시청률이 폭등하고, 사람들이 드라마도 안 보고, 심지어 책까지도 안 팔려버렸다고 하잖아."

"그야 당연하잖아. 날마다 새 비리들이 줄줄이 터져 나오는데, 어떤 드라마가 그 재미를 당하고, 어떤 책이 그 흥미를 당하겠는가. 나도 그 흥미진진함에 안 보던 종편 TV 뉴스까지 쫓아다녔는걸."

"종편?" 박 판사는 큭큭 웃고는, "나도 자네와 비슷했는데,

그때 이런 우스갯소리가 떠돌았잖아. 종편들은 이명박 덕에 태어나고, 박근혜 덕에 기반 잡았다고" 하고 말했다.

"아니야, 그건 그냥 우스갯소리가 아니고 사실이래. 그 시점부터 광고가 확 불어나 적자가 흑자로 전환됐다는 거야. 참 세상살이란 묘하지. 근데 말야, 그 촛불 시위가 장기간에 걸쳐 엄청난 규모로 전개된 치열한 시위였는데 그걸 어떻게 충동적으로 폭발한 일회성이라고 하는 거지?"

"알아. 그 시위는 엄동설한이었는데도 3개월이나 계속 전개되었고, 시위 군중도 줄어들지 않고 줄곧 유지되었고, 그 많은 사람들이 군집해서 격렬한 행동을 펼치면서도 폭력 행위나 파괴 행위 같은 게 단 한 건도 발생하지 않은 일종의 시위 기적을 탄생시킨 것은 높이 평가해야 돼. 그리고 그 시위는 마침내 무능한 대통령을 권좌에서 몰아내는 성과까지 거두었어. 그러나 그 성취로 그 시위 군중은 흩어지면서 일회성 연극은 막을 내린 거야. 다시 말하면 그 시위는 특정 사안에 대해서 열혈 대중들이 일시적으로 응집되었을 뿐 전 국민적 조직 행동은 아니었다는 점이야."

"그럼 국민이 실체로 존재하려면 전 국민적 조직을 갖춘 조직체가 되어야 한다 그건가?"

"바로 그거지. 그래야만 실질적으로 모든 국가권력을 감시하고, 심판하고, 통제할 수 있는 힘이 생기는 거지."

"그거야말로 불가능이고, 환상 아닌가? 이 세상에 사람은 얼마나 많으며, 직업은 얼마나 다양하며, 생각은 또 얼마나 각양각색인가."

"그러니까 전체 조직화가 불가능하고, 그 불가능이 곧 국민은 실체가 아니라 형체라는 것 아닌가. 그래야 권력 가진 입장에서는 편한 법이고."

"그야 그렇지. 국민 전체가 조직화되면 그것 참 골머리 아플 거야. 사사건건 따지고 간섭하고 난리들일 테니까."

"아, 그거야말로 정말 골치 아픈 문제지. 지금 이 상태가 딱 좋아. 말귀 알아들을 만하고, 무슨 일이든 잘 잊어먹고, 나라 말 잘 믿고, 권력자나 부자 부러워하고, 연예에 무조건 환호하고, 스포츠에 열광하고, 유행은 미친 듯 따라가고, 그래야 권력층이 권력 누리기가 편안하지. 안 그래?"

"맞아, 맞아. 자네 분석이 백 점 만점이야. 어허, 이거 얘기에 취하느라고 정작 술에 못 취했군. 자, 마셔, 마셔. 겨울에 따끈한 정종은 보약 아닌가."

송 변호사는 술잔을 내밀었고, 박 판사가 술잔을 부딪치고 나서 둘은 잔을 단숨에 비웠다. 작은 정종 잔은 딱 한 모금씩이었던 것이다.

"자네 말야. 노무현 정권에서 가장 잘한 일이 뭔지 아나?"

송 변호사가 박 판사의 잔에 술을 따르며 물었다.

"글쎄, 뭐가 있지?" 박 판사가 생각을 더듬는 표정으로 고개를 갸우뚱했고, "그렇게 정색을 하고 생각하지 말고 난센스 퀴즈 풀듯이 생각해 보게." 송 변호사가 자기 잔에 술을 따르는 박 판사를 건너다보며 빙그레 웃고 있었다.

"나 그런 것 맞히는 데 정말 소질 없어. 그래서 가끔 애들 앞에서 웃음거리가 되곤 한다니까."

"그게 우리 법관들의 한계야. 매냥 법조문 들고 정색만 하고 살아서 농담 인자가 다 죽어버린 거야."

"그거 그럴듯한 말이네. 농담을 즐기며 웃고 살아야 체내에 잠복해 있는 암 균들도 활동을 제지당한다는데, 우리 체질 개선해야 되는 것 아닌가."

"응, 나도 방송 건강 프로에서 그런 말 듣고 놀랐는데, 농담하고 거리 먼 우리 생활이 좀 문제긴 문제야."

송 변호사가 잔을 내밀었고, 잔을 부딪친 그들은 흔쾌하게 잔을 비웠다.

"그 퀴즈 정답이 뭔가?" 박 판사가 술을 따르며 물었고, "자네도 나처럼 소질 없는 것 인정하고 힌트를 하나 주지. 그게 돈에 관한 거네." 송 변호사가 주전자를 넘겨 받아 술을 따르며 말했다.

"도오온……? 글쎄, 돈에 관계된 것이라……? 그 양반하고 돈에 관계된 난센스 퀴즈? 글쎄, 그게 뭘까?"

박 판사의 얼굴은 진지하다 못해 심각한 상태였다. 난센스 퀴즈와는 너무나 거리가 먼 표정이었다.

"안 되겠네, 내가 정답을 가르쳐주지. 그게 뭐냐면 말야, 5만 원짜리 발행한 것."

"뭐라구? 그건 잘한 일이 아니라 잘못한 일이라고 한때 비판이 일어났잖아. 부자들이 상속세, 증여세 피해 부피 팍 줄어든 5만 원짜리를 감춰두기 시작했다고. 그래서 회수율은 발행고의 절반 정도밖에 안 되고, 자취를 감춘 잠수율이 40조에 이른다고 말야."

"아이구 답답해. 자넨 그렇게 정공법으로 나가니까 난센스 퀴즈 정답을 못 찾는 거지. 그 비판받는 게 곧 '잘한 일이다' 하는 게 정답이야."

"도대체 무슨 소린가?"

박 판사가 술잔을 비우며 얼굴을 찌푸렸다.

"그게 우리한테도 편리를 제공하거든." 송 변호사가 불콰한 얼굴로 묘한 느낌의 웃음을 씨익 지어냈고, "허 이 사람, 점점 못 알아들을 소리만 하고 앉았네." 박 판사가 술기운 퍼진 얼굴로 함께 웃으며 빨리 정답을 대라는 고갯짓을 했다.

"자아, 그럼 자넨 지금부터 내가 시키는 대로만 하게. 그 편리가 무엇인지 확인하면서 왜 그게 잘한 일인지 확실하게 깨닫게 될 테니까. 아무 소리 안 하고 내가 하는 대로 따라 할 수 있지?" 송 변호사는 고개까지 쑥 빼며 다짐을 했고, "사람 참 싱겁긴. 알았으니까 어서 뭐든 해봐." 박 판사가 영문을 모르겠다는 얼굴로 대꾸했다.

"이거 말야. 5만 원짜리가 아니었더라면 그 부피가 이거 다섯 배였을 거라니까. 그러면 얼마나 불편했겠어. 그러니 얼마나 잘한 일이야. 얼마 안 되니까 내가 꺼낸 주머니와 똑같은 주머니에 자네도 넣게. 그럼 전혀 표 안 나."

송 변호사는 양복 오른쪽 속주머니에서 꺼낸 돈다발을 약간 흔들어 보이며 말하고는, 그것을 박 판사 앞으로 불쑥 내밀었다.

"이걸……." 박 판사가 멈칫했고, "아무 말 안 하기로 했잖아." 송 변호사가 팔을 쭉 뻗어 돈다발을 박 판사 손에 쥐여주었다.

송 변호사는 양복 왼쪽 속주머니에서 두 번째 돈다발을 꺼냈다. 그것을 또 박 판사에게 쑥 내밀었다. 그는 양복 오른쪽 바깥 주머니에서 세 번째 돈다발을 꺼냈다. 그는 양복 왼쪽 바깥 주머니에서 네 번째 돈다발을 꺼냈다. 그리고 벌떡 일어나 오버 쪽으로 걸음을 옮겼다. 그는 오버 오른쪽 속주머니에서 다섯 번째 돈다발을 꺼내며 말했다. "자넨 그대로 앉아 있게. 내가 자네 오버에 넣을 테니까." 그리고 그는 오버 왼쪽 속주머니에서 여섯 번째 돈다발을 꺼냈다. "전혀 표 안 나니 아무 걱정 말게." 그가 자리로 돌아오며 말했다.

"사람 참 기민하고 철저하기는……." 박 판사가 눈길을 떨군 채 중얼거렸고, "자아, 마지막 잔 들고 그만 가세. 벌써 밤이라 추워지기 시작했잖아"라고 말했다.

송 변호사가 앉으며 술잔을 들었다.

"그래, 그만 가세."

박 판사도 술잔을 들었다.

이틀이 지나 임예지는 송정규 변호사의 전화를 받았다.

"결심 공판, 6일 후인 17일 오전 11시입니다. 가서 결과 확인하십시오. 저는 딴 일이 있어서 못 나갑니다."

"그럼 저어……."

"이만 전화 끊습니다."

전화가 끊긴 핸드폰 화면을 임예지는 한참이나 바라보았다. 그의 이 짧은 통화가 무슨 의미인지 헷갈렸기 때문이다. 이겼다는 것인지, 졌다는 것인지 전혀 내색하지 않은 것이었다.

임예지는 송 변호사의 말을 몇 번이고 곱씹어보았다. 그 어조로는 감이 나쁘지 않았다. 그런데 그 말 어디에도 '이겼다'는 것을 확인하게 하는 단어는 하나도 없었던 것이다. 물론 백전불패의 전관예우라 해도 법정에서의 확정 판결 이전에 미리 결과를 발설할 수는 없을 것이다. 그건 법질서를 지키기 위한 최소한의 기밀 유지일 테니까. 그러나 아무리 백전백승의 전관예우를 고르고, 파격적인 거금의 수임료를 지불했다고 하더라도 피고는 피고로서의 불안감에 시달리기 마련이었다. 그런 피고의 마음을 헤아려 '이겼다'는 것을 확신할 수 있는 무슨 단어 하나만이라도 살짝 내비쳤다면 얼마나 좋았으랴.

'가서 결과 확인하십시오. 저는 딴 일이 있어서 못 나갑니다.'

모호하고 불투명한 이 말을 듣고 감이 나쁘지 않은 근거는 딱 한 가지였다. 변호사의 목소리가 어물거리거나 주저함이 없이 밝고 당당하게 느껴졌다는 것이었다. 그 느낌과 결합시켜서 보면 변호사의 말은 '이겼다'는 의미가 되기도 했다.

'(잘됐으니) 가서 결과 확인하십시오. (저는 안 가도 되니까) 딴 일 있어서 못 나갑니다.'

임예지는 이렇게 말을 조립해 냈다. 그러나 선뜻 사장에게는 보고할 마음을 먹지 못하고 있었다. '만약에 아니라면……' 하는 한 가닥 불안감이 마음에 감겨 있었던 것이다.

그녀는 그 불안감을 떼쳐내기 위해서 누군가 법률 전문가에게 물어보고 싶었다. 꿈 풀이를 하듯 송 변호사의 말에 내포된 의미를 전문가가 좀 밝혀주면 그 불안함이 씻길 것 같았던 것이다. 그러나 막상 아는 전문가가 떠오르지 않았다. 단 한 사람, 전관예우 송 변호사를 골라주었던 회사 법무팀장이 생각났다. 그러나 임예지는 곧 그 사람의 얼굴을 지워버렸다.

법무팀장은 역겨운 남자 냄새를 너무 진하게 풍기는 천격이었다.

"아, 임 큐레이터는 아주 매력적인 여인이시군요."

사장실에서 첫인사를 했고, 사장실에서 나와 단둘이 탄 엘리베이터에서 그가 한 말이었다. 그리고 그는 마치 손으로 더듬듯 하는 눈길로 전신을 위아래로 훑었던 것이다.

임예지는 심한 모독감을 느끼며 한마디 쏘아대고 싶었지만 꾹 참아냈다. 같은 그룹에 몸담고 있으면서 거북한 사이 만들고 싶지 않았던 것이다.

"아, 임 큐레이터는 얼굴만이 아니라 늘씬한 육체미까지가 다 섹시하시군요."

송 변호사를 선임해 사장실에서 대면하고 나오면서 법무팀장이 또 한 말이었다. 이번에는 그 말이 더 야하게 변한 것처럼 그 눈빛도 훨씬 느글느글하게 변해 있었다. 그의 그 징그러운 눈빛 따라 손이 곧 여기저기 민감한 부위를 덮치고 들 것만 같은 느낌이었다.

'무슨 말을 그렇게 하세요. 팀장님은 지금 성희롱 범죄를 저지르고 있는 걸 아세요, 모르세요?'

이 말을 내쏘고 싶었지만 임예지는 또 참아냈다. 더 만날 일이 없는 사람이었고, 법조인들 중에 검사 출신들이 제일 상스럽고 불량하다는 말을 들은 적이 있기 때문이었다.

그런 법무팀장을 세 번째 만나면 또 무슨 말을 토해 낼지 소름이 돋았다. 이번에는 정말 손을 뻗쳐 '성추행'을 감행할 것만 같았다.

임예지는 미리 사장한테 보고하지도 않고 결심 공판을 보러 가기로 했다. 그 말의 의미를 놓고 번거로워지는 게 싫었고, 법무팀장을 또 만나게 될지도 모르는 게 싫었고, '이겼다'는 심증이 강했기 때문이었다.

"피고는 본 건의 대상물인 금불상을 원고 측에 반환할 하등의 책임이나 이유가 없습니다. 왜냐하면 원고는 본 건이 문제시된 것에 대하여 두 가지 사실을 등한히 한 책임이 있습니다. 첫째는 금불상이 도난당했을 때 경찰에 바로 신고하고 수사 의뢰를 했어야 하는 책임을 방기했습니다. 더구나 그 금불상이 국보급의 희귀품임을 상기할 때 그 방기 책임은 더욱 커집니다. 둘째 원고는 경찰 신고에 잇따라 그 도난당한 사실을 일간지 몇 군데에 광고하여 장물 거래를 차단함과 동시에 장물인 줄 모르고 구매하는 선의의 피해자가 발생하지 않도록 하는 사전 조처를 취하지 않은 책임이 있습니다. 피고는 그 두 가지 사실 중 그 어느 것도 알지 못했기 때문에 금불상을 구입한 사실이 인정됩니다. 그리고 피고 측이 확보하고 있는 객관적 사회적 위상이 충분히 고려되어야 할 점입니다. 피고 측은 사회적으로 인정받는 대그룹의 미술관으로서 완벽한 전시 시설을 갖추고, 소장품들을 주기적으로 전시하며 무료 관람의 기회를 제공하고 있습니다. 피고 측의 그런 전시 계획에 따라 원고 측은 금불상의 소재를 알게 된 것뿐입니다. 그리고 본 금불상은 우리 민족의 소중한 문화재로서 철저히 보관되는 동시에 수많은 사람들에게 감상의 기회를 제공하는 것이 그 존재 이유일 것입니다. 그 목적을 충실히 달성함에 있어서도 접근성이 약한 원고 측의 산사보다는 접근성이 수십 배 강한 피고 측의 미술관이 합당하다는 것은 객관적으로 입증되는 사실입니다. 이에 이상과 같이 판시합니다."

판사의 판결문 낭독이 끝나자 임예지는 눈을 사르르 내리 감으며 조용한 한숨을 길게 내쉬고 있었다. '전관예우 변호사님, 세긴 참 세다. 어쩜 판결문이 변호사 변론 그대로냐. 돈이 좀 들어서 그렇지 전관이 참 편하고 좋다. 그나저나 스님들은 어쩌지? 그냥 물러나지 않겠지? 부처님께 죄 안 지으려고 또 상소를 하겠지? 그럼 뭐 해, 애만 쓰시지. 스님들은 큰돈이 없고, 이쪽에서 계속 전관예우를 들이댈 텐데. 스님들, 죄송합니다. 저도 어쩔 수가 없어요.' 그녀는 천천히 눈을 뜨며 몸을 일으켰다. 법정 밖으로 나가는 스님 세 분의 뒷모습이 보였다. 그 꼿꼿하게 곤두선 뒷덜미마다 분이 가득 서려 있었다.

2

'아니, 저게 누구야! 장우진, 저 사람이 여길 왜 왔지?'

국회 사무처 쪽으로 막 돌아서던 윤현기 의원은 장우진 기자를 알아보고 재빨리 돌아섰다. '여기 뭘 또 캐러 왔나. 아이고 꼴통 기자, 저런 말썽꾼은 맞대면 안 하는 게 상책이야.' 그는 모퉁이에서 얼굴을 살짝 내밀고 장 기자가 밖으로 나가는 것을 지켜보고 있었다.

"예, 날짜가 촉박하지만 장 기자님이 유명하면서도 일 신속하게 잘하는 출판사를 소개해 줘서 날짜 정확하게 맞출 수 있게 해결했어요."

후배 고석민이 한 달 전쯤 한 말이었다. 자신의 저서 『시대의 풍향계』가 마침내 '탄생'할 날이 며칠 안 남았던 것이다.

'아아, 멋져! 멋져! 『시대의 풍향계』. 내가 시대의 풍향계, 나라의 풍향계가 되어야 할 텐데. 이 책이 그 길을 열어주면 얼마나 좋을까……'

윤현기는 또 대통령으로 가는 꿈을 꾸고 있었다. 그 책의 출판기념회를 연말 행사로 잡아 날짜까지 확정해 둔 상태였다. 그런데 그 책을 유명 출판사에서 내게 해주고, 날짜까지 딱 맞추어 빠르게 제작할 수 있도록 도와준 것이 저 장우진 기자였던 것이다. 후배를 잘 둔 덕이었다. 저 만나기 껄끄럽고 까탈스러운 장 기자의 도움을 받았다고 한다면 동료 의원들 그 누구도 믿으려 하지 않을 것이다. 그만큼 장 기자를 모르는 의원들이 없었고, 그를 달갑게 생각하는 의원들도 없었다.

윤현기는 장 기자가 떠날 시간을 충분히 고려해 천천히 모퉁이를 돌아섰다. 사무처로 걸어가면서도 혹시 장 기자가 다시 나타날까 봐 경계를 했다.

"조금 전에 장우진 기자가 여기 왜 왔었소?"

윤현기는 사무처로 들어서자마자 첫 번째 마주친 직원에게 다급하게 물었다.

"예, 좀 곤란한 자료를 자꾸 보여달라고 해서……."

여직원이 얼굴을 찌푸렸다.

'내 그럴 줄 알았다!'

윤현기는 그를 피하기를 잘했다고 생각하며 속으로 무릎을 쳤다.

"무슨 자료를 요구하는 거요?"

"예, 코이카 여행 건에 대해서……."

"코이카 여행 건?"

윤현기는 번뜩 머리를 치는 것이 있었다.

"예, 코이카 돈으로 지난 5년 동안 부부 동반 해외 여행을 한 의원님들의 명단을 내놓으라고……."

"명단! 그래서 어쨌소?"

윤현기는 가슴이 섬뜩해지며 자신도 모르게 목소리가 높아졌다.

"거기까진 저희들은 모르겠구요. 사무총장님이 처리하셨습니다."

"처리라니? 어떻게?"

"업무 기밀이라고 거부하신 것 같습니다."

"잘했군. 사무총장님 계시오?"

윤현기는 안으로 들어가려 했다.

"아닙니다. 중앙 부처에 급한 업무가 있어서 방금 나가셨습니다."

"아하, 내가 한발 늦었군. 어쨌든 잘됐어. 그 명단 내주면 안 되지."

윤현기는 혼잣말을 중얼거리며 사무처를 나가고 있었다.

'아 참, 그 골 때리는 친구가 뭐 먹겠다고 코이카 여행은 들쑤시고 드나 그래. 하 정말, 좌충우돌 박치기 안 하는 데가 없고, 손 안 뻗치는 데가 없으니, 참 두통거리라니까.'

윤현기는 아까 가졌던 장우진에 대한 고마움이 싹 가시면서 경계의 발톱을 세웠다. 코이카(한국국제협력단: KOICA-Korea International Cooperation Agency)의 지원으로 지난 5년 동안 부부 동반 해외 여행을 한 의원들은 아주 많았다. 해마다 예닐곱 쌍씩이었으니까 줄잡아 40여 명은 되지 않을까 싶었다. 자신은 3년 전에 다녀왔으니 꼼짝없이 장 기자의 표적이 된 셈이었다. 코이카는 대한민국의 대외 무상 협력 사업을 주관하는 외교통상부 산하 정부 출연 기관이었다. 그 조직이 국제적 원조를 필요로 하는 아시아, 아프리카, 중동, 중남미 국가들에 퍼져 있어서 안전하고 편안하게 해외 여행을 하기에는 딱 안성맞춤이었던 것이다.

위로의 뜻을 담은 그 여행은 해마다 '관행'으로 짜여졌다. 그러나 언제나 명분은 분명하고 뚜렷하게 세워져 있었다. 해외 업무 추진 상황 점검 출장이었다. 그래서 누구나 아무 부담 없이 출장을 다녀오고는 했던 것이다. 그 출장이 더 인기였던 것은 '부부 동반'이었기 때문이다. 의원들은 자기 돈 한 푼도 안 들이고 모처럼 아내에게 남편으로서 낯을 낼 수 있는 기회였던 것이다.

그런데 뒤 캐기에 능하고, 기사화했다 하면 큰 사건으로 비화시키는 장 기자가 그 여행을 겨냥하고 나선 것이었다. 윤현기는 여의도밥 오래 먹은 경험으로 장 기자가 무엇을 노리는지 직감했다. 그 여행을 두고 SNS에서 유행하는 말투로 의원들끼리 하는 우스갯소리가 있었다. '출장이라 쓰고 외유라 읽는다.' 그것이 바로 장 기자가 노리는 바였다. 그리고 거기에 따라붙는 말썽의 소지가 여행비였다.

그 여행비는 전액 코이카에서 나왔다. 그런데 코이카의 기금은 국민 세금이었다. 이 두 가지 사실이 국회의원들의 출장을 빙자(또는 위장 혹은 가장)한 부부 동반 외유와 합쳐지면 어찌 될 것인가. 그거야말로 물리적 변화가 아니라 화학적 변화를 일으키는 대형 폭발 사건으로 비화하지 않을 수 없는 일이었다.

개발도상국가들을 무상으로 도와 국가 위상을 드높이는 데 쓰여야 할 국민 세금을 40여 명 국회의원들이 부부 동반 해외 여행비로 탕진했다. 이런 내용의 기사가 터지면 어찌할 것인가. 가뜩이나 3부(三府) 중에 불신을 가장 크게 받고 있는 판에 그 기사는 국회 불신도 90퍼센트를 단숨에 돌파할 수 있는 폭발력이 아닐 수 없었다.

'아이고 맙소사. 장 기자, 너 어찌 그리 머리가 팽글팽글 잘 돌아가냐. 어쨌거나 저 친구가 써 갈기는 기사에 내 이름이 오르면 어찌 되는 거지? 아이고, 그거야말로 가슴에 총 맞는 게 아니고 뭐냐. 자칫 잘못했다가는 다음 선거에서 낙동강 오리알이 될 수도 있었다. 잊어먹기 잘하는 사람들이야 1년 넘게 지나면 으레 까맣게 잊어버리겠지만, 문제는 경쟁자였다. 선거전이란 내 능력을 선전하는 것보다는 상대방의 흠점을 폭로해 대는 것이 훨씬 더 효과가 나는 법이었다. 만약 상대방이 코이카 여행 건을 들고나와 '국민 세금 탕진범', '국민 세금 절도범', '국민 세금 횡령범' 등 온갖 말들을 총동원해서 공격을 가해 오면 어찌할 것인가. 국민들이 가장 쉽게 공분하는 것이 자기들이 낸 세금 함부로 쓰는 것 아니던가. 이걸 막는 방법은 딱 하나밖에 없다. 무슨 수를 써서든 그 명단만 안 내 주면 된다. 그래도 장 기자가 포기하지 않고 명단을 입수하려 면 한 가지 방법이 있다. 법원에 정보 공개 청구 소송을 제기 하는 것이다. 그러나 그건 한두 달로 끝나는 소송이 아니다. 장 기자 쪽에서 아무리 발버둥쳐도 몇 달이 걸릴 것이고, 이 쪽에서 법사위원장의 파워를 동원하면 몇 년이고 질질 끌어 갈 수 있었다. 그러다 보면 세상은 그런 일 언제 있었냐는 듯 까맣게 잊어버리게 된다. 장 기자, 너 빨빨한 기자인 줄 잘 아 는데, 국회 상대로는 까불지 마. 니가 물어뜯기에는 국회는 너 무 큰 먹이야.'

윤현기는 자기 사무실로 빨리 걸으며 비웃음을 흘리고 있 었다.

"신 사장님한테서 전화 왔었습니다."

윤현기가 사무실로 들어서자 여자 보좌관이 보고했다.

"언제?"

"나가신 직후였습니다."

윤현기는 바로 전화기를 들었다. 결과를 짐작하고 있으면서 도 또한 마음은 급했다. 별것 아닌 사건이면서도 자신에게 횡 재를 할 수 있게 해준 사건이라 마음이 쓰이고 있었다.

"아 여보세요, 남광건축입니다."

신남수의 목소리였다.

"날세, 윤 의원."

"아아, 윤 의원! 고맙네, 고맙네. 나 살아났네. 다 자네 덕이야. 정말 고맙네."

기쁨에 넘친 목소리가 무슨 환호성처럼 쟁쟁하게 울려대고 있었다.

"알았어. 어찌 됐나?"

윤현기는 일부러 냉엄하게 말했다.

"6개월 징역에 1년 집행유예네. 다 자네가 애써준 덕이야. 고맙네, 정말 고맙네. 나 오늘 자넬 만나고 싶은데, 어떤가……?"

신남수의 감격은 계속되고 있었다. 어쨌거나 감옥살이를 면했으니 그럴 법도 했다.

"이 사람아, 갑자기 그 무슨……."

윤현기는 있는껏 거드름을 피웠다.

"알어, 알어. 선약이 첩첩인 줄 잘 알어. 그치만 시간 좀 내줘. 나 오늘 꼭 좀 해야 될 일이 있어. 자네 은혜에……."

"이봐, 됐어, 됐어. 내가 다시 전화 걸 테니까 기다려. 약속 바꿔야 하니까."

윤현기는 다급하게 신남수의 말을 끊었다. 은혜 어쩌고 하는 말이 이어지다가는 곤란한 말이 튀어나올 수 있었던 것이다.

자신도 내심으로는 신남수를 오늘 당장 만나고 싶었다. 쇠뿔은 단김에 빼야 하는 법이었다. 그가 감격하고 있을 때 마지막 일격을 가해야만 챙길 것이 커질 거였다. 하루 이틀 지나버리면……, 사람의 마음이란 얼마나 간사스럽고 얄팍하고 조석변이던가. 변소 갈 때 맘 다르고 올 때 맘 다르다는 속담은 얼마나 기막히게 사람의 심리를 꿰뚫은 것이었던가.

300여 평의 나무들을 베어낸 죄로 수사를 받게 된 신남수는 그저 감옥살이만 하지 않게 해달라고 얼마나 몸이 달아 있었던가. 그런데 그 사고는 단순하지가 않았다. 환경운동연합이란 시민단체가 고발자로 버티고 있었기 때문이다. 감옥살이를 하지 않으려면 재판까지 가서 집행유예를 받아내야 하는데, 그 과정에서 넘어야 할 고비가 한둘이 아니었던 것이다. 경찰 조사, 검찰 조사, 구속 여부, 재판 결과까지 신경 쓰고, 손을 잘 써야 다다를 수 있는 만만찮은 길이었다.

"자네, 아파트 700가구분을 지으면 한 가구당 얼마나 남아? 1억?"

윤현기는 신남수를 몰아치듯이 말했다.

"아니, 그건 아니고……, 여긴 서울이 아니고 지방이라 1억은 아니고……."

"그럼 그 절반, 5천만 원씩은 되잖아?"

"뭐, 그 정도 잡으면 되겠지."

"그럼 그게, 5 곱하기 7은 35, 350억이잖아?"

"뭐, 그런 셈이지."

"그럼 그 350억 다 쓰고 집행유예 받을 텐가, 아니면 350억 다 챙기고 2~3년 감옥살이할 텐가?"

"그야 더 말할 게 없지. 당연히 집행유예 받아야지. 돈은 또 벌면 되는데."

"틀림없어?"

"틀림없어. 군대 생활 2~3년도 죽을 맛이었는데, 감옥살이 는 그보다 열 배는 더 어려울 거 아니냐구. 그리고 우리 애들, 정말 죄인 자식들 만들어선 안 된다니까."

"결심이 그러면 됐어. 그러니까 이봐, 남는 것 다 쓰라는 게 아니고 그중에서 일부만 쓰면 돼. 그렇다고 50억을 쓰라는 것 도 아니야. 그것의 5분의 1만 써. 그럼 내가 집행유예 따내줄 테니까. 경찰, 검찰, 구속 여부, 재판까지 넘어야 할 고비가 한 둘이 아니란 거 잘 알지?"

"알아, 알아. 제발 그렇게만 해줘. 그 돈 당장 낼 테니까."

"그럼 됐어. 내가 여기저기 굽신거리며 아쉬운 소리 해야 되지만, 어쩌겠어, 친구 좋다는 게 뭔데."

"고마워, 고마워. 그리고……, 자네, 자네 애쓰는 데 어째야 되지? 자네한테도……."

"어허, 그런 소리 하지 마. 지금은 그런 말 할 단계가 아니라니까."

"그래도 자네가 얼마나 힘들 텐데……."

"아니야, 기분 좋게 싹 끝내놓고 봐. 그래도 안 늦어. 친구 의리가 먼저지. 먼저 그것부터 챙겨버리면 일 열심히 안 하게 된다구. 사람 맘 시시각각, 손바닥 뒤집기보다 더 쉽게 변한다는 것 몰라?"

"아, 아……, 자넨 정말 진정한 내 친구야, 친구. 자네가 그렇게 날 생각해 주니 그 맘이 너무 고마워 일 잘 끝나면 비용의 두 배, 세 배로 은혜를 갚을 거야. 아니, 세 배, 네 배도 좋아."

신남수는 눈물마저 글썽거리며 맹세하듯 그렇게 말했던 것이다.

그날이 마침내 온 것이었다.

"겨우 선약을 바꿨네. 지난번에 만났던 그 집. 아니 왜식집 말고 중국집 말야. 그래, 이따 7시."

윤현기는 전화를 끊고 팔다리가 늘어지도록 기지개를 켰다.

'흐응……, 녀석이 얼마로 은혜 갚기를 하려는 걸까? 두 배? 세 배? 네 배? 그때는 그야말로 똥줄이 탈 때가 아니었던가. 다급한 김에 무슨 소리를 못 해. 허나 이제 집행유예를 받으셨으니 무서운 것 하나도 없이 맘이 한없이 느긋해지셨겠지? 맘이 사르르 변할 때가 온 거야. 10억 아니라 100억을 내놓아도 아깝지 않을 때에서 1억을 내놓기도 아까운 때로 변한 거지. 그게 사람 맘이야. 그래서 누구나 다 먼저 챙기려 드는 거야. 그 실속을 차리지 못하면 그건 병신이지. 비용으로 10억 받은 것 중에서 한 고개를 넘을 때마다 2~3천씩 썼고, 제일 크게 지른 것이 법사위원장한테 5천이었다. 그러니까 다 합해서 1억 2~3천쯤 쓴 것이었다. 역시 법사위원장의 침 한 방은 효력 만점이었다. 그 나머지는 내가 챙긴 실속이었는데, 그건 아무 일도 안 하고 그냥 삼킨 것이 아니었다. 그것이야말로 국회의원 끗발 값이었다. 신남수가 똑같은 10억을 다른 분야의 사람에게 썼다면 그 효과가 어땠을까? 이렇게 빠르게, 이렇게 확실하게 결과가 나오기란 거의 불가능한 일이었다. 다른 사건들을 추월해 가며 급행열차를 태울 수 있는 것, 그것이 국회의원 끗발 더하기 돈 힘이었다. 그러니 그런 실속쯤 챙기는 것은 당연한 것이지 하등 거리낄 게 없었다. 이제 남은 것은 신남수가 얼마로 은혜 갚기를 할 것이냐였다. 세 배, 네 배는 다급한 김에 쏟아낸 잠꼬대 같은 헛소리일 뿐이고, 두 배는 어떨까……? 두 배면 20억인데……, 변소 갈 때 맘이 아니라 올 때 맘인데……, 과연 그런 맘을 간직하고 있을까……? 아니야, 아예 그런 기대 할 것 없어. 나라면 그런 돈 내놓겠는가? 일 다 끝났는데, 내놓기 싫다. 그럼 두 배의

절반은 어떨까? 이것도 과욕일까? 아니야, 신남수는 앞으로
도 내 힘이 계속 필요해. 내가 현역인 한 나한테 밉보이고, 나
하고 연줄이 끊어지면 지놈 신세가 끈 떨어진 연 꼴이 된다
는 건 지놈이 젤 잘 알아. 그래, 10억이 아니라 그 절반이라도
괜찮아. 챙길 건 미리 다 챙겼으니까.'

윤현기는 기대치를 최대한 낮추었다. 자신에게도 신남수는
잃어서는 안 되는 듬직한 파트너 중의 하나였기 때문이다.

"아이고, 이 사람아, 나 이제 살아났네. 자네가 날 살려줬어.
고맙네, 정말 고마워."

먼저 와 있던 신남수는 윤현기가 방으로 들어서자마자 덥
석 얼싸안으며 아까 전화를 할 때처럼 변함없이 감격적이었다.

"이 사람아, 뭘 그래. 내가 한 일이 뭐 그리 대단하다고. 하
여튼 축하하네."

윤현기는 신남수의 등을 퍽퍽 두들겨주며 말했다. 그러면
서 그는 기분이 썩 괜찮았다. 도움을 받고 이렇듯 고마워하고
기뻐하는 것은 그다지 흔한 일이 아니었던 것이다. 더구나 비
용을 댔을 때는. 어떤 사람들은 맨입으로 다급하게 일을 부
탁해 놓고는 해결해 주면 '그거 별것 아니었다'라거나, '그거
누구한테도 부탁한 거다'라는 식의 황당한 반응을 보이는 경
우도 더러 있었던 것이다. 그런 사람들에 비하면 신남수는 고
마움을 아는 사람다운 사람이라고 윤현기는 새삼스럽게 그

를 생각하고 있었다.

"아니야, 자넨 날 대단하게 도와준 거야. 자넨 나만 살려준 게 아니라 우리 딸도 살려줬거든."

신남수는 윤현기를 따라 식탁 의자에 앉으며 말했다.

"자네 딸을 살려?"

"응, 이제 하는 말인데, 우리 딸이 시집가기로 되어 있었거든. 근데 만약 내가 감옥살이를 해봐. 그 결혼이 제대로 됐겠어? 깨지고 말았겠지."

"아하, 그런 말 못 할 사정이 있었군. 그거 참 일이 고약하게 될 뻔했네, 그려. 자아, 그럼 어서 축하주를 마셔야지. 빨리 술 시키게. 오늘 술은 내가 사지."

윤현기는 더 기분이 좋아져서 전혀 생각지 않았던 말을 불쑥 쏟아냈다.

"아니야, 아니야, 자네가 무슨!" 신남수가 깜짝 놀라며 손사래를 쳤고, "이런 궂은일 잘 풀렸을 때는 남이 축하주를 사야 액땜이 제대로 되고 다시 그런 일 안 당하게 되는 법이야. 여러 말 말고 이 국회의원 윤현기의 기를 받고 더욱 힘내 사업 잘하라고." 윤현기는 식탁 끝에 붙은 벨을 꾹꾹 눌러댔다.

윤현기는 중국 백주를 신남수의 잔에 넘치도록 가득 따랐다.

"자아, 이거 좀 독하지만 첫잔이니까 간빠이야. 그래야 제대로 액땜되니까." 윤현기가 잔을 들었고, "고맙네. 자네가 이렇게 날 잘 대해 주니 뭐라 할 말이 없네. 고맙네." 신남수가 잔을 부딪치며 목이 메고 있었다.

그들은 누가 먼저랄 것 없이 "크아아!" 소리를 내뿜었다. 독한 중국 백주가 목을 넘어가며 토해 내게 하는 소리였다.

"내가 이 얘길 먼저 끝내버려야 되겠는데 말야, 내 마음 같아서는 전에 말했던 대로 비용의 세 배, 네 배로 은혜를 갚고 싶은데 말야, 새 공사도 시작하려면 돈이 좀 딸리고 해서……."

'옳지, 마침내 오리발 내밀기, 안면 바꾸기 작전 시작이구나. 그래, 넌들 별수 있는 인간이겠냐. 변소 갈 때 맘, 올 때 맘이지!'

윤현기는 독주 잔을 혀끝으로 핥으며 신남수를 칩떠보고 있었다.

"그래서 말인데 우선 두 배로 갚으면 어떨까?"

'우선 두 배? 그럼 그게 얼마야? 우선 20억을? '우선'이면 다음에 또 갚겠다는 거야?'

윤현기는 머리가 띵해지며 자신이 제대로 들은 것인지 어쩐지 알 수가 없을 지경이었다.

"우선 두 배……?" 윤현기는 도무지 믿을 수 없어 되물었고, "응, 면목 없지만 그렇게 해주면 나머지는 아파트 분양 다

222

끝내고 갚을 테니까." 신남수는 정말 면목이 없는 듯 고개까지 약간 숙여 보였다.

'아아, 이제 보니 저게 진짜 사람이네. 이걸 어쩌지? 그냥 두 배로 끝내라고 해? 5억만 내놔도 좋다고 생각했었잖아. 아니, 새 공사 시작하려면 자금도 딸린다는데 10억만 먼저 주고 나머지 10억은 분양 끝내고 달라고 인심 쓰는 척해? 근데 그때 가서 맘 변하면? 야, 야, 정신 차려라. 지금 무슨 값싼 인정 게임 하고, 의리 영화 찍냐? 저놈은 내 덕에 350억이 남는 판이라구. 그중에서 한 쪽을 조금 떼주는 것뿐이야. 정치만 현실이 아니야. 거래도 현실이야. 현실을 직시하고, 준다고 할 때 제때 받아 챙겨! 기회는 왔을 때 딱 잡는 게 장땡인 거 몰라!'

"그래, 니 형편 닿는 대로 해. 친구 좋다는 게 뭐냐. 그리고 공사하면서도 내가 도울 게 있으면 언제든지 말해. 늘 자네 일은 내 일이니까." 윤현기는 큰 인심을 쓰듯 다정한 목소리로 말했고, "고맙네, 고맙네. 자네가 안 들어주면 어쩌나 걱정했었는데." 신남수가 안도하는 얼굴로 웃음 지었고, "짜아아, 새 공사 축하하세!" 윤현기는 기세 좋게 술잔을 치켜들었다.

나흘이 지나 기다리던 책이 나왔다. 윤현기는 벅차오르는 가슴으로 책을 바라보고 또 바라보았다.

『시대의 풍향계』.

제목도 멋들어지고, 표지도 근사하고, 두께도 묵직하고, 흠 잡을 것이라고는 하나도 없이 만족스럽고 뿌듯했다. 그 책을 바라볼수록 남이 써주었다는 생각은 점점 더 엷어지면서 꼭 자신이 쓴 것 같은 생각이 드는 것이었다. 참으로 이상야릇한 감정이었다. 볼수록 좋고, 자신이 아주 유식해진 것 같고, 어서 사람들에게 나눠주며 자랑하고 싶어지는 것이었다.

'그래, 이건 다 내가 쓴 거나 마찬가지야. 고석민이 말대로 한 가지마다 열 번 넘게 읽어 내 피가 되고 살이 되게 했으니까 말야.'

고석민에게 글을 받아서 꼭 다섯 번씩 읽었고, 지방지지만 신문에 실리면 또 다섯 번씩 읽었던 것이다. 그건 꼭 고석민의 말을 실천하기 위해서가 아니었다. 읽다 보면 지식이 확실히 늘었고, 그 확인과 함께 재미가 붙었고, 말을 하다 보면 그 지식이 자신도 모르게 묻어 나왔고, 행사 때 단상에 올라 한마디씩 할 때마다 다른 의원들과는 다르게 유식하고 무게 있게 말이 엮어지는 것이었다.

"윤 의원, 말을 점점 더 잘한다니까."

"글쎄 말이에요. 그 비결이 뭐지요?"

"공부 열심히 하는 모양이지요? 우리가 모르는 전문 지식이 줄줄이 나오고, 새 논리를 전개하고 하는 걸 보면요."

"하여튼 부러워요. 우리 국회의원은 말로 시작해서 말로 끝나는 말장산데."

'니들도 나만큼씩은 노력해라. 그래야 국민 세금으로 밥 먹을 자격 있지. 이 세상에 공짜는 없는 법 아니더냐.'

윤현기는 동료 의원들을 은근히 비웃고는 했었다.

'책이란 참 묘한 거라니까. 어찌 이리 볼수록 멋지고 고상하고 뿌듯할 수가 있는가. 내가 쓴 것도 아닌데도 이런데 자기가 쓴 글을 책으로 내는 사람들의 기분은 어떨까? 그런 사람들이 부럽다. 그런데 말야, 고석민은 써내는 글마다 유식하고, 줄줄 읽히고, 옳은 말만 하고, 실력이 예사가 아닌데 어째서 전임이 안 되고 시간강사로 떠도는 거지? 그 덕에 내가 재미 보고 있지만 말야. 날 위해서는 그가 평생 시간강사로 떠돌아야 하는 거야 뭐야? ㅋㅋㅋ……'

그는 책을 높이 쳐들고 실눈을 뜨고 바라보며 크큭거리고 있었다.

"여기 커피 한 잔 줘."

윤현기는 인터폰에 대고 일렀다. 그리고 출입구 쪽에 천장 높이로 쌓인 책더미를 바라보았다. 어서 사인해서 돌려야 하는 책들이었다. 국회 안에서만 주인을 찾아가야 할 책이 5백여 권이었다. 그 책에 일일이 사인을 해서 돌리지만 몇 사람이나마 읽으리라는 기대는 아예 하지 않았다. 자신이 딴 의원들의 책을 받아 목차도 제대로 훑어보지 않고 책꽂이 한쪽에

던지듯 꽂아버리듯 다른 의원들도 자신의 책을 그런 식으로 대하리라는 것을 잘 알고 있었다. 의원들은 서로 그러면서도 끊임없이 책을 냈고, 가을 접어들어 연말까지는 의원회관 강당에서 출판기념회가 날마다 줄을 이었다.

그들이 책을 내는 것은 읽기를 바라는 것이 아니라 일차적으로 국회의원으로서의 존재 증명이었다. '나 이런 책 냈어' 하는 증거야말로 국회의원으로서의 품위를 확실하게 높여주는 것이었고, 박사 학위나 무슨 상과 어깨를 나란히 할 수 있는 뚜렷한 지적 경력이 되는 것이었다. 그것이 선거운동에서 크지는 않지만 직접 효과로 작용하는 것 또한 무시할 수 없었다. 그리고 사람들이 받자마자 다 쓰레기통에 던져버린다 해도 대한민국에서 가장 큰 두 개의 도서관, 국립중앙도서관과 국회도서관에는 한 자리를 어엿하게 차지하는 것이었다.

그리고 그뿐이 아니다. 그 책은 출판기념회를 통해서 아무 제한 없이 정치자금을 모을 수 있는 합법을 보장받는 효자 노릇을 톡톡히 해주는 것이었다. 연간 허용된 후원금이 1억 5천이고, 선거가 있는 해에는 3억으로 늘었다. 그것에 비하면 책 판매라는 명목으로 자기 능력껏 얼마든지 돈을 모을 수 있는 자유는 의원 누구나 환영하는 매력 만짐의 기회가 아닐 수 없었다. 그 간섭받지 않고, 공개할 의무 없는 모금의 무한자유에 대하여 언론은 가끔씩 시비를 걸고는 했다. 출판기념회는 '선거 자금 모금회로 변질'되었고, 초대장은 '돈 봉투 청구서'라는 비판이었다. 그러므로 출판기념회의 기부금을 제한하는 정치자금법 개정안을 마련해야 한다는 것이었다. 그러나 그건 국회의원들의 세비를 깎아야 한다는 것만큼이나 한가하고 순진무구한 소리였다. 그들은 '해는 동쪽에서 떠오른다'와 같은 확고부동하고 단순 명료한 진리 하나를 모르고 있었다. 국회의원들은 법을 만드는 사람들이되 자기 자신들에게 불리한 법은 절대로 만들지 않는다는 사실이었다. 자기 능력껏 돈을 얼마든지 모을 수 있는 출판기념회를 '백발백중 로또 당첨'으로 생각하고 있는 의원들이 왜 그 규제법을 만들겠는가. 어쨌거나 다목적의 이익을 주는 책 내기를 게을리할 의원은 단 하나도 없었던 것이다.

윤현기는 커피를 한 모금 마셨다. 그 따끈하고 향긋한 맛이 기분을 쇄락하게 해주었다. 그는 책 한 묶음을 끌어당기고 사인펜 뚜껑을 열었다.

'누구부터 쓰지? 국회의장? 당 대표? 아니, 대통령? 아니야, 아니야, 당장 줘야 할 사람들부터 쓰는 게 낫지. 읽거나 말거나, 당장 일을 부려먹어야 하잖아. 무시한다고 생각할 수도 있고, 내 폼 살리기도 제일 좋은 대상이니까. 그래, 느네들부터!'

윤현기는 엄지와 검지 끝에 침을 묻히고 사인펜을 단단히 잡았다. 그리고 보좌관들의 이름을 써나가기 시작했다.

'……!'

다섯 명째 쓰다가 윤현기는 문득 사인펜을 멈추었다.

'국회의원들이 무슨 대단한 일 한다고 보좌관들을 그렇게 많이 거느려야 하는가. 4년 동안 새 법안 발의를 한 건도 안 한 의원들이 수두룩하지 않은가.'

이런 외침이 쟁쟁히 울려온 것이다. 시민단체들이 잊을 만하면 목청 드높이는 주장이었다.

'아홉이면 많긴 많은가……? 글쎄, 선거 때는 너무 적고, 평소에는 좀 많은 것도 같고, 책 보내고 출판기념회 준비시키고 할 때는 다 필요하고……, 아이고 모르겠다. 시민단체들은 떠드는 게 그들이 할 일이니까 그거 신경 쓸 거 없어.'

윤현기는 다시 손가락 끝에 침을 묻혔다.

보좌관 아홉 명은 윤현기 앞에 나란히 붙어 섰다.

"자아, 한 권씩 가져. 독후감 쓰라고 안 할 테니까 걱정들 말고."

윤현기는 농담까지 곁들이며 한 권씩 나눠주기 시작했다.

"감사합니다."

"축하드립니다."

"잘 읽겠습니다."

보좌관들은 책을 받으면서 인사해 나갔다.

'잘 읽겠습니다.'

윤현기는 그 말을 믿지 않았다. '보좌관'들이니까 언제 어떻게 확인될지 모르니 억지로라도 읽기는 읽을 것이다. 그들이 무슨 생각, 어떤 마음으로 읽든 그건 상관이 없었다. 어쨌든 읽어서 손해될 것은 하나도 없다는 것만은 자신할 수 있었다. 그건 교수 고석민의 글이니까. 그들이 의무적으로 읽다 보면 유식해지고, 의식이 바르게 될 것은 틀림없었다. 자신이 변화를 일으켰던 것처럼. 보좌관들이 책을 읽어가면서 '이거 우리 의원님이 쓴 게 아니네' 하고 확인하게 되어도 상관없었다. 의원들의 연설문을 남들이 써주는 걸 당연하게 여기듯 책도 남들 손을 빌려 내는 것이 하등 흉거리일 게 없는 풍토였던 것이다.

"출판기념회에 최대한 많이 동원하고, 차질 없도록 철저하게 준비해." 윤현기는 기를 빳빳하게 세우며 엄하게 지시했고, "옛, 알겠습니다." 보좌관들은 다 함께 머리를 숙이며 힘차게 합창했다.

며칠 후에 열린 윤현기 의원의 출판기념회는 성대했다. 강당 큰 문 양쪽으로 늘어선 대형 화환이 백 개가 넘었다. 그리고 축하금을 내는 사람들의 긴 줄도 줄어들 줄을 몰랐다. 그러나 그런 것만으로 출판기념회가 성대했다고 평가되는 것이 아니었다. 자기 당을 초월해 동료 의원들이 그 어떤 출판기념회보다 많이 왔기 때문도 아니었다. 당 대표와 원내 대표뿐만 아니라 상임위원장도 참석했고, 더구나 법사위원장까지 얼굴을 비쳤기 때문에 다른 의원들이 다 부러워할 만큼 윤현기 의원의 출판기념회는 성대해졌던 것이다. 그건 그가 자신의 정치의 아버지 박 의원님이 남기신 '유언 십계명'을 평소에 어김없이 실천해서 거둔 결실이었다.

"다들 수고했어. 이거 얼마 안 되니까 연말 잘들 보내라구."

이튿날 윤현기는 보좌관들에게 두툼한 봉투 하나씩을 나눠주고 의원실을 나갔다.

"우와, 5백이다, 5백!" 누군가가 소리쳤고, "크와아, 우리 의원님 최고시다!" 또 한 사람이 받았고, "글만 잘 쓰시는 게 아니라 기분도 화끈하게 잘 내신다니까. 우리 의원님 짱이시다, 짱!" 또 다른 사람이 용비어천가를 읊어댔다.

사흘 뒤에 윤현기는 국토교통위 위원 다섯 명과 함께 4박 5일 외국 여행길에 올랐다. 그건 연말이면 국교위에서 으레껏 관행으로 마련하는 출장이었다. 그 여행에는 이런저런 명칭이 그럴싸하게 붙었지만 실은 '출장이라 쓰고 외유라 읽는' 바로 그 나들이였다. 국교위가 관장하는 피감 기관은 수십 개였다. 그러니까 여행 경비가 어떻게 마련되었는지 의원들은 전혀 신경 쓰지 않았다. 그것 또한 편리하기 그지없는 '관행'이었으므로.

윤현기는 며칠 동안 아무 탈 없이 잠잠한 코이카 여행 건은 까맣게 잊어버리고 가벼운 마음으로 비행기에 올랐다.

새로 열린 인생길

1

남산의 겨울은 적막했다. 도심의 한가운데 자리 잡은 산인데도 적막했다. 소음이 가장 심한 한낮인데도 산은 적막했다. 그 적막은 겨울 산이 발산하는 마력이었다. 나무들은 잎을 다 떨구고 가지들만 앙상하게 드러내고 있었다. 뼈를 드러내고 추위를 견디는 모습들이 서늘하면서도 숙연했다. 그 독특한 겨울 산의 분위기가 적막감을 자아내고 있었다. 나목들 사이로 드문드문 서 있는 침엽수의 푸른 잎들마저 활엽수들의 실가지로 변모한 듯 적막감을 더 깊게 했다. 그 겨울 산이 발산하는 마력 앞에서 도시의 소음은 감히 범접을 못 하고 있었다.

황원준 검사는 겨울 산의 그 적막감이 가슴으로 밀려드는 걸 느끼며 남산 비탈길을 천천히 걸어 올라가고 있었다. "고생 많이 했다. 그런데 어쩌냐. 또 고생이 남아 있으니. 그래, 해봐라. 찍어서 안 넘어가는 나무는 없다. 많이 먹어라, 어서 많이 먹어." 세상 떠난 아버지의 음성이 생생히 들려오고 있었다.

서울 법대에 합격한 날이었다. 어머니는 자신을 얼싸안으며 눈물을 떨구었고, 아버지는 자신의 손을 으스러지라 잡고 또 잡으면서 먼 산만 바라보고 있었다.

고3이 되었을 때 어머니가 조용히 말했었다. "니 아버지가 젤 부러워하는 게 뭔지 아니? 검사다. 형사 노릇 하며 평생 검사 밑에서 살아야 했으니까. 알지? 말씀은 안 하셔도 니가 그렇게 되기를 바라는 거." 어머니의 이 말이 어찌 그리도 강한 충격으로 머리를 치고, 가슴을 쳤던 것인가. '그래, 검사가 되자!' 충격이 큰 만큼 재빨리 결심으로 굳혔다. 어렸을 때부터 술 취한 아버지가 가끔씩 탄식처럼 하곤 했던 검사들에 대한 서운함이나 불만 토로가 한순간에 응집되었던 것이다. 그리고 스스로 생각해도 검사란 남자로서 가볼 만한 길이라고 여겨졌던 것이다. 또한 자신은 암기 능력 하나는 남부러울 게 없었던 것이다.

서울 법대에 합격했던 그 일요일 날 아버지가 남산 아래 필동 어느 중국 음식점에서 사준 것은 짜장면과 탕수육이었다. 아버지는 탕수육 큰 접시를 자꾸 자신의 앞으로 밀어놓으며 '많이 먹어라. 많이 먹어라'를 되풀이하셨던 것이다. 그것이 앞으로 사법 고시를 쳐야 하는 아들에 대한 응원이고 기대였던 것이다.

"그 중국집이 서울서 젤 맛있게 잘하는 젤 비싼 집이랴."

그다음 날 어머니가 한 말이었다.

중국 음식점을 나선 아버지가 남산 길로 접어들었다.

"너 그동안 학교만 왔다 갔다 하느라고 여기 남산 한 번도 와본 적 없지? 케이블카도 못 타봤고. 시골 사람들이 서울 구경 와서 꼭 해보는 두 가지가 있단다. 이 남산 케이블카 타는 것하고, 한강 유람선 타는 것. 그런데 정작 서울 사람들은 그거 별로 안 타지. 그래서 그 두 가지를 다 타본 시골 사람들이 그걸 안 타본 서울 사람들을 보고 '서울 촌놈들'이라고 놀린댄다. 너도 오늘부로 서울 촌놈 면해 봐라."

아버지가 여느 때 없이 흐뭇한 얼굴로 정답게 한 말이었다.

케이블카는 생각보다 훨씬 아슬아슬했고, 신기했다. 서울 시내가 발아래로 넓게 펼쳐질수록 아슬아슬함은 심해졌고, 예닐곱 명을 태운 쇳덩어리 케이블카가 점점 가팔라지는 외줄을 타고 올라간다는 것이 신기하기만 했다.

"봐라, 저것이 서울이다. 니가 태어난 불광동은 저기 저 서쪽이다. 서울은 넓고 사람도 많은데, 서울대 거기서도 법대에 합격한 사람은 몇이겠냐."

아버지가 그 높은 송신탑 전망대에서 한강 쪽을 바라보며 나직하게 말했다. 아버지의 그 목소리는 가늘게 떨리는 것 같은 느낌이었다.

"……"

자신은 아무 말도 할 수가 없었다. 아버지의 말이 굳이 대답을 요구하는 말이 아니기도 했지만, 아버지가 왜 굳이 남산에 올라왔는지를 깨달았기 때문이었다. '서울대 거기서도 법대에 합격한 사람은 몇이겠냐.' 아버지는 서울 전체를 내려다보며 이 말을 꼭 하고 싶었던 것이고, '넌 그만큼 장하고, 꼭 뜻을 이룰 수 있어' 하는 칭찬과 격려를 함께 하고 계셨던 것이다. 아까 중국 음식점에서 했던 '찍어서 안 넘어가는 나무는 없다' 하는 말과 함께.

자신은 한없이 길게 흘러가는 한강을 내려다보며 아버지에게 소리 없이 응답하고 있었다.

'아버지, 아무 염려 하지 마세요. 반드시 해내겠어요. 틀림없어요!'

그리고 4년 동안 하루에 5시간 이상을 자지 않았다. 대학의 낭만이라는 것도 거의 외면했다. 화장실에 오갈 때도 책에서 눈을 떼지 않았고, 일요일도 없이 학교 도서관에 틀어박혔다. 어머니는 강화도에서 수삼을 사다가 손수 홍삼을 만들어 4년 동안 하루도 빠지지 않고 달였다. 사는 것보다 훨씬 싸고, 약효도 좋다는 것이었다. 그래서 졸업하는 해에 사법 고시에 붙었던 것이다.

황원준은 케이블카 표 한 장을 샀다. 아버지와 표를 샀던 때가 꼭 이맘때였다. 그 중국집은 그 자리에 그 이름 그대로 있었다. 아버지가 계셨더라면 탕수육도 시켰을 텐데, 별로 식욕이 없어서 짜장면만 하나 시켰다. 그 식당 음식 맛이 그다지 변했을 리 없는데 옛날의 그 꿀맛은 거의 느낄 수가 없었다. 그 입맛 없음은 아버지를 잃은 상실감이었다.

황원준은 한강을 하염없이 바라보고 있었다. 길고 넓은 한강의 자태는 의연했고 장대했다. 언제나 흐르는 것 같지 않게 침묵에 잠겨 있는 그 모습은 무한의 무게감을 지니고 있었다. '깊고 큰 강은 흐르는 소리 없이 멀리 흐른다.' 황원준은 어디선가 읽었던 이 문장을 되새기고 있었다.

오늘 무심히 남산에 오른 것이 아니었다. 서울을 떠나기 전에 이별을 하려는 송별식인지도 몰랐다. 그건 서울을 떠나야 하는 두려움이기도 했다. 검사 생활을 하면서 서울을 떠난 것이 서너 번이었다. 그러나 그때마다 경기도를 벗어나지 않았기 때문에 서울을 떠난다는 느낌이 별로 없었던 것이다.

그러나 이번에는 천 리 밖 머나먼 곳이었다. 그래서 고향 전체를 한눈에 내려다볼 수 있는 남산을 오르고 싶었던 것인가……? 아니, 그보다는 아버지를 만나기 위해서라는 게 더 옳을지도 몰랐다.

아버지와의 추억이 가장 강하게 남아 있는 것이 여기 남산이었다. 화장을 해버려 아버지의 육신의 흔적은 연기로 사라졌고, 영혼의 흔적만 남산의 추억 속에 살아 있었다. 그때 케이블카와 유람선을 태워줘 '서울 촌놈' 면하게 해준다더니 아버지는 한강 유람선은 태워주지 않았다. 깜빡 잊어버렸던 것인지, 돈이 없었던 것인지 지금까지도 알 수가 없는 일이었다. 그때 아버지가 어려워 말은 못 하고, 어쩌면 돈이 없는지도 모른다고 속으로 생각하고 말았던 것이다. 형사 월급으로는 두 누나와 다섯 식구가 살기에 언제나 빠듯했으니까. 그 뒤로 한강 유람선을 탈 생각은 까맣게 잊고 살았으니까 자신은 지금까지도 '절반의 서울 촌놈'이었다. 어쩌면 아버지도 유람선을 타보지 못하고 세상을 떠났는지도 몰랐다.

'아버지……, 검사 생활 바르게 하라고 하셨지요. 그런데……, 그게 그리 쉽지가 않습니다. 아버지가 바라셨던 출세를 하려면 그게 거추장스러운 장애가 되고, 그 길로 가려 하면 출세를 바라지 말아야 하고……. 현실은 참으로 복잡 미묘한 진흙탕입니다. 아버지, 저는 곧 먼 길을 떠나야 합니다.

그런데 어머니를 모시고 갈 수가 없어서 걱정입니다. 천생 누나들한테 부탁을 하겠지만……, 누나들도 시집을 가버렸으니……. 이래저래 마음 복잡해서 아버지 뵈러 여기 올라왔어요. 아버지와 가장 가까워질 수 있는 곳이라서…….'

해가 뉘엿뉘엿해지며 서쪽 하늘이 벌겋게 물들고 있었다. 싱그러운 현란함으로 눈부신 노을빛은 한강도 붉게 물들이고 있었다. 황원준은 한강의 새로운 아름다움에 취하고 있었다. 아버지와 함께 왔을 때 보지 못했던 그 신비스러운 경치는 아버지를 더 그립게 했다.

'저게 서울이 베푸는 이별 잔치인가…….'

불현듯 떠오른 생각이었다. 그리고 떠나고 싶지 않다는 생각이 불쑥 솟았다. 그는 갑작스럽게 솟은 생각에 당황했다. 서울을 떠나지 않을 수는 있었다. 검사복을 벗는 것이다. 그리고 변호사 개업을 하면 된다. 그러나 그건 수순일 뿐 현실이 아니었다. 변호사 개업을 하려면 기본적인 경비가 있어야 했다. 사무실 임대 보증금, 그리고 최소한 6개월의 서너 명 인건비와 사무실 운영비. 그러나 전관예우 아닌 무명의 변호사에게 사건이 줄 설 리가 없었다. 뜻대로 사건 수임이 안 되면 빚쟁이가 되어 폐업을 하지 않을 수가 없다. 개인 병원을 차린 의사들만 폐업이 속출하는 세상이 아니었다. 쪽박 찬 변호사들도 사설 논술학원 강사로 떠돌거나, 대형 로펌 여기저기를 기웃거리고 다니는 신세가 되었다. 자신은 아예 돈이 없었다. 월급 아껴 쓰고 모아둔 돈이라고 해야 고작 2~3천만 원이었다. 딴 데 눈 돌리지 않으면 그게 지극히 정상인 검사 생활이었다.

황원준은 시계를 보았다. 약속 시간이 얼마 안 남아 있었다. 더 아름답게 채색되고 있는 노을을 한 번 더 눈여겨보고 그는 돌아섰다.

일반인 출입이 뜸한 회관의 19층 커피숍은 손님이 몇 사람 없어 조용했다. 그 구석 자리에 장우진 기자가 먼저 와 있었다. 자신이 조용한 데를 원하자 장 기자가 지정한 장소였다.

"바쁘신데 뵙자고 해서 죄송합니다."

황 검사는 악수하며 말했다.

"아닙니다. 기자는 사람을 많이 만날수록 좋습니다. 무슨 일 있으신가요?"

장 기자는 뜸 들이지 않고 바로 직업의식을 드러냈다. 검사가 먼저 만나자고 했으니 그냥 놀자는 건 아닐 게 분명했던 것이다.

"예, 제가 곧 서울을 떠나야 합니다."

황 검사도 바로 결론으로 응답했다.

"서울을? 인사 이동입니까?"

장 기자가 예리하게 반응했다.

"예, 며칠 전에 공고가 나왔습니다."

"어딥니까?"

장 기자가 어깨를 부리며 한숨을 쉬었다.

"해남입니다. 전남 해남."

"아, 아, 귀양 보내는군요. 그래서 지난번에 그런 낌새를 내비쳤던 거군요?"

"예, 그 예측이 적중했습니다."

"무슨 그럴 만한 일이 있었나요? 미운털이 박혀 찍혀도 너무 심하게 찍혔어요. 광주나 목포도 아니고 전남에서도 맨 끄트머리로."

"예, 거기가 바로 '땅끝'이란 별명이 붙어 있더군요. 거기로 내쫓기는 건 저의 자업자득인지도 모르죠. '상명하복'인데 고개를 깊이 숙이지 않았으니까요."

황 검사의 입 언저리에 쓰고 떫은 웃음이 어리고 있었다.

"상명하복, 무슨 부당한 지시를, 덮어서는 안 되는 어떤 사건을 무조건 덮으라고 했던 모양이지요?"

"장 기자님은 한마디 듣고 다 척척 꿰시는군요. 그거 검찰에서 으레 저지르는 범죄적 횡포고, 조폭적 만행 아닌가요. 그런 조직 속에서 제가 어설펐던 거지요."

황 검사는 혀를 차며 고개를 내저었다.

"아, 아, 그것 참. 구체적으로 물으면 실례가 되나요?"

화를 참는 듯 얼굴을 잔뜩 찡그리며 장 기자가 물었다.

"아니요, 이따가 말할게요. 드릴 것도 있구요."

황 검사는 아가씨가 놓고 간 커피 잔을 들었다.

"그거 우선 애들이 문제잖아요. 몇 살, 몇 살이죠?"

"애들요? 저 아직 미혼인데요."

황 검사가 어이없는 표정을 하며 어색스럽게 웃었다.

"예에? 아니, 다른 데도 아닌 서울중앙지검 검사가 서른이 훌쩍 넘도록 장가를 안 갔다구요? 이거 뭐가 잘못돼도 한참 잘못된 것 아닌가요? 마담뚜들이 가만두었을 리가 없는데, 그 무지막지한 공세를 어떻게 피하고, 막아냈지요?"

장 기자가 두 손으로 긴 머리를 뒤로 넘기며 정색을 하고 다가앉았다. 새로운 취재 거리라도 만난 듯.

"하여튼 장 기자님은 모르는 게 없으세요. 심층 취재 기자다워요."

황 검사도 커피 잔을 들었다.

"슬쩍 얘기 피하지 말아요. 마담뚜들이 열쇠 주렁주렁 달린 열쇠고리 흔들며 덤비는데 그걸 왜 골라잡기 안 했어요? 그것만 잘 골라잡았어도 이렇게 천 리 밖으로 귀양살이 안 떠날 수 있었을 텐데."

"예, 물론 저한테도 마담뚜들이 정신없이 덤벼들었죠. 그래서 반은 흥미 삼아, 반은 진지하게 여자들을 만나보기 시작했어요. 그런데 마음에 드는 여자가 하나도 없었어요. 그 부잣집 딸들은 그런대로 교양을 갖춘 여자도 있었고, 인물이 잘생긴 여자도 있었고, 학벌이 좋은 여자도 있었어요. 그런데 그 사람들은 완고한 보수 의식을 공통점으로 가지고 있었어요. 어떤 사회심리학자가 부자들일수록 공감 의식이 결여되어 있다고 했어요. 그 사람들의 보수 의식이 바로 그 공감 의식의 결핍이었어요. 가난한 사람이나 약자 들에 대해서 인정이나 배려 같은 것이 아주 인색했고, 무시하는 눈치가 언뜻언뜻 보였어요. 그리고 그 반대로 어딘가 도도한 느낌, 으스대는 느낌 같은 것이 온몸에 밴 것처럼 느껴져 참 거북하고 마땅찮고 그랬어요. 모르죠, 그건 가난하게 살아온 저의 온몸에 밴 열등감의 반작용일지도. 저는 그 지점에서 심각하게 고민하기 시작했어요. 내가 돈에 팔려가서 평생 호의호식하며 검사의 막강한 권력으로 처가 쪽 호위 무사 노릇을 충실히 해준다고 치자. 그럼 공감 의식이 결핍되고, 사람 무시하는 것이 체질화된 며느리가 내 아버지 어머니를 시부모로 제대로 모실 수 있을 것인가. 이 물음 앞에서 저는 전혀 자신이 없었어요. 그건 저 혼자만의 생각이 아니었어요. 저의 선배 검사들 중에 제가 앓고 있는 고민을 현실적 가정 불화로 겪고 있는 사람들이 더러 있었거든요. 자기 아버지 어머니는 며느리한테 푸대접받고 사는데, 자기는 처가 쪽만이 아니라 장모 친정 조카들이 저지르는 크고 작은 말썽들까지 다 뒷감당을 해 줘야 하는 팔자라니, 부잣집 사위의 말 못 할 비애지요. 저는 고심고심하다가 부잣집 사위 되는 것을 단념하기로 마음먹었어요. 마담뚜들 사이에 그 소문이 퍼지면서 저는 자유로워졌고, 매일 검사 일에 쫓기다 보니 여자 만날 기회도 별로 없이 해는 자꾸 바뀌고, 마음 끌리는 여자는 눈에 띄지 않고 하다 보니 서른넷이 되고 말았네요. 이런 일 당하고 보니 장가 안 간 게 다행이기도 하구요."

황 검사는 목이 마른 듯 반나마 남은 커피를 단숨에 마셔 버렸다.

"그거 참, 실감 나는 한 편의 드라마네요. 황 검사님과 비슷한 경우의 검사 몇 분을 제가 알고 있어요. 그분들의 공통점은 부자는 아니지만 처가 쪽 스트레스 없이 마음 편하게 산다는 것이었어요. 건물주에 외제 차 모는 부자로 살면서 늘 처가 쪽 스트레스에 시달리는 검사들하고는 대조적이죠. 만약 제가 검사였더라도 자유 쪽이었을 것 같아요."

"그야 물론이죠. 심층 취재 기자로 이미 잘 입증하고 계시잖아요."

"아이구, 그게 어떻게 그쪽으로 비약을 합니까." 장 기자는 손을 저으며 멋쩍게 웃고는, "그럼 언제 떠나야 하는 겁니까?" 하며 연달아 혀를 찼다.

"모레 가야 합니다."

"모레요? 그럼 최변과 송별회하는 것도 다급하잖아요. 내일 하루뿐인데."

"아닙니다. 말씀은 고맙지만 그런 것 피하고 싶습니다. 제 심정도 그렇고……, 정리할 일들도 있고 해서……."

황 검사는 형식적인 사양이 아닌 진정한 느낌으로 말했다.

"예, 그럼 그렇게 하시지요." 장 기자는 딱해하는 얼굴로 고개를 끄덕이고는, "근데 해남에 대해선 사전 지식이 있으세요?" 걱정스러운 어조로 물었다.

"아닙니다. 아는 게 전혀 아무것도 없습니다. 그래서 장 기자님께 여쭤보려던 참이었습니다. 장 기자님은 취재 많이 다니셔서 모르는 데가 없을 것 같아서."

"예, 기자라는 직업이 원래 싸돌아다니는 게 기본이라 많은 곳을 다녀봤죠. 해남, 거기 서울에서 좀 멀어서 그렇지 아주 좋은 곳입니다. 우선 다도해를 낀 경치가 아주 빼어난데, 해안선을 바라보고 있으면 시간 가는 줄을 모릅니다. 시쳇말로 끝내준다는 말이 딱 어울릴 정도로 기막히게 아름답습니다. 두 번째는 긴 해안선을 따라 각종 해산물이 사철 풍성하게 잡힙니다. 싱싱한 회에 소주 마시기가 그보다 더 좋은 데가 없습니다. 서울 술값 3분의 1도 안 듭니다. 세 번째로 중요한 역사 현장과 유물 들이 해남 관내는 물론이고 그 주변 지역에도 아주 많습니다. 이순신 장군의 자취가 뚜렷이 남아 있는 충무사가 있고, 조선 시대의 유명한 시인 고산 윤선도의 고택 녹우당도 있고, 같은 윤씨 집안의 화가 공재 윤두서의 그 유명한 자화상도 볼 수 있습니다. 그리고 두륜산의 신비스러운 연꽃 봉오리 아래 자리 잡은 대흥사도 볼만할 뿐 아니라 그 큰 절에는 여러 가지 중요한 것이 많습니다. 중국에서까지 명필로 꼽은 추사 김정희를 비롯해 역대 명필들의 글씨로 새겨진 현판들이 많고, 다선(茶仙)이라 칭하는 조선 녹차의 맥을 부활시킨 초의 선사 향기가 서려 있습니다. 그리고 해남 읍내에서 북쪽으로 30분쯤 가면 강진에 귀양살이 갔던 다산 정약용의 다산 초당이 있고, 남쪽으로 30분쯤 가면 이순신 장군이 대승을 거두었던 그 유명한 명량해전의 현장인 울돌목이 있습니다. 이보다 더 많은 것을 다 말하기는 제 실력이 모자라고, 이런 데만 다 유심히 구경하고 다녀도 1~2년은 금방 지나갈 겁니다.”

장 기자는 '당신 심심해할까 봐 이런 것 다 알려주는 거야' 하는 듯 눈을 찡긋하며 커피 잔을 들었다.

“아, 정말 대단하십니다. 어찌 그렇게 미리 준비한 것처럼 줄줄 나올 수가 있습니까. 서울과 달리 군 단위 지청들은 일이 많지가 않으니 그런 곳을 차근차근 답사하면 참 좋겠군요. 교양과 지식도 쌓고, 시간도 잘 가겠네요. 좋은 정보 주셔서 정말 감사합니다."

황 검사는 검사다운 진지함을 보이며 고개까지 약간 숙여 인사했다.

"예, 좋은 생각입니다. 제가 말한 것은 극히 일부일 뿐이고, 현지에 가서 군에서 발행한 관광 지도를 보면 훨씬 더 많은 정보를 얻게 될 것입니다. 저는 가끔 다산 정약용을 생각할 때가 있습니다. 그의 강진 유배 생활은 19년 만에 풀렸습니다. 그는 그 긴 세월이 지긋지긋했겠지만, 다른 일면으로 보면 그는 그 세월에 감사해야 하지 않을까 하는 생각이 들기도 합니다. 왜냐하면 그는 그 세월 덕에 조선 500년 동안에 명멸했던 숱한 학자들 중에서 가장 뚜렷한 존재로 현대에 살아남았기 때문입니다. 서울의 중앙에 자리 잡은 남산 중턱에 동상과 함께 '다산로'를 확보한 것을 위시해서 젊은 학자들에 의해서 그의 책들이 다 번역되고 있을 뿐만 아니라 연구서들도 줄기차게 나오고 있습니다. 그리고 더 재미있는 것은 그의 이름의 대중화입니다. '다산'을 앞세운 건물 이름, 식당 이름, 커피숍 이름, 노래방 이름, 술집 이름, 치과 이름, 심지어 안마시술소나 발 마사지 숍 이름으로 서울 도처에서 쉽게 볼 수 있습니다. 그 양반이 내려다보시며 "예끼 놈들!" 하고 껄껄 웃을 일 아닙니까. 사람은 죽어서 이름을 남긴다고 했지만 200여 년 전 분이 이렇게 현실 속에서 이름을 애용당하고 있다면 그 생애는 참으로 성공한 것 아닙니까. 세종대왕께서 샘내실 지경인데, 그것은 순전히 귀양살이 19년 동안 500여 권을 써낸 저술 활동이 이룩해 낸 결과입니다."

"아니, 500여 권이나 써내요?"

황 검사의 눈이 휘둥그레졌다.

"뭐, 그리 놀라지 마세요. 옛날에는 붓밖에 없어서 큼직큼직하게 써야 했으니까 권수가 그렇게 많이 불어날 수밖에 없었고, 그걸 요즘 책 형태로 다시 꾸민다면 대략 스물두세 권 정도가 될 거라고 합니다. 그러나 그것도 조선 시대 학자들 중에서 타의 추종을 불허할 만큼 압도적인 양인데, 그게 귀양살이 긴 세월이 아니었다면 가능했겠습니까. 유배 안 당하고 버슬아치 생활 평탄하게 했더라면 국사며 당파에 휩쓸리느라고 그런 왕성한 저술 활동이란 아예 불가능한 일이고, 그랬으면 지금 다산은 흔적도 없을 겁니다. 그런 다산의 생애를 생각하다 보면 '세상에 공짜는 없다'는 말이 진리화하는 것을 새삼스럽게 느끼게 됩니다."

"예, 저는『목민심서』하나 겨우 읽었을 뿐이고, 그런 생각은 꿈에도 해보지 못했습니다."

황 검사는 쑥스럽게 웃으며 뒷머리를 긁적였다. 그러면서 그는, '이 사람이 나를 이런 식으로 위로하려고 하는구나. 고마운 일이긴 한데, 난 학자가 아니라서 어쩌지? 저술하긴 어렵고, 다산 책들이나 다 독파해……?' 이런 생각을 하고 있었다.

"그거 뭐 깊은 생각은 아니고 그저 화제를 만들어내고 싶어 하는 신문기자적인 발상일 뿐이죠. 근데, 그 인사 이동은 해마다 있는 것 아닙니까?"

장 기자는 부드럽던 얼굴을 냉정하게 바꾸며 말머리를 돌렸다.

황 검사는 장 기자가 무슨 말을 하고자 하는지 금방 알아들었다.

"그렇지요. 순환 근무 원칙에 따라 해마다 정기적으로 하고, 갑자기 결원이 생기거나 정치적 변동이 생기면 임시 인사가 단행되기도 하지요. 근데 순환 근무 원칙이란 원칙일 뿐이고, 아시겠지만 검찰 인사 문제는 한마디로 파워 게임입니다. 배경 좋고, 족보 좋은 축들은 서울 일원을 안 벗어나고 뱅글뱅글 돌면서 법무부까지 출세의 길을 달리는 소수의 노른자위족입니다. 그리고 그와는 반대로 배경 족보 다 보잘것없어서 변방에서 변방으로만 떠돌다가 검사 일생을 마쳐야 하는 다수의 흰자위족이 있습니다. 그러니까 흰자위족으로 내쳐진 저 같은 경우에는 아무리 정기 인사가 되풀이되어봤자 노른자위족으로 궤도 진입은 불가능할 것입니다. 장 기자님이 대통령이 되지 않는 한."

황 검사는 쓰디쓴 약을 씹고 있는 것처럼 쓴웃음을 지으며 입이 씰그러지고 있었다.

"예, 정계 관계 법조계를 전부 장악하는 최고 진골 족보가 뭔지 잘 알아요. 그 진골 족보 중에서도 서열 1위가 경상도 서울대 TK, 2위가 경상도 서울대 PK, 3위가 경상도 연대 TK, 4위가 경상도 연대 PK, 5위가 경상도 고대 TK, 6위가 경상도 고대 PK. 그 족보 참 휘황찬란한데, 황 검사님은 어느 서열이었길래 노른자위 서울중앙지검에 자리 잡았던 거죠?"

"해당 무입니다."

"해당 무?"

장우진이 눈을 크게 떴다.

"예, 마름 족보였을 뿐이죠."

"아하, 마름 족보! 서울에, 서울대. 그 족보였지만 성적이 좋아 눌렀다 그거죠?"

"그리고 마름 족보 지닌 대학 선배 부장검사님이 봐주셨구요."

"근데 뭐가 잘못되어 상민 족보로 전락한 겁니까?"

장 기자는 마른침을 삼키며 황 검사를 응시했다.

"예, 장 기자님도 익히 알고 계실 우리 검찰 내부의 고질적인 문제의 재연입니다. 다 아시는 대기업 명진이 2년 전에 비자금 사건을 저질렀습니다. 8천억이라는 거금이었는데, 그 사건의 중요성은 돈의 액수가 아니라 몇 년 전에 4~5조 비자금 사건을 일으켜 사회적으로 큰 문제가 되었던 대양의 사건이 엄정하게 처벌되지 않고 흐지부지되는 바람에 모든 재벌 기업들이 대양처럼 비자금을 모으는 것을 목표로 삼게 했다는 사실입니다. 재벌들의 그런 못된 분위기를 깨기 위해서는 명진의 비자금 사건을 철저하게 수사해야 하는 건 꼭 필요한 일이었습니다. 그래서 전 선배 부장님을 모시고 엄정 수사에 박차를 가했습니다. 그런데 부장님이 갑자기 퇴직을 하게 되었습니다. 암 진단을 받으신 겁니다. 그리고 새 부장이 오셨는데, 참 기막히게도 그 사건을 '적당히 하라'고 하는 것이었습니다. 그 적당히라는 말 참 묘한 것 아닙니까. 그건 '덮어라', '수사 중단하라' 하는 명령의 완곡한, 어물쩍한 표현 아닙니까. 저는 갑자기 낭떠러지 앞에 서게 되었습니다. 부장의 지시에 응하면 승진이고, 버티면 쓴 물을 먹게 되는 현실 앞에서 깊은 고민에 빠지게 되었습니다. 그런데 고심고심할수록 퇴직한 선배 부장님 말씀이 자꾸 떠오르는 겁니다. '재벌들의 이런 비자금 행태를 방치했다가는 필연코 국가적 위기가 닥치게 된다. 그들의 저 불법 행위를 차단할 수 있는 건 오직 사법권밖에 없다. 이번이 기회다. 엄단해야 한다.' 저는 결국 그 말을 따를 수밖에 없었습니다. 그게 옳았으니까요. 그런데……."

황 검사는 침울하게 고개를 떨구었다.

"하아, 그 부장검사님 참 대단하시네요. 검찰 고유의 수사권과 상명하복의 전통을 그리도 충실하게 수행하시다니요." 장 기자는 고개를 뒤로 젖히며 헛웃음을 치고는, "이 나라 이거 차암……." 그는 깊은 한숨을 내쉬었다.

"장 기자님, 저 이만 가봐야 될 것 같습니다. 이거 심층 취재 대상이 될지 한번 살펴봐주시면……."

황 검사는 명함 크기의 작은 봉투를 손바닥으로 가리듯 하며 내밀었다.

"그 부장검사 건입니까?"

장 기자의 목소리가 빠르고 낮아졌다.

"아닙니다. 딴 부장검사가 저지른 것인데, 좀 지나치다 싶으면서도 어찌하기가 어려워 참고 있었습니다. 그런데 얼마 전에 그 사람이 검사장이 되는 것이었습니다. 어차피 진골이니까 광어족(좋은 자리만 골라서 가고, 자리가 없으면 만들어서 가는 특급) 노릇하는 것은 당연하다 하더라도, 그런 사람이 검사장 권한까지 갖게 되는 건 아무리 생각해도 안 된다 싶었습니다. 도다리족(줄 잘 잡아 갈 자리 찾아서 가는 우등급)도 못 되는 저 같은 잡어족(빽 없고 학벌도 볼 것 없어 지방이나 한직 떠도는 보통급)은 이 방법을 택할 수밖에 없습니다."

황 검사도 가는 한숨을 쉬며 일어날 채비를 했다.

"예, 바로 움직이겠습니다. 그런데 이거 어쩝니까. 이런 맹숭

맹숭한 송별회를 하다니요."

장 기자는 작은 봉투를 점퍼 속주머니에 재빨리 넣었다.

"가서 바로 문자 드리겠습니다."

황 검사가 일어나며 손을 내밀었다.

"네, 바로 연락 주세요. 너무 낯설어하지 마세요. 다 사람 사는 땅이니까요."

장 기자는 황 검사의 손을 으스러져라 꼭 잡으며 말했다.

"예, 말씀대로 좋은 데 차근차근 찾아보며 빨리 정 붙이도록 하겠습니다."

황 검사도 장 기자의 손을 마주 잡고 꼭꼭 힘을 주었다.

2

김태범은 호텔 로비로 들어서며 시계를 보았다. 느리게 걸어왔는데도 약속 시간 20분 전이었다. 어떻게 할까 잠시 망설였다. 예의를 갖추어야 할 인간관계도, 상급자도 아니었다. 첫 만남의 비즈니스였다. 결코 미리 가 있을 필요가 없었다. 그건 예의가 아니라 얕잡아 보일 수 있었다. 모든 비즈니스는 기 싸움이었다. 더구나 신입이 아니라 경력자의 인사 문제는 기 싸움의 주도권 줄다리기였다. 먼저 가서 기다린다는 건 몸 다는 것을 내보이는 것이었고, 주도권 절반을 갖다 바치는 어설프고 어리석은 행위였다. 그리고 밀실로 꾸며진 비즈니스 룸은 철저한 예약제이기 때문에 미리 가서 기다릴 수도 없을지 몰랐다.

'비즈니스는 철저하게. 205호 문 앞에 정시에 도착!'

김태범은 마음을 정하고 커피숍으로 발길을 돌렸다.

"BP 그룹입니다. 김 선생과 상호 간의 미래에 대해서 대화할 시간을 가졌으면 합니다."

이틀 전에 온 전화였다. 예의를 갖춘 정중한 목소리였다. '선생'이란 호칭이 생경했지만 그런대로 듣기 괜찮았다. 자신이 사회적으로 최고 존칭인 선생으로 대접받을 존재는 전혀 아니지만 현재의 자신은 다른 호칭을 가진 것이 아무것도 없었다. '대박'과 함께 최근 몇 년 동안에 유행해 온 '백수'가 바로 자신이었던 것이다. 그런데 대기업 BP가 그 백수를 굳이 '선생'이라 부르며 '상호 간의 미래'에 대해서 얘기하자고 만나자는 것이었다.

그건 전혀 예측하지 못했던 일이지만, 직감적으로 잡히는 것이 있었다. 어둠 속에서 갑자기 환한 불빛이 눈부시게 비치는 느낌이었다.

거절할 이유가 없었다. 아니, 찾고 있었던 기회였는지도 몰랐다. 지난 몇 달 동안은 지옥이 이런 것이로구나 싶도록 막막하고 캄캄하고 절망적이었던 것이다. 자신의 삶에서 성화그룹을 떼어내고 나니 그야말로 자신은 완전히 외톨이였다. 성화의 직원 20여만 명 중에서 자신을 반겨줄 사람은 단 하나도 없었다. 전에는 자신에게 접근하고 싶어 하는 사람들이 수없이 많았었다. 그 많은 계열사 사장들은 본사에 오면 눈을 한 번이라도 마주치려고 애를 썼고, 계열사에 가게 되면 그들은 엄동설한이고 삼복더위에도 정문까지 나와 부동자세로 영접을 하고는 했었다. 그러나 이제 만나자고 하면 뿔뿔이 뒷걸음질 칠 것이고, 전혀 모르는 사람처럼 외면들 하고 말 것이다. '회장님 사위'란 그런 엄청난 권력이었다.

그 끈이 떨어지자 의지할 데라고는 전혀 없이 허허벌판에 서 있는 막막함에 숨이 막혀오고는 했다. 어떻게 해서든 새길을 찾아보려고 잠 안 오는 밤에 시달리면서 고심고심했지만 아무 길도 보이지 않았다. 취직을 하기에는 이미 퇴물 취급이 시작된 나이였고, 소규모의 무슨 사업을 시작해 보려 해도 맨주먹이었다. 가진 것이라고는 부모님한테 사드린 변두리의 아파트 한 채뿐이었다.

김태범은 커피를 천천히 마셨다. 그윽한 커피향과 함께 씁쓰름한 특유의 맛이 깊이 스며들었다.

'커피 맛이 인생의 맛이다. 커피의 쓴맛이 달게 느껴지면 인생의 맛을 아는 것이다.'

가끔씩 귓가를 스쳤던 이 싱거운 시쳇말이 새삼스럽게 떠올랐다. 그리고 무역 회사 서원섭의 얼굴도 떠올랐다. 그가 커피 맛을 달게 느껴지게 해준 것인지도 몰랐다. 그는 대학 동창들 중에서 유일하게 마음을 준 친구였다. 그런데 그는 자신이 회사를 그만두고 두 번째 연락을 했을 때 귀찮은 기색을 내비치며 만나기를 피해 버렸다. 그때 감당할 수 없도록 덮쳐왔던 참혹한 패배감과 배신감이란…… 그가 진정인 듯 위로를 했던 것은 처음으로 술을 사면서였다. 자신이 그에게 술을 산 것은 백 번을 훨씬 넘어 셀 수가 없을 지경이었다. 그런데 그는 세 번째도 아니고 두 번째에서 외면을 감행한 것이었다.

'아, 아, 친구란 무엇인가……? 진정한 친구란 있는 것인가……?'

응답 없는 이 회의에 깊이 빠지며 친구 서원섭을 마음에서 지우는 아픔을 겪어야 했다. 서원섭에게 기대거나 덕을 보려고 했던 마음은 정말 털끝만큼도 없었다. 그저 친구로서 마주 앉아 한잔 술을 할 수 있으면 그것으로 충분했다. 그런데 그는 그것마저 거부한 것이었다. 그도 다른 사람들처럼 '성화 그룹의 사위 김태범'이 필요했던 것이지 '인간 김태범'은 필요치 않았던 것인가.

'내가 괴로울 때 나를 도와주는 존재, 그가 진정한 친구다.'

'나의 괴로움을 함께 나눌 수 있는 친구를 셋만 가질 수 있

다면 그 인생은 성공한 인생이다.'

'돈보다 더 소중한 재산은 생의 희로애락을 함께 나눌 수 있는 친구를 갖는 것이다.'

이런 친구에 대한 잠언은 많았다. 그런데 그 의미는 무엇이었을까. 진정한 친구에 대한 긍정인 것도 같고……, 부정인 것도 같고, 긍정과 부정 둘 다인 것도 같고……, 갈피를 잡을 수가 없었다. 한 가지 확실한 것은 진정한 친구라고 믿었던 서원섭을 틀린 글자를 지우개로 박박 지우듯 마음에서 지워 몰아냈다는 사실이었다. 그리고 '나에겐 친구가 하나도 없다'고 확인한 것이었다. 그것이 45년 인생의 결산표였다.

"쨔식, 세 번쯤이나 술을 사고 그럴 것이지."

김태범은 다시 커피 잔을 들며 자신도 모르게 중얼거렸다.

"오빠 도대체 뭐 하는 사람이야. 나 애들 둘 데리고 굶어 죽게 생겼는데 집도 팔지 마라, 장사도 하지 마라, 그럼 나보고 어쩌라고. 이도 저도 못 하게 하려면 그럼 비정규직이라도 좋으니까 취직을 좀 시켜주든지. 서울대 나오신 잘난 오빠가 나한테 해준 게 뭐야!"

김태범은 씁쓰름한 커피를 느릿느릿 넘기며 여동생의 울부짖음을 아프게 되새기고 있었다. 여동생의 말은 다 맞았다. 저축하기 어려운 월급쟁이 아내로 살아온 여동생은 이내 생활고에 닥쳐 있었고, 자신은 그런 여동생에게 비정규직 자리

마저도 구해 줄 수 없는 무능자였다. 그전 같았으면 비정규직이라면 열 명 아니라 백 명도 취직을 시켜주었을 것이다. 자신은 여동생에게 그렇게 당해도 좋을 만큼 허수아비가 되어 있었다.

"돈, 돈, 돈이 웬수로다. 우리 집안 성씨를 가진 내 손주들이 돈 힘에 쏠려 친할아버지를 버리고 외할아버지를 택하다니. 아이고, 더 살고 싶지가 않다."

아버지의 탄식이 여동생의 울부짖음에 겹쳐졌다.

김태범은 신음을 어금니에 물며 시계를 보았다. 약속 시간 5분 전이었다.

그는 천천히 일어나 커피숍을 나섰다. 화장실을 찾아갔다. 손을 씻으면서 거울에 담긴 자신의 모습 전체를 훑어 내렸다. 얼굴이 약간 수척해진 듯한 느낌일 뿐 흠 잡을 데 없이 매끈한 모습이었다.

엘리베이터를 내리자마자 검정 투피스를 입은 아가씨가 날렵한 걸음걸이로 다가서며 물었다.

"몇 호실이신지요?"

"205호."

"와 계십니다."

아가씨는 빠른 걸음으로 앞장섰다.

천연 직조물이 깔려 발 옮겨놓는 소리가 전혀 들리지 않는

좁장한 복도를 걸으며 김태범은 숨을 깊이 들이켰다. 그전에도 호텔 비즈니스 룸이 있는 공간에 들어설 때면 언제나 긴장되고는 했었다. 회사 사람들의 눈길도 피해야 하는 타인과의 중대한 사안들이 논의되기 때문이었다.

"오셨습니다."

노크와 함께 문을 살짝 밀며 아가씨가 말했다.

"아, 어서 오십시오. BP 그룹 이현식입니다."

기다리고 서 있었던 것처럼 키 큰 남자가 김태범에게 손을 내밀었다.

"안녕하십니까, 김태범입니다."

김태범은 악수를 하며 순간적으로 상대방의 인상을 훑었다. 선천적인 웃음기가 서린 선한 인상이었지만 눈빛이 만만하지가 않았다.

"앉으시지요."

남자는 자리를 권하며 명함을 내밀었다.

BP 그룹 이사 이현식.

김태범은 명함을 한눈에 읽었다.

"죄송합니다. 저는 지금 명함이 없습니다. 아시다시피……"

김태범은 상대방에게 눈길을 고정시킨 채 의자에 앉으며 말했다. 기 싸움은 이미 시작되어 있었다.

"아 예, 잘 알고 있습니다. 저희 그룹이 명함을 해드릴 수 있었으면 좋겠습니다."

이현식이 인상만큼 부드러운 어조로 말했다. 그런데 그 말은 용건의 결론을 자연스럽게 끌어내는 세련되고도 친밀하면서 기선을 제압하고 드는 언변이었다.

"예, 그런 인연이 되도록 서로 마음이 통할 수 있었으면 좋겠습니다."

김태범은 '서로 마음이 통할 수 있게 해주셨으면 합니다' 하려다가 얼른 중립적으로 말을 바꾸었다. 처음 떠오른 말은 지나치게 상대방에게 선처를 바라는 저자세가 되는 것이었기 때문이다.

"예, 고맙습니다. 서로 마음이 통할 수 있도록 노력하십시다. 사실 우리는 먼저 연락드린 것으로 우리의 마음을 다 열어놓고 있는 상태입니다."

이현식은 다시 한 번 세련되게 공을 김태범에게 슬쩍 떠넘기고 있었다.

"예, 마음을 먼저 여셨으면 건널 수 있는 다리를 놓아주셔야죠."

김태범이 여유롭게 웃으며 공을 되받아 넘겼다.

"예, 감 빠르신 김 선생께서는 저의 연락을 받고 우리 BP가 무엇을 하고자 하는지 다 짐작하셨으리라 생각합니다." 이현식은 작은 생수병을 따서 천천히 유리잔에 반쯤 따라 한 모금을 마시고는, "우리 BP 그룹은 대양이나 성화 같은 수준으로 그룹 총괄 컨트롤 타워를 구축하려 합니다. 그 일에 김 선생을 모시고자 하는 것입니다." 그는 웃음기를 내몬 무게 잡힌 심각한 얼굴로 말했다.

"예, 제 짐작이 일치했습니다. BP 그룹의 파워도 그만큼 강력해졌으니까요." 김태범은 흔쾌하게 상대방의 힘을 인정해 주고는, "그러니까……, 같은 수준으로 구축하는 것은 별로 어려운 일이 아닙니다만……." 그는 자신감을 내보이는 한편 정작 하고자 하는 말은 생략법으로 대신했다.

"예, 우리 그룹에서도 김 선생의 직위 문제에 대해서 고심 중에 있습니다. 그 부분에 대해서 허심탄회하게 말씀해 주시면 인연 맺기가 쉬워질 것 같습니다만……."

이현식은 눈치 빠르게 대응하며 공을 다시 김태범에게 넘겼다.

"글쎄요……, 영입하는 쪽에서 마스터플랜을 다 짰을 텐데 제가 먼저 무슨 말을 하는 건 예의가 아니겠지요."

김태범은 민첩하게 공을 되받아 넘겼다.

"아, 예에……." 이현식은 못 당하겠다는 듯 빙긋이 웃으며 고개를 갸웃하고는, "예, 저희가 내부 논의를 해보긴 했습니다만……, 우리 조직의 서열 문제가 있고 하니까 성화에서의 직함을 그대로 부여해 드리는 것이 어떨까 하는……." 그는 지금까지와는 전혀 다르게, 평소에 말이 어눌한 사람처럼 느리고 조심스럽게 말했다.

"예에……, BP의 뜻은 알겠습니다만, 제복이 사람 만들고 직위가 일을 해낸다는 말이 있습니다. 성화 같은 수준을 바라면서 성화를 전혀 이해 못 하는 사장이 앉아 있으면 제가 어떻게 일을 효과적으로 추진할 수 있겠습니까. 그리고 성화에서와 똑같은 직급으로 수평 이동하면 성화 쪽에서 손가락질하고 비웃을 게 뻔한데, 그거 자존심 상해서……."

김태범은 자신의 주가를 확인한 이상 느긋하게 배짱을 내밀었다.

"아 예, 거기까진 미처 생각하지 못했습니다. 아주 냉정하게 말하자면 우리 BP가 아직은 성화와 동격일 수는 없는 게 자명한 사실인데 수평 이동이라……. 그건 좀 문제가 될 수 있겠습니다. 직위나 직함이란 일의 필요에 따라서 만들어지기도 하고 없애기도 하는 것입니다. 저에게 시간을 좀 주십시요. 김 선생의 뜻 최대한 잘 반영되도록 보고해서 빨리 내부 논의를 하도록 하겠습니다. 회장님의 지대한 관심 사항이니 빠른 결정이 있을 것입니다. 이해해 주시겠습니까?"

이현식은 말 주고받기를 걷어내고 적극적인 태도로 말했다.

"예, 알겠습니다. 대그룹들은 다 똑같은 야망을 가지고 있으니까요."

김태범은 전혀 엉뚱한 것 같은 이 말을 중얼거리듯 하며 몸을 일으켰다.

"예, 조금만 기다려주십시오. 바로 연락드리겠습니다."

그 엉뚱한 듯한 말뜻을 간파한 것처럼 이현식은 즉각 대꾸했다.

호텔을 나선 김태범은 발걸음을 멈추고 고개를 들어 사방을 천천히 훑어보았다. 그러면서 심호흡을 했다. 오가는 사람들이 적잖이 마스크를 하고 있을 정도로 미세먼지는 먼 시야를 희뿌옇게 가리고 있었다. 그러나 그 정도 미세먼지는 아랑곳하지 않고 김태범은 심호흡을 하고 또 했다. 비로소 그렇게 가슴이 트이고 있었던 것이다. 어제까지만 해도 절망으로 가득 찬 암울한 가슴이었던 것이다.

가슴만 밝고 시원하게 트이는 것이 아니었다. 서울도 새롭게 보이는 것이었다. 그 사건과 함께 서울도 냉정하고 삭막한 도시로 돌변해 버렸던 것이다. 큰 건물들일수록 거리감이 커졌고, 어디 한 곳 마음 기댈 데가 없었다. 그런데 이제는 예전 같은 친근감과 낯익음이 회복되고 있었다.

'아, 아, 사람의 마음이란 이다지도 간사하고 예민한 것인가……'

빛과 어둠의 교차처럼 상황에 따라 민감하게 변하는 자신의 마음을 김태범은 들여다보고 있었다. 상황에 따른 그 변화는 간사함도 변덕도 아니었다. 그건 생존이 달린 현실이었고 생존 조건에 따른 필연적 반응이었다. BP 그룹의 이런 제안 없이 1년이 가고, 2년이 가면 자신은 어떤 꼴이 되어 있을 것인가……. 생각만으로도 끔찍스러웠다. 빈궁과 절망의 극한 상황에 몰리며 허우적거리다가 끝내 극단적 선택을 하게 될 수도 있었다.

몇 번의 심호흡 끝에 김태범은 길게 안도의 숨을 내쉬었다. BP 그룹이 고마웠다. 가식이나 위선 없이 진실한 마음 그대로 말하자면 자신의 능력을 알아준 BP 그룹이 구세주처럼 느껴졌다. BP 그룹으로 가게 되면 뒤얽혀 있는 모든 문제들이 일거에 해결되는 것이었다. 성화에 복수하는 것에서부터 아이들 문제까지, 시원함을 넘어 통쾌하게 풀릴 수 있었다.

직함의 수평 이동에 대해 문제를 제기했던 것은 절대 조건으로 내세운 것이 아니라 일종의 전략이었다. 저쪽이 내세운 조건을 쉽게 받아들이면 주가가 떨어지게 마련이었다. 일단 버티기를 해서 저쪽을 몸 달게 해야 주가가 높아져 직함이 올라갈 수 있고, 연봉 책정에도 유리하게 작용할 수 있었다.

그러나 직함이 수평 이동한다고 해도 과히 서운할 것 없다고 이미 생각하고 있었다. 중요한 것은 인생을 새로 시작할 수 있는 기회가 다시금 왔다는 것이었다. 그건 지옥에서 천국으로 다시 솟는 것이었고, 황무지가 옥토로 변하는 것이었고,

꼬이고 엉킨 문제들을 전부 풀어나갈 수 있게 된 것이었으니 직함은 그다지 중요한 것이 아니었다.

김태범은 처음으로 마음 가볍게 권익재 변호사의 사무실로 향했다. 마음이 가벼워지니 발걸음도 가뿐가뿐해졌다. 마음이 곧 몸이고, 몸이 곧 마음이라는 것을 새삼스럽게 실감하고 있었다.

아이들에 대한 양육권은 그 잘난 전관예우 변호사의 괴력에 밀려 참담하게 패배하고 말았지만, 면접교섭권은 아직까지도 시비 중이었다. 이쪽에서는 아이들을 일주일에 한 번씩 만나기를 원했고, 저쪽에서는 한 달에 한 번씩을 주장했다. 그 이유는 아이들 공부에 지장이 있다는 것이었다.

"저쪽에서 또 애들 진술서를 제출하면 참 난감해지게 되는데……."

권 변호사가 그의 말처럼 난감한 얼굴로 말했었다.

아이들이 외할아버지를 선택하는 진술서를 써서 결정타를 가했던 것처럼 또 '공부에 지장이 있으니 한 달에 한 번씩만 만나겠다'는 진술서를 제출하면 어찌 될 것인가. 그것이야말로 전관 변호사와 짜고 있는 판사가 빙자하기 딱 좋은 증거물이 아닐 수 없었다. 그런데 권 변호사의 우려와는 달리 그 진술서는 아직까지 제출되지 않고 있었다. 그건 전관 변호사의 자제 같지는 않았다. 변호사란 무조건 이기는 방법을 찾아내려고 하는 재판의 승부사였던 것이다. 그렇다면 아내의 자제였을까, 아니면 아이들의 거부였을까.

"민사에서는 재판도 일종의 거래거든. 좀 더 고상한 말로 하면 타협이고. 그러니까 그 중간, 한 달에 두 번씩 만난다고 생각해 둬. 내가 거기까진 해낼 테니까."

권 변호사가 미안쩍은 얼굴로 한 말이었다.

그런데 그때 속으로 큰 걱정이었던 것은 애들을 만나서 어떻게 애비 노릇을 할 것인가 하는 것이었다. 돈 없는 애비가 무슨 수로 애들의 하루를 재미있게 해줄 수 있을 것인가. 직장도 없고, 돈도 없고…… 그것이야말로 애비의 꼴을 가장 초라하게 만드는 최악의 상황이 아닐 수 없었다.

그런데 이제 그 처지를 모면하게 된 것이었다. 그 사실 하나만으로도 자신에게 손을 내민 BP 그룹이 고맙지 않을 수 없었다. 아이들에게 BP 그룹 전무 명함을 척 내밀면 얼마나 떳떳할 것인가. 그런데 직함이 좀 더 올라간다면 그보다 더 좋은 일은 없을 거였다.

'어, 어, 우리 아빠가 딴 회사에 가서 자리가 더 높아졌네. 외할아버지 덕에 전무 한 게 아니고 우리 아빠도 실력이 짱인 거잖아.'

'당연하지. 우리 아빠 원래 서울대 출신이잖아.'

애들의 이런 말이 들리는 것만 같았다.

"분위기가 괜찮네. 다음번에 한 번 더 줄다리기를 하면 한 달에 두 번으로 귀결될 것 같네."

권 변호사가 커피 권하는 손짓을 하며 말했다.

"근데 합의 얘기는 여전히 안 나오나?"

김태범은 커피 잔을 들며 물었다.

"응, 일언반구도 없어." 권 변호사는 커피 잔을 놓으며 고개를 갸웃하고는, "내 생각엔 말야, 아무래도 딴 작전이 있는 게 아닌가 싶어." 그는 신중한 어조로 느리게 말했다.

"아니, 딴 작전? 그게 뭐지?"

놀란 김태범은 커피를 마시려다 말고 황급히 물었다.

"그게 말야, 당연히 나와야 할 합의 얘기가 전혀 안 나와서 내가 해본 추측인데 말야, 애들이 성년이 될 때까지 서두를 필요 없다고 생각한 게 아닌가 싶어."

"애들이 성년? 그게 무슨 뜻인가?"

김태범은 머리가 쿵 울리는 뜻 모를 충격을 느끼며 물었다.

"성씨(姓氏) 개명."

"뭐? 성씨 개명이라니?"

몰라서 물은 게 아니었다. 너무 놀라서 자신도 모르게 튀어 나간 소리였다.

"성년이 되어 애들이 원하면 성을 바꿀 수 있어." 권 변호사가 곤혹스러운 표정으로 말했고, "그게 법에 있다고?" 김태범이 버럭 소리쳤다.

"응, 그런 법이 만들어졌어. 그때 성씨 개명과 함께 이혼 소송을 완료하려는 게 아닐까 싶어. 몇 년 별거하면 그것 자체가 이혼 사유가 되기도 하니까 이혼 절차가 쉬워지고."

"아아아……."

김태범은 고통스러운 신음을 흘리며 두 손으로 머리카락을 움켜잡고 부르르 떨었다.

'안서림……'

아내의 얼굴이 선명하게 떠올랐다. 아버지의 강한 성격을 그대로 타고난 그녀는 이제 자기 이름으로 된 기업체까지 확보하고 있는 상태였다. 그럼 그 기업체를 당연히 자기 자식들에게 넘겨주려 할 것이고, 그러면 자식의 성을 자기네 성으로 바꾸려는 욕구는 자연스럽게 발동할 수 있었다. 김혜리·김호민을 안혜리·안호민으로.

'안 돼, 그건 절대 안 돼! 내가 죽는 한이 있어도 그건 절대 안 돼!'

김태범은 부들부들 떨며 속으로 외쳐대고 있었다.

"여보게, 그건 그저 내 추측일 뿐이야. 내가 괜한 소릴 했나 보네, 이거."

권 변호사는 민망해서 헛손짓을 하고 있었다.

"아니, 자네 말이 맞네. 틀림없이 그런 생각일 거야. 내가 그

사람들 잘 알아. 그치만 나도 가만 안 있어. 나도 맞설 힘이
생길 테니까."

김태범은 머리가 헝클어진 채로 일어섰다.

"이 사람아, 화장실 들렀다 가게. 머리가 너무 헝클어졌어."

권 변호사가 측은한 얼굴로 말했고, 김태범은 보일 듯 말
듯 고개를 끄덕이며 사무실을 나섰다.

'그래, 두고 봐라. 내가 BP 그룹으로 가서 자식을 뺏기지 않
을 만큼 돈을 벌 테니까. 어디 누가 이기나 보자.'

김태범은 뿌드득 소리가 날 정도로 이를 갈아붙이고 있었다.

이틀이 지나 BP 그룹에서 연락이 왔다.

"사내 논의에서 김 선생의 입장을 충분히 이해했습니다. 그
리고 최종적으로 회장님께서도 이해하셨습니다. 그래서 업무
를 완전히 분리 독립시켜서 김 선생을 로비 전담 총책으로 격
상시켜서 모시기로 했습니다. 그리고 다른 업무는 비자금 관
리입니다. 그 업무는 회장님의 신임이 두터운 현재의 신 사장
님이 그대로 맡고, 김 선생은 모든 분야 로비 총책으로 '특임
부사장'이란 직함을 부여하면 어떨까 합니다. 그리고 회장님
의 특별 배려신데, 연봉도 성화보다 더 많게, 그리고 성화에
맞먹을 수 있는 성과에 따라 해마다 성과급을 지급하시겠다
고 했습니다. 어떠신지요?"

이현식 이사는 '이러면 수용 안 할 수 없겠지' 하는 자신감

이 느껴지도록 얘기를 펼쳐나갔다.

"예, 저의 입장을 그렇게 배려해 주시다니, 참 감사합니다. 저의 자존심을 최대한 살려주셨으니 저도 최선을 다 바쳐 그룹이 필요로 하는 성과를 올리도록 하겠습니다."

김태범은 기대보다 훨씬 좋아진 근무 조건에 만족하며 무게감을 실어 침착하게 응답했다.

"아 예, 회장님께서 이 응답 들으시면 아주 기뻐하시겠습니다."

이현식은 흡족하게 웃으며 악수를 청했다.

'걱정 마라. 회장님 만나면 이보다 훨씬 더 매끈하고 듣기 좋게 말할 수 있다.'

김태범은 악수를 하며 이런 생각을 하고 있었다. 이제 두 자식을 잃지 않을 확실한 길을 찾았는데 최선을 다하지 않을 리 없었다. 그건 또 하나, 성화의 배신에 대한 확실한 보복의 길이기도 했던 것이다.

"그럼 명함은 언제 드릴 수 있을까요? 우리는 하루라도 빠를수록 좋은데요."

이현식이 한결 더 다정해진 웃음을 보내며 물었다.

"예, 저도 빨리 받을수록 좋습니다. 그런데 명함이 그렇게 빨리 될지 모르겠군요."

김태범도 정다운 웃음에다 농담을 얹어 보냈다.

"이걸 어쩌죠? 우리 명함은 너무 빨리 만들어져 탈입니다. 30분 완성이거든요. 지금 당장 가시지요 뭐."

이현식은 더 앞서가는 농담을 던졌다.

"가서 보고하고, 내부 결재 돌리고……. 김 선생도 준비하셔야 하고, 이틀 뒤, 모레부터 출근하시면 어떨까요?"

"예, 그렇게 하겠습니다."

그들은 함께 일어섰다.

김태범은 와이셔츠를 하나 사야 될 것 같아 백화점 쪽으로 발길을 돌렸다. 서울 시내는 더 다정하고 아늑하게 느껴졌다.

그의 뇌리에 문득 한인규 사장이 떠올랐다. 회장에게 충성을 다 바치면서도 챙길 것은 철저하게 챙겨 알뜰하게 치부를 할 줄 아는 영리하고 약고 재빠르고 빈틈이 없는 사람.

'당신이 날 놀렸지? 철없고, 허술하고, 순진하고, 단순하다고. 그래, 사위라는 자리를 자식의 자리인 줄 알고 찰떡같이 믿었으니까. 그러나 이젠 달라. 당신보다 더 영리하고 약고 재빠르고 빈틈없이 해나갈 거야. 그래서 당신이 가진 만큼 나도 챙길 거야. 돈, 그게 천하제일의 힘이니까. 당신은 나의 정면교사야. 고마워, 그걸 깨닫게 해줘서. 당신은 누구보다 잘 알지? 내가 창조개발실 운영 아이디어를 얼마나 많이 냈는지. 내가 이제 그 일을 총책을 맡아 하게 되었어. 우리 장인 못지 않게 당신도 까무러치게 놀라겠지? 내가 그냥 흔적 없이 죽어갈 줄 알았지? 그럴 수야 있나. 나도 한가락 하는 처지고, 대기업들은 다 비자금 모으면서 그 돈 뿌려대 이 세상을 맘껏 지배하고 싶은 욕망을 가지고 있어. 그 일을 내가 앞으로 어떻게 해나가는지 구경이나 잘해. 당신이 날 새롭게 탐낼 만큼 화끈하게 해나갈 테니까. 당신은 곧 퇴직을 해야 할 만큼 이미 늙었고, 새로운 아이디어도 없잖아. 당신이 위조 무기명 채권으로 날 감쪽같이 속인 것, 그것 하나는 기발했어. 그것 영원히 안 잊어버릴 거야. 근데 말야, 그거 당신 돈도 아닌데 뭘 그렇게까지 아껴주고 그래. 그 고마움 갚아줄 기회가 언젠간 오겠지?'

어떤 검사장

1

'학교 사정상 불가피한 일임. 이해 바람.'

핸드폰에 찍힌 문자였다. 공문서식 말 줄임으로 된 이 두 문장은 얼음처럼 차갑고 칼날처럼 매서웠다. 두말이 필요 없게 단칼로 내려치는 단절이었다.

그 두 문장으로 대학 시간강사 생활 14년은 끝났다.

고석민은 그것을 멍하니 쳐다보고 있었다. 감정이 너무 복잡하고 혼란스러워 아무 생각도 떠오르지 않았다. 모든 색깔을 섞으면 검정색이 되듯이.

여느 해나 마찬가지로 겨울이 깊어가면서 다음 학기 과목이 배정되고 수강 신청 준비가 진행되고 있었다. 그런데 갑자기 취소되고 말았다. 강의를 의뢰할 때는 교학처에서 격식을 갖추어 공문으로 알렸었다. 그러나 취소 때는 교학처는 자취가 없고 학과장이 그런 문자 통보를 보낸 것이었다.

그건 예고된 태풍의 전조 증상이었다. '시간강사 대량 학살'의 흉흉한 소문은 이미 1년 전부터 뭉클거리기 시작한 먹구름이었다. 시간강사들의 쓰라린 고투로 형태를 갖춘 강사법이 바로 입법화로 가지 못하고 유예된 것이 작년 12월이었다. 그때부터 대량 학살 소문은 꿈틀거리기 시작했던 것이다.

'법이 통과되기 전에 '시간강사 제로'를 목표로 최소한 절반 이상의 강사를 자를 것이다.'

이 불길한 소문은 시간강사 전체를 불안으로 몰아넣었다. 학교는 얼마든지 그런 일을 해치울 수 있는 절대 권력이고 독재 권력이었기 때문이다. 시간강사들은 몸소 겪어왔기 때문에 대학이 행사하는 안하무인과 철권통치의 생리를 너무나 잘 알고 있었던 것이다. 시간강사들은 그렇게 잘라내 버리고 그들이 담당했던 강의는 전임교수와 겸임교수 들에게 떠맡기면 귀찮은 강사법에서도 벗어나는 동시에 돈벌이도 알짜로 되는 것이었다.

고석민은 핸드폰을 껐다. '학과장한테 전화를 해볼까' 하는 생각을 생나무 가지 부러뜨리듯 꺾어버렸다. 그건 가망 없는 미련일 뿐이었고, 육성으로 냉정한 말을 다시 듣게 되면 이쪽만 더 초라하고 비참해질 뿐이었다. 그리고 학과장이란 결정권자가 아니라 하수인이고, 단순 전달자일 뿐이었다. 부질없는 짓을 할 필요가 없었다.

핸드폰이 울렸다.

"나 신경훈이오. 고 형도 문자 받았소?"

컬컬한 목소리가 물이 왈칵 쏟아지는 것 같은 느낌으로 울렸다.

"예, 받았어요."

성깔 돋은 신경훈을 느끼며 고석민은 심드렁하게 대꾸했다.

"받았는데……, 왜 반응이 그래요?"

신경훈의 목소리가 더 쨍쨍하게 울렸다. 같이 화를 내야 될 거 아니냐는 느낌이 담겨 있었다.

"어쩌겠어요. 올 게 온 것뿐인걸."

고석민은 아무 말도 하고 싶지 않은 심정으로 겨우 이렇게 대꾸했다.

"아니, 올 게 온 것뿐이라니요? 강사법은 언제 통과될지도 모르는데 이딴 짓 하는 게 말이 돼요?"

"정권 바뀌어 올해엔 꼭 통과된다는 소문 아니오. 그러니 그때 한꺼번에 자르면 시끄럽고 말썽될까 봐 미리 단계적으로 정리하는 것 아니겠소?"

"근데 왜 우리가 맨 먼저 당해야지요? 이대로 있으면 안 되잖아요?"

"글쎄, 신 형이나 나나 학교 쪽에 끈이 젤 가늘어서 그런 것 아니겠소? 어차피 당할 것, 치사하게 몇 개월 더 연명하고 싶지 않아요. 단체 행동으로 나선다고 해도 받아들여줄 학교도 아니고."

고석민은 냉정한 감정으로 힘주어 말했다.

"하 참, 학교가 어찌 이럴 수가 있지요? 막가는 장사치들도 아니고."

짙은 한숨 소리와 함께 맥 빠진 신경훈의 모습이 환히 보이고 있었다.

"기업만 이윤 추구가 목적이 아니오. 학교도 철저한 이윤 추구 집단이오. 학교 운영을 '교육 사업'이라고 부르는데, 그들이 '교육'을 조금이라도 중시했다면 시간강사들을 한 명도 안 잘랐을 거요. 그런데 '사업'을 중시했기 때문에 가차 없이 잘라내는 거요. 시간강사들을 안 잘라도 적자는 안 나는데 말이오."

"그러니까 '교육 모리배'라고 욕먹어왔잖아요. 기업들이 하는 짓이나 대학들이 하는 짓이나 돈 밝히기는 한 치도 안 틀리고 똑같아요. 대기업들이 900조가 넘는 사내 보유금을 깔고 앉아서도 비정규직을 평균 45퍼센트로 유지하고 있는 거나, 사립 대학들의 누적 적립금이 8조에 이르는데도 시간강사들을 잘라내는 것이나, 어찌 그리 똑 닮았는지 몰라요. 이 나라 정말 왜 이러는 거지요? 정부는 도대체 뭘 하냐고요."

신경훈의 목소리는 다시 어기차게 울리고 있었다.

"바로 그거요. 신 형이 정곡을 찔렀어요. 우리 시간강사들도 대학 비정규직들이니까. 허나 정부에 기대할 건 아무것도 없어요. 짧은 정권, 긴 자본, 무사안일 국가 권력층, 이 세 가지 구조 속에서 현 상황이 바뀔 가망은 전혀 없어요."

"사회학적 분석으로 볼 때 그런 겁니까?"

신경훈의 목소리가 좀 더 커졌다.

"예, 그런 셈이오."

"그럼 가망 없는 건가요, 이 나라?"

"예, 암담하지요."

"그럼 결국 망하게 된다 그겁니까?"

"그야 잘 모르지요. 어떤 계기가 올지, 폭싹 망해 무너질지……."

"고 형, 전화로 이러지 말고 우리 당장 좀 만납시다."

몸을 일으키는 신경훈의 모습이 보이는 것만 같았다.

"이거 미안해요. 나 급히 써야 할 글이 있어요. 글을 막 시작하다가 전화받았거든요."

"아니, 가차 없이 처형당하는 판국에 글은 무슨 글입니까. 어디 발표할 데가 있는 겁니까?"

"아니요, 아르바이트. 글 품팔이."

"글 품팔이……?"

"이거 빨리 써줘야 돈 받아 우리 아들 학원비 줄 수 있어요."

"아이구우, 사람 미치겠다! 박사 학위 소지자들 꼴 한번 좋소."

마치 몸집 큰 짐승의 울부짖음처럼 신경훈이 소리쳤다.

"어쩌겠소. 우리 스스로 선택한 길인걸."

"아, 아, 잘못했어요, 정말 잘못했어요. 석·박사 따느라 바친 돈 가지고 무슨 사업이든 해서 그 노력을 다 바쳤더라면 지금쯤 꽤 큰 부자가 됐을 거 아니오?"

"자아, 그만 비참해집시다, 우리. 다시 연락하도록 합시다."

"고 형, 나 곧 죽을 것만 같아요. 더 살고 싶지가 않아요."

착 가라앉은 신경훈의 목소리에 울컥 눈물이 번지는 것 같은 느낌이었다.

"우리 서로 힘을 냅시다. 새끼들이 둘씩인데."

"예, 그래야지요. 죽을 자유도 없는 노예들이니까. 글 쓰는 데 괜히 방해했어요. 끊을게요."

분명 우는 것 같은 느낌으로 신경훈은 전화를 끊었다.

활달하면서도 감정 여린 데가 있는 역사학도 신경훈. 열성적으로 공부하고, 남다르게 예리한 판단력으로 역사 정리를 하고, 현실 모순의 뿌리를 명쾌하게 찾아내곤 하던 명민한 역사학자 신경훈. 사회학의 필수 요소인 폭넓은 역사 인식을 위해서 그런 신경훈과 친해질 수밖에 없었던 것이다.

'이제 어찌해야 하는가……'

참으로 막막하고 참담할 뿐이었다. 고석민은 14년 동안 시간강사로 떠돌면서도 굳건히 잡고 있었던 꿈이 있었다.

'나도 언젠가는 전임교수가 될 수 있다!'

이 부동의 믿음은 시간강사로서 겪어야 하는 모든 고달픔, 모든 괴로움, 모든 모멸감, 모든 패배감을 견디고 참아내게 해주었다. 그런데 이제 그 믿음이 산산조각 나고 만 것이다. 전국의 모든 대학들이 약간의 시차만 있을 뿐 시간강사 대량학살에 나섰으니 대항할 방법도 피할 길도 없었다.

그래도 '시간강사 처우개선법'이 국회의 문턱을 넘게 될때까지가 좋았다. 모든 대학들은 시간강사들을 공사장날품팔이처럼 홀대했고, 편의점 아르바이트생처럼 푸대접했다. 시간강사들이 받는 보수는 전임교수의 10분의 1에 지나지 않아 연봉이 겨우 1천만 원 정도밖에 되지 않았다. 그러면서 다음 학기 보장이 전혀 없었고, 방학 때는 그나마 빈주먹이 되어야 했다. 그야말로 갈데없는 일용직 노동자의 신세였다.

거기다가 더 기막힌 것은 매해 2학기 들어 벌어지는 전임교수 채용굿이었다. 전국 대학들이 인터넷에 띄우는 그 공고를 따라 수만 명의 시간강사들은 제각기 가슴 조이는 기대를 품고 원서를 내는 것이다. 그러나 그들은 백발백중 떨어진다. 이유는 명백하다. '인터넷 공고'를 본 죄와 그것을 믿은 죄 때문이다. 인터넷 공고는 '객관적인 공정한 채용'을 입증하는 증거물, 요식행위일 뿐이고 합격자는 인터넷 공고를 볼 필요가 없는 사람으로 이미 정해져 있었던 것이다. 그들은 재단이나 총장과 연줄이 닿고, 거액의 '발전기금'을 헌납한 금수저들이었다. 전임교수 채용의 필수 조건인 발전기금 헌납은 공공연한 비밀로 세상을 떠돈 것이 수십 년이었다. 그런데 그것은 군대의 상습 폭행처럼, 연예계나 연극계의 성폭행과 성추행처럼, 체육계의 상습 폭행과 성폭행처럼, 모든 권력층의 부정부패처럼, 모든 기업들의 탈세와 비자금처럼 다 짐작하고 알면서도 모르는 척 외면하고 침묵하고 묵인해 온 병폐였다.

그 사실을 직접 겪어서 알았으면 그다음부터는 공개 채용에 응시하지 말았어야 한다. 그런데 해마다 속고 속고 또 속으면서 전국을 떠돌기 몇십 번이었던가. '설마, 설마'에 속고, '행여나, 행여나'에 또 속으면서. 그것은 연줄도 돈도 없는 흙수저들이 겪어야 하는 비애였다. 그들에게 '설마와 행여나'에 거는 것은 요행수가 아니었다. 그들이 믿는 것은 그들 자신의 실력이었다. '그래도 교육의 전당 대학인데 이 대학에서는 설마 실력 위주로 뽑지 않을까.' '행여나 실력대로 뽑아줄지도 몰라.' 그런 기대로 영어 강의도 열심히 하고, 구두 논술도 자신 있게 피력하고 했지만 결과는 '최종 탈락'이란 통지였다. 그리고 어떤 대학에서는 참가비 또는 거마비라며 몇만 원을 주기도 했다. 그건 어쩌면 자기네 쇼에 들러리 서줘서 고맙다는 사례금인지도 몰랐다.

대학의 일방적 횡포와 푸대접에 맞서서 시간강사들이 조직적으로 투쟁에 나섰던 것은 학문 탐구자, 교육자로서의 정당한 지위를 확보하기 위해서였다. 그 투쟁은 길고 어려웠다. 대학들은 무소불위의 임용권을 휘둘렀고, 거기에 맞서다가 어느 시간강사는 목숨을 내던지기도 했다. 그나마 시간강사 자리도 잘려 라면으로 끼니를 때우며 시위에 나섰고, 아내 몰래 편의점 아르바이트도 해야 했다. 그런 수난과 고통을 이겨내며 가까스로 이루어낸 것이 대학과 시간강사와 정부가 합의한 '시간강사 처우개선법'이었다.

그 법은 첫째 대학은 강사에게 교원의 지위를 부여하고, 둘째 교원 심사 소청권을 인정하며, 셋째 3년간 재임용 절차와 4대 보험을 상당한 정도로 보장하고, 넷째 방학 중에도 임금을 지급하고 퇴직금도 주어야 한다고 규정하고 있었다.

결국 그것들이 말썽이었다. 대학들은 여름방학 겨울방학

동안에도 학생들에게 등록금을 다 받아놓고서는 시간강사들에게 그야말로 쥐꼬리만 한 임금을 주는 것은 아까웠던 것이다. 그리고 임시직에 불과한 시간강사들에게 4대 보험까지 들어주다니 돈이 아까워 도저히 하고 싶지 않은 일이었다. 그래서 대학들이 찾아낸 꼼수가 미리미리 잘라내기였다.

그건 기업들이 비정규직을 정규직으로 전환시키지 않고 비정규직으로 그대로 유지해 가는 꼼수하고 똑같았다. 정부가 비정규직 2년 초과 사용 시 정규직으로 전환시키라는 규정을 정하자 기업들은 날렵하게도 비정규직들을 한 달쯤 전에 해고시키고 재계약하는 꼼수를 부렸던 것이다. 그 야비한 행투 앞에 정부는 속수무책인 채 비정규직은 IMF 사태 이후 20년을 넘기는 전통을 세우게 된 것이었다.

정부는 기업들이 그런 약삭빠른 대응을 할 줄 몰랐을까. 몰랐을 수 있다. 정부의 핵을 이루는 공무원들은 원래 무사안일하고 무책임한 집단이라고 이미 정평이 나 있으니까. 그렇다면 정부를 이끌고 가는 정권의 핵심이 그 문제를 해결하려고 나서야 한다. 그 핵심은 바로 대통령이다.

"비정규직 해결 문제를 그런 방법으로 회피하려는 것은 반국민적 배신행위다. 6·25 이후 최대 국난으로 규정되었던 IMF 사태가 야기된 것은 그 당시 정권과 기업 들의 잘못 때문이었지 국민들은 아무 죄가 없었다. 그런데 국민들은 두 가지 벌을 동시에 받아야 했다. 그 국가적 위기를 극복하기 위해서 비정규직이 되는 것을 감수해야 했고, 부실기업들을 살려내기 위해 투입된 공적 자금 168조 7천억을 떠안아 빚쟁이가 되어야 했다. 그 이중의 고통 속에서 국민들은 분투해 IMF 사태를 '조기 졸업'하게 되었다. 그 선언을 했으면 그 사태를 수습하기 위해서 임시방편으로 시행했던 비정규직도 마땅히 정규직으로 환원시켰어야 했다. 그런데 정부는 무책임하게 방치해 버렸고, 공적 자금 투입으로 되살아난 기업들도 비양심적으로 그 문제를 외면해 버렸다. 다시 확인하건대, 국민은 국가의 주인이다. 정부는 국민에 의해서 탄생되었고, 모든 기업은 국민의 노동과 구매에 의존해 유지 발전된다. 이 불변의 원칙에 따라 나라의 위기를 구하느라 비정규직의 고통을 견디어온 국민들을 정규직으로 환원시켜 드리는 것은 정부와 기업이 함께 수행해야 할 당연한 의무이고 책임이며 보은이다. 사실이 이렇게 엄연함에도 기업들이 국민들에 대한 고마움을 모르고 오히려 반국민적 배신행위를 자행하는 것은 대통령으로서 도저히 용납할 수 없다. 이 시점에서 국민에 대한 대통령의 책무를 다시 환기하고자 한다. 대통령은 그 어떤 상황에서든 국민의 생명과 재산을 지키는 임무 수행자로서 국민들께서 뽑아주신 것이다. 노동시장의 절반에 이르는 비정규직을 철폐하는 것이야말로 바로 그 임무를 성실히 수행하는 것이다. 이에 대통령은 국민의 이름으로, 국민의 명령에 따라 비정규직 철폐를 단행코자 한다. 모든 기업들은 기업 이기주의를 버리고 생산자인 동시에 구매자인 국민에 대한 보은으로 국가 정책에 솔선해서 따르기 바란다. 만약 또 잔꾀와 꼼수를 부려 반국민적 반국가적 반사회적 행위를 도모할 때에는 모든 국가권력을 총동원해 저지하고 법적 조처를 취할 것을 분명히 밝힌다."

대통령이 이런 내용의 특별 성명을 발표하면 어떨까. 이런 생각과 함께 고석민은 큰 허탈에 빠졌다. 또 아무 짝에도 쓸모없고 부질없는 생각을 했기 때문이었다. IMF 사태 이후에 벌써 대통령이 여러 번 바뀌었건만 그런 의지를 표명한 대통령은 하나도 없었다. 진정 국민을 위한 그런 뜻을 내보이기는커녕 그때 투입된 공적 자금을 지금까지도 회수하지 않고 그대로 두고 있는 실정이었다. 아직까지 회수되지 않은 공적 자금은 자그마치 3분의 1, 55조 원에 이르고 있었다. 그것은 엄연히 국민 세금이고, 그 회수에 등한한 것은 명백한 직무 유기인 동시에 또 다른 국민 배신행위였다. '대상 기업체들이 망해서 어찌할 수 없다…….' 이것은 책임 회피를 위한 권력의 상투적 거짓말이다. 국민들이 납득할 만큼 대상 기업들을 실사하고, 그 기업주들이 은닉한 재산까지 샅샅이 추적해 밝힌 적이 한 번도 없었다. 어느 기업주 자식은 수천억짜리 골프장을 가지고, 또 어느 기업주 아들은 큰 빌딩을 가지고 호의호식하고 산다는 소문이 떠도는 가운데.

"문제는 대통령이고, 결론도 대통령입니다. 모든 게 대통령의 의지에 달렸습니다. 다시 말하면 대한민국 대통령의 권한은 하려고만 하면 못 할 것이 아무것도 없는 절대 권력, 이른바 제왕적 대통령인 것입니다. 세계의 수많은 대통령 중에서 권력이 제일 큰 대통령입니다. 그런 전제 아래서 우리의 경제 문제, 아니 더 나아가서 우리 대한민국의 가장 시급하고 가장 큰 문제는 무엇일까요? 그건 다름 아닌 경제 민주화입니다. 경제 민주화를 한마디로 요약하면 재벌 개혁, 대기업 개혁입니다. 벌써 10년 넘게 문제시되고 있는 비정규직 문제도 재벌 개혁이 이루어지면 동시에 풀릴 문제입니다. 재벌 개혁이 지금 급박한 문제인 것은, 유엔이 지니계수가 0.4를 넘으면 사회 불안이 초래되기 시작한다고 경고했기 때문입니다. 그런데 우리나라는 2016년에 0.4를 넘어 0.402를 기록했고, 2017년에는 너무 급박하게 0.406으로 악화했습니다. 이런 증가 추세라면 2018년에는 0.410이나 0.411까지 치솟을 위험이 있습니다. 이것은 바로 우리 사회의 소득 불평등이 그만큼 극심하다는 것을 입증하는 것이며, 그것은 또한 우리 사회가 '불안 사회'가 아니라 '위기 사회'로 치달아가고 있다는 것을 분명히 보여주고 있습니다. 지니계수의 이런 급격한 악화는 OECD 국가들 중에서 1위를 차지한다는 것은 더 말할 필요가 없습니다. 이 현실을 이대로 방치하면 우리 사회는 어떻게 되겠습니까. 위기 사회를 넘어 '몰락 사회', '파탄 사회'가 되고 말 것입니다. 그 참극을 막는 방법, 그 현명한 해결책이 단 하나 있습니다. 그것이 경제 민주화입니다. 경제 민주화는 재벌 해체, 대기업 파괴가 절대 아닙니다. 기업 경영을 건전하고 투명하게 해서 기업 건강성을 살리고, 그리하여 모든 기업들과 모든 국민들이 서로 믿고 서로 존중하며 다 같이 행복하게 살자는 해결책입니다. 그 일을 실천해서 지상낙원을 이룩한 모델이 유럽의 선진국가들입니다. 우리도 그렇게 되기 위해서 기업의 국가 보호를 이제 그만 중단해야 합니다. 수십 년 동안 계속되어 온 온갖 기업 특혜를 단호하게 중단시켜야 합니다. 그리고 엄정한 세무 조사를 통해 투명 경영을 상시로 감시해야 합니다. 그래야만 기업 건전성이 확보되고, 부의 균등한 분배가 이루어지며, 그 과정에서 비정규직 문제 같은 것은 자연히 해결될 수밖에 없습니다. 그것이 바로 경제 민주화입니다. 유럽 선진국들은 GDP 2만 달러를 넘기면서 그런 개혁 작업을 실시해 오늘날의 GDP 5만 달러 이상 10만 달러에 이르는 사회를 이룩해 냈습니다. 그런데 우리나라는 그런 선진국이 되기를 전 국민적 소망으로 가지고 있으면서도 기업들은 경제 민주화라면 질색을 하고, 무조건 자기들을 망치려 한다고 사생

결단 반대하고 있습니다. 경제민주화란 단어가 헌법 119조 2항에 등재된 것이 1987년입니다. 그때부터 재벌들은 전경련을 통해 일치단결하여 지금까지 사생결단 반대를 해오고 있습니다. 자아, 그들이 반대에 성공하고, 지니계수가 해마다 악화되고 있는 이 현실을 막아낼 수 있는 사람이 정권이 바뀔 때마다 딱 한 사람씩 있었습니다. 누구였을까요? 예, 맞습니다. 대통령이었습니다. 그런데 참으로 유감스럽게도 역대 대통령들은 단 한 사람도 그 중대한 일의 실천을 위해 국민이 쥐여준 권력의 칼을 뽑지 않았습니다. 왜 그랬을까요. 그 답을 제가 말하면 사회학도 여러분의 인격과 실력을 모독하는 것이 될 것입니다. 여러분들은 어렵지 않게 그 답을 찾을 수 있습니다. 그것을 오늘의 숙제로 남겨두겠습니다."

사회학회 모임에서 한 어느 경제학자의 특강이었다. 그는 독일에서 박사 학위를 받고, 역대 여러 정권에서 경제 문제를 담당해 왔기에 그 특강은 더욱 강한 인상으로 남았던 것이다.

고석민은 쓰디쓴 입맛을 다시며 찬물 한 컵을 단숨에 들이켰다.

국민 전체의 생존과 국가의 미래가 달린 문제에 역대 대통령들은 그렇게 직무 유기를 저질렀다. 그 문제에 비하면 시간강사 문제는 그야말로 조족지혈에 불과했다. 그러니 대통령의 결단을 기대한다는 것은 얼마나 순진하고도 어리석은 일인가.

고석민은 찬물을 또 한 컵 들이켰다.

읽고, 분석하고, 쓰고, 직시하고, 응찰하고, 통찰하고, 재분석하고, 다시 읽고, 재결합하고, 새 논리를 구축하고, 다시 점검하고, 자기만의 논술을 전개하고, 그 탐구의 길이 너무나 흥미진진했고, 가장 하고 싶은 일이었고, 의미와 보람이 그 어떤 일보다 클 것 같았다. 그랬으니 이 세상에서 제일 부러운 사람은 학생들을 사로잡는 멋진 강의를 하는 교수님일 수밖에 없었다.

'아, 아, 나도 저런 교수가 되면 얼마나 좋을까.'

그래서 시작된 학문 탐구의 길, 학자의 길이었다. 그때만 해도 세상 겉속을 잘 몰랐고, 현실의 겉만 보았던 것이다. 열심히 공부해 실력이 뛰어나면 교수는 으레껏 되는 줄 알았었다. 그 길이 이리도 첩첩산중, 도달하기 어려운 길이라는 것을 알아챘더라면 아쉬움을 남긴 채 딴 길을 택했을 것이다. 장우진 선배가 함께 기자 생활을 하자고 손짓했을 때 도리질을 해버린 것이 두고두고 후회스러웠다. 기자 생활이야말로 박진감 넘치고 생생히 살아 숨 쉬는 사회학의 현장이었던 것이다. 이제 와서 보면 자신의 가장 부러운 대상이 바로 장우진 선배였다.

고석민은 아무 일도 못 하고 나흘을 보냈다. 글을 쓰려고 마음을 다잡고 앉았지만 한 줄도 씌어지지 않았다. 아내가 눈치채지 못하게 하려고 강의가 있는 날은 책가방을 챙겨 들고 집을 나섰다. 그러나 학교를 빼고 나니 넓은 서울에서 갈 데가 없었다. 날씨가 추워 공원에 앉아 있기도 어려웠다. 앞으로 어떻게 해야 할까를 생각하며 아무 데로나 걷고 또 걸었다. 길은 이리저리 훤히 뚫려 있으나 갈 곳이 없듯 아무리 생각하고 또 생각해도 막막하기만 할 뿐 살아갈 방도는 떠오르지 않았다.

'나도 콩 농사 지어 된장 장사를 하며 이장님 노릇이나 해야 하나.'

고석민은 편의점 구석에 앉아 라면을 넘기며 이런 생각을 하고 있었다.

언젠가 텔레비전에서 본 이야기였다. 부부는 미국 유학생이었다. 아르바이트를 하며 기를 쓰고 공부해 석·박사 학위를 받았다. 서로 똑같은 처지라 마음이 맞아 결혼을 했다. 박사 학위를 들고 귀국할 때는 부부 교수가 될 꿈에 부풀어 있었다. 한국에서 그 끗발이 무조건 통한다는 미국 박사 학위를 앞세워 자신만만하게 이력서를 냈다. 그런데 모교에서도 낙방이고, 다른 대학들에서도 낙방이고, 지방 대학에서조차도 줄줄이 낙방이었다. 그러기를 5년 하며 그들 부부는 그 이유를 확실히 알게 되었고, 결국 교수의 꿈을 버렸다. 자기들에게는 연줄이 없었고, 발전기금을 낼 거금도 없었던 것이다. 그래서 어느 사람의 알선으로 농부가 되기로 했다. 농사 중에 가장 손쉬운 콩 농사를 택했고, 몸에 해로운 GMO(유전자 조작 식품) 콩이 99퍼센트 판치는 세상에서 몸에 유익한 토종 콩 된장을 만들어 팔기 시작했다. 어이없게도 미국 박사 학위가 신용 보증, 품질 보증에 효과를 발휘해 된장은 없어서 못 팔 지경이 되었다. 그리고 동네 어르신들이 만장일치로 이장 감투까지 씌워주었다. 그러는 동안에 아이도 둘이 태어났다. "만족해요. 행복해요. 위선적인 그 사회보다는 진실한 이 세상이 훨씬 좋아요." 여자 박사가 밝게 웃으며 말했고, 남자 박사는 만발한 꽃을 바라보며 고개를 끄덕이고 있었다.

그런데 또 다른 생각도 떠올랐다. 몇 년 전에 벌어졌던 서울대 시간강사 일가족 자살 사건이었다. 15년 넘게 시간강사 생활을 해오던 그 사람은 더 이상 생활고를 견디지 못하고 네 식구가 음독자살을 해버린 것이다.

그 두 가지 중에 하나가 자신이 선택해야 될 길인 것 같은 생각이 들었다. 그 생각과 함께 가슴이 찡 울렸다. 그리고 목이 막히며 라면을 삼킬 수가 없었다. 자신도 모르게 솟구친 눈물이 라면 그릇으로 뚝뚝 떨어져 내렸다.

고석민은 라면을 더 넘길 수가 없어서 눈물을 훔치고 일어섰다.

'살아야지, 어떡하든 살아야지. 애들이 무슨 죄가 있나. 일단 대학 쪽을 포기해야 해. 완전히 지워 없애야 해.'

그는 큰길로 나서며 자신에게 사정없이 채찍질을 가하듯 다짐했다. 지난 세월의 허송은 '설마와 행여나'에 매달렸던 단호하지 못한 미련 때문이었다. 이제 그 미련을 깨끗하게 불살라야 했다. 그것만이 새길이었다.

핸드폰이 울렸다.

"나 윤 의원인데, 자네 어디 아퍼?"

화가 난 듯한 음성이 귀를 아프게 할 지경으로 컸다.

'아하……!'

그때서야 고석민은 자신이 실수를 했음을 깨달았다.

"아 예에, 안녕하세요. 제가 형편이 좀 안 좋아서요."

"형편이 안 좋아? 어디가 아픈 건 아니고?"

"예, 그저 뭐……."

"왜 그리 기운이 하나도 없어? 무슨 형편이 안 좋은데 글 약속을 나흘씩이나 안 지키고 그래? 신문사에서는 빵꾸 난다고 불이 나고 말야. 무슨 일이야?"

"그게 그저 뭐……."

"뭘 그리 꿍얼꿍얼 그래? 글 당장 보내라는데 언제 줄 거야?"

"저 그거 그만 쓸래요."

만사가 귀찮다는 생각과 함께 무심결에 나간 소리였다.

"뭐, 뭐라구! 나 죽일 작정이야!"

갑자기 터져 나오는 소리에 고석민은 깜짝 놀라며 핸드폰을 귀에서 뗐다.

"그거 무슨 일이야. 무슨 일이길래 내 일까지 못 한다는 거야. 우물쭈물하지 말고 빨랑 말하라니까!"

윤현기 의원은 버럭버럭 소리 지르는 것으로 놀라움을 그대로 드러내고 있었다.

고석민은 좀 미안한 생각이 들기도 했다. 밑도 끝도 없이 글 써주는 일을 그만두겠다고 했으니, 그것으로 흡족하게 재미를 느끼고 있는 윤 의원으로서는 당황할 만도 했다.

"의원님 혹시 '시간강사 처우개선법' 아세요?"

"응, 알지. 그거 곧 통과되면 자네 형편도 훨씬 나아지게 생겼던데?"

"그 반대로 망했어요."

"망해? 그게 무슨 소리야?"

"해고당했어요. 그 법 피하려고 대학들이 미리 시간강사들 대량 학살을 감행하고 나섰거든요."

"대량 학살? 그런 망할 놈들이 있나. 좋은 머리들 아주 못되게 써먹고 있네. 그건 그렇고, 형편이 그리 나빠졌으면 자넨 글을 더 부지런히 쓸 생각을 해야지 그만 쓰겠다는 건 무슨 소리야?"

"그야 쥐꼬리만 한 강사료지만 그것 잘려버리면 원고료만 가지고는 어차피 굶어 죽을 수밖에 없거든요. 그러니 기왕 굶어 죽을 바에는 다 끊고 깨끗이 굶어 죽으려구요."

"뭐, 뭐, 뭐야! 지금 당장 날 만나. 거기 어디야? 말해, 내가 당장 쫓아갈 테니까."

곧 내달리기 시작할 것처럼 윤 의원은 소리소리 질러댔다.

자신이 왜 그런 식으로 말을 해버렸는지 고석민은 자신의 심사를 이해할 수가 없었다. 어쩌면 마음 깊은 곳 저 어디에는 그런 생각이 도사리고 있는 것인지도 몰랐다. 시간강사 생활을 시작한 이후로, 아내의 벌이가 끊기면서 더욱 나날의 삶은 무거웠고, 버거웠고, 지겨웠다.

돈을 한 푼이라도 아끼려고 교수 식당을 피해 학생 식당의 구석 자리에 앉았을 때, 설렁탕 한 그릇 값이 너무 비싸 편의점에서 뻣뻣한 빵 한 쪽과 우유 한 팩으로 점심을 때울 때, 갑자기 내리는 늦가을 비를 피할 우산을 살 돈이 없어 온몸이 비에 젖어 으실으실 파고드는 한기에 몸을 떨 때, 고학력 저임금의 시간강사 비애는 깊었고, 문득문득 삶의 비감이 사무치고는 했다. 그런 감정들이 쌓이고 쌓여 가슴 저 밑바닥에 그런 절망감으로 굳어져 있는지도 몰랐다.

고석민은 윤 의원이 지정한 마포 가든호텔 커피숍으로 갔다. 다른 때와 달리 윤 의원이 먼저 와 있었다.

"이거 받어."

고석민이 자리에 앉자마자 윤 의원이 두툼하게 배가 부른 편지 봉투를 불쑥 내밀었다.

"이게 뭡니까?"

"보면 몰라? 돈이지."

윤 의원이 퉁명스럽게 대꾸했다.

"아니까 묻지요."

고석민도 퉁명스럽게 맞받았다.

"흥, 사연 모를 돈은 안 잡수시겠다? 지난번 출판기념회 끝나고 보좌관들한테 수고비를 쫙 돌렸거든. 그런데 정작 자네만 빠졌어. 출판기념회에 안 왔고, 난 바로 외국 시찰 나가느라고 정신없이 바쁘고 해서. 얼마 안 되니까 써."

"보좌관들한테 다 주셨다면 저도 맘 편하게 잘 쓰겠습니다. 감사합니다."

고석민은 봉투를 책가방에 챙겨 넣었다.

"자네, 내 글 안 쓰는 건 절대 안 돼."

윤 의원이 강한 어조로 명령하듯 말했다.

"절대로요?"

"응, 절대로. 아무리 못 해도 다음 총선에서 내가 당선될 때까지는 써야 돼. 이유 없어. 알았지!"

윤 의원이 다급하게 쫓아 나온 것은 이 다짐을 위해서였음을 솔직하게 드러내고 있었다.

"글쎄요, 그게……."

"아, 여러 말 말어. 대학교 놈들이 그렇게 의리 없이 했으니까 그 대신 내가 원고료 두 배 인상이야. 원고도 한 달에 네 번으로 꼭 맞출 것도 없어. 난 다다익선이니까 자네가 쓰고 싶은 대로 다 써. 원고료는 그때그때 착착 입금시킬 테니까. 알겠지!"

윤 의원은 고석민의 눈을 똑바로 쏘아보며 '알겠지!'에다 바짝 힘을 넣었다.

"그럼 한 달에 열 가지를 쓰면 어떡하실 건데요. 시간강사 잘렸겠다, 남고 처지는 게 시간이잖아요."

"좋아, 좋아. 난 열 번씩 읽어대느라고 골탕깨나 먹겠지만 그 대신 그만큼 유식해지는 거니까. 나 그렇게 계속 유식해지면 대통령은 몰라도 국회의장은 해먹게 되는 것 아니겠어? 지금 벌써 내가 자꾸 변한다고 동료 의원들이 내 실력을 인정하는 눈치거든. 자넨 어떻게 생각해?"

"그야 당연하지요. 돈만 저축하면 모아지나요? 지식도 노력하는 만큼 머릿속에 차곡차곡 쌓이는 거지요. 국회의장 못 하실 게 뭐 있어요?"

"ㅋㅋㅋ……, 좋았어, 좋았어. 허튼소리 안 하는 자네가 그렇게 인정하다니, 나 꼭 국회의장은 한번 해먹을 거야. 근데 나 또 다른 약속이 있거든. 그만 가보자고. 힘내!"

윤현기가 손을 불쑥 내밀었다. 고석민은 그 손을 마주 잡으며, 글을 한 달에 꼭 열 가지씩 써주리라고 마음먹고 있었다.

2

장 기자님께.

그동안 안녕하셨습니까. 해남에서 업무 시작했습니다. 각오는 했지만 여러 가지가 생각보다 좀 더 힘이 듭니다.

장 기자님, 제가 급히 부탁드릴 게 한 가지 있습니다. 이 부탁은 지난번에 헤어질 때 드리려고 했던 것인데 다른 중요한 문제를 얘기하다 보니 그만 깜빡 잊어버리고 말았던 것입니다. 저는 장 기자님이 저에게 보내주신 핸드폰 문자를 보고 느끼는 바가 많았습니다. 그걸 한마디로 줄이면, 어떻게 이런 색다른 글을 쓸 수 있을까, 나도 이런 글을 쓰고 싶다, 하는 생각이었습니다. 그런데 저는 법조문만 외워대느라고 문학 책은 읽은 게 별로 없습니다. 장 기자님처럼 그렇게 글을 쓰려면 어떤 책들을 읽어야 하는지요. 빨리 책을 좀 소개해 주시기 바랍니다. 바쁘신데 번거롭게 해드려 죄송합니다. 안녕히 계십시오.

황원준 드림

장우진은 황원준 검사가 보내준 문자를 다시 읽으며 두 가지 생각을 한꺼번에 하고 있었다.

'내가 보냈던 문자를 어떻게 썼지? 좀 별난 검사네?'

아무리 기억을 더듬어도 자신이 보냈던 문자는 떠오르지 않았다. 그리고 황원준이 '별난 검사'인 것은 새삼스러운 것이 아니었다. 그가 부장검사의 비위를 거슬러 천 리 밖 귀양길을 자초한 것도 별난 것이었고, 헤어지면서 그냥 덮어서는 안 되는 중대한 정보를 작은 명함 봉투에 담아 주고 간 것도 별난 것이었다.

자신이 보냈던 문자를 떠올리지 못해 한참을 끙끙거리던 장우진은 어느 순간 문득 그것이 핸드폰에 들어 있다는 것을 깨달았다. 그는 서둘러 문자를 찾기 시작했다.

문자는 곧 제 모습을 드러냈다. 스마트폰의 무한 저장 기능을 입증하는 순간이었다.

'이거, 이거, 딱 손바닥만 한 게 참 기특하단 말야. 아니, 요물이지, 요물.'

이런 생각을 하며 장우진은 자신이 보냈던 문자를 읽기 시작했다. 자신이 쓴 것이고, 작은 화면이 한눈에 들어와 단숨에 읽어버렸다.

그런데 장우진은 황원준 검사의 말을 이해할 수가 없었다.

'나도 이런 글을 쓰고 싶다……?'

자신의 별것 아닌 글을 읽고 황 검사는 왜 그런 생각을 한 것일까 하는 의문이 들었다. 자신은 전혀 신경 쓰지 않고 찍어 보낸 문자였고, 다시 읽어봐도 황 검사가 말한 '어떻게 이런 색다른 글을 쓸 수 있을까' 한 '색다름'이 무엇인지 잘 알 수가 없었다.

'내가 너무 난 척하는 것 아냐?'

이런 생각을 하며 다시 읽어봐도 역시 마찬가지였다.

그때 문득 떠오른 말이 있었다.

'글은 오독(誤讀)의 자유가 있다.'

어느 유명한 문학 평론가의 말이었다.

그러면서도 장우진은 은근히 기분이 좋았다. 지적 수준이 최고라고 할 수 있는 검사에게 글 잘 쓴다고 인정받은 것이 아닌가. 그건 참 초등학교 때 글짓기로 상을 받았을 때의 기분 그대로였다.

어쨌거나 한 검사가 글을 잘 쓰고 싶은 의지를 가지고, 글을 잘 쓸 수 있는 길라잡이 책을 소개해 달라는 부탁을 해온 것이다. 중·고등학생에게 이런 부탁을 받아도 기쁘고 흐뭇한 일이었다. 그런데 글쓰기를 모르는 사람도 아닌 검사의 부탁이니 더 말해 무엇하랴.

그런데 황 검사는 무슨 까닭으로 구형 요청문이 아닌 정서적인 글쓰기를 하고 싶은 것인지 궁금했다. 그렇다고 물어볼 수도 없는 일이었다. 예의란 그렇게 하고 싶은 말도 가로막는 거추장스러운 훼방꾼이었다.

장우진은 망설임 없이 서점으로 달려갔다. 수십 가지 책이 떠올랐지만 우선 세 가지로 압축했다.

처음 골라 든 것이 피천득의 『인연』이었다. 두 번째가 법정의 『텅빈 충만』이었다. 그리고 세 번째가 신영복의 『감옥으로부터의 사색』이었다.

그러나 법정 스님의 책은 아무리 찾고 또 찾아도 보이지 않았다.

"스님 돌아가시면서 스님 책들은 다 절판됐잖아요. 스님께서 그리 유언하셔서."

점원 아가씨가 좀 서운하다는 듯 얼굴을 약간 찌푸리며 말했다.

'아하, 그렇지 참. 왜 이리 깜빡깜빡하는 게 많냐. 나도 이제 늙어가는 거야?'

장우진은 피식 웃으며 돌아섰다.

법정 스님의 글 한 대목이 떠올랐다.

'나는 평생에 걸쳐서 무소유를 어느 만큼은 실행해 오지

않았나 싶다. 그런데 꼭 한 가지, 좋은 찻잔을 보면 갖고 싶은 욕심만은 버릴 수가 없다.'

이 솔직한 욕심과 진솔한 고백. 이것이 스님의 글만이 지닌 매력이고, 글 쓸 줄 아는 이의 차원 다른 해학이었다.

'그런데 스님, 왜 책 전부를 절판하라고 하셨어요? 무소유를 완벽하게 실천하시려고요? 그치만 그건 스님 입장만 생각하신 '유소유' 아닌가요? 무소유를 완성하고 싶은 욕심 말입니다. 죄송합니다. 제가 기자 꼴을 하고 있어서 요런 시건방지고 싸가지 없는 소리를 잘합니다. 허지만 스님, 보십시오. 이렇게 읽히고 싶은 사람이 있는데 읽히지 못하게 되는 건 스님께서 저지르신 월권이다 그런 말씀입니다. 책이란 일단 발간되면 저자의 사유재만이 아니라 그 사회의 공공재이며 문화재다 하는 정의에 따라서 말입니다. 스님, 죄송합니다. 책을 사지 못해 저의 것을 선물해야 하니까 괜히 심통이 나 그래보는 겁니다. 모범적인 승려이셨고, 빼어난 수필가이셨던 스님, 명복을 빕니다.'

장우진은 평소보다 좀 일찍 집에 들어가 『텅빈 충만』을 찾기 시작했다. 이상한 일이었다. 방 양쪽 벽면을 채우고 있는 책꽂이들 그 어디쯤에 있으리라고 생각했던 책은 보이지가 않았다. '업은 아이 3년 찾는다'고 했던가. 무슨 책이든 찾으려고 하면 어디로 숨어버려 안 보이는 것이다. 좌에서 우로 훑고, 우에서 좌로 더듬고, 투덜거리며 막대기 끝으로 짚어나가고, 짜증을 부리며 손가락으로 한 권씩 콕콕 찍어나가고, 그러다 보면 엉뚱한 데에 능청스럽게 꽂혀 있는 것이다.

『텅빈 충만』도 한바탕 소란을 피워 꽂혀 있던 데가 아니라 그 앞 빈자리에 네댓 권씩 포개져 있는 데서 찾아냈다.

장우진은 세 권의 책을 펼쳐놓고 책상에 앉았다. 황 검사는 책 이름들을 핸드폰에 찍어달라는 것이었지만, 자신은 그러고 싶지 않았다. 책을 선물하고 싶었다. 그게 그에게로 가는 마음이었다. 만난 지 얼마 안 되었지만 가슴에 큰 자리를 차지하고 앉은 사람. 그런 사람에게 책을 선물하는 것처럼 큰 기쁨은 없었다.

장우진은 피천득의 『인연』을 펼쳤다. 하얀 면지 윗부분에 사인펜으로 큼직하게 '황원준'이라고 썼다. 그런데 펜이 멈추어졌다. 그담에 뭐라고 써야 할 것인지 마땅치가 않았던 것이다. 그건 '검사'라고 쓰고 싶지 않은 것이었다. '검사' 다음에는 '님' 자를 붙여야 하는데, 그리되면 그가 '검사님'이기 때문에 책을 준 것처럼 느껴질 수가 있어서 싫었다. 그는 '검사 빼고!' 하고 결정했다. 그리고 이름 뒤에 '님'만 붙였다. 그건 '검사' 아닌 '인간 황원준에게 책을 줌'이 되는 것이었다. 그리고 면지 아래에다가 자신의 이름을 쓰고 그 뒤에 겸손하게 '드림'이라고 썼다.

그래놓고 보니 가운데 텅 빈 공백이 너무나 넓었다. 그는 몇 번 망설이다가 자신이 평소에 마음에 담아온 잠언들로 그 공간을 채우기로 했다.

책을 읽지 않는 사람과 나눌 인생 이야기는 아무것도 없다.

책이란 갈고닦은 영혼의 결정체가 담긴 그릇이다.

두 번째로 법정의 『텅빈 충만』을 펼쳤다. 스님의 다른 수필집도 여럿 있지만 그 제목이 지금의 황 검사에게 다소나마 위로를 줄 수 있지 않을까 싶어 골랐던 것이다.
위아래 이름을 쓴 다음 다시 공백을 채웠다.

인간의 가장 큰 어리석음 중의 하나는 남과 자기를 비교해가며 자꾸 불행을 키우는 것이다.

자기를 구원할 수 있는 것은 자기 자신의 의지뿐이다.

세 번째로 신영복의 『감옥으로부터의 사색』을 펼쳤다.

인생이란 자기 스스로를 말로 삼아 끝없이 채찍질을 가하며 달려가는 노정이다.

인생이란 두 개의 돌덩이를 바꿔 놓아가며 건너는 징검다리다.

여기 세 권의 책을 골라 보냅니다. 이 세 분은 우리나라 3대 수필가로 받들어도 크게 그릇됨이 없을 것입니다. 세 분의 책은 그 향기와 냄새와 체질이 다 각각 다릅니다. 그러면서도 인생과 삶에 대한 깊고 넓은 통찰과 혜안은 같은 수위로 출렁입니다. 저의 독서 경험을 통해 얻고 깨달은 게 많아 선물을 드리기로 했습니다. 거듭거듭 읽으시며 생각하고, 생각이 쌓여 쓰고 싶은 욕구가 넘칠 때 펜을 잡으면 어느 만큼 바라는 글이 엮어질 것입니다. 그러나 마음에 그득하게 차는 글이란 그리 쉽게 태어나주질 않습니다. 그러나 초조해할 것 없이 또 읽는 겁니다. 그 되풀이 속에서 스스로 흡족해지는 글이 얻어지게 됩니다. 느린 소의 한 걸음, 한 걸음이 천 리에 이르듯이.

어느 연로한 소설가가 평생의 화두로 삼아 책상 앞에 써 붙인, 지극히 평범한 듯하면서도 서늘한 바람이 일게 하는 경구를 받아다가 저의 책상 앞에도 붙여놓았습니다. 그 꾸밈새를 그대로 흉내내 여기 적어 보냅니다.

불착, 길 없는 길

읽고 읽고 또 읽고
생각하고 생각하고 또 생각하고
쓰고 쓰고 또 쓰면 열린 길

'길 없는 길'이란 불교의 『화엄경』이 품고 있는 말이고, '문학'을 '인생'으로 바꾸어도 무방할 것입니다. 원래는 불가의 '도'를 이름입니다.

너무 외로워하거나 너무 고달파하지 마십시오. 바라보는 곳이 같으면 마음은 늘 함께하는 것입니다. 건강하시기를.

〈추신〉 그것은 취재를 거의 마쳐갑니다. 곧 기사화와 사건화가 이루어질 것입니다.

장우진은 대학 노트에다 손글씨로 쓴 편지를 다시 읽어보았다. 그는 자주 쓸 일 없는 편지지만, 어쩌다가 편지를 쓰게 되면 절대로 컴퓨터 자판을 두들겨대지 않았다.

"미국을 비롯한 서양 사람들은 컴퓨터가 나오기 훨씬 전부터 타이프라이터를 사용했다. 그 역사가 150년에 이르니까 그들은 초등학교 때부터 타자기로 글을 쓰는 데 익숙해져 있다.

그러나 그들은 공문이 아닌 사신을 보낼 때는 절대로 타이프로 찍지 않고 손으로 썼다. 진정한 마음을 전한다는 의미를 담은 그들의 기본 예의다. 그런데 우리는 한글 타자기의 역사도 짧고, 컴퓨터의 역사는 더 짧은데도 사신이 거의 전부 기계 글씨로 찍혀서 온다. 그런 편지에서는 아무런 진심도 정감도 느낄 수가 없다. 꼭 공문서를 받은 것 같은 거리감과 삭막함뿐이다."

어떤 인터뷰에서 미국 유학을 한 공학 박사가 한 말이었다.

그 말이 백번 옳아 이따금 편지를 쓰게 될 때면 대학 노트 한 장을 조심스럽게 뜯어내 정성 들여 칼질을 하고, 한 글자씩을 또박또박 써나간다. 그럼 문장 하나하나마다 마음이 실리고 영혼이 스며드는 것 같은 아련한 교감을 느끼게 된다.

장우진은, 강진의 다산 초당을 찾아가보면 마음의 위안을 좀 얻을지도 모르겠다는 말을 쓸까 하다가 그만두었다. 차차 써도 될 이야기였고, 생각 빠른 황 검사가 스스로 알아서 할 일일 수도 있었던 것이다.

장우진은 이튿날 출근하자마자 해남으로 책을 부쳤다.

그리고 황원준 검사가 넘겨주고 간 '그 사건'의 취재를 총정리하기 시작했다. 그 사건은 현직 검사가 검사의 여러 독점권 중에 하나인 수사권을 남용해 사익을 도모한 최악의 사건이었다. 황 검사가 사건의 전모를 파악할 수 있는 핵심

정보들을 제공해 주었기 때문에 취재에서 헛짚는 일은 전혀 없었다. 그러나 상대들이 만만치 않아 어떤 취재보다 애를 먹어야 했다.

'수없이 망설였습니다. 그러나 그냥 모르는 척 외면하거나 묵인하기는 너무 괴로웠습니다. 한 나라 검찰로서의 양심과 한 인간으로서의 양심 앞에서 저는 매일 재판을 받는 심정이었습니다. 그런데 그 사람이 부장에서 차장으로 승진을 하더니 검사장까지 되는 것이었습니다. 그런 불의한 사람이 불의한 방법으로 그렇게 승승장구하다가는 검찰총장까지 접수하고, 마지막에는 법무부 장관 자리까지 탈취할 것 같았습니다. 저는 그런 위험까지는 방관할 수가 없었습니다. 그러나 제가할 수 있는 일은 장 기자님께 이것을 전하는 데까지일 뿐입니다. 나머지 기사화와 사건화를 부탁드립니다. 장 기자님의 투철한 기자 정신과 남다른 능력을 믿습니다. 죄송합니다. 멀리서 기대하고 있겠습니다.'

황원준 검사가 제공한 정보 끝부분에 남긴 말이었다.

장우진은 취재 자료들을 순서대로 정리해 넓은 책상에 나란히 늘어놓았다. 그리고 냉수를 한 컵 가득 따라다 책상 왼쪽에 놓았다. 사진 자료들이 포함되는 4면 특종 기사였다. 물서너 컵은 마셔야 될 일거리였다. 기사가 터지면 검찰은 쓰나미 앞세운 지진에, 가로수들 뽑히는 태풍을 동시에 맞는 것 같은 상황이 될 거였다.

장우진은 배가 책상에 닿도록 의자를 바짝 끌어당겼다. 기사를 쓰는 동안 의자는 형틀이 되었다. 기사가 끝날 때까지는 그 누구하고도 말 한마디 하지 않았고, 잘 때도 끄지 않는 핸드폰도 꺼버렸다. 편집국에서 행동의 폭이 가장 넓은 편집국장도 전혀 얼씬거리는 일이 없었다.

장 기자는 눈을 내리감고 물컵을 천천히 기울였다. 취재 과정에서 있었던 일들이 빠르게 지나가고 있었다. 새삼스럽게 돈이라는 게 무엇인지, 인간의 탐욕이라는 게 얼마나 무서운 것인지 다시금 생각하게 하는 사건이었다.

현 서울중앙지방검찰청(이하 중앙지검) 박경배 검사장은 4년 전인 2014년 중앙지검의 금융조세조사 2부 부장으로 근무할 당시 동년 9월에 대기업 OM 그룹 전구룡 회장의 횡령 사건에 대한 내사를 시작했다. 해를 넘기며 진행되던 수사는 2015년 5월에 종결 처리되었다. 그런데 박경배 부장검사는 왜 그 사건에 종결 처분을 내린 것인지 납득할 만한 객관적 이유를 제시하지 않았다.

그럼에도 불구하고 그 미심쩍은 처사는 그대로 넘어가고 말았다. 왜냐하면 그 사건은 내사를 시작할 때부터 언론에 거의 노출되지 않았던 것이다(그 이유는 본 기사의 취재 과정에서 차츰 구체적으로 드러나기 시작했다). 그러므로 그 수사 종결에 대해서도 언론의 시선은 가 닿지 못했던 것이다.

그런데 몇 달 전 친분이 있는 변호사한테서 그 사건 종결 처분에 대한 제보가 들어왔다.

"그 사건을 담당한 변호사가 종결 처분을 받아낸 대가로 100억대의 변론비를 받아 팔자를 고쳤다. 또한 부장한테도 전해졌다. 그뿐만 아니라 OM 그룹의 자회사인 초대형 실내 놀이동산인 부르스타의 청소 용역을 따내 처남을 사장으로 앉히고 성업 중이다. 그 용역을 따내는 것도 물론 변호사가 다리를 놓았다."

취재는 네 방향으로 전개되었다. 첫째 검찰청에 그 사건 처리에 관한 문건 열람 요청. 둘째 담당 변호사 면담. 셋째 OM 그룹 실무자 면담. 넷째 청소 용역 업체 실태 파악과 대표자 면담.

첫 번째 취재는 서류만 받으면 되니까 힘이 들지 않아 취재라고 할 것이 없었다. 그리고 당사자인 박경배 검사장은 아예 취재 대상에서 배제했다. 그가 전면 부인할 것은 명백했고, 그를 피의자로 확정하는 것은 오로지 객관적 증거이기 때문이었다.

두 번째 취재 대상인 담당 변호사를 만나기 전에 해야 될 일이 있었다. 그와 박경배 부장검사와의 인간관계였다. 특수

한 인간관계가 아니고서는 그런 거액의 사법 비리를 저지를 수 없는 일이었다. 첫째 인터넷에 떠 있는 두 사람의 인적 사항을 점검했다. 예상은 적중했다. 그들은 서울대 법대 동창이었다. 둘째 두 사람은 같은 해 사법 고시에 합격한 겹동창이었다. 셋째 담당 변호사는 그 사건을 맡기 6개월 전에 법복을 벗고 개업한 전관예우였다. 그러니까 변호사는 전관예우를 무기로, 부장검사는 수사권을 무기로 재판이 아닌 검찰 수사 과정에서 거액의 금품 비리를 손쉽게 연출한 것이었다.

그 확인 다음에 이남철(가명) 변호사를 만났다. 예상대로 그는 '절대 그런 일 없다', '법조인의 양심을 걸고 그런 일 없다'고 완강한 부인을 되풀이했다. 그때마다 증거를 하나씩 보여주었다. 그 사건이 종결 처리된 두 달 뒤에 사들인, 매입 날짜가 명시된 그의 사무실이 있는 100억대 건물의 등기부 등본, 박경배 부장검사의 처남이 그 사건 종결 후 보름 만에 설립한 청소 용역 회사의 사업자 등록증 사본 등이었다. 그러자 그 변호사는 사색이 되어 기자에게 매달리기 시작했다. '봐달라', '어쩔 수 없었다', '사례하겠다.' 두서없이 한 이런 말은 다 기자의 핸드폰에 녹음되어 있다. 상대방의 동의를 얻지 않았기 때문에 재판 과정에서 증거로 채택될 수는 없지만 이 추적 기사의 신빙성은 증명할 수 있기 때문에 녹음한 것이다.

세 번째 만나야 할 OM 그룹의 실무자 이름은 변호사의 입에서 쉽게 흘러나왔다. 증거 앞에서 불법을 시인하게 된 변호사는 그걸 숨겨봤자 아무 소용이 없다고 판단한 것 같았다. OM 그룹의 수석부사장 천무건(가명)도 처음에는 변호사보다 더 완강한 기세로 부인을 해댔다. 어쩔 수 없이 핸드폰 녹음을 틀어주었다. 당황하고 몸이 단 변호사의 목소리를 듣고서야 그는 사실을 털어놓기 시작했다. 그 사건이 종결되고 나서 일주일 만에 변호사와 함께 박경배 부장검사를 만났다는 것이었다. 그런데 박 검사가 먼저 자기 처남이 부르스타 청소 용역을 맡게 해달라고 요구했다는 것이었다.

"그게 사실입니까?"

"예, 사실입니다."

검사가, 그것도 부장검사가 먼저 그런 요구를 했다는 것이 도저히 믿어지지 않아서 기자는 다시 물었다.

"그게 정말입니까?"

"그럼요. 저도 좀 놀랐습니다."

"세 번째 묻습니다. 틀림없습니까?"

"아, 그렇다니까요. 제 말 못 믿겠으면 변호사님한테 확인하세요."

기자가 그 사실에 그렇게 놀랐던 것은 분명한 이유가 있었다. 박경배 부장검사는 사시와 행시에 잇따라 합격한 사람이었기 때문이다.

"그곳 청소 용역은 이미 맡고 있는 업체가 있었을 것 아닙니까?"

"예, 있었지요."

"그런데 어떻게 딴 데로 넘겨줬어요?"

"그래서 좀 애를 먹고……."

"거기 수입이 좋은 모양이지요?"

"예, 워낙 넓고, 매일 많은 사람들이 오는 데라 항상 깨끗해야 하고 그래서……."

"부장검사님은 그런 걸 환히 다 알고 있었던 모양이지요?"

"예에, 저도 놀랐습니다."

"실례지만, 연간 수입이 얼마나 됩니까?"

"그건 좀……, 영업 비밀이라서……, 그쪽도 가실 테니까 거기 가셔서……."

네 번째로 만난 청소 용역 업체 대표는 무작정 모른다고만 했다. 그렇게 모르쇠로 나가라고 자기 매형인 박경배 부장검사한테 지시를 받은 것이 분명했다. 그가 무조건적인 부인으로 일관해도 필요한 취재는 거의 다 끝낸 상태이기 때문에 별 문제는 없었다.

그런데 어렵고 고약한 상황은 그다음부터 벌어졌다. 제일 먼저 전화를 걸어온 것은 박경배 검사장이었다. 한번 만나자는 것이었다. 할 말 없다고 거절했다. 그러나 막무가내로 만나자고 했다. 계속 거절하자 그쪽에서 말했다. "세상 그렇게 사는 것 아니다." "한 치 앞도 못 내다보는 게 인간사다." 그 중저음의 아래로 깔리는 목소리는 사뭇 위협적이었고 협박적이었다.

그다음 전화를 걸어오는 것이 OM 그룹의 수석부사장이었다. 그 사람은 검사님과는 사뭇 다르게 사교적이었고 겸손하기 이를 데 없었다. 그 사람도 무조건 만나자고 하는 건 검사와 동일했다. 역시 거절했다. 그러나 전화는 하루에도 열 번이 넘게 걸려왔다. 만나야 될 이유가 전혀 없다고 완강히 거절하자 그쪽에서 전화로 용건을 털어놓았다.

우리 신문에 연간 수십억의 광고를 배정하겠다는 것이었다. 기업들이 언론을 지배하는 상투 수단을 내놓은 것이었다. 본지처럼 가난한 신문사에 수십억의 광고료 수입이란 황금 덩어리가 떨어지는 것과 마찬가지인 노다지가 아닐 수 없다. 그러나 일언지하에 거절했다. 왜냐하면 우리 신문은 사회정의 실현의 처녀성을 지킬 목적으로 창간된 신문이었다. 그래서 애초에 창간 정신을 훼손시킬 수 있는 대기업 광고는 게재하지 않는다는 원칙을 세운 것이었다.

OM 그룹은 그들의 상투적인 수법을 다시 구사했다. 광고료를 두 배로 인상한 것이었다. 우리 신문은 또 가차 없이 거절해 버렸다.

그리고 그다음 날부터 살벌한 공갈 협박이 핸드폰에서 터져 나오기 시작했다.

"밤길 조심해라."

"니 마빡에 철판 둘렀냐."

"니 목숨 두 개냐."

"니만 골로 보낼 것 아니다."

이런 식의 공갈 협박은 그동안 너무 많이 들어와서 식상하다. 그러나 기분이 안 상하는 게 아니고, 신경이 안 쓰이는 것도 아니다.

박경배 검사장 사건은 사법부의 '경력'을 앞세워 사익을 도모하는 전관예우에 비해 훨씬 더 악질적인 사법 범죄다. 왜냐하면 부패를 수사해야 할 검찰이 현직의 힘을 악용해 부패 타락하는 범죄를 저질렀기 때문이다.

이 심층 추적 기사가 제시하는 증거들을 토대로 어느 시민단체에서 박경배 검사장을 곧 고발하게 될 것이다.

의자를 뒤로 뺀 장우진 기자는 기지개를 켜며 팀장을 향해 딱 소리 나게 손가락을 울렸다.

"다 썼어?"

팀장이 반색을 하며 몸을 벌떡 일으켰다.

"아이고 허리야."

장 기자는 긴 머리카락을 두 손으로 빗질해 넘기며 부리나

케 돌아서 걷기 시작했다.

"소변이 급하기도 하시겠지. 물을 그리도 마셔댔으니."

팀장이 장 기자의 자리로 오며 피식 웃었다. 그는 장 기자가 두들겨대던 컴퓨터의 화면을 이동시키기 시작했다.

"흥, 천생 기자야. 썼다 하면 속전속결이니까."

기다리고 있었다는 듯 편집국장도 빠른 걸음으로 다가섰다.

"예, 함께 읽어요."

두 사람이 함께 컴퓨터에 시선을 집중시켰다.

그들은 10분이 넘게 한마디 말도 없었다. 컴퓨터 화면만 이동하고 있었다.

"허, 또 흥미진진한 미니 소설 한 편을 썼네요. 됐지요?" 팀장이 말했고, "확실한 증거 들이대면서 술술 잘 읽히네. 됐어, 이 장 기자 스타일에 독자들이 또 박수 치게 생겼어." 편집국장이 흡족하게 웃으며 고개를 끄덕였고, "그나저나 검찰 완전히 뒤집어지게 생겼어요. 사법부 불신도가 국회 찍어 누르고 1등 하게 될지도 모르겠어요. 혹시 박 검사장 자살하는 것 아닐까요?" 팀장이 자기 자리로 돌아가며 말했고, "아직도 저리 순진하시기는. 자살할 양심 있는 사람이 그런 짓 해? 꿈 깨셔." 편집국장이 쓰디쓴 웃음을 입에 물며 돌아섰다.

아빠의 눈물

1

하루 겨울 여행 시킬 테니까 애들 옷 단단히 입혀 보낼 것. 감기 들지 않도록 모자 장갑 신발 유의할 것. 교보빌딩 1층 파리크라상 오전 9시. 시간이 충분치 않으니 반드시 시간 엄수할 것. 김태범.

김태범은 핸드폰에 이렇게 문자를 찍어놓고는 '보내기'를 누르지 못하고 있었다. 무언가 잘못된 것 같고, 무언가 미심쩍은 기분을 떼칠 수가 없었던 것이다.

다시 한 번 읽어보았다. 잘못된 것은 아무것도 없었다. 용건은 분명하고, 완전하게 적혀 있었다.

　문제는 그 형식이었다. 아내에게 숱하게 문자를 보내면서 이런 식으로 글자를 찍은 것은 처음이었다. 아무리 급한 용건, 언짢은 일일지라도 언제나 시작은 '여보'였다. 오늘도 그 습관대로 손가락이 먼저 움직여 '여보'를 찍었던 것이다. 그 두 글자를 눈이 확인하고는 화들짝 놀라 '아니지, 이젠 이래선 안 되는 거지' 하고 머리가 생각하고는 '여보'를 지웠던 것이다. 그 두 글자가 화면에서 지워지는 순간 가슴에서 무슨 끈이 뚝 끊어져 나가는 섬뜩한 충격이 일어났다. 그건 마침내 아내와 완전한 남남이 되었다는 실감이었다. 이미 회사에서 내쫓기고, 집에서 나오고, 법정 다툼이 벌어지고, 아이들을 한 달에 두 번 만나기로 결정이 나고 하는 사이에 몇 개월이 지났는데도 '여보'라는 호칭은 그대로 남아 있었던 모양이었다.

　그런데 그 호칭을 더 이상 사용할 수 없게 되었다고 확인하는 순간 아내와의 '남남 관계'는 뜨거운 물에 손을 담근 것처럼, 긴 가시에 손등을 찔린 것처럼 정신 번쩍 들게 의식을 때렸던 것이다.

　'여보'를 지우고 나니 호칭을 뭐라고 해야 좋을지 알 수가 없었다. 안서림 씨 할 수도 없었고, 안 사장님 할 수도 없었고, 그렇다고 혜리 엄마나 호민이 엄마라고 하기에도 마땅찮았다. 생각하다 못해 남은 한 가지 방법을 쓸 수밖에 없었다. 호칭 없이 내용만 최대한 간략하게 전달하는 것. 그래서 찍은 문자가 딱딱한 공문서처럼 된 그것이었다.

김태범은 그 문자를 다시 읽어보았다. 읽어볼수록 마음에 들지 않았다. 그러나 호칭 없이 용건만 정확히 전달하는 데는 그것밖에 더 다른 방법이 없었다. 그는 긴 한숨을 물며 '보내기'를 꾹 눌렀다.

이내 문자 신호가 울렸다.

어딜 데려가려고 그래요? 요새 독감 유행인 것 몰라요?

그 문자에서 아내의 까칠하고 까탈스러운 육성이 그대로 들려왔다.

'기 드세신 건 여전하시군.'

김태범은 코웃음을 치며, 그래도 그 문자가 자신처럼 공문 서식이 아니고 대화체인 게 여자라 그런가 생각했다.

내가 하는 일에 대해서 더 이상 간섭하려고 들지 말 것.

김태범은 '보내기'를 지체 없이 눌렀다.

한참이 지나도 아내한테서는 더 문자가 오지 않았다.

김태범은 잠을 설쳤다. 몇 달 만에 만나는 자식들이었고, 첫 마디를 뭐라고 해야 할지, 끌어안아야 할지, 머리를 쓰다듬어야 할지……, 별의별 생각이 다 떠올라 잠이 멀기만 했었다.

그는 평소에 별로 즐겨 쓰지 않는 향수까지 뿌리고 일찌거니 집을 나섰다. 중학생인 딸은 냄새에 무척 민감했던 것이다.

빵집에 30분 먼저 도착한 김태범은 가장 맛있어 보이는 샌드위치와 과일 주스와 빵과 과자 들을 푸짐하게 샀다. 애들이 서둘러 나오느라 아침이 부실할 수 있었던 것이다.

그는 문 가까이에 자리 잡고 앉았다. 시간이 일러서 그러는지 빵집에는 앉아 있는 손님들은 별로 없었다. 거의 다 빵을 사가지고 부지런히 빵집을 나서고 있었다. 그는 그 손님들을 구경하다가 시계를 보다가 했다. 시간은 더디 갔다. 가늘고 긴 초침이 둥근 얼굴을 한 바퀴 도는 게 꽤나 지루했고, 5분이 지나는 것은 너무나 지루했다. 9시 10분 전쯤부터 가슴이 두근거리기 시작했다. 5분 전쯤부터는 점점 더 심하게 두근거렸다. 그는 가슴을 누르며 자꾸 심호흡을 했다.

마침내 9시가 되었다. 아이들은 나타나지 않았다.

'이거 안 보내는 것 아냐!'

그의 머리를 친 생각이었다. 더 문자가 없었던 것이 신경에 거슬렸다. 이상 기온이라고 할 정도로 날씨는 연일 강추위였고, 어제 말한 독감을 빙자해 애들을 안 보낼 수도 있었던 것이다. 아내, 아니 안서림은 그럴 수 있는 여자였다. 부잣집 딸이라 모든 가치가 자기중심적이었지만 특히 애들에 대한 집착은 유별났다. 돈이 많을수록 그에 비례해서 자식에 대한 관심이 과잉되는 것은 당연한 현상인지도 몰랐다. 자식들은 그 많은 재산을 넘겨주어야 할 유일한 대상이니까.

9시 1분이 지나도 아이들은 모습을 드러내지 않았다.

'이거 안 오면 어쩌지!'

그는 탁자 위에 놓인 커다란 빵 봉지를 들었다 놓았다. 안 온다고 생각하자 가슴이 쿵쾅거리며 더욱 거칠게 뛰기 시작했다.

9시 2분이 지났다.

'이건 틀림없이 안 보내는 거야!'

그는 빵 봉지를 들고 벌떡 일어섰다. 그리고 숨을 몰아쉬며 거칠게 유리문을 밀었다. 허둥지둥 로비 쪽으로 걸었다. 그때 현관문을 밀치며 두 아이가 다급하게 들어섰다.

"어! 혜리야, 호민아!"

김태범은 넓은 로비가 울리도록 큰 소리로 애들 이름을 불렀다.

"아빠아아!"

그들의 합쳐진 외침이 로비를 울리며 두 아이는 아빠를 향해 달려왔다.

한발 앞서 달려온 딸이 아빠를 와락 끌어안았다.

"아빠아아……." 딸은 낮고 절절한 소리로 아빠를 부르며 아빠의 허리를 두 팔로 감았고, "아빠아아……." 울음 섞인 더 절박한 소리로 다시 아빠를 부르며 얼굴을 아빠의 가슴에다 파묻었다.

"아빠아아……."

아들이 아빠의 한쪽 팔을 붙들며 울먹였다.

"그래, 그래, 혜리야, 호민아……."

김태범은 가슴 저 밑바닥에서 울컥 솟아오르는 울음 덩이를 억누르며 양쪽 손으로 딸과 아들의 머리를 번갈아 쓰다듬었다. 어금니를 맞물며 아무리 참으려 해도 솟구치는 눈물을 막을 수가 없었다.

"얘들아, 얘들아. 사람들이 쳐다본다. 그만, 어서 밖으로 나가자."

김태범은 목젖이 아프도록 눈물을 삼키며 두 아이의 등을 다독거렸다.

밖으로 나온 그들은 제각기 빠른 손놀림으로 눈물을 훔쳤다.

북악산에서 불어 내리는 매서운 바람결에 그들의 옷깃이 나부꼈다.

"얘들아, 춥다. 빨리 저기로 내려가서 지하철 타자." 김태범이 손짓했고, "아빠, 날씨 추운데 타고 다니라고 엄마가 차 내줬어요." 아들이 손을 내저으며 말했다.

"차를……?" 김태범의 얼굴이 일그러졌고, "그리고 엄마가 그전부터 말했잖아요. 지하철을 타면 안 된다고. 먼지와 쇳가루가 가득 차서 한번 폐에 들어가면 안 나와 병 걸리게 된다구요." 아들이 다급하게 말했다.

"괜찮다. 아빠도 많이 타고 다녔다." 김태범은 더 찌푸려진 얼굴로 말했고, "아빠가요……?" 딸이 의아스러운 얼굴로 아빠를 쳐다보았다.

"그래, 비즈니스맨의 생명은 약속 시간 엄수야. 그런데 서울 시내는 시도 때도 없이 교통이 막히잖아. 그래서 시간을 가장 정확하게 지키게 해주는 게 지하철이니까 애용하게 되는 거지. 이건 세계 대도시 비즈니스맨들의 공통점이야. 그리고 아빠 생각은 엄마와 반대야. 지금 서울에서 지하철을 이용하는 사람들이 하루 평균 500만을 넘어. 너희도 그 사람들 중의 하나로 지하철이 필요할 때는 타야 해. 그리고 엄마 말이 틀린 건 아니고, 너무 과장되어 있으니까 너희들은 하나도 겁낼 것 없어. 또 오늘은 아빠가 기막히게 멋진 여행 스케줄을 짜서 빨리빨리 움직여야 하니까 자동차로는 안 돼."

김태범은 딸과 아들을 번갈아 보아가며 여느 때 없이 다정하고 자상하게 설명해 나갔다.

"그럼 차는 어떡해?" 호민이 누나를 쳐다보았고, "됐어, 기사 아저씨보고 어디 가서 쉬다가 이따가 연락하면 우릴 데리러 오라고 하면 돼. 내가 연락할게." 혜리가 재치 있게 대응하며 핸드폰을 꺼내 들었다.

지하철 계단을 내려가며 혜리는 아빠가 들고 있는 빵 봉지 손잡이 끈을 살며시 잡아끌었다.

"왜에……?" 김태범이 정다운 눈길로 딸을 내려다보았고, "제가 들려고……." 혜리가 배시시 웃으며 조그맣게 말했고, "아니야, 아빠 하나도 안 무거워." 김태범이 더없이 포근하게 웃음 지으며 고개를 저었고, "저도 이제 다 컸어요." 혜리가 끈을 좀더 세게 끌어당겼고, "아니야, 아빠 눈엔 넌 아직도 어린애야." 김태범은 끈을 딸보다 더 세게 잡아당겨 빵 봉지를 바꿔 들었다.

"히야, 지하철이 이렇게 생겼구나. 아주 근사하다." 호민이가 사방을 두리번거렸고, "얘는……." 혜리는 큰 소리 치지 말라는 눈짓을 하며 동생의 팔을 질벅였다.

"아빠, 아빠, 우리 지금 어딜 가는 거예요?"

호민이가 아빠의 팔을 흔들며 낮춘 소리로 물었다.

"응, 이 지하철을 타고 청량리까지 가고, 거기서 KTX로 갈아타고 강원도 평창의 송어 축제에 가는 거야." 김태범이 환하게 웃으며 대답했고, "평창? 동계올림픽 열릴 데 말예요?"
호민이 눈이 휘둥그레졌고, "그렇지. 동계올림픽이 곧 열리게
됐구나." 김태범이 아들의 머리를 쓰다듬으며 고개를 끄덕였
고, "참, 나 올림픽 구경하고 싶은데." 호민이 불쑥 말했고, "그
래? 그럼 구경하고 싶은 종목을 하나 골라라. 담에 만나서 함
께 구경하자." 김태범은 전혀 생각하지 못했던 아이디어가 반
가워 흔쾌하게 말했고, "와아, 우리 아빠 최고! 우리 아빠 짱
이셔!" 호민이 펄쩍 뛰며 목청껏 외쳐댔고, "쟤는, 쟤는……."
혜리는 당황하며 동생에게 헛주먹질을 해댔다.

청량리행 지하철이 도착했다. 김태범은 두 애를 앞세워 지
하철을 탔다.

혜리와 호민이는 지하철 안 여기저기를 눈여겨보고 있었
다. 김태범은 그런 두 아이를 물끄러미 바라보고 있었다. '저
것들이 누구 자식이지? 절반은 내 자식이고, 또 절반은 안서
림의 자식인가? 글쎄, 이게 말이 되나? 그런데 저것들이 이렇
게 왔다 갔다 하면서 언제까지 살아야 되는 거지? 저것들이
어떻게 생각하고 있을까. 지금 저것들 마음은 어떨까?' 이런
생각을 하며 김태범은 가슴이 미어지고 있었다.

"지하철이 엄청 빠르네요."

청량리역에서 내리며 호민이 말했다.

"그렇지? 막히는 게 없이 달리니까 그런 거란다." 김태범이

대꾸했고, "그러니까 세계적으로 비즈니스맨들한테 사랑을 받는 거고." 혜리가 한마디 척 걸치며 눈을 찡긋했고, "하이고, 공부는 별것 없어도 머리는 참 좋으세요, 우리 누나!" 호민은 혀를 날름했다.

"아빠, 평창은 아주 멀잖아요?"

기차에 오르며 혜리가 미심쩍은 얼굴로 물었다.

"응, 걱정 마라. 자동차로는 2시간 넘게 걸리지만 이 KTX는 1시간이면 데려다주니까. 가서 몇 시간 놀고도 하루에 충분히 오갈 수 있다."

김태범은 딸의 옆얼굴에서 아내의 모습을 언뜻 느끼며 대답했다.

"아, 이제 알았어요. 왜 차로는 안 되는지." 호민이가 반짝하는 눈빛으로 말했고, "하이고, 공부도 별것 아니고 머리도 별루예요, 우리 동생!" 혜리가 동생과 똑같은 방법으로 복수하며 혀를 날름했다.

그런 두 아이를 바라보며 김태범은 전에 느껴보지 못했던 행복감을 느끼고 있었다. 그런데 그 행복감은 외로움과 슬픈 감정에 젖어 있었다. 아내 생각이 스치고 지나갔다.

"얘들아, 너희들 아침 안 먹었을지도 몰라서 이걸 샀다. 아빠는 안 먹었거든."

자리를 잡은 김태범은 비로소 빵 봉지를 딸에게 넘겨주며 말했다.

"네 아빠, 우유 한 잔밖에 안 먹었어요." 호민이가 얼른 대답했고, "네 아빠, 저도 배고파요." 혜리가 생긋 웃으며 빵 봉지에 손을 넣었다.

혜리가 아빠와 동생에게 샌드위치와 과일 주스를 전달했다.

"자아, 먹기 전에 이것 하나씩 받아라."

김태범은 지갑에서 명함을 꺼내 딸에게 하나, 아들에게 하나 내밀었다.

"이거 뭐예요?" 아들이 물었고, "어머 아빠, 취직하셨어요? BP 그룹에?" 딸이 놀라움과 기쁨이 뒤섞인 얼굴로 물었다.

"그래, 거기서 일하게 됐다."

김태범은 딸과 눈을 마주치며 고개를 끄덕였다.

"아빠아아……, 잘됐어요, 참 잘되셨어요. 걱정했거든요. 아무한테도 말 못 하고……." 딸의 목소리가 점점 물기에 젖는 느낌이더니, "아빠가 어떻게 사실 건가 걱정 많이 했거든요. 잘되셨어요, 정말 잘되셨어요." 결국 딸의 목소리는 울음으로 범벅이 되었고, 눈물이 그렁그렁 가득 찼던 눈에서는 눈물이 주르륵 흘러내렸다.

'저게 제 말마따나 이제 다 컸구나. 혼자서 애비 걱정을 다 하고…….'

김태범은 눈앞이 흐릿해지는 걸 느끼며 눈물을 삼키고 있었다.

호민이도 제 누나를 따라 손등으로 눈물을 훔치고 있었다.

"그래, 우리 혜리가 그리 걱정해 줘서 이 아빠는 정말 행복하다. 자아, 그만 눈물 닦고 아침 먹자."

김태범은 바지 주머니에서 크리넥스를 꺼내 딸의 손에 쥐여주었다.

"아빠, 이 특임부사장이란 무슨 뜻이에요?"

호민이가 명함을 들여다보며 물었다.

"응, 그건 특별 대우하는 부사장이란 뜻이고, 사장급의 부사장이란 뜻도 있어."

"아빠, 그럼 전무에서 빡쎄게 출세한 거잖아요."

"얘는……, 말하는 게 빡쎄게는 뭐니, 빡쎄게. 그렇게 유치한 말 안 쓸 수 없니? 딴것도 아니고 아빠 일에."

혜리가 동생에게 눈을 희게 흘겼다.

"빡쎄니까 빡쎄게라고 해야지, 그럼 뭐라고 해?"

"전무에서 크게, 엄청나게 출세한 거잖아요, 하면 되잖아."

"치이, 누나 잘났어, 증말. 난 빡쎄게라고 해야 기분에 딱 맞는데."

호민이는 누나를 향해 눈을 흘기며 입을 삐죽거렸다.

"그래, 둘이 말이 다 맞다. 배고픈데 어서 이거 먹자."

김태범은 샌드위치 한 쪽을 집어 들다 말고 과일 주스 병을 따서 한 모금 마셨다. '아내하고는 영원히, 이렇게 넷이 모여 앉을 수는 없는 것인가……' 불현듯 머리를 스치는 생각과 함께 주스가 목에 걸렸다. 그리고 권익재 변호사의 말이 퍼뜩 떠올랐다. '아이들의 성씨를 엄마 성씨로 바꿀 수 있는 법이 있다.' 김태범은 부르르 떨었다. '그걸 막는 길은 내가 돈을 많이 버는 수밖에 없다.' 그는 이미 수십 번도 더 했던 다짐을 또 하고 있었다.

"맛이 어떠냐?"

김태범이 물었다.

"네, 맛있어요."

두 아이의 대답이 합창하듯 겹쳐졌다.

"그래, 천천히 꼭꼭 씹어 먹어라."

김태범이 아들과 딸에게 번갈아 눈길을 주며 말했다.

"아빠 그 말, 밥 먹을 때마다 들려요."

딸아이의 나직한 말이었다. 그 얼굴에 슬픈 기색이 스쳤다.

"그래……"

김태범의 목소리도 착 가라앉아 있었다.

아이들이 어렸을 때부터, 그러니까 숟가락질을 하기 시작할 때부터 끼니때마다 자신이 잊지 않고 되풀이해 온 말이 있었다.

"고루고루 천천히 꼭꼭 씹어서 먹어라."

그 말은 자신이 아버지한테 밥상머리에서 평생 들었던 말이었다. 아버지는 그 말에 가끔 덧붙이는 말이 있었다.

"그 세 가지만 잘 지키면 평생 병원 출입 안 하고 무병장수하게 된다."

그게 아버지의 잔소리 같기만 하고, 터무니없는 미신 같기만 해서 듣기 싫고, 지겹고, 짜증 나기만 했다. 그런데 결혼하고, 아이가 숟가락질을 하기 시작하자 무심결에 아버지와 똑같이 자신이 그 말을 하고 있는 것을 발견했던 것이다.

그런데 어느 날 텔레비전 건강 프로그램에서 어떤 의사가 말했다.

"음식을 고루고루, 천천히, 꼭꼭 씹어 먹는 것이 최고의 건강 비결입니다. 이 세상 사람들이 전부 소망하는 무병장수는 바로 그 세 가지를 꾸준하게 실행하면 틀림없이 이루어집니다. 그 말은 그냥 하는 소리가 아니라 분명한 과학적 근거를 가지고 있습니다. 첫째 음식을 편식하지 않고 고루고루 먹으면 영양이 고루 갖추어지기 때문에 건강에 좋을 수밖에 없습니다. 둘째 음식을 천천히 먹으면 호르몬 분비가 충분히 되어 소화 기능이 원활해지는 동시에 포만감도 정상적으로 작용하여 과식을 하지 않게 되니 건강의 적인 비만을 막을 수 있습니다. 그리고 셋째 음식을 꼭꼭 씹게 되면 모든 음식물이 잘게 쪼개지는 동시에 씹는 동작으로 위아랫니가 서로 마주

치는 자극으로 침이 많이 분비되어 음식물과 고루 잘 섞이게 됩니다. 그런데 그 침은 강력한 소화제라서 음식물에 잘 섞일수록 음식물이 위로 넘어가면 위의 소화 운동의 수고를 그만큼 덜어줄 수 있습니다. 그리고 고루 잘 씹은 것 또한 위의 수고를 그만큼 덜어줍니다. 그러니 위가 혹사당하지 않아 건강할 수밖에 없습니다. 위가 건강하면 그 아래 소장이며 대장도 함께 건강을 누리게 됩니다. 그렇게 내장이 다 건강하면 무병장수는 당연히 따라오는 선물입니다. 그리고 꼭꼭 씹는 동작은 또 다른 큰 이점이 있습니다. 다름이 아니라 씹는 동작을 할 때마다 위아랫니의 이뿌리가 자극을 받아 치아와 잇몸이 건강해집니다. 그리고 음식을 씹을 때마다 발생하는 자극은 피돌기도 촉진시켜 뇌에 피를 많이 공급해 주기 때문에 치매 예방 효과가 아주 큽니다. 그러니까 음식을 꼭꼭 잘 씹어 먹는 사소한 것 같은 습관 한 가지가 우리의 건강을 지키는 데 얼마나 중요한 일인지 알 수 있을 것입니다."

그런 과학성을 확인한 다음부터 자신은 밥상머리에서 아버지의 아들답게 고루고루, 천천히, 꼭꼭 씹어 먹어라를 줄기차게 읊어댔던 것이다.

"아빠, 이 KTX가 엄청 빨리 달리는데, 시속 몇 킬로나 돼요?"

호민이가 샌드위치는 다 먹어치우고 새로 빵을 집어 들며 물었다.

"그래, 자동차는 비교가 안 될 정도로 빠르지. KTX는 말이지, 세 가지 노선이 있어. 경부선과 호남선이 차례로 만들어졌고, 이 강릉선이 평창 동계올림픽에 대비해 세 번째로 만들어진 거야. 그런데 그 속도는 다 똑같지 않아. 경부선과 호남선은 최대 속도가 시속 300킬로인데 이 강릉선은 최대 속도가 250킬로이고, 구간에 따라 조금씩 차이가 나서 평균 200킬로로 달리는 거야."

"근데 왜 그렇게 차이가 나나요?"

"그게 분명한 이유가 있지. 우리 함께 찾아볼까? 저 창밖을 봐라. 산이 많이 보이니, 들이 많이 보이니?"

"예, 산이요. 아까부터 계속 산만 보여요."

"그래, 잘 봤다. 그게 바로 이유다."

"산이 이유요?"

"아이구 답답. 산이 많으니까 빨리 달리면 위험하잖아. 그러니까 안전을 위해 속도를 낮추는 거지."

혜리가 카랑하게 말했다.

"정답!"

김태범이 엄지와 중지로 딸을 향해 동그라미를 그려 보이며 유쾌하게 웃었다.

"킁! 누나 또 잘난 척."

호민이가 입을 뿌루퉁하게 내밀었다.

"아니야, 누나가 잘난 척하는 게 아니라 우리 호민이하고는 학년이 2년이나 차이 나니까 조금 더 아는 것뿐이야. 우리 호민이도 학년이 더 올라가면 당연히 누나처럼 다 알게 돼."

김태범은 아들의 손을 꼭 쥐어주면서 딸에게 동생의 기분을 풀어주라는 눈짓을 했다.

"그래, 아빠 말씀이 딱 맞아. 내가 잘난 척하는 게 아니라 선배로서 아는 것을 말씀하시는 거니까 넌 '선배님 가르쳐주셔서 고맙습니다' 하는 마음으로 겸손하게 배우라구." 혜리가 아빠의 눈짓과는 반대로 나갔고, "아빠, 보세요. 이렇게 사람을 놀려대니까 약이 올라서 싸우게 되는 거라구요." 호민이가 하소연 섞인 어리광을 부렸다.

"에이, 그건 진짜 약을 올리자는 게 아니라 그냥 재미있게 장난치자는 거니까 너도 장난치며 받아넘겨야지."

김태범은 아들의 머리를 쓰다듬으며 빙그레 웃었다.

"그거……, 어떻게요?"

호민이 고개를 갸우뚱했다.

"그야 쉽지, '하이고, 그렇게 아시는 게 많은데 선배님 갖고 되남요. 앞으로 싸부님으로 모실 테니 더 많이 가르쳐주십시요. 싸부님, 하늘처럼 존경합니다' 하는 식으로 말야."

"아빠, 몰라, 몰라. 그런 걸 가르쳐주면 어떡해요."

혜리가 아빠의 등을 주먹으로 콩콩 치며 발을 동동거렸다.

"아유, 그런 좋은 방법을 왜 몰랐지. 누나 넌 앞으로 봐. 한 방씩 쎄게 먹여줄 테니까."

호민이는 가운뎃손가락 가운데 매듭이 튀어나오도록 주먹을 쥐어 겨누며 누나를 꼬나보았다.

"아빠, 쟤 좀 보세요. 금방 버릇없이 구는 거. 쟨 걸핏하면 주먹 쥐고 기운으로 하려고 들어요. 지가 저보다 잘하는 게 기운 센 것밖에 없거든요."

혜리가 혀를 날름거리며 아빠한테 일러바쳤다.

"근데 아빠, 아빤 어떻게 KTX 속도 같은 것도 쫙 다 그렇게 아세요?"

호민이가 누나를 묵살하며 아빠한테 물었다.

"응, 그런 건 전문 지식이 아니고 상식이니까 매일 신문을 읽다 보면 누구나 알게 되는 것들이야. 너도 어른 되면 자연히 그렇게 되는 거야."

"아빠, 근데 평창 송어 축제는 뭐예요?"

이번에는 혜리가 동생을 묵살하며 아빠한테 물었다.

"응, 그건 아빠도 잘 몰라. 그냥 너희들하고 하루를 즐겁게 보낼 수 있는 게 뭘까 궁리하다가 겨울철에만 하는 송어 축제를 생각해 냈고, 바로 인터넷 검색을 해보니 그 놀이가 여러 가지로 다양해서 틀림없이 재미있겠다 싶어 고른 거란다. 궁금하면 너희들도 지금 바로 핸드폰 검색을 해봐."

"아, 맞다, 핸드폰!" 혜리가 손뼉을 쳤고, "검색은 내가 왕이지" 하며 호민이가 재빨리 핸드폰을 꺼내 작동시키기 시작했다.

"어머나, 이건 뭐냐." 누나의 말에, "얼음판 낚시잖아." 동생이 대꾸했다. "이건 또 뭐지?" "글쎄, 뭐 하는 거야?" "아, 알았다. 맨손으로 고기 잡기다." "그러네. 그거 신나겠다." "야아, 이거 눈썰매구나!" "맞어, 맞어. 무지 신나겠네." "이거, 이건 뭐지?" "글쎄……, 아빠 이건 뭐예요?" "응, 어디 보자. 옳아, 이건 팽이치기다. 요 쪼그만 게 팽이잖아." "우와, 이건 눈 조각이다!" "크아, 사람 키보다 몇 배는 더 큰 조각이네." "이건 또 뭐야. 얼음 위에다가 무슨 텐트를 이렇게 많이 쳐놨어?" "글쎄, 여기서 잘까? 안 추울까?" "모르겠어. 가봐야 알지."

검색에 흠뻑 빠져 신바람이 난 두 자식을 물끄러미 바라보다가 김태범은 문득 시계를 보았다. 어느덧 1시간이 지나고, 10분쯤 후에는 목적지 도착이었다.

김태범은 아이들과의 1시간이 10분처럼 짧게 지나간 것을 느끼고 있었다. 그 시간 동안에 아내에 대한 이야기는 한마디도 나오지 않았다. 자신은 일부러 입에 올리지 않았다. 아이들도 일부러 그랬던 것일까. 오로지 세 사람의 즐거운 시간이었을 뿐 아내는 끼어들 틈이 없었다. 그는 문득 이상한 감정을 느꼈다. 아내와의 관계는 무한정 멀어지고, 아이들과의 관계는 한층 더 깊어지는 느낌이었다.

'부부는 헤어지면 남남이지만, 자식은 끊을래야 끊을 수 없는 천륜이다.'

흔히 들어온 말이 새롭게 떠올랐다.

"자아, 다 왔다. 내릴 준비 하자."

김태범은 자리를 정리하며 말했다.

"벌써 다 왔어요? 아빠, 지금 몇 시예요?"

호민이가 기지개를 켜며 물었다.

"응, 10시 40분이다."

"어머나, 평창까지는 엄청 먼 길이잖아요. 첩첩산중이라고요."

혜리가 두꺼운 방한복을 옷걸이에서 내리며 물었다.

"그렇지. 옛날 고속도로가 없을 때는 7시간, 8시간씩 걸리던 거리다. 아빠 대학생 때."

"근데 오늘은 1시간 10분 정도밖에 안 걸렸어요. 우리나라 진짜 완전 짱이에요."

호민이가 벙글거리며 엄지손가락을 세웠다.

"그래, 완전 짱이다. 아빠도 좀 걱정했는데 직접 타보니까 이 KTX도 아주 잘됐다. 빠르고, 안전하고. 동계올림픽 잘되겠구나. 자아, 내릴 준비 다 끝났으면 슬슬 앞으로 나가자."

김태범은 앞장서 걸음을 옮기기 시작했다.

학생들이 방학인 데다 주말이라 송어 축제장은 헤아릴 수 없이 많은 사람들의 흥겨움으로 넘쳐나고 있었다. 강원도 하고도 고도 높은 평창이라 1월의 추위는 맵고도 매서웠지만 들끓는 사람들의 열기는 오히려 그 추위를 압도하고 있었다. 놀이에 따라 맘껏 터뜨리는 환호성이며, 즐겁고 유쾌한 마음을 거칠 것 없이 드러내는 웃음소리는 싱그러운 자연과 함께 어우러진 생명의 향연이었다.

"어떠냐? 안 춥냐?"

김태범은 두 아이의 방한 상태를 살피며 물었다. 미리 말한 대로 아이들은 모자와 장갑까지 다 갖추고 있었다.

"아빠, 거뜬해요." 아들이 두 팔을 휘둘러 보였고, "하나도 안 추워요." 딸이 건강미 돋아나는 발그레한 얼굴에 웃음을 가득 담으며 말했다.

"그래, 잘됐다. 그럼 송어 축제의 최고 재미로 치는 얼음낚시부터 시작하자. 여러 가지가 많으니까 될 수 있는 대로 많이 해보려면 한 가지에 시간을 많이 보낼 수는 없어. 대강 30분 정도씩만 해보는 거야. 그리고 낚시를 할 때 꼭 잡겠다고 욕심부리지 마. 그럼 재미가 없어져. 잡히면 좋고, 안 잡혀도 그만이고 하는 마음으로 즐기는 거야. 그래야 낚시질이 재미있어져. 무슨 말인지 알겠지?"

"난 큰 놈을 꼭 한 마리 잡고 싶은데." 아들이 뚱하니 말했고, "쟤는 꼭 저래요, 얄밉게." 딸이 동생에게 눈총을 쏘았다.

"그래, 가자. 우리 셋이 다 한 마리씩 잡을 희망을 안고."

김태범은 양쪽에 세운 딸과 아들에게 어깨동무를 했다.

얼음 구멍 하나씩을 차지하고 낚싯줄을 드리웠다.

"아빠, 이거 깨지지 않을까?"

딸이 얼음판을 발로 조심스럽게 굴러보며 물었다.

"아무 걱정 마라. 트럭이 지나가도 끄떡없단다. 여기가 매일 밤 영하 10도 이하에서 20도까지 내려가니까 얼음은 점점 더 두껍게 언단다." 김태범이 설명했고, "아유 겁쟁이. 저러면서도 잘난 척은……." 호민이가 누나를 향해 용용 죽겠지 손짓을 해댔다.

딸애는 쪼그리고 앉아 낚싯줄을 조심조심 흔들며 얼음 구멍에 눈길을 모으고 있었고, 아들놈은 언제부턴가 얼음 위에 배를 착 붙이고 엎드려 얼음 구멍에 얼굴을 박듯이 하고 있었다. 물속의 고기 움직임을 보고자 하는 욕심이었다.

30분이 조금 넘어 얼음낚시를 끝냈다. 셋 다 빈손이었다.

"아 아깝다. 고기가 몇 번씩 왔다 갔다 했었는데."

호민이는 더 하고 싶은 아쉬움을 감추지 못했다.

"이제 저쪽 썰매장으로 가보자. 썰매 타는 재미도 괜찮을 거야."

김태범은 아들과 딸의 손을 잡고 걷기 시작했다. 전에는 별로 하지 않은 행동이었다.

"이거 첨 타보는 거지? 자아, 아빠처럼 앉아서 몇 번만 연습해 봐. 그럼 금방 할 수 있어. 아주 쉬워."

김태범은 썰매 타는 시범을 보였다.

두 아이는 금세 익숙해졌다.

"아빠, 재밌어요." 호민이가 소리쳤고, "저두요. 아빠, 우리 시합해요." 혜리가 유쾌하게 말했고, "그래 시합하자!" 김태범도 목청을 한껏 돋우었다.

셋은 웃고 또 웃어대며 썰매 타기에 열중했다.

"자아, 이제 저쪽으로 가보자. 팽이치기를 하는 것 같다."

김태범은 다시 아이들의 손을 잡았다.

"아빠, 배고파요. 저것 먹고 싶어요." 한참을 걷던 아들이 왼쪽을 손가락질했고, "응, 배고플 때가 됐다. 저것 뭐? 오뎅하고 떡볶이? 그래 먹자. 아빠도 배고프다." 김태범은 흔쾌하게 발길을 돌렸고, "어엄……." 혜리는 입 밖으로 막 나오는 말을 얼른 삼켜버렸다. 혜리가 삼킨 말은 '엄마가 그런 건 못 먹게 하잖아'였다.

"오뎅 3인분, 떡볶이 3인분!"

김태범이 신나는 목소리로 주문했다.

'에라 모르겠다. 안 먹었다고 하면 그만이지 뭐.'

혜리는 오뎅의 맛있는 냄새에 자신도 모르게 코를 벌름거리며 엄마 생각을 지워버렸다.

"아빠 이따가 라면도 먹을래요. 화끈하게 매운 걸로."

호민이가 오뎅을 한입 가득 몰아넣고 우물거리며 말했다.

"라면? 매운 걸로? 그거 좋지. 여긴 '평창 한우'가 유명하거든. 그러니까 점심은 한우로 맛있게 먹고, 라면은 여기 떠나기 전에 간식으로 먹는 거야. 어떠냐?" 김태범이 들뜬 듯 흥돋는 목소리로 말했고, "크으와하하……, 우리 아빠 최에고 오……, 완전 짱 중에 짱이시다!" 호민이가 두 팔을 번쩍 치켜들며 목청껏 외쳐댔다.

'아이고, 야단났네. 엄마가 이걸 보면 미치겠지? 나도 몰라. 나도 매운 라면이 속 화끈하게 맛있는걸 뭐.'

혜리는 기분이 착착 맞는 아빠와 동생을 바라보며 또 엄마 생각을 떼쳐내고 있었다.

"자아, 너희들 이것도 첨 해보는 거지? 이것도 아주 쉽고 재밌다. 운동도 잘 되고 말야."

김태범은 팽이치기 시범을 보였다. 얼음판이라 팽이는 땅위에서보다 몇 배 잘 돌았다.

"너희들이 연습해 보고, 잘 치게 되면 그때부터 셋이서 팽이 싸움을 하는 거야. 서로 부딪쳐 먼저 죽는 쪽이 지는 거지." 김태범이 말했고, "그럼 패배자는 보나 마나 누나지 뭐." 호민이가 두 팔을 치뻗으며 으스댔고, "흥, 까불지 마. 싸움이 기운만 가지고 되는 줄 알아? 기술이 있어야지, 기술." 혜리도

밀리지 않고 기세를 세웠다.

셋의 팽이치기가 빠르게 익숙해질수록 팽이 싸움도 격렬해졌다. 혜리의 말마따나 승리는 호민이가 독차지하지 못했다. 할 때마다 승자는 예측 불허였다. 그래서 더 신나고, 열심히 치게 되고, 함성이 터지고, 땀까지 끈끈하게 날 만큼 운동도 잘 되었다.

갈비구이로 점심을 먹으며 김태범은 새로운 행복감에 젖고 있었다. 그러나 그 행복감 저 바닥에는 야릇한 허전함과 슬픔이 서려 있었다.

"자아, 너희들이 아빠한테 술 한 잔씩 따라라."

김태범은 소주병을 따며 말했다.

"아빠, 나는 콜라……" 호민이가 아빠 눈치를 보며 말했고, "응? 콜라? 그래 마셔, 마셔." 김태범이 흔쾌하게 대꾸했다.

'야 김호민, 너 오늘 엄마한테 엄청 배신 때리는구나. 좋았어. 니가 마시면 나는 못 마시냐.'

혜리는 또 엄마 생각을 밀쳐내며 짜릿함마저 느끼고 있었다.

점심을 먹고 나서 그들은 눈썰매를 탔다. 눈 비탈을 급히 내닫는 썰매의 호시에 실려 그들은 절로 터져 나오는 함성을 맘껏 질러댔다. 수많은 사람들이 거침없이 소리를 질러댔지만 그 소리에는 시끄러움이 없었다. 즐거움과 기쁨의 합창인 그 소리들은 대자연 속에서 잘 소화되어 사라지고 있었다.

눈썰매 타기를 끝내며 김태범은 시계를 보았다. 어느덧 오후 4시였고, 산 깊은 곳이라 해는 벌써 뉘엿뉘엿해지고 있었다.

"얘들아, 그만 떠날 준비 하자. 벌써 4시고, 5시면 서울서도 어두워지기 시작하니까." 김태범이 말했고, "아빠, 가기 싫어요. 하룻밤 자고 가요. 아직 못 해본 것, 못 본 것들이 있잖아요." 호민이가 대뜸 말했고, "그래, 하루 갖고는 무리야." 혜리도 아쉬운 기색을 보였다.

"아빠도 너희들과 똑같은 생각이지만, 그래도 안 돼. 첫 번째 약속부터 깨서는 안 되니까. 앞으로 이렇게 재미있게 놀 기회는 얼마든지 있어. 아빠가 그 책임은 틀림없이 질 테니까 오늘은 이만 돌아가도록 하자, 응?"

"알았어요. 아빠가 특임부사장 되셨으니까 그 약속 틀림없이 지킬 수 있다는 것 믿어요. 예, 그만 가요."

호민이가 당차게 말했고, 동생 뒤에 선 혜리는 문득 놀라는 얼굴로 입을 삐쭉하며 동생의 뒷머리를 쥐어박는 시늉을 하고 있었다.

"아빠, 라면!"

호민이가 걸음을 떼어놓으며 말했다.

"아 그렇지, 라면!"

김태범은 별로 생각이 없었지만 아들의 기분을 살려주기 위해 생기 있게 박자를 맞추었다.

'그래, 먹고 돌아앉으면 배고플 나이다. 많이 먹고 건강하게 커라.'

김태범은 아들의 등을 쓰다듬었다. 이제 중학생이 될 아들의 등은 실팍했다.

딸도 아들 못지않은 먹성으로 라면을 맛깔스럽게 먹어댔다. 김태범은 라면을 먹는 시늉만 하며 그런 두 아이를 물끄러미 바라보고 있었다. '절대로 너희들 성이 바뀌게 할 수는 없지' 생각하며.

기차에 자리를 잡자마자 호민은 이내 잠이 들었다. 혜리도 뒤따라 고개를 떨구었다. 쉴 새 없이 놀이에 취한 하루였다.

김태범은 고이 잠든 두 자식을 바라보며 이 생각 저 생각에 잠겨 있었다. '다음에도 만날 때마다 오늘처럼 즐겁게 해 줘야 할 텐데……. 걱정 마. 열심히 찾아다니면 안 될 게 없지.' 이 생각을 끝으로 깜빡 잠이 들었다.

"아빠, 아빠, 다 와가요. 곧 도착해요."

김태범은 딸이 흔들어 깨워서 눈을 떴다.

"응, 그래, 그래. 너희들 차는?"

김태범은 허둥거리며 물었다.

"청량리역 주차장으로 오라고 했어요." 혜리가 머리칼을 뒤로 넘기며 대답했고, "아이고, 우리 딸이 정말 다 컸네." 김태범은 한없이 사랑스러운 눈길로 딸의 머리를 쓰다듬었다.

기차에서 내린 김태범은 아이들을 주차장까지 데려갔다.

"아빠아아……, 건강하세요." 아빠를 끌어안은 혜리가 울먹였고, "그래, 너도 건강해라." 김태범도 딸의 등을 다독거리며 목이 메었고, "아빠, 싫어요. 이렇게 사는 거." 아들이 퉁명스럽게 내쏘고는 차를 향해 뛰어갔고, "바보, 그딴 소리를……." 딸이 울음과 함께 이 소리를 터뜨리며 동생을 뒤쫓아갔다.

차가 주차장을 빠져나가 다른 차들과 섞여 보이지 않았다. 그때까지 굳은 듯 서 있는 김태범의 눈에서는 눈물이 흘러내리고 있었다.

2

"임예지 큐레이터시지요?"

"네, 임예지입니다."

임예지는 턱을 바짝 잡아당겨 정갈하면서도 상큼한 목소리를 냈다. 미술관 큐레이터의 품위와 세련미를 보이는 첫인상이 목소리에서부터 시작되기 때문이었다.

"아, 안녕하세요. 나 법무팀장입니다."

임예지는 왈칵 역겨움을 느끼며 얼굴이 잔뜩 구겨졌다. 그리고 반사적으로 핸드폰을 귀에서 뗐다. 아무 대꾸도 없이. 지난번에 그가 풍겼던 남자 냄새가 비위 상하게 되살아나고 있었다.

'나 법무팀장입니다? 어디다 대고 나야, 나가. 무교양한 것. 사법 고시 패스했으면 안하무인이셔? 아니꼽기는……'

"아, 여보세요?"

"네, 용건 말씀하세요."

임예지는 싸늘한 목소리로 튕겼다.

"아니, 저어……." 주춤하는 기색이더니, "30분쯤 후에 사장님실로 오십시오. 금불상 소송 건 변호사가 바뀌었으니 인사해야 합니다." 말투가 조심스럽게 변해 있었다.

"아니, 변호사가 바뀌어요?"

임예지는 깜짝 놀라 그만 목소리가 높아졌다.

"예, 사건 처리를 신속, 정확하게 하기 위해섭니다."

"아니, 더 이상 어떻게 신속, 정확하게 한다는 건가요? 전관예우 송 변호사님이……."

"예, 됐습니다. 자세한 것은 사장님실에 와서 알도록 하세요. 전화 끊습니다."

법무팀장은 임예지의 말을 무지르고 자기 말만 하고는 전화를 끊어버렸다.

"참 가관이네. 한국판 엘리트다우셔. 대한민국의 3대 구제

불능족이 국회의원·법조인·고급 공무원이라더니 그 말이 어찌 그리 딱 맞니. 아유, 비위 상해."

임예지는 핸드폰을 노려보며 화풀이를 하고 있었다.

아까 법무팀장에게 중단당해 하지 못했던 말은 '전관예우 송 변호사님이 신속하고 정확하기로 최고 아닌가요?'였다.

임예지는 다시 생각해 보았다. 이모저모로 짚어보아도 이미 사건을 완전히 파악하고 있는 송 변호사를 덮을 사람은 없을 것 같았다. 호색한(好色漢)이 아니라 호금한(好金漢)이긴 하지만. 허나 호금한이야 어디 그 사람 하나뿐인가.

그런데 왜 그 사람을 바꾼 것일까? 그보다 더 능력 발휘를 할 수 있는 사람은 도대체 어떤 사람일까? 전관예우보다 더 큰 능력이라면 그게 뭘까? 자신이 전혀 모르는 분야라서 임예지는 여러 가지 의문이 생길 뿐이었다.

사실 전관예우 변호사의 무적필승(無敵必勝) 전과에도 얼마나 놀랐는지 몰랐다. 전관 변호사는 지는 재판이 없다는 말을 흔히 들어왔지만 이번 사건을 겪으면서 보니 그건 참 너무 야비했고, 조폭 쩜 쩌 먹는 조직 범죄였던 것이다. 서로 끼리끼리 짜고 돈으로 맥질을 해서 질 재판도 이기게 만드는 것이 그 잘난 전관예우였던 것이다. 돈이 없어서 이길 재판도 져야 하는 사람들의 심정은 어떨까……

임예지는 자기네가 이겨서 금불상을 빼앗기지 않고 그대로 소장할 수 있게 된 것이 고마운 한편으로 마음 한구석을 채우고 있는 죄의식은 지울 수가 없었다. 스님들의 분통해하는 모습은 꿈에도 나타나곤 했다. 그건 피할 도리가 없는 큐레이터의 비애이기도 했다.

임예지는 정확하게 시간을 맞추어 사장실로 갔다. 아까 법무팀장이 꼬박꼬박 '사장님실'이라고 했던 말이 아직도 귀에 거슬리고 있었다. '사장실'이라고 해야 맞지 왜 '사장님실'인가. 아부를 하다 보니 그 지경이 된 것이었다.

"기다리고 계십니다."

녹음된 것 같은 음성으로 여비서가 말했다.

"사장님 혼자세요?"

임예지는 무의식적으로 옷을 터는 손짓을 하며 물었다.

"아닙니다. 두 분 더 계십니다."

임예지는 '두 분'이 법무팀장과 바뀐 새 변호사라고 짐작했다.

"임 큐레이터님 오셨습니다."

여비서가 노크와 함께 사장실 문을 열며 말했다.

"아, 임 큐레이터, 어서 와요."

안서림 사장이 손을 가볍게 들며 임예지를 맞았고, 두 남자가 소파에서 몸을 일으켰다.

"인사하시지요. 아까 말했던 새로 사건 맡으신 박 변호사이십니다."

법무팀장이 말했다.

"아니, 판, 판⋯⋯."

새 변호사를 보는 순간 임예지는 너무 놀라서 '판, 판⋯⋯'
하며 말을 더듬었다.

"아, 역시 임 큐레이터께서는 눈썰미가 대단하시군요. 법정
에서 먼발치로 본 박진호 판사님을 알아보시다니요."

법무팀장이 좀 과장된 어조로 말하고는 괜한 헛웃음을 달
았다.

"예, 처음 뵙겠습니다. 박진호 변호사입니다."

박진호 판사는 어느새 변호사로 변해 정중히 인사를 하며
명함을 내밀고 있었다.

"아 네, 임예지라고 합니다."

임예지는 명함을 받으면서도, 상대방이 내민 손을 잡으면
서도 머리가 혼란하고 어질어질해서 상황 파악을 잘하지 못
하고 있었다.

"예, 박 판사님께서 얼마 전에 퇴임을 하셨습니다. 그리고
변호사 개업을 하시면서 우리 사건을 맡아주신 겁니다. 시간
끌지 않고 우리 사건을 빨리 끝낼 수 있게 됐으니 우리로선
참 다행이고 행운인 거죠."

법무팀장의 빠른 설명이었다.

"아 네, 참 잘됐군요."

이건 임예지의 본심이 아니었다. 직책상 하는 형식적인 말일 뿐이었다.

이런 뜻밖의 일이 벌어졌으니 자신은 '사건을 신속, 정확하게 처리하기 위해서 변호사를 바꿨다'는 법무팀장의 말을 이해하지 못했던 것이다.

'어떻게 이런 일이……. 이건 해도 너무하는 것 아닌가……'

이것이 임예지의 본심이었다.

"내가 작년 가을에 유럽에 갈 일이 있었는데도 이 재판 건 때문에 못 갔거든요. 근데 이번엔 꼭 가야 하니까 이것 좀 빨리 끝내주세요."

사장이 박 변호사에게 마치 지시하는 듯한 손짓을 하며 말했다.

"예, 염려 마십시오. 최대한 빨리 떠나실 수 있도록 최선을 다하겠습니다. 조금만 기다려주십시오."

박 변호사는 말에 박자를 맞추기라도 하듯 머리를 조아리고 허리를 굽신굽신했다.

그런 그를 임예지는 물끄러미 바라보고 있었다. 법정에서의 박 판사 모습과 지금의 박 변호사 모습은 너무나도 딴판이었다. 같은 사람이 이렇게 변할 수 있다는 것이 놀랍고도 신기하기만 했다.

"그럼 임 큐레이터는 지난번 송 변호사님과 했던 것처럼 박 변호사님하고도 긴밀히 협조해서 일이 빨리 끝나도록 해줘요."

사장이 임예지에게 지시했다.

"네, 알겠습니다."

"박 변호사님한테 명함 안 드렸잖아요."

사장이 지적했다.

"아 네, 죄송합니다. 법무팀장님 말씀 듣느라고……."

임예지는 얼른 둘러붙였다. 딴생각하느라고 비즈니스의 결례를 범한 것이었다.

"정중히 사과드립니다. 죄송합니다."

임예지는 서둘러 명함을 꺼내 박 변호사에게 두 손을 받쳐 예의를 다해 내밀었다.

'그래도 해도 너무한 일이야. 이런 일까지 벌어지고 있는 줄은 정말 꿈에도 몰랐어.'

그러나 속으로는 이런 생각을 하고 있었다.

"됐어요. 그럼 박 변호사님, 임 큐레이터와 실무 진행해 주세요."

사장이 모임 끝을 알렸다.

세 사람은 함께 사장실을 나왔다.

"그럼 용무 있을 때 연락드리겠습니다." 박 변호사가 임예지에게 말했고, "네, 빨리 연락 주시기 바랍니다." 임예지는 박 변호사와 법무팀장에게 싸잡아서 목례하고는 다급하게 돌아섰다. 그들과 아무 이야기도 나누고 싶지 않았던 것이다.

임예지는 미술관으로 돌아가면서 박 변호사에게 수임료를 또 얼마나 주었을까 생각했다. 분명한 것은 지난번의 송 변호사보다 적을 리 없다는 것이었다. 그 수임료를 셋이서 결정한 다음에 자신을 불렀다는 것을 짐작할 수 있었다.

박 변호사는 송 변호사에 비해 시쳇말 그대로 '따끈따끈한 전관예우 변호사'였다. 법무팀장은 그런 사람을 쏙 골라 사장 앞에 대령한 것이었다. 법무팀은 그런 일을 그야말로 '신속, 정확'하게 하라고 두는 조직이기도 했다.

그런데 임예지의 뇌리에 두 가지 생각이 퍼뜩 떠올랐다.

'박 변호사가 자연스럽게 퇴임한 것일까? 아니면 법무팀장이 살살 유도해서 퇴임시키고 이 일을 맡긴 것이 아닐까?'

틀림없는 것은 그 두 가지 중에 하나일 것이고, 어느 것이 되었든 간에 하등의 문젯거리가 되지 않는다는 것이었다. 분명히 문제가 있는 문제인데 그런 행위에 대한 규제 법안이 없으니까 아무 문제가 될 것이 없는 사법부의 문젯거리였다.

임예지는 사무실에 돌아와서 더 심하게 스님들 생각에 시달렸다.

'스님들이 또 패소하면 어떻게 될까? 패소는 빤히 보이는 정답 아닌가. 스님들은 왜 전관을 안 쓸까? 돈이 없어서? 혹시 전관 같은 게 있는지도 모르는 건 아닐까? 지금 일어나고 있는 사태를 알려주면 스님들은 어떻게 대응할까? 박 변호사보다 더 센 전관을 붙일까? 박 변호사보다 더 센 전관? 그런 전관이 있을 수 있을까?'

임예지는 계속 머리가 띵한 충격에서 벗어나지 못하고 있었다.

자기가 판사로서 재판했던 사건을, 법복을 벗고 변호사가 되어, 전관예우 변호사로서 거액의 수임료를 받고 변호를 맡고 나선다…….

아무리 생각하고 또 생각해 봐도 그런 건 잘못된 일인 것 같았다. 그런데 현실에서는 그런 이해할 수 없는 일이 버젓이 벌어지고 있었다. 소위 법을 다룬다는 사람들 사이에서. '법과 양심'을 입에 달고 사는 그들 사이에서 이런 황당한 일이 벌어지고 있는 것을 세상 사람들은 얼마나 알까? 자신도 이 일에 연관되지 않았더라면 평생 모르고 지나갔을 일이었다. 그녀는 새삼스럽게 세상의 무서움에 질리며 한기를 느끼고 있었다. 자신이 젖어 살아온 미술의 세계에서는 상상도 할 수 없는 끔찍스러운 일이었다.

사흘이 지나 임예지는 박 변호사의 전화를 받았다.

"급히 의논할 일이 있으니 우리 사무실로 좀 왔으면 합니다."

명령이라고 느껴질 만큼 박 변호사의 목소리는 거만스러

웠다. 사장 앞에서 굽신거리던 때의 목소리는 전혀 아니었다. 그게 간사한 인간의 마음이라고 생각하며 임예지는 속으로 피식 웃어버렸다.

"네, 언제쯤 가는 게 좋으신지요?"

임예지는 감정 싹 감추고 정중하게 예의를 갖추어 말했다.

"에에에 또……, 딴 일을 하나 처리해야 하니까 두 시간쯤 후에 오세요."

박 변호사는 거드름이 더 심해진 목소리로 말했다.

"네, 알겠습니다. 두 시간 후."

임예지는 일부러 여기서 말을 끊었다. 평소 자신이 쓰는 교양적인 언어에서 '……에 뵙겠습니다'를 빼버린 것이었다. 겸손을 모르는 자한테 겸손한 것은 겸손에 대한 모독이라고 생각하기 때문이었다.

"치이, 그 말이 딱 맞네."

임예지는 전화를 끊으며 혼잣말을 내뱉었다. 언젠가 들었던 말이 퍼뜩 떠오른 때문이었다.

"사시·행시 패스한 자들이 절대 못 고치는 고질병이 있어. 난 머리 좋아, 난 남달라, 난 특대를 받아야 해, 하는 생각이 머리에 꽉 들어찬 인종들이야. 그 옛날 과거 급제한 것하고 똑같이 생각한다니까. 그런 거만, 자만, 오만, 3만이 만발한 자들이 국가의 사법권이고 행정권을 장악하고 있으니 나라

꼴이 제대로 될 게 뭐야. 이거 날 샌 나라야."

그 힐난한 말에 이의를 제기한 사람이 하나도 없었다. 둘러 앉은 대여섯 명이 다 고개를 끄덕였던 것이다.

지난 송 변호사도, 이번 박 변호사도 자기들은 머리 좋고, 남다르고, 그래서 특별 대우를 받아야 한다고 믿기 때문에 어마어마한 수임료를 아무렇지도 않게 받아 챙기며 전관예우라는 사법 범죄를 태연하게 저지르고 있는 게 아닌가.

임예지는 박 변호사 사무실로 가면서 마음이 우울하고 께름칙했다. 지난번 송 변호사처럼 또 수임료 이외의 돈을 요구하면 어쩌나 하는 생각을 떼칠 수가 없었던 것이다.

"흥, 봉 잡았다 그거지? 그래, 욕심껏 배 터지게 뜯어먹어봐라. 고작 1억? 그깟 돈 가지고 눈 한번 깜짝할 것 같으냐? 성화한테는 푼돈이다, 푼돈."

지난번에 추가로 1억을 내주며 사장은 이렇게 말했다. 말과는 다르게 사장은 언짢은 기색이 역연했다. 말이 '고작 1억'이지 그 돈을 가지고 파리에서 명품 쇼핑을 하면 관세에다, 한국 수입상들의 이익까지 붙지 않은 가격이니 얼마나 알짬으로 장식품들을 구입할 것인가.

이번에도 또 그런 옹색한 심부름을 하게 될까 봐 임예지는 미리부터 구름 낀 기분이었다.

"재판을 좀 아시는지 모르겠는데, 형사는 판결이고, 민사는 타협입니다. 다시 말하면 형사는 판사가 판결을 내리는 것으로 범인이 감옥에 가고 재판은 깨끗이 끝나버립니다. 그러나 민사는 개인과 개인 간의 손익 문제이기 때문에 판사의 판결로 끝나는 것이 아니라 쌍방이 원만히 타협을 이루어내야만 재판이 종결되는 것입니다. 우리는 초심에서 이겨 상소심에 와서 유리한 국면입니다만, 그렇다고 판결만 기다리고 있어서는 안 됩니다. 더군다나 사장님께서는 외국에 나가서야 하기 때문에 재판이 완전 해결로 빨리 끝나길 바라고 계십니다. 상황이 이러므로 쌍방의 신속한 타협은 가장 중대한 핵심이고, 급선무입니다. 이 점 어떻게 생각하십니까."

박진호 변호사는 전화를 통해서 느꼈던 거만스러움을 그대로 드러내며 느릿한 어조로 말했다. 임예지는 역겨운 기분을 애써 누르며 그 거만스러움을 꺾으려는 듯 그를 똑바로 쳐다보고 있었다.

"네에, 타협이라 하심은 너무 막연해서 빨리 이해하기가 어렵습니다. 말씀하신 뜻은 충분히 알겠는데, 타협이 구체적으로 어떤 것인지 좀 알았으면……."

임예지는 송 변호사의 교활함에 속아 넘어갔던 것 같은 일을 다시 당하지 않으려고 경계하고 있었다.

"아 예, 뭐 어렵게 생각할 것 없습니다. 타협이란 서로에게, 쌍방에 다 이익이 되도록, 그러니까 윈윈하도록 가장 좋은 방법을 찾아내는 겁니다."

"네, 그 말뜻은 알고 있습니다. 그런데 쌍방에 다 이익이 되도록 하는 그것, 그 방법이 무엇인지⋯⋯."

임예지는 일부러 말끝을 흐리며, '너도 결국은 또 돈 얘기 하려는 거지?' 하는 경계의 촉수를 날카롭게 세우고 있었다.

"예, 그것은 저쪽이 섭섭하지 않도록, 금불상을 찾아갈 생각을 단념할 수 있도록 어떤 물질적 보상을 해주는 것인데, 그 구체적인 것이 무엇이 되어야 할 것인지는 일방적으로는 안 되는 거니까 이제부터 본격적으로 연구해야 합니다."

'그렇지, 그래. 결국은 또 돈 얘기지. 근데 그게 얼마짜리인지나 알고 물질적 보상 운운하시는 거야? 전문가인 나도 그 값을 어림짐작도 할 수 없는 상태야. 선무당 사람 잡으려고 나서네.'

임예지는 속으로 코웃음을 치며 커피를 한 모금 마시는 뜸을 들였다.

"네, 이해합니다만 물질적 보상이라는 게 기준 잡기가 모호하고 복잡해서 신중을 기해야 할 문제라⋯⋯."

임예지는 또 말꼬리를 흐렸다.

"물론이지요. 그래서 임 큐레이터의 의견을 들어본 다음 저쪽 변호사를 만나서 타협 협상을 본격화하려는 계획을 세운 겁니다."

박진호 변호사는 거만기를 좀 누그러뜨린 기색을 보였다. 그런데 임예지는 그와 반대로 바짝 긴장하고 있었다.

'뭐, 저쪽 변호사 만나? 결국 그 사람을 우리 편으로 회유해야 하는데, 그러려면 돈이 필요하다는 말을 하려는 거지? 너도 송 변호사하고 똑같은 도둑놈이야. 돈밖에 모르는 법장사치들!'

임예지는 감정을 누르느라 또 커피를 한 모금 넘겼다.

"근데……, 상대방 변호사는 일종의 적인데, 그게 가능한 얘기인가요?"

"아, 아까 말했잖아요. 형사는 서로 적일 수 있는 입장이지만 민사는 타협이라 하지 않았습니까. 그러니까 우리가 초심에 이겼기 때문에 저쪽은 이제 맥이 빠져 있는 상태고, 해결책은 적당한 타협밖에 없다는 것을 다 감지하고 있습니다. 특히 변호사 입장에서는 수임료 더 나올 것 없는 사건에 얽매여 시간만 질질 끌고 있는 것은 보통 손해가 아니거든요. 그러니 우리 쪽에서 먼저 타협 들어오기를 기다리고 있는 입장이라고도 할 수 있습니다. 그러니까 저쪽 일은 나한테 맡겨두시고, 임 큐레이터가 해줄 일은 사장님께 이런 상황을 충분히 이해가 되도록 보고해 주시고, 그다음은 타협이 이루어졌을 때 그 물질적 보상을 할 심적 준비를 해주시라 하는 겁니다. 그 답이 오면 저쪽과 협상을 본격화하겠다는 것입니다.

어떠십니까?"

박 변호사는 법정의 판사 기세를 드러내며 임예지에게 응답을 요구했다.

임예지는 큰 함정을 의식했다. 그 물질적 보상의 크기도 모르는 채 그런 심부름을 할 수는 없었다.

"네, 사장님께 이해되시도록 보고할 수는 있습니다. 그러나 제일 큰 문제, 물질적 보상이 얼마가 될지 전혀 모르는 상황에서 무조건 그 타협에 응하라고 말씀드릴 수는 없습니다. 제 입장을 이해해 주셨으면 합니다."

임예지는 지극히 사무적인 어투로 냉정하게 말했다.

"아, 무슨 뜻인지 알겠습니다. 나는 최대한 보상액을 낮추려고 노력할 것이고, 그 진행을 그때그때 알릴 테니까 그 상황 보아가면서 결정을 하면 될 겁니다. 그 점은 그다지 염려하지 않아도 됩니다. 상식 수준이라는 게 있고, 저쪽에서도 재판 끌어가봤자 골치만 아프지 실익이 별로 없다는 걸 인식하게 돼 있으니까요."

박 변호사는 자신만만한 말투에 못지않은 거만스러운 웃음을 피워냈다.

임예지는 그 태도가 비위에 거슬리면서도 한편으로는 자신감으로 느껴져 안심이 되기도 했다. 그게 재판 의뢰인의 복잡한 심정이기도 했다.

"예, 알겠습니다. 우리는 박 변호사님만 믿으니까 일이 큰 부담 안 되는 범위 내에서 빨리 매듭지어지도록 수고해 주십시오. 사장님께 보고드린 다음 연락드리겠습니다."

임예지는 일부러 '큰 부담 안 되는 범위 내에서'라고 못을 박고 일어섰다.

"예, 연락 기다리고 있겠습니다. 오늘부터라도 저쪽과 접촉을 시작해야 하니까요."

박 변호사는 다른 말을 덧붙이지 않고 작별 인사를 했다.

임예지는 엘리베이터를 타며 소리 없는 안도의 숨을 길게 내쉬고 있었다. 박 변호사는 지난번의 송 변호사처럼 딴 돈을 요구하지 않았던 것이다. 아까 지레 겁을 먹고 법장사치라고 욕해 댔던 게 미안쩍었다.

만약 박 변호사도 딴 돈을 요구했더라면 사장한테 돈 이야기를 두 가지나 해야 할 판이었던 것이다. 임예지는 그런 일이 가장 질색이었다. 겪어보니 돈 들어오는 것을 제일 좋아하고, 돈 나가는 것을 제일 싫어하는 것이 사업가였던 것이다. 그런데 지금 재판에 들어가고 있는 돈이야말로 생돈 깨지는 것이라고 생각할 수 있었던 것이다. 그나마 금불상을 자신이 사들인 것이 아니라 천만다행이었다.

그러다가 문득 임예지는 자신이 잘못 생각하고 있다는 것을 느꼈다.

'아니야, 아니야. 지난번에 송 변호사가 1억을 받아 갔던 것은 상대방 변호사가 아니라 판사한테 주어야 한다고 했잖아. 그러니까 박 변호사도 앞으로 어떻게 나올지 몰라. 새로 바뀐 판사님이 새 재판을 하게 되니까. 아이고 골치 아파…….'

임예지는 불현듯 파리의 정경과 냄새가 스치는 것을 느꼈다. 사계절 어느 때나, 백 번 가도 늘 변함없이 좋은 예술의 도시 파리. 현실이 환멸스럽고 고단할 때면 어김없이 떠오르는 환각이었다. 일 년 내내 열심히 일하는 것은 파리에서 일주일쯤의 환상적인 여행에 취하기 위해서인지도 몰랐다. 날마다 이 미술관 저 미술관을 순례하면서 셀 수 없이 많은 명화들의 향훈에 젖어 드는 것이야말로 자신이 가장 즐기는 환상 여행이었고, 자신의 생에서 누릴 수 있는 최대의 사치였고, 일상에서 쌓였던 스트레스를 말끔히 씻어내고 새 활력을 얻는 재충전 기간이었던 것이다. 천재들의 고뇌에 찬 영혼들이 피워낸 최고로 아름다운 꽃, 그것이 미술관의 공간을 차지하고 있는 명화들이었다.

"알았어요. 100억대의 재산을 지키려면 10억대의 돈을 쓰는 건 어쩔 수 없는 일이지요."

안서림 사장의 냉정한 말이었다.

아주 명쾌한 말이었다. 사업가다운 인식이고, 계산법이었다. 그러나 임예지는 민망했다. 그건 상업적 물건이 아니었다.

천년이 넘는 기나긴 세월 동안 생명을 유지해 온 희귀한 예술품이고, 문화재였다. 그리고 사장은 그걸 보존하고 전시하는 미술관 관장이었다. 그렇다면 말을 달리 해야 했다. 그러나 안서림 관장에게 그건 가능한 일이 아니었다. 화가보고 작곡하라는 것처럼, 수영 선수보고 육상 선수 하라는 것처럼. 안서림 사장은 이윤을 추구하는 사업가였고, 그림을 사들이는 것도 그림이 이윤 추구가 보장된 재산이었기 때문이다. 그러므로 사장이 그렇게 말하는 것은 무식한 것이 아니라 사업가로서 지극히 온당한 것이었다. 임예지는 이런 데 몸담고 있는 자신에게 문득 비애를 느꼈다.

나흘이 지나 박 변호사한테서 전화가 왔다.

"타협이 웬만큼 잘되었습니다. 그쪽에서 60여 평 정도의 암자를 지어달라는 것을 40평으로 깎았고, 건축 회사 불러 가격을 알아보았더니 한옥이 평당 1,200만 원인데 절이라 최고로 잘 지어 1,500 잡고 6억이면 충분하다고 합니다. 땅은 절에서 대는 거니까 땅값은 필요 없고요. 이거 어떠십니까? 10억보다 훨씬 아래입니다."

박 변호사의 자신감 넘치는 목소리와 맨 마지막 말이 잘 어울리고 있었다.

'어마, 어찌 그리 싸? 그냥 60평 다 지어드리지. 그래봤자 오륙 삼십, 일육은 육, 9억밖에 안 되는데……'

임예지는 6억밖에 안 되는 돈에 너무 놀라고 있었다. 최소한 몇십억은 되리라고 걱정하고 있었던 것이다. 그렇다고 60평으로 늘려주라고 할 수도 없었다.

"네, 그 정도면 사장님께서도 이해하실 것 같습니다. 말씀 전하겠습니다."

임예지는 전화를 끊으며, 산중에 계신 스님들이라 순진해서 금불상의 값어치를 잘 모르는 모양이라고 생각했다.

"사장님께서 수락하셨다는 말 들었습니다. 이제 판결도 일주일 이내로 나서 깨끗이 끝나게 됩니다. 담당 판사가 박변 아래서 일해 근무연이 깊고, 사건도 일부러 그쪽으로 배당시켰으니까요."

법무팀장이 굳이 전화를 걸어 자신의 공을 내세우듯 한 말이었다.

"임 큐레이터, 그동안 수고 많았어요. 그 보상금은 창조개발실 한인규 사장님이 사찰 기부금으로 처리하기로 했어요. 그럼 전액 면세가 되니까. 다 잘됐어요."

안서림 사장은 흡족하다는 듯 늘어지게 기지개를 켰다.

자청한 중매쟁이

1

장우진 기자님께.

헤어진 이후 그동안 안녕하셨습니까.

저는 지금 해결할 수 없는 고민에 싸여 있습니다. 그 여러 가지 고민을 주신 분이 바로 장 기자님이십니다. 할 말은 태산 같이 많은데 무슨 말부터 해야 할지, 어떻게 써나가야 할지 알 수가 없습니다. 이미 실토한 대로 글을 멋지게 잘 쓸 능력이 없기 때문입니다. 더군다나 장 기자님처럼 손글씨로 편지를 쓰려고 하니 글씨를 너무 못 써 신경이 쓰이고 창피하기도 합니다. 그러나 장 기자님이 손글씨 편지를 보내주셨는데 저는 컴퓨터로 찍어대는 편지를 드릴 수는 없었습니다. 글도 잘 쓰지 못하면서 글씨까지 악필이니 면목 없고 죄송합니다. 먼저 이해를 구합니다.

첫 번째 감사드려야 할 것이 책을 세 권이나 보내주신 것입니다. 타인에게 책을 선물받은 것은 처음 있는 일입니다. 그것도 한 권도 아니고 세 권씩이나. 전혀 예기치 못한 선물을 받고 저는 얼마나 기쁘고 행복했는지 모릅니다. 그런 기분을 장 기자님처럼 멋지게 글로 써서 전할 수 없어 원통하기만 합니다. (이 원통하다는 말이 잘 어울리는 것 같지 않고, 여기에 딱 맞는 말이 있을 것 같은데 아무리 생각해도 그 말이 떠오르지 않아 그냥 쓰기로 했습니다. 안 어울려도 비웃지 마시고 다음 편지에 지적해 주시기 바랍니다. 배우고 싶습니다.)

두 번째 감사드려야 할 것은 책 속표지마다 써 보내주신 여섯 가지 잠언들에 대해서입니다. 그 잠언 하나하나가 지금의 저에게 꼭 필요한 것들이었습니다. 장 기자님께서 저를 위해 더 좋은 말씀들을 신경 써서 골라주셨다는 것을 바로 느낄 수 있었습니다. 몇십 번씩 읽고 또 읽었습니다. 계속 되풀이해서 읽으면서 저는 차츰차츰 위로를 받고 힘을 얻고 새로운 마음도 먹게 되었습니다. 만약 장 기자님께서 그 잠언들을 보내주시지 않았더라면 저는 지방 끝으로 내쫓긴 패배감과 좌절

감과 절망감에 빠져서 하루하루 견디기가 너무 힘들었을 것입니다.

세 번째 감사드리는 것은 보내주신 책 세 권이 저에게 너무나 큰 도움이 되는 좋은 책이라는 사실입니다. 저는 그 책들을 받자마자 읽기 시작했습니다. 일과 중에도 읽었고, 밤에는 더욱 열심히 읽었습니다. 예, 여기는 서울과 달라서 강력 사건들이 별로 없으니 일과 중에도 얼마든지 책을 읽을 시간이 있습니다. 이 점은 뜻밖에도 혜택이라면 혜택입니다. 그 책들은 하루에 한 권씩 읽었습니다. 책이 다 두껍지 않고, 짤막짤막한 수필들이라 딱딱하고 재미없는 법에 대한 책들보다 세 배는 빨리 읽을 수 있었습니다. '읽고 읽고 또 읽으라'는 어느 소설가 선생의 평생 화두를 따라 저는 세 권의 수필집을 다섯 번씩 읽고 이 편지를 쓰고 있습니다. 그 책들에서 배워 제가 글을 좀 잘 쓰게 될지 모른다 싶어서 말입니다. 그런 마음이 터무니없는 욕심이고 성급함이라는 것을 잘 압니다. 앞으로 계속해서 그 책들을 읽고 읽고 또 읽겠습니다. 그 책 속에 들어있는 글들은 편편이 마음이 끌리고 깊이 생각하게 하는 좋은 글들이었습니다. 그런데 그 세 가지 책은 그 느낌이 제각기 달랐습니다. (그 느낌이 분명히 다른데, 마음속으로는 그 차이를 환히 느끼면서도 글로는 아무리 표현을 해보려고 해도 잘 되지를 않습니다. 장 기자님 같으면 얼마나 자연스럽게 척척 해내시겠습니까. 이제 와서 생각하니 제가 그동안 써왔던 법에 대한 글들은 글이 아니었습니다. 늦게나마 그 사실을 깨달은 것도 이 변방으로 밀려와 얻게 된 큰 수확인 것 같습니다.)

네 번째 감사드리는 것은 어느 소설가의 평생 화두를 적어 보내주신 것입니다. 그 네 줄을 백 번 넘게 읽고 또 읽었습니다. 그러면서 장 기자님 말씀대로, 지극히 평범한 듯하면서도 서늘한 바람이 일게 하는 경구라는 것을 깨달을 수 있었습니다. (저는 그 경구를 백 번 아니라 천 번을 읽어도 저 혼자서는 그 경구가 '지극히 평범한 듯하면서도 서늘한 바람이 일게 한다'고 표현할 수 없을 것입니다. '지극히 평범한 듯하다'는 것까지는 저도 느낄 수 있을 것 같은데, 그다음 '서늘한 바람이 일게 한다'는 느낌을, 그런 표현을 어떻게 할 수 있는지 저로서는 불가사의할 뿐입니다. 그것이 장 기자님과 저의 차이이고, 문학적 글쓰기와 비문학적 글쓰기의 차이가 아닐까 합니다. 이 차이를 깨달으며 심한 열등감을 느낍니다. 그리고 노력한다고 그것이 극복될까 하는 회의가 들기도 합니다. 그러자 그 네 줄의 경구 맨 끝 두 단어 '열릴 길'이 갑자기 확대되어 밀려듭니다.)

그 네 줄의 경구가 글을 써보고자 하는 모든 사람들이 평생 변함없이 준수해야 하는 기본 요건이고 자세라는 것을 저에게 인식시켜 주려고 장 기자님이 일부러 적어 보내주신 것을 잘 알고 있습니다. 저도 장 기자님 글씨 그대로 책상 앞 벽에 붙였습니다. '열릴 길'을 찾아 그 세 가지 길을 지치지 않고 줄기차게 가겠다고 작심하면서.

장 기자님, 죄송합니다. 쓰다 보니 편지가 너무 길어졌습니다. 하룻밤에 다 쓰지 못하고 사흘 밤을 이어 썼습니다. 쓰다 보면 말이 안 되는 것 같고, 표현이 잘못된 것 같고 해서 고치고 찢고 다시 쓰고 하느라고 시간을 많이 버려야 했습니다. 그러나 그 시간이 즐겁고 행복했습니다. 한없이 서툴지만 저의 마음을 담은 글을 한 자, 한 자 정성 들여 쓴다는 것은 전에 맛보지 못한 보람이었습니다.

이렇게 편지가 길어졌지만, 쓴 말보다 쓰지 못한 말이 더 많습니다. 앞으로 자주 편지 드리게 될 것 같습니다. 바쁘신 생활, 귀찮아하시겠지만 어쩔 수 없습니다. 다산 선생 못지않게 저도 변방의 시간이 많이 쌓여 있습니다.

해남에 와서 발견한 것이 있습니다. 자연입니다. 서울에서 전혀 느끼지 못했던 자연이, 그 싱싱하고 거대한 모습이 저를 맞이해 주었습니다. 그 자연과 친해지려고 합니다. 제가 강하게 끌려가고 있습니다. 외로움 탓인지도 모릅니다.

'바라보는 곳이 같으면 마음은 늘 함께하는 것입니다.'

장 기자님의 이 끝 문장을 읽고 가슴이 오래도록 먹먹했습니다. 그리고 외로움이 가시며 큰 위안을 받았습니다. 감사합니다. 또 가슴이 뭉클해지고 있습니다.

이제 그만 쓰겠습니다. 서울에서 못 느꼈던 사실이 또 하나 있습니다. 관사의 밤이 길기만 합니다.

항상 건강하시고 건필하십시오.

황원준 드림

최민혜 변호사는 안녕하신지요. 안부 전해 주십시오.

대학 노트 넉 장을 가득가득 채운 편지를 다 읽고 장우진 기자는 무거운 얼굴로 앉아 있었다. 편지를 가득 채우고 있는 황원준의 외로움이 그대로 옮겨 왔기 때문이었다. '외로움은 또 하나의 병'이라고 누군가 말했었다. 지금 황원준은 그 병을 심하게 앓고 있었다. 그동안 자신이 받아온 편지 중에서 황원준의 편지가 가장 길었다. 그 편지의 길이는 외로움의 크기였다. 그리고 황원준은 외로움이 빚어내는 긴 편지의 구석구석에서 직접 '외로움'을 실토하기까지 하고 있었다. '관사의 밤이 길기만 합니다.' 얼마나 외로움이 심하고 깊으면 편지를 이렇게 끝맺었을 것인가. 본인은 그것이 외로움의 실토인 줄 모르고 썼을 수도 있었다. 너무나 외로운 나머지 무의식 중에. 장우진은 그 문장을 다시 보며 가슴이 아리고 있었다.

그리고 그 아래로 눈길이 옮겨졌다.

'최민혜 변호사는 안녕하신지요. 안부 전해 주십시오.'

장우진은 '이게 그냥 평범한 인사일까' 하는 생각을 얼핏 했다. 황원준의 외로움과 최민혜가 이상하게 오버랩되는 것이었다.

장우진은 내친김에 최민혜에게 전화를 걸었다.

"아, 전화를 받으시는군요. 장우진입니다."

"어머 장 기자님, 어쩐 일이세요? 이번에 또 대어 낚으셨던데요? 먼저 전화 못 드려 죄송해요."

"당연히 죄송해야지요. 내가 전화 걸지 않았더라면 이런 식의 인사도 안 했을 테니까요."

"장 기자님 어깃장 또 나오신다. 장 기자님은 쓰는 기사마다 대어니까 굳이 인사하고 말고가 없잖아요."

"역시 유능한 변호사라 미꾸라지 뺨 쳐요. 근데 그 기사 제보자가 궁금하지 않아요? 그 사람한테서 오늘 편지가 왔던데……."

"편지가 와요……? 아니 그럼 황원준 검사인 거예요?"

최민혜의 즉각적인 대응이었다.

"아 속 시원해. 최변하고 말하는 맛은 바로 이거예요. 머리가 번개 치듯 도는 것."

"괜히 비행기 태우지 마세요. 떨어질 때 책임도 안 지실 거면서."

"최변, 오늘 시간 어떠세요? 황 검사 편지 좀 읽어보시게."

"제가요……? 사신이잖아요?"

"최변이 좀 읽어볼 필요가 있어서요."

"네, 그럼 만나지요. 장 기자님 뵌 지도 꽤 됐으니까요."

"예, 나도 할 얘기가 쌓였어요."

장우진은 전화를 끊고 황 검사의 편지를 다시 읽었다. 처음보다 그의 외로움이 더 절절하게 느껴져 왔다.

'내가 황원준이라면 앞으로 어떻게 살아야 할까?'

문득 장우진의 뇌리를 스치고 지나간 생각이었다. 학연·지연·혈연이 뭉친 강력한 배경 없이 한번 밀려버리면 영원히 변방살이를 면하기 어렵다는 것이 그쪽 풍속도였다.

"이 편지가 좀 길어요. 최변이 속독이라도 10분은 걸릴 것 같군요. 그동안 난 한 가지 검색하고 있을게요."

최민혜와 악수를 나눈 장우진은 편지 봉투를 내밀었다.

"어머, 무슨 사연을 적었길래 이렇게 두툼하지요?" 봉투를 받으며 최민혜가 놀라는 기색이었고, "일단 읽어보세요. 한 사건에 의기투합했던 사람들의 의리로." 장우진은 씨익 웃으며 바지 뒷주머니에서 핸드폰을 꺼냈다.

"뭘로 드시겠어요?" 식당 종업원이 와서 물었고, "맛있는 이 집 정식." 장우진이 식사를 시켰다. 최민혜는 벌써 편지 읽기에 집중해 있었다.

장우진은 핸드폰 조작에 열중해 있었고, 최민혜는 생각 깊어진 얼굴로 편지지를 느리게 넘기고 있었다. 그들 사이에 놓인 식탁에 반찬 가짓수 많은 정식이 차려지고 있었다.

"상 다 차렸습니다. 맛있게 드세요."

종업원이 두 사람을 일깨우듯 높은 목청으로 말했다.

"그래, 먹어야지. 하는 일 없이 배고프다니까."

장우진은 얼른 핸드폰을 끄고 식탁으로 다가앉았다.

그러나 최민혜는 미동도 없이 편지를 들여다보고 있었다. 그녀의 손에는 편지가 한 장 남아 있었다.

장우진은 조용히 젓가락을 들었다. 열서너 가지의 반찬 그릇들이 식탁이 좁아 보일 지경으로 가득 차 있었다. 그는 높이 든 젓가락으로 반찬들을 겨누며 천천히 움직이다가 시금치나물을 집어 들었다. 한겨울에 유난히 짙은 그 초록빛 생명감이 구미를 당겼던 것이다. '겨울 시금치는 보약 중의 보약'이라고 언젠가 들었던 말이 작용한 것이기도 했다. 장우진은 시금치나물을 느릿느릿 씹었다. 달큼 상큼한 맛이 그윽해 그는 사르르 눈을 내리감았다.

"아유, 엄청 엄살떨었네요."

최민혜가 불쑥 한 말이었다.

"엄살이오? 외……."

장우진은 눈을 번쩍 뜨며 대꾸하다 말을 삼켜버렸다. 그가 삼킨 말은 '외롭다고 한 것 말인가요'였다.

"어떻게 생각하세요? 황검 말대로 이게 정말 그렇게 못 쓴 글인가요?"

최민혜가 편지를 들어 보이며 정색을 하고 물었다.

"최변 생각에는 그게 엄살로 느껴진다 그거지요?"

장우진은 픽 웃었다.

"당연하지요. 이렇게 한강처럼 길게 편지를 쓸 수 있는 사람이 글을 못 쓴다고 하는 게 말이 되나요. 글을 못 쓰는 사람이려면 반 장도 못 채우고 끝내야 되는 거지요."

"그래요, 최변 말 듣고 보니 그러네요. 황검이 길게 쓰는 장기가 있는 걸 보니 소설가로 소질이 있는 것 같군요."

장우진은 자기 말에 키득키득 웃었다.

"자기 말대로 문학적인 묘사가 부족해서 그렇지 이만하면 잘 쓰는 글 아닌가요? 논리적인 분석, 체계적인 전개, 설득력 있는 진술, 글로서 뭐 모자라는 게 없잖아요. 어차피 장 기자님이 선생님으로 받들어 모셔졌으니 몇 점이나 되는지 어디 점수 좀 매겨보세요."

최민혜는 자기 판단을 확인해야 되겠다는 듯 눈을 또릿또릿하게 뜨고 말했다.

"허, 이제 보니 최변은 또 문학 평론가로서 소질을 갖추었소. 그 명쾌한 분석에 따라 백 점이오, 백 점!"

장우진은 오른쪽 눈 옆에 검지를 세워 보이며 허허 웃었다.

"아니, 그냥 농담으로 흘리지 마시고 진짜로 말씀 좀 해보세요. 저도 황검처럼 제 글에 대한 열등감을 가지고 있고, 그건 법조계 사람들의 공통점이기도 하거든요."

"법조계 사람들의 공통적인 열등감? 그것 참 오랜만에 듣는 인간적인 매력이오. 헌데, 글에 대한 열등감이라면 기자들이 훨씬 더 심할 거요. 매일 잘 쓰려고 긴장해야 하고, 서로 비교되고, 그게 스트레스가 되고, 결국 열등감으로 뭉쳐지게 되는 거지요. 그런 입장에 있으면서 남의 글에 대해서 뭐라고 하는 건 참 어렵고 거북해요. 그런데 최변 얘기를 듣기 전에도 황검이 못 쓰는 글이 아니라고 생각했고, 최변 말을 듣고 보니 확실히 엄살이 좀 과한 것 같아요."

장우진은 진지하게 말했다.

"네, 말씀 듣고 보니 기자들도 정말 스트레스 많은 직업이겠네요." 최민혜는 국을 한 입 떠 넣고는, "장 기자님은 황검한테 무슨 자선을 그렇게 많이 베푸셨어요?" 하며 곱게 눈 흘김을 했다.

"자선이오?" 장우진은 어리둥절해했고, "알기는 저하고 먼저 알아놓고 나중에 안 사람한테 책을 세 권씩에, 잠언을 여섯 개에, 어떤 소설가의 화두에, 손글씨 편지까지 보내줬으니 그보다 큰 자선이 어디 또 있겠어요." 최민혜는 투정 부리듯하며 눈을 더 희게 흘겼다.

"아니, 어린애 시샘하는 것처럼 그게 뭡니까?" 장우진이 헛웃음을 흘렸고, "그래요, 샘나고 약 올라요. 저는 아무 선물도 못 받았는데." 최민혜는 변호사로서의 무게는 전혀 없이 정말 샘나고 약 오르는 것처럼 소녀적 분위기를 자아냈다.

"황검처럼, 최변은 그런 말 한마디도 안 했잖아요."

"그럼 말하면 똑같이 주겠다는 뜻인가요?"

"아, 당연하지요."

장우진은 고개를 젖혀 헛웃음을 하늘로 토했다.

"네, 저도 글을 멋지게 잘 쓰고 싶어요. 그 방법을 가르쳐주세요."

최민혜는 총기 어린 눈으로 장우진을 똑바로 쳐다보며 말했다.

"알았소. 황검한테 한 것처럼 똑같이, 우편으로 부치겠소."

장우진도 최민혜를 정다운 눈길로 바라보며 약속했다.

"어머 좋아라. 저도 황검이 감동하는 것처럼 감동받고 싶어요. 무슨 책인지, 어떤 잠언들인지, 무슨 화두인지, 모두가 다 궁금해 죽겠거든요."

최민혜는 그때서야 부끄러운 듯 고개를 약간 숙이며 입을 가렸다.

"황검 편지의 그다음 느낌은 뭐지요?"

장우진은 밥을 떠 넣으려다 말고 물었다.

"네, 외롭기도 엄청 외로운가 보네요. 자연을 발견했다는 말에 가슴이 뭉클해졌어요. 얼마나 외로우면……."

"그래요. 관사의 밤이 길기만 합니다, 한 대목도 사람 가슴 아프게 해요."

"처자식이 옆에 있으면 훨씬 나을 텐데, 왜 혼자 갔는지 모르겠어요. 아직 애들 공부가 문제 될 나이는 아닌 것 같은데."

"처자식 없어요."

"네에……?"

"아직 미혼자, 총각이라니까요."

"그럴 리가……. 서울중앙지검 검사님이신데."

"나도 꼭 그렇게 생각했어요. 그런데 미혼이라는 걸 떠나기 직전에 만나서 알았어요."

"무슨 사연이나 문제가 있었나요?"

"한마디로 말하면 자존심 지키겠다는 거였어요. 마담뚜들 등쌀에 부잣집 딸을 여럿 만나보았는데 다 마음에 안 들더라는 거예요. 선배 검사들 중에 부잣집 사위 되어 평생 처가 쪽 호위 무사 노릇 하느라고 스트레스받으며 사는 것도 불행해 보였고, 부잣집 딸들이 가난한 시부모 제대로 받들 리도 없을 게 뻔해 그런 결혼 작파해 버렸고, 검사 일에 늘 쫓기다 보니 노총각 신세를 면치 못했다고 하더라고요."

그 사실을 이렇게 자연스럽게 알리게 되어 장우진은 속으로 환호하고 있었다. 오늘 최민혜 변호사를 만나려고 한 목적이 바로 그것이었던 것이다. 그녀가 황원준을 어떻게 보고 있는지는 이미 알고 있었다.

"그 사람은 결이 다른 사람이에요."

김미주 성폭력 사건 때문에 황원준을 처음 만나고 온 그녀가 한 말이었다.

장우진은 그 호감에다가 총각 황원준을 살짝 기대놓고 싶은 의도를 숨기고 있었다.

"이런 세상에 그런 검사도 있긴 있군요."

최민혜는 무심한 듯 혼잣말을 흘리며 밥을 떠 넣었다.

"한 가지 큰 걱정이 있어요. 황검이 그렇게 글쓰기를 잘하려고 노력하다가 어느 날 수필가로 등장할지도 모른다니까요."

장우진은 일부러 화제를 바꾸며 장난스럽게 웃었다.

"수필가……? 시인이나 소설가라면 좀 곤란하지만 수필가라면 가능한 일 아닐까요? '수필은 붓 가는 대로 쓰는 글이다.' 학교에서 배운 거잖아요. 될 수만 있다면 그것 괜찮을 것도 같네요. 아주 지적이고 고급스러운 취미 생활이 될 수도 있으니까요."

장우진의 농담에 대해 최민혜는 진담으로 응대하고 있었다.

"예, 분야마다 그런 사람들이 가끔씩 있지요. 그건 글의 다양성의 측면에서도 아주 바람직한 일이에요. 전문 분야의 문제들을 쉬운 말로 써서 일반인들의 교양을 넓혀주는 일 같은 건 아주 큰 역할을 하는 거니까요. 최변도 내가 보내주는 책 받고 그 문제를 한번 생각해 보세요."

"모르겠어요. 글 잘 쓰는 건 무척 부러운 일이지만 뜻대로 되는 일은 아니잖아요. 머리 좋다고 알려진 사람들이 글 잘 못 쓰고, 말 잘 못하고 하는 걸 보면서 하늘은 참 공평하구나 하는 생각이 들기도 하고, 두 가지 이상 잘하기를 바라는 것은 허황된 꿈이다 하는 생각이 들기도 하고 그러더군요."

"그렇지요. 그래서 '두 마리 토끼 못 쫓는다'는 속담도 생겨난 거겠지요. 그렇다고 미리부터 단념할 필요는 없어요. 하고 싶어서 흥미롭게 하면 어느 만큼 성과를 낼 수 있는 게 사람의 능력이잖아요. 최변은 센스가 남다르니까 효과가 있을 거예요."

"장 기자님이 저를 너무 후하게 잘 봐주시는 거지요." 최민혜는 쑥스럽게 웃고는, "지난번 장 기자님 기사 읽고 두 가지로 놀랐어요." 그녀는 화제를 바꾸었다.

"두 가지요?"

장우진은 깍두기를 와삭와삭 씹으며 물었다.

"네, 첫째는 기사가 재미난 소설의 한 대목같이 실감 나게 술술 잘 읽히는 거였어요. 흔히 보는 딴 기사들과 다르게 꼭 소설처럼 대화가 많이 나오기도 하니까 현장감이 생생하게 느껴지기도 하구요. 기사를 쓰실 때마다 느낌이 다른데, 참 탁월한 능력이다 하고 감탄했어요."

"아까 나보고 비행기 태우지 말라고 했지요? 근데 최변은 지금 날 고도 몇천 킬로로 띄워 올렸는지 알아요?" 장우진은 최민혜의 말을 중단시키며 팔을 천장으로 뻗어 올리고 있었고, "걱정하지 마세요. 제가 태운 비행기는 떨어질 염려 없이 영원히 같은 궤도를 날아가는 최민혜형 비행기니까요." 최민혜는 능청스럽게 대꾸했고, "아이구, 저 머리 팽글팽글 도는 것하고." 장우진은 손바닥으로 이마를 쳤다.

"두 번째 놀란 것은 그 검사장님의 끔찍스러운 욕심과 배짱이었어요. 부장검사 자리를 차지하고 앉아서 어찌 그런 끔찍스러운 욕심을 품을 수 있는 것이며, 또 그런 끔찍스러운 배짱으로 거침없이 범행을 저지를 수 있었다니, 정말 끔찍스러운 검찰의 추악상이었어요. 근데 우리 민변 사무실 옆에 조그만 공원이 있잖아요. 그 옆을 지나가는데 노인네 서너 분이 앉아 그 사건 얘길 하고 있었어요. "아, 그놈이 글쎄 사시·행시 다 합격한 놈이래잖아." "그렇다니까. 그러니까 더 기가 찰 노릇이지." "많이 배우고 똑똑한 놈들이 나쁜 짓은 도맡아 다 한다더니 그 말이 어찌 그리 딱 맞나 그래." "당연하지. 그런 놈들이 다 높은 자리 차지하고 앉아 못된 짓은 다 해먹는 거지." "근데 그놈만 그리 해먹었겠어?" "아니, 그럴 리 있나. 이

놈 저놈 다 해먹는 거지.""하이고 싸다. 도둑놈, 못된 놈 잡
으랬더니 즈이 놈들이 도둑질 해먹고 못된 짓 다 하고 있으
니.""이 나라 어찌 되려고 이러나 그래?""이리 가다 보면 종
국에는 망하는 도리밖에 없지 뭐.""아이고 큰일이다. 우리야
다 살았지만 우리 손자새끼들 어째야 좋지?""아니야, 너무 낙
심 말어. 이렇게 밝혀내는 신문하고 기자도 있잖어.""그래, 이
렇게 하면서 잘돼가리라고 믿어야지.""별수 있나. 그렇게라도
믿어야 살 수 있지." 이런 적나라한 성토를 한참이나 서서 들
었어요. 단 한마디도 틀리는 말이 없잖아요. 그 사건은 어떻
게 돼가나요?"

"시민단체가 고발 준비 다 끝냈어요."

"그 정보를 황검이 준 거라면, 수사가 시작되면 황검한테
무슨 피해는 안 갈까요?"

"내가 참고인으로 불려갈 수는 있어요. 그러나 황검에 대해
서는 수사기관에서 전혀 알 수가 없어요. 왜냐하면 기자들한
테는 취재원 보호권이 보장돼 있잖아요. 근데 모르지요, 내가
변심해서 황검 이름을 대버릴지도." 장우진이 능청스럽게 말
했고, "그거 괜찮은 방법이네요. 검사 옷 벗어던지고 서울로
올라와 변호사 노릇 하는 계기가 될 수 있으니까요." 최민혜
는 장우진보다 더 능청맞게 대꾸했다. 그리고 그들은 함께 입
을 막고 웃어댔다.

"장 기자님, 황검한테 답장 쓰실 건가요?"

"써야지요, 길게. 외로움을 조금이나마 덜어주려면."

"그럼 제 안부도 전해 주세요."

"그럽시다. 수고비나 톡톡히 내세요."

"네, 저녁 제가 살게요."

"아니, 아니, 농담입니다, 농담."

장우진은 급하게 손을 내저었고, 최민혜는 발 빠르게 앞서 걸어 나가고 있었다.

　황원준 검사님께

　황 검사님의 만리장성 같은 편지 받고 마음 참 울적하고 괴로웠습니다. 편지의 그 길이가 황 검사님이 겪고 있는 외로움과 격리감과 적막감의 깊이이기 때문입니다.

　편지 받자마자 최민혜 변호사에게 연락해서 만났습니다. 안부 전해 달라는 황 검사님의 심부름을 충실히 하려구요. 그래서 안부를 말로만 전한 게 아니라 편지를 다 보여주었습니다. 최변은 사신이라며 사양하려는 예의를 갖추려 했지만, 최변도 읽어야 할 것이 있다며 제가 보게 했습니다. 황 검사님의 심경을 최변도 아는 게 좋을 것 같았고, 그것을 말로 해서는 글을 읽는 것에 비해 백분의 일도 전달이 안 되기 때문이었습니다. 그게 말과 글의 차이이고, 말은 글이 품는 농도와 심도를 도저히 따라갈 수가 없는 것 아닙니까.

편지를 다 읽고 난 최변의 첫 번째 감상은 '엄청 엄살을 떨었다'는 것이었습니다. 저는 직감으로 '외로움'에 대해서인 줄 알았는데, 그게 아니었습니다. '편지를 한강처럼 길게 쓸 수 있는 사람이 글을 못 쓴다고 하는 게 말이 안 된다'는 것이었습니다. 저는 그 말에 동의할 수밖에 없었습니다. 그건 사실이니까요. 그리고 그다음 말이 '자기 말대로 문학적인 묘사가 부족해서 그렇지 논리적인 분석, 체계적인 전개, 설득력 있는 진술이 글로서 모자람이 없다'면서 저보고 점수를 매겨보라는 것이었습니다. 그래서 저는 최변의 말처럼 '황검이 엄살이 좀 과한 것 같다'고 동의했습니다. 황 검사님은 좋으시겠습니다. 최변한테 글 잘 쓴다고 인정받으셨으니.

그리고 최변의 두 번째 감상은 황 검사님의 외로움을 진심으로 이해한 것입니다. '외롭기는 엄청 외로운가 봐요. 자연을 발견했다는 말에 가슴이 뭉클해졌어요. 얼마나 외로우면……' 했습니다.

그리고 이어서 '처자식이 옆에 있으면 나을 텐데, 왜 혼자 갔는지 모르겠네요. 아직 애들 공부가 문제 될 나이는 아닌 것 같은데' 하고 궁금해하길래 황 검사님이 아직까지 총각인 사연을 다 얘기해 줬습니다.

"이런 세상에 그런 검사도 있긴 있군요."

그 얘기를 듣고 난 최변의 반응이었습니다.

"그 사람은 결이 다른 사람이에요."

이것은 김미주 성폭력 사건 때문에 황 검사님을 처음 만나고 와서 최변이 했던 말입니다.

제가 답장할 때 자기 안부도 전해 달라고 했습니다. 그러지 말고 직접 편지를 좀 쓰라고 할까 하다가 여성에게 예의가 아닐 것 같아서 삼갔습니다.

다 아시겠지만 글쓰는 일은 언어와의 싸움입니다. 첫째 단어를 많이 알아야 하고, 둘째 단어의 개념을 명확히 파악해야 하고, 셋째 단어의 활용을 자유롭게 할 수 있어야 합니다. 그 기본적인 행위의 첫 번째가 국어사전을 부지런히 찾는 것이고, 두 번째가 좋은 책들을 많이 읽는 것입니다. 그 원시적인 방법의 끈질긴 실천이 좋은 글을 쓸 수 있는 첩경이라고 생각합니다. 저도 그 성실을 잃지 않으려고 제 자신에게 끝없이 채찍질을 가하고 있습니다.

가장 기본적인 글쓰기의 수련이 일기 쓰기와 편지 쓰기일 것입니다. 그래서 그것은 일찍부터 글쓰기 수련의 왕도라고 일컬어져 왔을 것입니다. 일기는 일과 중심이 아니라 사물에 대한 관찰과 인식과 의식 중심으로 써나가면 글쓰기에 큰 효과가 나타나리라 생각합니다. 저는 하루에 몇 줄씩이라도 일기 쓰기를 거르지 않고 있습니다. 그 노력이 저를 지탱해 온 힘이라고 여기고 있습니다.

오늘은 이만 줄입니다. 머지않아 설한풍 속에서 동백꽃이 필 때입니다. 그 선연한 핏빛의 한스러움이 그쪽 남도의 처연한 정취입니다. 동백꽃은 두 번 핍니다. 그 관찰과 발견이 황검사님을 기다리고 있습니다. 건강하시길…….

2

김태범은 날마다 전화받기에 바빴다. 일자리가 바뀐 것을 알리는 새 명함과 간략한 인사말을 적은 편지를 수백 통 보낸 데 대한 반응이었다. 그건 두 가지 목적을 가지고 있었다. 첫째 쓸모없는 인간으로 취급하고 있는 상대방들에게 자신의 존재감을 확인시켜 주기 위해서였다. 둘째 앞으로 해나가야 할 일을 위해 필요한 인력 자원을 빨리 확보하기 위해서였다.

수백 명에게 편지 보내는 일을 손쉽게 해결해 준 핸드폰은 더없는 효자고, 충직한 비서였다. 그 조그만 핸드폰은 수백 명의 주소를 알뜰하게 품고 있다가 주인이 필요로 할 때 착착착 내보여준 것이었다.

그 편지를 보내면서 몇 번이고 망설인 것이 두 사람이었다.

성화의 한인규 사장과 대학 동창 서원섭이었다. 결국 보내지 않기로 했다. 직접 알려주는 것보다는 철저하게 무시해 버림으로써 복수의 효과를 극대화하자는 것이었다. 그들이 딴 사람들을 통해서 자신의 재기를 금방 알게 될 것이고, 그와 동시에 그들은 자기네에게는 편지가 오지 않았다는 것을 확인하게 될 것이다. 자기들이 완전히 무시당했다는 것을 알게 된 그 순간 그들은 기분이 어떨 것인가. 어차피 끊어야 될 인간관계라면 그런 식으로 보복하며 결별하고 싶었다.

김태범은 이렇게 마음을 정리하면서, 혹시나 서원섭이 다시 연락을 해올지도 모른다는 생각이 들기도 했다.

'만약 연락을 해온다면……?'

그렇게 매정하게 관계를 끊어버린 자가 다시 연락할 리 없다는 생각이 들기도 했고, 그런 사람이니까 또 연락해 올 수도 있다는 생각이 들기도 했다.

서원섭의 생각은 그 정도로 마무리했다. 인간관계란 전부거래일 뿐이라고 확실하게 정리되어 있었기 때문이다.

편지의 반응들은 모두 예상했던 그대로였다.

"아, 축하드립니다. 화려한 재기시군요."

"아, 잘됐습니다. 오히려 더 높아지셨네요. 부럽습니다."

"나 이럴 줄 알았습니다. 워낙 실력 있으시잖아요."

"축하, 또 축하합니다. 앞으로 더욱 잘해 보십시다."

그리고 김태범은 매일 밤 10시까지 사무실을 지켰다. 자청한 야근이었다. 남자 비서 한 명을 포함해 직속 직원이 열이었지만 한 명도 야근을 시키지 않았다. 오로지 혼자 하는 야근이었다. BP 그룹의 세종설계실을 성화 그룹의 창조개발실과 대등한 규모로 꾸며내려면 야근은 불가피했다. 그런데 총괄 계획을 세우는 단계라서 직원들에게는 시킬 일이 없었던 것이다. 그러나 이런 경우에도 직원들은 상사의 눈치를 보며 자리를 지켜야 하는 것이 한국식 회사 풍경이었다. 김태범은 그런 억지와 가식을 싫어했다. 그래서 정시에 맞추어 직원들을 퇴근시켰다.

그런데 직원들은 처음에 좋아하는 게 아니라 불안해했다. 오랜 관습 탓이었다. 그리고 자기들이 불신당하고 있는 게 아닌가 하는 우려 때문이었다. 그러나 그들은 곧 김태범의 진심을 이해하게 되었다.

"마스터플랜이 다 짜이기 전에 푹 쉬어두세요. 플랜 실행으로 들어가기 시작하면 그땐 열두 시가 넘을 수도 있어요. 그때 혹사시킨다고 욕해 봤자 소용없어요. 이게 내 일하는 스타일이에요."

김태범의 이 말에 직원들은 다 호응했다.

그는 매일 야근을 하면서도 피곤한 줄을 몰랐다. 그는 전과 다른 삶의 활력을 느끼고 있었다. 그건 딸 혜리와 아들 호민이가 준 선물이었다. 보름 만에 두 아이를 만나서 함께 누리는 즐거움, 그것은 슬픔 속에서 이루어지는 기쁨이었다. 그리고 그것은 또 일을 열심히 하게 해주는 새로운 근거였고, 동력이었다.

'내가 돈만 많이 벌면 아이들의 성이 바뀌게 될 위험을 막아낼 수 있다. 그뿐만 아니라 애들의 양육권까지도 되찾을 수 있다. 아이들이 외할아버지를 선택했던 것은 순전히 내가 돈이 없었기 때문 아닌가!'

김태범은 성화의 한인규 사장이 창조개발실을 발판으로 막대한 치부를 했듯 자신도 BP의 세종설계실을 이용해 철저하게 돈을 벌 작정이었다. 먹이를 사냥하는 맹수처럼 맹렬하게.

"우리 BP 그룹이 창업 선대 때부터 성화나 대양에 꿀릴 게 하나도 없었소. 그리고 내가 물려받아서도 서로 비등비등하게 그룹들을 키워왔소. 그런데 내가 한 가지 잘못 생각한 게 있소. 각계 로비망을 조직적으로 짜지 않고 필요할 때면 그때그때 손을 쓴 것이오. 그게 덜 복잡하고 비용도 더 적게 든다고 판단했던 거요. 그런데 그게 초반에는 좋았는데, 그룹의 세가 자꾸 커지다 보니까 잘못되었다는 걸 알게 됐소. 그룹이 커진 만큼 로비망도 권력 조직 전체로 확대되어야 하고, 그게 그룹을 지키는 방어력인 동시에 온 세상을 쥐락펴락하

는 힘이더라 그거요. 우리가 지금 성화나 대양에 꿀리는 게
바로 그 점이고, 난 그 생각만 하면 밥맛이 뚝 떨어지고, 자다
가도 벌떡 일어나요. 우리 그룹 재력이 하나도 모자랄 게 없
는 판인데. 근데 김 부사장이 그 분야에 능력이 특출하다고
하니 어디 내 앞에서 실력 발휘 시원하게 한번 해보시오. 최
대한 빨리 성과를 내주시오. 비용 걱정 같은 건 하지 말고. 나
도 어서 빨리 세상을 틀어쥐고 흔들어야 되겠으니까. 무슨
말인지 알겠소, 김 부사장!"

BP 그룹의 유석중 회장이 부리부리한 눈으로 김태범을 쏘
아보며 한 말이었다.

"예, 기대에 어긋나지 않도록 최단 시간 내에 최대의 효과
를 내도록 최선을 다하겠습니다."

김태범도 회장의 눈길을 피하지 않고 맞쳐다보며 '최' 자를
세 번씩 동원해 힘차게 응답했다. 그건 과장된 아부만이 아니
었다. 회장과의 첫 번째 기 싸움에서 자신의 입지를 확고하게
다지고자 함이었고, 동석한 대여섯 명의 그룹 핵심 사장단에
게 자신의 존재감을 확실하게 심고자 함이었다. 드센 놈한테
는 조심하고, 나약한 놈은 짓밟는 힘의 역학을 성화에서 겪
을 만큼 겪은 바였다. 성화에서의 세월이 경험이었다면, 이제
부터 BP에서의 세월은 실전이었다.

"아하, 좋아, 좋아! 그 남자다운 배짱에 그 화끈한 충성심,

내 맘에 딱 들었어! 내가 연말 성과급 수십억 줄 맘이 확 동 하도록 화끈하게 일 좀 해치우시오. 짜아!"

유 회장은 사무실이 찌렁 울리는 '짜아!' 소리에 맞추어 팔을 쭉 내뻗었다. 소파 맨 끝자리에 앉았던 김태범은 허둥지둥 달리듯 쫓아와 회장의 손을 두 손으로 받들어 잡으며 허리를 절반 아래로 굽혔다. 사장단은 하나같이 부드럽기 그지없는 웃음을 담은 얼굴들로 그 모습을 지켜보고 있었다. 그러나 그 표정들은 진심이 아니라 회장님의 비위 맞추기용일 뿐이었다. 김태범은 제자리로 돌아오며 사장단의 그 가짜 얼굴들을 한 눈길로 훑고 있었다. 성화에서부터 익히 보아온 모습들이었다. 그리고 자신도 숱하게 지어온 표정이었다. 다만 중요한 사실은 하나, 자신이 회장의 기대를 한 몸에 받고 있다는 사실이었다.

김태범은 일주일 넘는 야근을 통해 성화의 각 분야 조직망을 거의 완벽하게 재생시켰다. 그건 그다지 어려운 일이 아니었다. 핸드폰에 담긴 수백 명을 기초로 하여 기억력을 집중시키자 조직망은 차츰차츰 짜여져나갔던 것이다. 그것으로 일단 기본을 삼고, 그다음부터 자신의 새로운 아이디어를 펼쳐나갈 계획이었다.

그렇게 신경을 곤두세우고 있는 어느 날 반가운 전화가 걸려왔다.

"아 여보세요, 보내신 편지 받았습니다. 손일승입니다."

"아, 손 과장님! 어찌 지내십니까."

김태범은 은근히 만나보고 싶던 사람이라 숨김없이 반가움을 표했다.

"난 그저 그날이 그날이고, 김 전무가 특임부사장으로 새 날개 단 소식 전해 줘서 반가웠어요. 우선 축하해요."

"예, 감사합니다. 손 과장님, 빨리 좀 뵈었으면 합니다."

"좋아요. 내 신세에 비싼 술은 못 사고, 삼겹살에 쐬주로 축하주를 살 수는 있어요."

"아닙니다, 술은 제가 대접하겠습니다."

"아니오. 나 김 전무, 아니 이거 전무가 입에 붙어서 그만……, 김 부사장이 당한 일 다 듣고 속 편치 않았어요. 내가 옛날에 수사하면서도 다 알았지만 김 전무가 무슨 잘못이 있어 감옥살이한 것 아니잖소. 그것도 한 번도 아니고 두 번씩이나. 그래놓고 사장 자리 하나 주지 않다니, 참 몰인정도 지독한 몰인정이오. 자기 자식들보다 몇 배 똑똑한 사람을. 그거 아는 사람들은 다 알아요. 이제 억울해할 것 없어요. 김 부사장이 당당하게 재기했으니까. 그래 내가 축하주를 사려는 거요. 근데 삼겹살에 쐬주라 싫으시오?"

"아, 아, 아닙니다. 사주세요, 맛있게 먹겠습니다."

김태범은 자신의 심중을 알아주는 손 과장의 말에 가슴

이 뭉클해지고 목이 메는 것을 감추느라고 목소리를 힘차게 냈다.

"그래요. 한 세트에 1억짜리 술판도 있는 요상스러운 세상이지만 그래도 삼겹살에 쐬주가 진짜 술 아니겠소?"

"그럼요. 언제 만나실까요?"

"음, 김 부사장 시간은 어때요?"

"저는 아무 때나 좋습니다."

"내일도?"

"예, 내일도요."

"그래요, 그럼 내일로 합시다. 오래 못 만났으니."

"예, 저도 뵙고 싶습니다."

김태범은 흡족한 기분으로 전화를 끊었다. 수백 통의 편지를 띄우면서 혹시 한두 건쯤 이런 만남이 이루어진다면 얼마나 좋으랴 하는 기대를 막연한 채로 은근히 했던 것이다. 자신이 필요로 하는 사람과 자연스럽게 연결이 된다면 얼마나 좋을 것인가. 그런데 그 기대가 이루어진 것이었다.

"성화에선 무슨 말이 없소?"

술잔을 부딪치며 손일승 과장이 내놓은 첫마디였다.

"예, 제가 알리지도 않았으니까요."

소주로 입술을 축인 김태범이 비식 웃으며 대꾸했다.

"들어서 다 알고 있으면서도 무슨 할 말이 있겠소. 뒤통수

호되게 얻어맞은 기분일 뿐이겠지."

손일승 과장은 날카로운 인상의 얼굴을 약간 찌푸리며 술잔을 단숨에 비웠다.

"예, 기분은 아주 안 좋을 겁니다. 그리고 과장님을 이렇게 만나고 있는 걸 알면 더욱 기분 나빠할 거구요."

김태범은 상대방과 기분을 맞추기 위해 술잔을 깨끗이 비웠다.

"내가 자기네 전용물도 아니고, 기분 나빠한다면 그건 웃기는 일이오." 손 과장이 코웃음을 흘렸고, "과장님도 흰머리가 많이 생기셨네요. 요즘 지내기가 어떠세요?" 김태범은 조심스럽게 말머리를 돌렸다.

"아, 아, 세월 참 허망해요. 흰머리가 부쩍부쩍 늘어나는데, 물을 들이자니 젊은 사람들 눈에 발악하는 것처럼 보일 것 같고, 그냥 버티자니 나이보다 훨씬 더 늙어 보이고, 이럴 수도 저럴 수도 없는 신세가 됐소."

손 과장은 두 손으로 희끗희끗한 머리칼을 빗질해 넘기며 한숨을 푹 쉬었다.

"네에……, 요즘 일반 기업에서도 그렇지만 특히 공무원들 사회에서는 적체 현상까지 심해지고 있으니……."

김태범은 손 과장의 잔에 술을 따르며 더욱 조심스럽게 자신이 원하는 쪽으로 말을 몰아가고 있었다.

"바로 그거요. 퇴직은 아직도 몇 년 더 남았는데, 위아래 분위기가 영 편편찮아요. 위에서는 아랫사람들을 위해서 그만 짐을 싸는 게 어떻겠냐는 냄새를 살살 풍기고, 아래에서는 이만하면 오래 해먹었으니 어서 좀 명퇴하라는 눈치를 노골적으로 보이고, 참 고약한 입장이오. 그렇다고, 명퇴가 유행인 세상에서 뭐라고 할 수도 없고 말이오. 나도 젊었을 때는 선배들을 똥차 취급하며 왜 저리 버티느냐고 뒷소리해 대고 했으니까. 명퇴가 유행도 아니던 시절이었는데 말이오. 그때 젊음 다 어디로 가고 어느덧 내가 떠밀리는 신세가 되었으니……, 세월 참 살았달 것 없이 허망해요."

손 과장은 술잔을 반쯤 비우고는 가늘고 긴 한숨을 내쉬었다. 그런 그의 얼굴에 시들어가는 중년 사나이의 고적감이 서려 있었다.

자신을 수사할 때 손 과장은 수사관으로서의 위압감과 남자로서의 완력감이 얼마나 막강했던가. 그런데 이제 앞에 앉은 머리 희끗희끗한 남자한테서는 그런 느낌은 찾을 수가 없고, 날카로운 눈빛만이 잔영처럼 남아 있었다. 김태범은 보이지도 잡히지도 않는 세월의 힘을 주름 잡혀가고 있는 손 과장의 얼굴에서 새삼스럽게 느끼고 있었다.

"일반 회사원들도 그런데, 공무원들의 노후 대책은 더욱 어렵잖아요."

김태범은 더욱 자신 쪽으로 말길을 틔우고 있었다.

"아유, 그건 말 말아요. 자식들 먹이고 가르치고 하는 것만으로도 항시 정신없이 숨 가쁘게 살아왔고, 지금부터는 대학 뒷바라지하랴, 결혼시키랴, 돈 쓸 일이 태산인데 노후 대책 생각할 겨를이 어디 있겠소. 그런 판에 명퇴 압력까지 받는 신세가 됐으니 인생 무상이라는 말이 무슨 말인지 이제 알 것도 같아요."

손 과장은 아까보다 더 진한 한숨을 내쉬며 술잔을 비웠다. 그 모습은 50대 중반을 넘긴 사나이의 고단한 모습일 뿐 현역 경찰 정보과장이라는 느낌은 전혀 없었다.

"과장님, 그냥 명퇴하시면 어떠세요?"

김태범은, 멍하니 서 있는 사람에게 주먹을 날리듯 저돌적으로 말했다. 그건 기회를 노리던 낚시꾼이 어느 순간 낚싯대를 힘껏 낚아채는 것과 같은 공략법이었다.

"명퇴……?"

손 과장의 목소리는 아주 낮았다. 그러나 그 눈빛은 강렬하게 김태범을 향해 뻗치고 있었다. 그 매섭고 강한 눈빛 속에서 그가 현역 경찰 정보과장이라는 것이 살아나고 있었다.

"예……, 제가 자리를……, 저를 좀……, 최대한 잘 모시겠습니다."

김태범은 손 과장을 맞쳐다보며 그 암호 같은 말 한 마디,

한 마디를 그의 눈에 박아 넣듯이 아주 낮게 그러나 또렷또 렷하게 말했다.

"……"

손 과장은 위아래 입술이 입속으로 말려 들어가도록 입을 꾹 다물며 한동안 김태범을 뚫어지게 쳐다보았다. 그리고 눈 길을 거두며 술잔을 단숨에 비웠다.

손 과장은 느린 손놀림으로 삼겹살을 집었다. 그리고 입에 몰아넣고는 소가 여물을 씹듯이 그렇게 느릿느릿 고기를 씹 고 있었다.

김태범은 그 침묵 속의 동작 하나하나를 지켜보면서 한 남 자의 삶의 고뇌와 무게를 느끼고 있었다.

"뜻은 고맙소만……, 지금 시기가 좋질 않소."

손 과장은 들릴 듯 말 듯 한 소리로 말하며 보일 듯 말 듯 고개를 젓고 있었다.

"시기요……? 무슨 말씀이신지요?"

김태범도 낮은 소리로 말했다.

"지금, 정권이 바뀌어서 공직자 기강 확립 바람이 거세게 불고 있소."

"예, 그건 저도 압니다. 허나 그게 이 문제와 무슨 상관이 있습니까?"

"있소. 고급 공무원들 유관 기관, 재취업 금지가 중요 표적이 되고 있소."

김태범은 가슴이 쿵 무너지는 소리를 듣고 있었다. 그러나 이내 피신처를 찾아냈다.

"과장님 근무처와 우리 회사와는 유관 기관 관계가 전혀 없습니다. 금감원(금융감독원)에서 은행으로 옮겨 가거나, 공정위(공정거래위원회)에서 기업으로 옮겨 간다면 모를까. 우리는 그런 관계와는 전혀 상관이 없습니다."

김태범은 여전히 목소리는 낮았지만 자기 말을 상대방에게 주입시키려고 꽁꽁 힘을 써가며 말했고, 손 과장은 그런 김태범을 물끄러미 바라보다가 입을 열었다.

"김 부사장은 여전히 머리가 빨리 돌아 좋소. 그 말이 맞아요. 허나, 그건 좁게 생각할 때 맞는 말이고, 넓게 생각할 땐 틀린 말이 될 수도 있소. 무슨 소린고 하니 우리가 하는 일의 범위가 무한정 넓어서, 넓게 따지고 들면 유관 기관 아닌 게 없다 그거요. 법이란 게 어떤 안경, 어느 잣대를 들이대느냐에 따라 죄의 유무, 경중이 천양지차가 되는 것 아니오? 김 부사장도 옛날에 당해 봐서 잘 알겠지만. 그러니 좀 더 생각해 봅시다."

손 과장은 나도 웃을 줄 안다는 듯 날카로운 인상이 지워지도록 호감 어린 웃음을 김태범에게 보내고 있었다.

"예, 무슨 말씀인지 잘 알겠습니다. 그치만 제 생각으로는 아무리 범위를 넓게 잡는다 해도 유관 기관으로 문제 삼을 수는 없을 것 같은데요."

김태범은 고삐를 놓치지 않으려고 마음을 다잡으며 손 과장의 앞을 가로막았다. 자신이 해야 할 일은 뜸 들일 여유 없이 다급했고, 손 과장의 정보망은 그의 말마따나 무한정 넓었던 것이다. 김태범은 그런 손 과장이 절실히 필요했다.

"김 부사장, 당신이 새로 맡은 일이 무엇인지, 그 일이 얼마나 급한 것인지 나 대충은 짐작해요. 그리고 내 입장도 아까 말한 그대로 어서 피난처를 구해야 할 만큼 곤궁해요. 허나 사정 급하다고 고구마 씻지도 않고 먹을 수 없는 노릇이고, 끓는 국 식히지 않고 먹을 수 없는 노릇 아니겠소? 왜, 그런 말 있지 않소? 태풍이 몰아칠 때는 피하는 게 상수고, 위급할 때는 삼십육계 줄행랑이 대통령 빽보다 세다는 말 말이오. 지금이 태풍 첫머리요. 정권 바뀌고, 서슬 퍼렇게 칼을 빼 든 판이오. 어떤 정권이든 초장에는 다 기를 잔뜩 세우는 법이니까 이 상황은 좀 피하고 봅시다. 이거 내부 기밀인데 말이오……." 손 과장은 목소리를 더욱 낮추며 주위를 재빨리 살피고는, "지금 공정위 재취업 건이 이미 수사가 시작되고 있는 판이오." 그는 시치미를 떼듯이 얼른 술잔을 들어 기울였다.

"공정위요? 그거 지난 정권에서 일어난 일들이잖아요?"

김태범은 의아한 표정으로 물었다. 그러면서 '우리 BP는 괜찮을까?' 하고 생각했고, '바로 이런 따끈따끈한 정보가 필요한 거야. 난 당신이 필요해, 꼭 필요해. 경찰 정보력은 국정원 찜 쪄 먹잖아.' 그는 몸이 달고 있었다.

"그러니까 더 열 내는 것 아뇨. 지난 정권 뒤통수 까고, 현 정권 기강 잡고, 이거야말로 양수겸장 치는 것 아니겠소? 이 바람에 휩쓸리면 괜히 갯값 무는 거요. 바람은 일면 잦아드는 법이니까 좀 기다려봅시다."

손 과장은 생삼겹살을 새로 올리며 의미 모를 웃음을 흘리고 있었다.

"예, 알겠습니다."

김태범은 '바람을 피하는 방법은 여럿이 있겠죠.' 이 말은 속으로만 했다. 그러면서 '반승낙'받은 것만으로도 큰 성공이라고 생각하고 있었다.

김태범은 새벽 2시가 되도록 뒤척거렸다. 그 바람을 피할 묘안을 찾느라고 잠이 오지 않았다.

'그렇지, 바로 그거야!'

김태범은 동틀 무렵 번쩍 잠이 깼다.

'바로 옮겨 오지 말고 대여섯 달 간격을 둔다. 그동안의 월급은 비공식적으로 지급하면 된다. 비자금이 얼마든지 있으니까.'

잠결에 선명하게 떠오른 생각이었다.

김태범은 출근하자마자 손일승 과장에게 바로 전화를 걸었다.

"점심시간에 어떠신지요. 선약이 있으시면 그 후에 커피를 잠깐 하셨으면 합니다."

"으음……, 점심은 좀 어렵겠고, 그럼 차나 한잔 합시다. 오후 2시쯤에."

김태범은 그다음 일에 나섰다. 공정위에서 BP 그룹에 재취업한 사람이 있는지 확인하는 것이었다.

"어제 얻은 정보입니다. 공정위 간부들의 유관 기관 재취업에 대한 경찰 내사가 시작되었다고 합니다. 혹시 우리 그룹에도 그 대상자가 있지 않을까요?"

김태범은 이현식 이사에게 조심스럽게 말을 꺼냈다.

"그래요?" 이현식은 화들짝 놀라고는, "우리 그룹에……, 없을 리가 있겠어요? 큰 그룹에는 으레껏 다 있으니까요" 하며 불안한 기색을 감추지 못했다.

"그 사람이 누군지 빨리 좀 알아냈으면 좋겠는데요."

"그야 금방 찾아지죠. 평사원이 아니라 고위직에 자리 잡고 있을 테니까요. 근데 수사, 그걸 어쩌죠?"

"최대한 빨리 찾아내서 방어책을 강구해야죠. 회사에 피해가 없도록."

"그게 가능할까요? 비자금 같은 애매모호하고 알쏭달쏭한 문제가 아니라 사람이라는 분명한 실체가 드러나는 문제니까요."

"글쎄요, 그리 쉽지는 않겠지만, 그렇다고 꼭 어려운 문제도 아니겠지요."

"아니, 그건 자신 있다는 의미 아닌가요? 그런 접근 어려운 정보를 빼내는 것처럼, 그 해결할 루트도 이미 확보하고 있는 것 아닙니까?"

이현식 이사는 놀랐다는 표정을 감추지 않았다.

"아니, 뭐 꼭 그런 건 아니고, 다 사람이 하는 일이니 인맥이 잘 구축되어 있으면 거기에 길이 숨어 있고는 하지요. 그리고 재취업 문제의 핵심은 저쪽에서 반강제적으로, 반강압적으로 기업들 쪽에 요구한 것이니까 우리는 그 점을 부각시키고 강조해 대면 방어막이 그만큼 튼튼하고 강해질 수 있습니다."

김태범은 말을 하다 보니 구체적인 대응책까지 떠오르는 것이었다.

"역시 김 부사장님은 그 분야 베테랑이시군요. 일 시작하자마자 한 건 크게, 대어를 낚아 올리시고. 역시 김 부사장님을 잘 모신 것 같습니다. 보고받으시면 회장님께서 아주 좋아하시겠어요. 그 사람이 누군지는 곧 알아봐드릴게요."

이현식 이사가 고개를 갸웃거리며 멀어져갔다.

김태범은 손 과장과 마주 앉자마자 본론을 꺼냈다.

"과장님 문제 말입니다. 한 가지 방안을 강구했습니다. 그건 다름이 아니고 과장님이 일단 명퇴를 하시고, 한 6개월 동안 백수로 지내시는 겁니다. 그 공백 기간을 확보한 다음에 과장님께서 저희 회사에 특채되는 것이죠. 물론 이건 안전장치를 위한 조처이고, 그 6개월 동안에 서로 합의된 급료는 비공식으로 다 지급하고, 과장님도 음성적으로 활동하시는 겁니다. 그렇게 되면 반강제적인 유관 기관 재취업의 혐의는 완전히 벗어나게 됩니다. 백수를 저희 회사가 먼저 채용한 것이니까요. 어떻습니까?"

김태범이 미리 정리한 대로 거침없이 말했다.

"하아……, 밤새 어떻게 그런 생각을 해냈소?" 손일승이 엷게 웃음 띤 얼굴로 김태범을 물끄러미 쳐다보며, "그전에 성화의 한인규 사장이 그때의 김 전무를 '꾀돌이'라 부르곤 했어요. 평생 수사 해먹고 산 나도 생각해 내지 못한 걸 하룻밤 사이에 생각해 내다니, 꾀돌이가 맞기는 맞소." 그는 정다운 느낌이 확실해진 웃음을 김태범에게 보내고 있었다.

"저는 한인규 사장한테 감정이 아주 많습니다."

얼굴이 냉정하게 변하며 김태범이 말했다.

"감정이……? 왜, 무슨 일 있었소?"

손일승 과장이 머쓱해지는 얼굴로 물었다.

"예, 성화와 끝내는 막판에 저한테 너무나 모질게 굴었어요. 자기 재산 축나는 것도 아닌데 저를 속여 알거지로 만들었거든요."

"그게 무슨 소리요? 무슨 일이 있었던 거요?"

손 과장이 적극적인 관심을 드러냈다.

"차차 말씀드릴게요. 지금 더 급히 결정할 문제가 있으니까요." 김태범이 손 과장 쪽으로 바짝 다가앉으며 말했고, "급히 결정할 문제?" 손 과장이 주춤하는 기색을 보였다.

"예, 두 가지가 있습니다. 첫째 명퇴 결정하시는 것하고, 둘째 직위와 연봉 합의하는 것입니다."

"아니, 뭐가 그리 급해요 그래. 며칠이라도 좀 생각해 봅시다."

손일승 과장은 고개를 약간 젖히며 소리 없는 헛웃음을 흘렸지만 결코 싫은 얼굴은 아니었다.

"예, 급하지요. 회장님이 우리 그룹도 하루빨리 대양이나 성화와 똑같은 파워를 갖기를 원하고 계시거든요."

"대양이나 성화와 똑같이……? 그렇다면 그 회장님이 최적임자를 부사장으로 잘 뽑아 앉힌 거구만."

손일승 과장이 뚜벅 말했다.

"그러니까 과장님이 빨리 태도를 정하셔야 정말 최적임자가 될 수 있지요. 갈 길 바쁜데 시간 끌지 말고 빨리 결정하셔서 저 좀 도와주세요. 직위도 최고로, 연봉도 최고로 대접해 드릴게요. 동료들이 다 부러워하도록."

"아, 이제 보니 김 부사장은 꾀만 많은 게 아니라 일 추진력도 대단하오 그려. 알았소, 오래 끌지 않을 테니 조금만 기다려주시오. 나도 정리할 건 정리해야 하니까."

손 과장의 말은 김태범의 요청을 수용하는 것이나 마찬가지였다. 그 결심을 확인시키듯 그는 반나마 남은 커피를 깨끗이 마셔버렸다.

"마음 정해 주셔서 감사합니다. 이삼일 내로 남은 문제 결정할 수 있게 되기를 바랍니다."

김태범이 눈치 빠르게 대응했고, 손 과장은 고개를 숙임막하고 묵묵히 앉아 있었다.

김태범이 마음 가볍게 회사로 돌아오니 이현식 이사가 기다리고 있었다.

"공정위 출신 찾아냈습니다. 박종두라는 분이 고문으로 있습니다. 본부 사장님이 어떻게 처리해야 하는지 신경 쓰고 계십니다."

이현식 이사가 불안한 기색으로 말했다.

"별로 어려울 것 없습니다. 바로 피신시키면 됩니다."

김태범이 쉽게 말해 버렸다.

"바로 피신이오⋯⋯?" 이현식이 의아해했고, "위기가 클수록 재빨리 피하는 게 상수요. 삼십육계 줄행랑이 안위를 지키는 상수 중에 최상수라는 건 수천 년에 걸친 묘법이오." 김태범이 느긋하게 대꾸했고, "그거 하루 이틀도 아니고 어디로 피신을……." 이현식이 더 알 수 없다는 표정을 지었고, "그 많은 해외 지사는 이런 때 안 써먹고 언제 쓰나요? 거리 가까우면서, 비용 적게 들고, 인터폴 수사 협조가 안 되는 나라, 그러니까 동남아 어느 나라 지사로 내보내 한 6개월 정도 휴양하라고 하면 되지요. 그동안에 수사 바람은 차츰 잠잠해지게 될 테니까요. 이 방법 전해 주세요." 김태범이 이야기를 마감했고, "아하, 그런 묘수가 있었군요. 예, 바로 가서 보고하겠습니다." 이현식 이사가 환히 밝아진 얼굴로 소리 안 나게 손뼉을 쳤다.

김태범은 소파에 몸을 편히 부리고 쪽잠을 청하고 있었다. 밤잠을 설친 데다 계속 신경을 써서 몸이 많이 피곤했던 것이다.

10분쯤 쪽잠을 자고 눈을 뜨는 참인데 이현식 이사가 나타났다.

"박 고문님 일을 부사장님께서 처리하라고 하십니다. 아까 말씀하신 방법 그대로 말입니다."

이 이사가 김태범의 눈치를 보며 말했다.

"정보 확보한 자가 처리도 책임져라……?" 김태범은 두 손바닥으로 천천히 얼굴을 훔치고는, "뭐, 그것도 나쁜 방법은 아니오. 근데, 박 고문님은 오늘 연락이 되나요?" 그는 당장 일을 처리해 버리고 싶은 기색을 드러냈다.

"글쎄요, 고문은 자유로운 자리라 지금 회사에 있는지 어쩐지 알아봐야 되겠는데요."

이 이사가 눈치 빠르게 대꾸했다.

"예, 지금 연락되면 바로 만나고, 오늘 어려우면 내일은 아침 10시까지 꼭 여기서 만날 수 있게 해주세요."

말을 끝내며 김태범은 시계를 보았다. 이미 오후 5시를 넘고 있었다.

'어차피 오늘 처리하기는 틀린 일이고, 그나저나 이 건 수사가 본격화되면 그때도 내가 나서야 한다는 건가……?'

김태범은 마땅찮은 기분에 거칠게 혀를 찼다. 수사기관 상대하는 것을 즐길 사람은 없겠지만 특히 그는 알레르기 반응이 심했다. 두 번의 감옥행이 남긴 트라우마였다.

"지금 회사에 없어서 내일 아침 10시로 했습니다." 이현식 이사가 급히 들어와 알리고는, "본부 사장님이 빨리 좀 보자고 하십니다." 새 용건을 전했다.

"무슨 일 있어요?"

김태범은 반사적으로 시계를 보며 물었다.

"글쎄요, 확실히는 모르겠는데, 아마 박 고문에 관계된 문제가 아닐까 싶은데요."

이현식은 조심스럽게 말했다.

김태범은 재빠른 손짓으로 옷매무새를 다듬으며 급히 사무실을 나갔다. 상사를 만나러 갈 때 으레껏 하게 되는 몸에 밴 동작이었다.

"수사에 대처해 박 고문 문제를 그렇게 처리하는 것은 좋은 생각이오. 헌데 그다음이 문제요. 그 공백 말이오. 다 알고 있겠지만, 고급 공무원의 유관 기관 재취업이 꼭 그들만을 위한 것이 아니라 우리 기업 쪽에서도 그들의 힘이 필요해서 이루어지는, 시쳇말로 누이 좋고 매부 좋고이고, 유식한 말로 상부상조 아니겠소. 헌데 박 고문이 없어지고 나면 그룹의 수십 개 자회사들에서 벌어지는 공정거래의 문제들을 어떻게 해결하고 무마할 것이냐, 그거 골치 아프게 생기지 않았소? 이 수사를 얼마나 길게 끌지 모를 일이고, 수사가 끝난 다음엔 더욱 문제요. 새 정권 내내 그 길이 막힐 테니 말이오."

사장이 혀를 차는 것으로 모자라는지 한숨을 길게 내쉬었다.

"예, 그 우려 예상하고 있었습니다."

김태범이 침착하게 말했다.

"뭐, 예상했다고요?"

사장이 놀라며 소파에서 등을 뗐다.

"예, 회사에 피해가 없도록 공백 기간을 최대한 단축하겠습니다."

김태범은 사장을 정시하며 '책임지겠다'는 식으로 단언하고 있었다.

"아니, 그렇게 자신이 있소? 무슨 묘책이 있는 거요?"

사장은 앉음새까지 고치며 연달아 물었다.

"예, 지금 뭐라고 다 말씀드리기는 좀 곤란하고, 일단 일 끝내놓고 자세한 보고를 드리도록 하겠습니다."

"허허, 김 부사장이 확실히 다르긴 다른 것 같소. 됐소, 지킬 비밀은 부자지간에도 지켜야 하니까. 내가 믿고 기다리겠소. 좋은 소식 들려주시오." 사장이 근심 털어낸 상쾌한 목소리로 말하며 악수를 청했고, "예, 믿어주셔서 감사합니다. 차질 없이 처리하겠습니다." 김태범은 사장의 손을 두 손으로 받쳐 잡으며 고개를 깊이 숙였다.

이튿날 아침 김태범은 박종두 고문에게 사태 전반에 대해 간단명료하게 설명했다.

"……예에, 어쩔 수 없는 사정 잘 알겠습니다. 헌데……, 한 가지……, 계약 기간이 3년이고, 아직 잔여 기한이……." 박 고문이 눈치를 보며 말을 어렵게 이었고, "아 예, 몇 개월이나 남았습니까?" 김태범은 눈치 빠르게 물었고, "예, 2년 8개월 근무했으니까⋯⋯." 박 고문이 어물거리며 눈을 껌벅였고, "알겠습니다. 나머지 4개월치 일시불하겠습니다." 김태범은 시원하게 응대했고, "고맙습니다, 부사장님. 정말 고맙습니다." 머리 반백인 박 고문은 머리를 조아리고 또 조아렸다.

"이틀 뒤에 출국이십니다. 회사에서 모든 준비 끝낼 테니까 박 고문님께서는 비밀 유지만 잘 해주시면 됩니다."

김태범은 소파에서 일어나며 악수를 청했다.

김태범은 박종두 고문이 출국했다는 전화를 받고 회사를 나섰다. 식당에는 손일승 과장이 먼저 와 기다리고 있었다.

"과장님, 공정위에 퇴직 앞둔 사람들 상황 파악되시죠?"

김태범은 자리를 잡자마자 물었다.

"그야 뭐⋯⋯. 근데 왜 하필 공정위요?"

손일승이 눈을 크게 떴다.

"우리 그룹에 고문으로 재취업해 있던 분을 공개 수사에 대비해 극비로 오늘 아침 출국시켰거든요. 근데 그 중요한 자리를 언제까지 공백으로 비워둘 수는 없잖아요. 그러니까 퇴직 대상자 중에서 가장 적당한 사람을 고르고, 그 사람도 과장님께서 우리 그룹에 오시는 것과 똑같은 방법으로 오게 하는 겁니다. 그럼 공백도 없애고, 법적 하자도 없애게 되는 거니까요."

"하아! 김 부사장은 수사관 쪽이 더 어울릴 것 같소." 손일승 과장이 고개를 뒤로 젖혔고, "과장님, 지금부터 우리 그룹 업무 시작인 겁니다. 직위, 연봉 빨리 협의하도록 하세요." 김태범은 눈을 찡긋하며 물컵을 들었다.

〈3권에 계속〉

조정래 장편소설

천년의 질문 2

제1판 1쇄 / 2019년 6월 11일
제1판 27쇄 / 2024년 12월 31일

저자 / 조정래
발행인 / 송영석
발행처 / (株)해냄출판사

등록번호 / 제10-229호
등록일자 / 1988년 5월 11일(설립일자 | 1983년 6월 24일)

04042 서울시 마포구 잔다리로 30 해냄빌딩 5·6층
대표전화 / 326-1600 팩스 / 326-1624
홈페이지 / www.hainaim.com

ISBN 978-89-6574-683-6
ISBN 978-89-6574-685-0(세트)

파본은 본사나 구입하신 서점에서 교환하여 드립니다.